AMANDA McINTYRE
El maestro y sus musas

Editado por Harlequin Ibérica.
Una división de HarperCollins Ibérica, S.A.
Núñez de Balboa, 56
28001 Madrid

© 2010 Pamela Johnson
© 2014 Harlequin Ibérica, S.A.
El maestro y sus musas, n.º 58 - 1.5.14
Título original: The Master & the Muses
Publicada originalmente por Spice

Todos los derechos están reservados incluidos los de reproducción, total o parcial. Esta edición ha sido publicada con autorización de Harlequin Books S.A.
Esta es una obra de ficción. Nombres, caracteres, lugares, y situaciones son producto de la imaginación del autor o son utilizados ficticiamente, y cualquier parecido con personas, vivas o muertas, establecimientos de negocios (comerciales), hechos o situaciones son pura coincidencia.
® Harlequin, HQN y logotipo Harlequin son marcas registradas por Harlequin Enterprises Limited.
® y ™ son marcas registradas por Harlequin Enterprises Limited y sus filiales, utilizadas con licencia. Las marcas que lleven ® están registradas en la Oficina Española de Patentes y Marcas y en otros países.
Imagen de cubierta utilizada con permiso de Harlequin Enterprises Limited. Todos los derechos están reservados.

I.S.B.N.: 978-84-687-4158-1
Depósito legal: M-1097-2014

El maestro y sus musas es una sensual y seductora historia sobre un pintor y la apasionada relación que mantiene con sus musas. La pasión que el artista comparte con estas mujeres es lo que él intenta transmitir en el lienzo.

Amanda McIntyre nos lleva a la segunda mitad del siglo XIX, donde un grupo de pintores, escultores, poetas y escritores fundó la Hermandad Prerrafaelista, un movimiento cultural que influyó en la pintura inglesa hasta principios del siglo XX.

Inspirándose en algunos personajes reales pertenecientes a este grupo, Amanda ha creado una obra de ficción fascinante contada en primera persona por tres mujeres que, por encima de los valores morales de la época victoriana, intentan descubrir cuáles son sus necesidades.

Un relato atrevido, sorprendente, que queremos recomendar a nuestros lectores.

Los editores

Como siempre, a mi familia, que en todo momento me ha dado su apoyo, por su inspiración, su amor y su paciencia.

Prólogo

Me han llamado muchas cosas: temerario, arrogante, pervertido, egocéntrico y, mi apelativo favorito, artista de la escuela carnal. Tal vez estas afirmaciones sean ciertas; no las niego, pero hago oídos sordos a esas críticas opresivas de mi trabajo y escucho los latidos de mi corazón, el canto de sirena de mi corazón.

De haber escuchado a los detractores de mi obra, a los críticos que deseaban cortarle el paso a mi genio, seguramente nunca habría tomado ni un pincel.

En realidad, creo que los críticos tienen razón en cuanto a mi incorregible comportamiento. El hecho de atreverme a ser distinto era, y sigue siendo, la misma esencia de mi creatividad. Yo soy tenaz en mis creencias, y me siento orgulloso de serlo.

Estos aspirantes a entendidos del arte no saben nada del verdadero arte. Su visión es aburrida, apagada, lineal y simplista. No ven la emoción del suave rubor de una mujer excitada, ni el color de sus mejillas al ver a su amado, ni el brillo de sus ojos en los momentos posteriores a la pasión. No, para pintar esa belleza, uno debe experimentarla, sentirla y atraparla. Esas cosas no se pueden aprender con una pila de libros en un aula.

A pesar de los deseos de mis padres, mi destino no era ser un religioso.

Más bien me considero un hombre espiritual, alguien que cree más en el karma que en la doctrina. Mi pasión está en el extremo de mi pincel, pero mi inspiración son las mujeres. Ellas son mis musas. Os pregunto: ¿Qué criatura de la tierra puede personificar tal belleza y tal gracia? Muchos artistas han intentado capturar la belleza de este mundo, pero hay pocas cosas más persuasivas que el color delicado de la carne de una mujer. ¿Qué podría resultar más inspirador que la suave curva de su hombro, dispuesta a soportar con dignidad las cargas de la vida?

Mis musas fueron rescatadas de una existencia gris, y no fue necesario coaccionarlas. Fama, independencia, admiración... eso fue lo que les di a cambio.

Se me acelera el pulso al recordar nuestras conversaciones, el vino que bebimos, la pasión de la que disfrutamos libremente... Una vez me preguntaron si había querido más a una que a las otras. Y, a eso, yo respondo: ¿Cómo puede un hombre amar solo a su brazo, y no a su pierna, o a su ojo, o a su boca? Yo las quise a todas ellas, porque me infundieron vida e inspiración para mi obra. Sin embargo, no podía retenerlas a mi lado más de lo que hubiera podido retener un rayo de sol.

La realidad y el arte, en muchos sentidos, son uno solo. A mis censores morales, les pregunto: ¿Cómo no iba a enamorarme de mis musas? Cada una de ellas representa una parte de mi alma. Por tanto, me convertí en esclavo de todas ellas.

¿Lo sabían ellas? No necesito saber esa respuesta. La vida y el amor son lo que son. Yo me convertí en su salvador y en su pecado. Las rescaté de lo ordinario, las redimí con mis pinceladas.

En mi búsqueda de la imagen perfecta, tal vez no fuera

totalmente consciente de lo que tuvieron que soportar mis musas. Sin embargo, yo les ofrecí mundos nuevos, aventuras nuevas. Si eso me convierte en un bastardo egoísta, entonces acepto mi culpa con los brazos abiertos.

¿Me arrepiento? ¿Qué hacen los italianos? Lo malo me ha proporcionado una mejor apreciación de lo bueno. Lo bueno me recuerda que, aunque es deseable, también es efímero. He probado la copa de la vida y no voy a disculparme por ello.

Por vosotras, mis musas, alzo mi copa de oporto. Habéis alimentado mi imaginación y mi lujuria. Sin vuestra inspiración, no sería el hombre que soy. Helen, mi inocente, ferviente en tus deseos íntimos. Sara, mi *socialité*, siempre intentando llegar más lejos. Y, Grace, al salvarte a ti, me salvé a mí mismo.

Seré siempre esclavo, mentor y alumno de vuestra inspiración.

Thomas

Libro 1
HELEN

Capítulo 1

Leicester Square, 1860

Allí estaba, el mismo hombre una vez más, observándome mientras yo pasaba por delante de él hacia el trabajo. Llevaba una levita sobre una camisa y unos pantalones arrugados; parecía que se acababa de levantar de la cama. Pensé que sería de la zona por su forma de vestir, tal vez no muy rico, pero respetable, salvo por su deplorable costumbre de quedarse mirando a los demás. Llevaba un bombín de color marrón que le quedaba pequeño y que había conocido mejores tiempos. Me di cuenta de estas cosas porque había sido aprendiz en una de las mejores sombrererías de Londres desde muy jovencita. Mi deber era conocer los estilos más habituales de sombreros.

En realidad, yo no estaba acostumbrada a ser objeto del interés de ningún hombre. Me causaba mucha curiosidad, pero ignoré a mi admirador, tal y como hubiera hecho cualquier dama. Sin embargo, era un tipo persistente y, durante los tres días siguientes, siguió mirándome desde el otro lado de la calle cuando yo pasaba hacia la sombrerería de la señora Tozier. Yo tenía una imaginación muy activa, cosa que mi madre me reprochaba, y comencé a preguntarme si aquel hombre estaría planeando hacer algo siniestro contra mi jefa.

El tercer día, justo antes del mediodía, entró en la tienda. Yo estaba preparando un sombrero para el escaparate, y fingí que no sentía los latidos pesados y extraños de mi corazón. Él se quedó junto a la puerta durante un rato, examinando los pañuelos de señora y los guantes de encaje, acercándose lenta y disimuladamente hacia donde estaba yo. Tal vez lo hubiera juzgado mal y solo estuviera eligiendo algo para su esposa o su amante. La señora Tozier tenía una lista privada de hombres que, a menudo, necesitaban algún detalle para la mujer especial de su vida, que, también a menudo, no era su esposa. La señora Tozier, que era discreta y profesional, tomaba su dinero, envolvía el regalo y se lo daba con una sonrisa.

—*Pardon, mademoiselle* —dijo el hombre misterioso con una suave voz de barítono.

Alcé la vista y vi sus increíbles ojos azules, que eran claros como el cielo y estaban llenos de curiosidad y picardía. Tenía el pelo castaño claro y le hacía falta un afeitado. La línea firme de su mandíbula quedaba suavizada por un hoyuelo que se le formaba en la mejilla al sonreír. ¿Tal vez me había equivocado y era extranjero? El hecho de que no supiera hablar inglés podía explicar su vacilación a la hora de acercarse a mí.

—¿Es usted francés, señor? —le pregunté con claridad.

Tenía un aire aristocrático y una cara agradable y, al mirarlo bien, me di cuenta de que era muy guapo. Si su atuendo fuera más apropiado, habría pasado por un barón o un duque.

—No, no soy francés, *mademoiselle*.

—Yo tampoco, señor. Entonces, ¿por qué finge algo que no es?

Él se quitó el bombín y, con una sonrisa tímida, se pasó la mano por los rizos en un vano intento de peinárselos.

—Discúlpeme por pensar que tal vez hablara francés, trabajando en una sombrerería francesa.

—¿Qué le trae por nuestra tienda, señor...?
—Rodin. William Rodin. Tal vez le suene el apellido.
Yo lo observé atentamente, pero no respondí.
Él agitó con suavidad el sombrero.
—Bueno, confío en que algún día le suene —dijo, con una sonrisa encantadora—. ¿Por casualidad está familiarizada con el mundo del arte? Puede que haya oído hablar de mi hermano, el famoso pintor Thomas Rodin.
—No, señor Rodin. Me temo que no he oído hablar ni de usted ni de su hermano. Tengo muchas cosas que hacer, aquí en la tienda —dije, y me puse a inspeccionar el sombrero que iba a exponer en el escaparate. En realidad, había conversado muy pocas veces con hombres desde que la señora Tozier me había permitido trabajar en el mostrador. Y, ciertamente, con ninguno que mostrara interés por lo que yo pensaba.
Él se agarró la solapa de la levita y me miró con una sonrisa.
—Entonces, mi querida señorita, nuestra reunión es una suerte para usted, porque ahora podrá decir que conoció personalmente a Thomas Rodin cuando estaba en la cumbre de su carrera artística.
Yo bajé la cabeza para ocultar mi sonrisa. No quería herir su orgullo.
—¿Le interesa algún sombrero, señor Rodin?
Él dejó su bombín en el mostrador y se inclinó hacia mí. Yo miré a nuestro alrededor, por la tienda, y recé por que la señora Tozier no apareciera. Era una mujer robusta con un marcado acento francés. Su abuelo había emigrado a Londres para abrir aquella sombrerería. Yo no podía permitirme perder el trabajo por un hombre extraño y su absurdo interés en hablarme de su famoso hermano. Alcé la mano amablemente.
—Señor Rodin, discúlpeme, pero tengo que trabajar. Si

no tiene intención de comprar ningún sombrero, entonces debo excusarme para seguir con mis tareas.

Me giré para marcharme, pero él me agarró del brazo.

–Por favor, permítame que vaya directamente al grano.

–En cuanto retire la mano de mi brazo, señor –dije yo. Sin embargo, no pude negar que el contacto de la palma de su mano me provocó una agradable calidez.

Él sonrió ligeramente, como si se hubiera dado cuenta de que, al tocarme, había conseguido conmoverme, aunque solo fuera un poco. Lentamente, apartó la mano.

–He venido a hacerle una proposición.

–¿Disculpe, señor? Tal vez ha olvidado dónde está. Si ha venido a buscar compañía para esta noche, entonces vaya al Ten Bells Pub, que está al final de la calle. Seguro que allí encontrará lo que busca.

Él me miró muy sorprendido.

–No… Quiero decir, por supuesto que no. He venido aquí a ofrecerle un empleo honrado. Tiene el potencial necesario para convertirse en alguien famoso.

A él le gustaba usar aquella palabra con bastante frecuencia.

–¿Famosa? ¿Es usted famoso, señor Rodin?

Él me observó con los ojos entrecerrados; después, su expresión se volvió amable de nuevo.

–Mi fama está en conocer el genio de la hermandad. Yo soy diseñador, no artista en el más puro sentido de la palabra. Sin embargo, en este momento estoy entre dos proyectos y le he ofrecido mis servicios a mi hermano.

–Eso es un detalle por su parte, señor Rodin. Y, ahora, si me disculpa…

–Espere, le ruego que me escuche. Los artistas de la Hermandad Prerrafaelista están buscando nuevas modelos que posen para ellos. Tienen en mente un tipo de mujer muy concreto, y usted cumple los requisitos a la perfección.

—¿Los requisitos de su hermandad? ¿De veras? —pregunté yo, sin disimular mi escepticismo.

—Por supuesto. Usted es lo que nosotros llamaríamos una mujer despampanante.

Aquella palabra hizo que me sintiera como una mujer de las que los hombres podían recoger en Cremorne un sábado por la noche. Él me recorrió con la mirada, sin ningún reparo.

Yo puse un sombrero entre los dos y me ocupe colocándole la pluma adecuadamente. Él siguió mirándome con fijeza. Ningún hombre me había visto nunca como una modelo.

—Tiene usted unas manos preciosas —dijo él, apoyándose en el mostrador.

—Por favor, va a manchar el cristal. Si la señora Tozier...

En aquel momento, se oyeron los pasos de alguien que se acercaba desde la trastienda.

—Ya lo ha conseguido —dije—. Si me quedo sin trabajo...

—Acabo de ofrecerle otro —respondió él, y se irguió, con una sonrisa.

—Señorita Bridgeton, ¿hay algún problema? ¿Puede atender al caballero?

La señora Tozier se puso a mi lado. Era cinco centímetros más baja que yo, pero lo compensaba con una actitud severa.

Empecé a explicarme, pero la señora Tozier levantó una mano.

—Señora Tozier —dijo el hombre; se inclinó, le tomó la mano y se la besó rápidamente—. *Je suis un artiste de design et de poésie* —añadió con un francés poco fluido.

La señora Tozier lo miró con cautela. Era muy capaz de distinguir algo falso, ya fuera un sombrero o un acento. Frunció el ceño.

–Es usted diseñador y poeta. Qué bien. Bueno, ha venido a comprar un sombrero, ¿no?

Él carraspeó.

–*Madame*, me gustaría hablar de la posibilidad de contratar a su encantadora dependienta, la señora Bridgeton, para que pose como modelo.

La señora Tozier se tapó la boca con una mano, y se enfureció.

–¡Salga, salga de mi tienda! Debería avergonzarse de acosar a una chica tan joven, tan dulce e inocente. ¡Fuera! –exclamó, moviendo los brazos para ahuyentarlo hacia la puerta–. ¡Le destrozará la reputación! Eso es lo que va a hacer.

Yo miré hacia abajo y me di cuenta de que el señor Rodin se había dejado el sombrero. Con cuidado, lo metí debajo del mostrador. La señora Tozier cerró de un portazo, y la campanita de la puerta tintineó violentamente. Ella, con un resoplido, corrió los visillos de encaje; después, se giró hacia mí agitando un dedo.

–No hables con hombres como esos, Helen. Lo único que harán será engañarte. Te usarán como si fueras una servilleta y después te arrojarán a la basura.

Yo me pregunté por qué sabía ella de hombres como aquellos.

–*Merci*, señora Tozier. Llevaba varios días observándome –dije yo. Sin embargo, el corazón me latía con una emoción extraña. En parte, por el tono de voz de mi jefa y, en parte, al recordar cómo me había mirado el señor Rodin–. ¿Cree que volverá?

–No, no volverá si sabe lo que le conviene –respondió ella con un resoplido, y se frotó las manos por la pechera de la camisa como si quisiera desprenderse del olor de aquel hombre.

Yo esperé hasta que ella se marchó de nuevo a la trastienda, y me atreví a acercarme a la ventana y mirar a escondidas a la calle. Para mi extraño deleite, él seguía allí, apoyado en la esquina del edificio de enfrente. Me sorprendió mirándolo y se llevó un dedo a la frente para saludarme. Después, se metió las manos en los bolsillos del pantalón y se marchó caminando tranquilamente.

Aquella noche, durante la cena, hablé con mi familia sobre el suceso. Mi padre supo, inmediatamente, con quién estaba asociado aquel joven. Sus palabras fueron muy parecidas a las de la señora Tozier.

–Todos ellos son mala semilla. Condenan las enseñanzas de los eruditos de la Royal Academy y dicen que allí solo enseñan tonterías. Después se pasean por las calles intentando engatusar a chicas jóvenes para llevarlas a sus estudios, prometiéndoles el oro y el moro y, una vez allí, las pobrecillas no pueden defenderse.

Mis hermanas, que se habían quedado fascinadas con aquella conversación, me miraron con los ojos muy abiertas y aguardaron mi respuesta.

–Pero, papá... –yo elegí cuidadosamente mis palabras. Me había costado mucho convencerlo de que me permitiera trabajar de aprendiza en la sombrerería de la señora Tozier, y no deseaba arriesgar aquella pequeña libertad de la que disfrutaba–. El señor Rodin no parecía un mal hombre –dije, y me metí una empanadilla en la boca, alzando la vista para mirar a mi padre.

–Ya me has oído, Helen Marie. No te acerques a esa chusma. No va a salir nada bueno de eso. Concéntrate en cumplir con tu trabajo y en aprender el oficio. Así se gana uno la vida de verdad, no emborronando un lienzo con óleo y viviendo siempre precariamente.

Miré a mi madre, que estaba sentada frente a mí. Por su expresión, supe que la conversación había terminado, y que no debía volver a hablar de aquel tema.

Yo era lo suficientemente mayor como para tomar mis propias decisiones pero, debido a lo bajo que era mi salario, me veía obligada a vivir con mi familia, porque no tenía marido. Mis padres creían firmemente que el hombre era quien debía llevar el pan a casa, y que la mujer debía ocuparse del hogar. No entendían que, si yo encontraba al hombre adecuado, estaba dispuesta a trabajar gustosamente con él, como la señora Tozier trabajaba en la sombrerería con su marido. Sin embargo, parecía que mis padres deseaban que siguiera siendo una solterona aprendiza del oficio de sombrerero hasta que apareciera un caballero rico por la tienda y pidiera mi mano. ¿Acaso era aquella mi única oportunidad de empezar una vida propia? ¿Era una oportunidad para dar a conocer mi poesía a otra alma creativa como yo?

Mientras ayudaba a recoger los platos de la cena, mi madre me puso una mano en la mejilla.

—Eres una chica muy guapa. Encontrarás a un buen hombre, como tu padre. Un hombre que no le tenga miedo al trabajo duro.

Entonces, me dio una suave palmadita, como si pudiera hacer desaparecer todas mis preocupaciones por arte de magia.

Más tarde, en mi dormitorio, puse el bombín del señor Rodin en una sombrerera que había encontrado junto a los cubos de basura, fuera de la tienda. Lo até con un lazo marrón y lo metí debajo de mi cama, con la esperanza de poder devolvérselo al día siguiente, de camino al trabajo.

Estuve mirando el reflejo de la luna en el techo de mi cuarto durante un largo rato, y recordando sus ojos mientras me observaba. Me imaginé acariciándole la mejilla sin afeitar, sintiendo su calor en la cara cuando se me acercara. Tuve unas sensaciones extrañas que me provocaron un cosquilleo en el cuerpo. Por primera vez en mi vida, me vi como una adulta, y no como una niña.

Capítulo 2

Era raro ver mi sombra mientras caminaba por la calle empedrada hacia la sombrerería. Entre los chaparrones constantes y el mal olor que surgía del río y que quedaba suspendido sobre la ciudad como una neblina, el sol apenas aparecía. Su calor me animó el espíritu, pero la idea de volver a ver al señor Rodin me había alegrado mucho antes de salir de casa.

Torcí la esquina, pero me llevé una decepción al ver solo a los tenderos que, como de costumbre, sacaban su género a la calle.

—Buenos días, señorita.

Di un paso atrás cuando el señor Rodin salió, repentinamente, de la puerta de una tienda que estaba cerrada.

—¿Siempre es usted tan atrevido cuando persigue a posibles modelos, señor Rodin? —le pregunté.

Me cuadré de hombros, para demostrarle que no me gustaba que me acosara de aquella forma. Sin embargo, en realidad tenía mariposas en el estómago.

—Perdóneme. Solo he venido a preguntar si había visto mi sombrero. Parece que lo he perdido.

La alegría que sentí al verlo de nuevo provocó mi valiente respuesta.

—Y no quería encontrarse con la señora Tozier una vez más, ¿verdad?

Aquella era la primera vez que flirteaba con un hombre.

Él arqueó las cejas y sonrió con picardía.

—Qué astuta es usted, señorita Bridgeton. Parece que ya me conoce bien.

—Oh, señor Rodin, algo me dice que apenas he rascado la superficie. Sin embargo, encontré su sombrero antes que la señora Tozier —dije, y le entregué la caja redonda, que él inspeccionó por encima y por debajo con sumo interés.

—Mi sombrero nunca había tenido mejor aspecto —dijo.

—Estoy de acuerdo, señor Rodin —respondí yo con una sonrisa—. Y ahora, si me disculpa, tengo que irme a trabajar.

—Umm... Discúlpeme, señorita Bridgeton. ¿Puedo preguntarle cuáles son sus planes para después del trabajo?

Yo me detuve y lo miré. Era cierto que yo no pertenecía al círculo de la aristocracia, en el que los caballeros debían enviar tarjetas de visita para solicitar la compañía de una dama. Sin embargo, me sorprendió aquel comportamiento tan poco convencional; aunque, ¿qué podía esperar de un hombre que había estado observándome durante cuatro días antes de hablar? Pensé en lo que haría yo por mis hermanas. ¿Me rendiría fácilmente si pensara que necesitaban algo de verdad?

—Debe de querer mucho a su hermano, señor Rodin.

Él abrió la tapa de la sombrerera y me sonrió mientras se calaba el bombín.

—Pues sí, es cierto, pero ¿por qué lo dice usted?

Él no se había dado cuenta de que yo le había arreglado cuidadosamente los bordes desgastados del ala del sombrero.

—Porque está claro que no se va a rendir, ¿no? Por muy grosera que sea yo.

Entonces, me observó con un nuevo interés.

−¿Está siendo grosera?

−¿Lo ve? ¡Usted ni siquiera se da cuenta! −repliqué yo.

Él se echó a reír, y su risa fue tan espontánea que yo sonreí de nuevo, sin poder evitarlo.

−Señorita Bridgeton, le aseguro que mis intenciones son honorables. ¿No es usted lo suficientemente mayor como para aceptar una sencilla invitación para dar un paseo por el parque y tomar un helado?

−¿Con qué propósito, señor Rodin?

Sabía que, si aceptaba, oiría hablar más de su propuesta. Además, temía que mi interés no tuviera su origen solo en su propuesta, sino más bien en verlo de nuevo a él.

−Está bien, señor Rodin −dije−. ¿Quiere que nos reunamos en la puerta oeste de Cremorne Gardens, entonces? ¿A las cinco de la tarde, más o menos?

−Estoy deseándolo, señorita Bridgeton. Así podrá hacerme todas las preguntas que, seguro, están rondándole por esa preciosa cabecita.

Con el helado en la mano, dejamos atrás el kiosco de baile y nos alejamos de la multitud y de la música del escenario. Hacía una tarde muy agradable en los jardines. Había farolillos colgados de los árboles, y las lucecitas brillaban en el atardecer. Soplaba una brisa suave que mantenía alejado el mal olor del río, al menos por el momento.

−Hábleme de su hermano, señor Rodin.

Yo tomé un poco de helado con mi cucharita mientras pasábamos, por debajo de unos arcos cubiertos de parras y de glicinias, hacia la otra parte del parque. Me pareció que allí podríamos hablar con más tranquilidad.

Recorrimos aquel túnel en silencio, y la sombra fresca

me resultó tan agradable como el helado que estábamos tomando.

—¿Qué le gustaría saber de él? —me preguntó el señor Rodin.

—¿Por qué no me habla de su trabajo?

En aquel momento, se me cayó un poco de helado sobre la pechera del vestido. Hice una mueca de desagrado, y el señor Rodin se ofreció para sujetarme el cucurucho mientras yo rebuscaba un pañuelo en mi bolso.

—Tenga, señorita Bridgeton. Tenga el mío.

Se sacó el pañuelo del bolsillo y, rápidamente, me limpió el helado. Yo sentí el ligero roce de sus dedos en el pecho. Se me escapó un jadeo.

—¡Por favor, señor Rodin!

—Disculpe, señorita Bridgeton. Me parecía sencillo quitarle el helado sin tocar su...

Yo arqueé las cejas.

—Entiendo, señor Rodin. No es necesario que me lo explique.

Yo tomé su pañuelo y me limpié el lugar donde había caído el helado. Tenía las mejillas ardiendo.

—Tal vez deberíamos buscar un sitio para sentarnos.

—Oh, sí, por supuesto. Mire, aquel parece un lugar agradable.

Esperó mientras yo me sentaba. Después, me ofreció lo que quedaba de mi cucurucho de helado, pero yo negué con la cabeza. Él tiró ambos cucuruchos a una papelera y se sentó a mi lado.

—Por favor, señor Rodin, continúe. Me estaba hablando de su hermano —dije yo.

—Acerca de Thomas... Bien, es un tipo complejo, como lo son la mayoría de los hombres que están en su situación. Supongo que su pasión es el arte, y es lo que provoca todos sus impulsos.

–Discúlpeme, pero ¿es bueno? ¿Ha expuesto su obra públicamente?

Él me miró con curiosidad.

–¿De veras no ha oído hablar de él?

–No, lo siento.

–Su obra anterior fue expuesta en la galería de la Royal Academy. Creo que todavía hay colgados dos de sus cuadros en la exposición permanente, por insistencia de uno de sus patrocinadores.

–Eso es impresionante. Debe de estar usted muy orgulloso.

–Ya le he dicho, señorita Bridgeton, que es un hombre con talento. No es perfecto, claro que no, pero es brillante y decidido. Es un romántico. Su obra se centra principalmente en la mujer, y utiliza imágenes poéticas, historias religiosas y leyendas para darles forma a sus ideas. Aunque, en realidad, su inspiración son sus musas.

–¿A qué se refiere usted con «sus musas»?

–Deje que se lo explique con claridad, señorita Bridgeton. Mi hermano tiene un amor profundo y perdurable por las mujeres. Algo como reverencia, diría yo. Thomas mira a las mujeres con la misma maravilla que otros hombres reservan para las estrellas o el amanecer.

–Vaya, qué bonito –dije yo. Por el rabillo del ojo, vi a una pareja que recorría apresuradamente la densa vegetación que había junto al túnel. No tuve ninguna duda de lo que iban a hacer–. ¿Y la fraternidad cuenta con muchos miembros, señor Rodin? ¿Y con otras modelos?

–Somos varios, sí... Artistas como Thomas, algunos diseñadores como yo... También contamos con un poeta, un periodista y un escritor, y otros individuos. No tiene por qué preocuparse, señorita Bridgeton. Somos un grupo unido, y estamos muy atentos los unos de los otros.

Desde el otro lado del muro se oyó un suspiro de lujuria

femenino. Yo seguí mirando el rostro del señor Rodin. Él siguió hablando, pese a los sonidos que nos llegaban desde tan cerca.

—Nos sentimos orgullosos de nuestras creencias y nuestras aspiraciones. Cada uno tiene un propósito distinto, pero somos...

—Oh, sí... sí, eso está muy bien... —la mujer exhaló un sonoro suspiro—. Vamos a ver —dijo—, el regalito que tienes para mí...

Oí la risa suave de un hombre.

—Vaya, sí que eres ansiosa.

Mi mente se llenó de imágenes de lo que estaba haciendo aquella pareja, y me humedecí los labios.

—... profesionales y discretos —dijo el señor Rodin.

Yo estaba muy ruborizada. Tenía los puños apretados en el regazo e intentaba mantenerme distante de lo que estaba sucediendo al otro lado del muro, tanto como, aparentemente, estaba el señor Rodin. Quise preguntarle si podíamos ir a conversar a otro lado, pero parecía que él estaba tan tranquilo, y yo no deseaba que supiera lo inquieta que me sentía.

—¿Discretos? —pregunté yo con la voz quebrada—. Ah, sí, eso es admirable.

A través de las flores nos llegó un gruñido gutural y, al instante, el señor Rodin lo reconoció. Sonrió ligeramente, y apartó la vista un instante.

—¿Quería hacerme más preguntas, señorita Bridgeton?

—¡Oh, querida! ¡Qué extraordinaria habilidad la tuya! —gruñó el hombre, entre los arbustos.

Yo giré la cabeza y me tapé la boca para ocultar mi sonrisa. Carraspeé en voz alta con la esperanza de alertar a la pareja de que no estaban solos. Sin embargo, eso no sirvió para disuadirlos en absoluto.

—Vamos, querido, estate quieto. Ya estás listo.

—Pero... yo he pagado una hora —comentó el hombre con la voz ligeramente agitada.

—Entonces, ¿es culpa mía, o qué? Además —dijo ella—, nadie ha dicho que no podamos buscar otro bonito lugar para intentarlo otra vez, ¿sabes?

Se oyó una carcajada.

Yo estaba tan fascinada con su conversación, que casi me había olvidado de que el señor Rodin continuaba sentado a mi lado. Lo miré, y dije:

—Oh, vaya, ¿qué es lo que me ha preguntado, señor Rodin?

Él sonrió aún más, y se le formó un hoyuelo en la mejilla.

—Que si quería hacerme más...

—Ah... ah... Oh, sí, sí, eso está muy bien, querido. Muy, muy bien.

La mujer comenzó a suspirar rítmicamente.

—Tal vez debiéramos irnos —susurré, cuando los sonidos de la pasión de la pareja comenzaron a aumentar de volumen. Yo nunca había oído aquellos ruidos. En la unión de mis muslos, noté un calor húmedo, y comenzaron a sudarme las palmas de las manos. Parecía que todo mi cuerpo había cobrado vida propia al oír sus gemidos de lujuria.

—¿Está segura? ¿Justo cuando las cosas se están poniendo interesantes? —me preguntó el señor Rodin, sonriendo abiertamente.

—Creo que es mejor que nos vayamos antes de que se pongan demasiado interesantes —respondí, y me puse en pie. Me temblaban las rodillas.

—Muy bien. A mí también me vendrá bien dar un paseo.

Me ofreció el brazo, y continuamos caminando hacia una pradera de césped. Allí, respiré profundamente. Me sentía como si no tuviera sangre en los pies.

—¿Se encuentra bien, señorita Bridgeton? —me preguntó

el señor Rodin. Yo iba agarrada de su brazo, y él me dio una palmadita en la mano.

—Sí, yo...

La brisa nos trajo un sonoro gruñido masculino, junto a la música que estaban tocando en el kiosco. En aquella zona había muy poca gente, porque la mayoría se habían marchado a bailar.

Yo miré hacia atrás.

—Estoy bien, gracias. Umm... ¿Podríamos retomar nuestra conversación? Creo que estaba a punto de contestar a mi pregunta acerca de las otras modelos.

Él me miró de reojo.

—Por supuesto. Las modelos.... Normalmente, nuestros artistas no emplean más de una modelo a la vez. El artista, cuando elige un tema, comienza a buscar una cara que pueda completar su visión.

El señor Rodin me soltó el brazo, y yo me sentí azorada de nuevo. Caminamos juntos hasta el estanque, y observamos en silencio a dos cisnes que se deslizaban sin esfuerzo por el agua. Recordé la historia del patito feo que nos contaban a mis hermanas y a mí cuando éramos pequeñas. Sentía muchas emociones a la vez; después de haber escuchado el encuentro de aquella pareja, era más que consciente de la atracción que sentía hacia el señor Rodin.

—Tal vez pudiera acompañarla a ver algunas obras de mi hermano —me preguntó él, sin apartar la vista de los cisnes—. Así se convencería de que mis intenciones son honorables.

—Oh, señor Rodin —dije. No quería que él me considerara inmadura o indecisa—. De veras creo que es usted sincero. Por favor, entienda que me interesa su proposición. Sin embargo, mi familia no aprueba que yo trabaje posando para un artista. Para ningún artista.

—Yo podría hablar con ellos, si usted lo desea —me respondió él.

Yo alcé la mano.

–Oh, no. Me temo que eso no saldría bien. La opinión que tiene mi familia sobre los artistas es mucho peor, incluso, que la de la señora Tozier.

Él frunció el ceño.

–Eso es un problema.

Miró hacia otro lado, y yo temí que estuviera a punto de terminar con nuestra conversación.

–Sin embargo, tal vez pudiéramos vernos en la galería de arte alguna vez, y usted podría mostrarme los cuadros de su hermano –dije.

Entonces, él miró hacia abajo con una sonrisa que le iluminó el rostro.

–Espléndido. Sí, eso sería muy agradable.

Yo suspiré.

–Muy bien.

–Entonces, ¿podemos vernos el sábado? –me preguntó, quitándose el sombrero. La brisa le movió un rizo rubio y se lo colocó en la frente. A mí me dieron ganas de apartárselo de los ojos.

–Oh... ¿Tan pronto? –le pregunté, al darme cuenta de que iba a tener que inventar una buena excusa para librarme de mis tareas del sábado–. Yo... no sé si voy a poder organizar una salida con tan poca antelación.

–¿Por su familia?

Yo asentí. Entonces, él se situó frente a mí y me puso las manos sobre los hombros.

–No voy a engañarla. Los miembros de la hermandad no son santos. Somos de carne y hueso, jóvenes y a veces temerarios, y tenemos los mismos impulsos que el resto de los hombres. Sin embargo, nuestra pasión no nos convierte en personas desagradables ni temibles. Es entregarse a esa pasión lo que le confiere la belleza al mundo. ¿Lo entiende?

–Sí, creo que sí.

–¿Y me teme, señorita Bridgeton?

–No, señor Rodin. Apenas lo conozco, pero, en realidad, me preocupa más cómo voy a explicarle a mi familia mi tardanza cuando llegue a casa.

–Venga conmigo a la Royal Academy el sábado. Así podrá juzgar por sí misma si mi hermano es digno de su consideración. Después, si tiene curiosidad por saber más, tal vez le agrade visitar su estudio. Yo estaría encantado de enseñárselo en nombre de Thomas. Creo que el estudio le parecerá un lugar muy artístico.

–Yo también soy un poco artista, puesto que escribo poesía –admití, pensando en su ofrecimiento.

–Lo sabía –dijo él con una sonrisa–. Entonces, ¿nos vemos el sábado?

Yo tragué saliva. Mi confianza vaciló.

–No lo sé, señor Rodin.

–Venga. Deje que la invite a una limonada mientras lo piensa.

Me ofreció el brazo y, por aquel gesto, yo habría estado dispuesta a pensar en cualquier cosa durante un buen rato. Sin embargo, sabía que estaba haciéndose tarde, y que mi familia estaría preocupada por mí.

Volvimos hacia el paseo principal, que estaba cerca del kiosco de música donde bailaba la gente. Las tiendas ya estaban cerrando, y la gente iba al parque para refrescarse un poco y tomarse un descanso.

Esperé mientras el señor Rodin se acercaba al vendedor de limonada, y lo observé, fijándome en la buena planta que tenía de espaldas. Mientras él esperaba la cola, una mujer rubia de pelo espeso y pecho voluminoso le tocó el hombro. Él se giró sorprendido, y le dio un abrazo. Hablaron durante un momento y, después, ella se marchó. Él pagó nuestras bebidas y volvió a mi lado. Me entregó el vaso con una gran sonrisa; la bebida estaba muy fría, y me alivió la garganta reseca.

–Gracias –le dije, y miré a la mujer, que en aquel instante hablaba con otro hombre–. ¿Es una conocida suya? –pregunté con ligereza, y le di otro sorbito a la limonada.

–¿Celosa?

–Oh... no, por supuesto que no.

Él sonrió y se sentó a mi lado.

–Por favor, señorita Bridgeton, discúlpeme. No era más que una broma –dijo. Miró a la mujer y tomó un largo trago de su limonada. Después, se volvió hacia mí–. Se llama Grace Farmer. Es una vieja amiga que, de vez en cuando, posa para la hermandad. Es una excelente cocinera y una buena mujer, aunque incomprendida, creo.

–¿Y por qué?

–Porque es una mujer mundana, sospecho. Pero solo aquellos quienes la conocen bien entienden su carácter y su corazón –dijo él, y observó a Grace mientras terminaba la limonada–. Además, mi hermano admira profundamente su pelo. Es el sueño de un artista.

Yo intenté no molestarme por el hecho de que la fraternidad mantuviera relaciones con prostitutas. Mi familia no iba a aceptar eso. La sociedad ya rechazaba a las modelos por su comportamiento promiscuo, y eso ya era lo suficientemente malo. Sin embargo, tal vez ella fuera la única mujer con un pasado cuestionable.

Yo me llevé la mano a la melena pelirroja y brillante, y me pregunté qué pensaría su hermano de mi pelo. La mayor parte del tiempo lo llevaba recogido en un moño. Rápidamente, volví a apartar la mano, para que el señor Rodin no se percatara de mis pensamientos.

–Se está haciendo tarde, y tengo que tomar el barco para cruzar el río.

–Por supuesto. La acompaño al muelle –dijo él.

Caminamos en silencio hasta el lugar donde esperaba una de las lanchas, que ya se estaba llenando de pasajeros.

–Gracias, señor Rodin. He pasado una tarde muy agradable.

–Espere –dijo él, y alargó la mano hacia mi mejilla. Con el dedo pulgar me acarició una de las comisuras de los labios y, al hacerlo, me causó un estremecimiento que me recorrió los brazos.

–Era un poco de helado. No querrá que eso la delate ante su familia.

Podría haberse limpiado el helado en los pantalones, pero se lo lamió del dedo. Yo sonreí con vacilación, mientras me preguntaba cómo iba a explicarle a mi familia el papel que había tenido aquel hombre en mi retraso.

–Finalmente, no me ha dicho si vamos a vernos el sábado.

–Lo intentaré, señor Rodin –respondí–. No sé si podré...

–Sé que necesita organizarlo, pero inténtelo, por favor, señorita Bridgeton.

Yo le di la mano al barquero y subí a la lancha.

–Haré lo que pueda, se lo prometo.

Él caminó en paralelo a mí, por el muelle, mientras yo iba hacia la parte trasera de la embarcación. Después se agachó y me miró por debajo de la barandilla.

–Prométame que va a intentarlo con determinación.

–Señor Rodin.

–Señorita Bridgeton, por favor. Lo que le ofrezco podría cambiar su vida, y la de su familia.

Yo miré hacia arriba mientras reflexionaba sobre aquel comentario. En mi mundo, el arte era algo extraño, y su valor se encontraba en los grandes maestros, no en los artistas nuevos que despuntaban transgrediendo las reglas de lo convencional. Sin embargo, yo tenía que preguntarme si estaba dispuesta a conformarme con las convenciones para el resto de mi vida. ¿Merecía la pena desobedecer a mi familia, y arriesgarme, incluso, a que me repudiaran con tal de satisfacer mi curiosidad? Mi padre alemán podía ser muy obcecado y autoritario, algunas veces.

En realidad, no podía asegurarle al señor Rodin que iba a ir al museo con él; sin embargo, quería ver su sonrisa una vez más.

–Oh, está bien. ¿A qué hora, entonces? –le pregunté, casi con desesperación.

–¡Espléndido! A las diez en punto –me respondió.

Alcé la mano para decirle adiós.

–Nos vemos entonces –gritó.

Lo perdí de vista mientras él volvía desde el muelle hacia los jardines. Posé la mano en el regazo y me sentí como una boba por preguntarme si él regresaba junto a Grace Farmer. ¡Vaya minucia! Yo tenía cosas mucho más importantes en las que pensar, como por ejemplo, en cómo podía escapar de la vigilancia de mi madre aquel sábado.

Capítulo 3

Aquella noche, había sufrido dolor de estómago a causa de los nervios. Cuando me ocurría aquello, apenas podía comer, y mi madre se daba cuenta al instante de que yo estaba preocupada por algo. El señor Rodin se había tomado muchas molestias para convencerme de que su hermandad de artistas era muy valiosa y, cuanto más pensaba yo en mis opciones, más me molestaba el estómago.

—¿Te has tomado el láudano, Helen? —me preguntó mi madre, mientras retiraba el cuenco de gachas, que yo apenas había tocado. Mis padres y mis hermanas ya habían terminado de desayunar y estaban ocupándose de sus tareas.

Yo todavía no había tenido el valor de decirle que me iba a marchar a pasar el día fuera. Sabía que no podía decirle la verdad, porque no me permitiría salir. Además, ni siquiera yo misma sabía aún si era inteligente salir a solas con el señor Rodin. Sin embargo, quería conseguir mi independencia, necesitaría más información. Hasta que no supiera más, no tenía ningún motivo para poner a mi familia sobre aviso.

—Hoy me han invitado a un… picnic —dije yo, atragantándome con la mentira, mientras comenzaba a lavar platos.

–Oh, qué agradable, nena. Me alegro de que salgas. ¿Quién va a ir? –me preguntó mi madre, y me miró con tal deleite que a mí me ardió el estómago. Creo que mi madre me veía como una ermitaña, aunque nunca me lo había dicho.

–Algunas chicas de la tienda.

–¿Y habrá algún caballero, por casualidad? –inquirió, con una mirada de esperanza, por si acaso había posibilidades de ir forjando algún matrimonio.

Yo intenté que mi sonrisa pareciera genuina.

–No me lo dijeron, mamá. No lo sé.

–¿Y dónde es el picnic?

A mí se me quedó la mente en blanco. No había previsto más preguntas.

–Umm... en Cremorne –mentí de nuevo, y el estómago se me encogió.

Ella me dio una palmadita en la mejilla.

–Bien, me parece muy bien, y te vendría bien salir un poco más. Entonces, ¿no cuento contigo para la hora de cenar?

Yo negué con la cabeza.

–No, será mejor que no. Tomaré la lancha antes de las diez.

–Tal vez tu padre debiera ir a buscarte al embarcadero. No me gusta que vayas sin acompañante, y menos a esas horas.

–Estaré perfectamente, mamá. A ninguna de las otras chicas las va a recoger su padre. No te preocupes.

Entonces, me puse a recoger unas cuantas cosas, antes de que a ella se le ocurrieran más preguntas.

–¿Helen?

Oí mi nombre mientras salía hacia el camino delantero, y me giré. Mi madre se acercaba con el parasol en la mano.

–Que no se te olvide usar esto. Ya sabes que te quemas enseguida.

—Gracias, mamá. Y ahora, por favor, no te preocupes más. Voy a estar muy bien –le aseguré.

Hacía una mañana preciosa. Noté el sol cálido en la cara mientras la lancha atravesaba el río. El mal olor del agua era lo único que estropeaba un poco mi alegría por haber podido salir de casa con tan pocas preguntas.

Recorrí la calle apresuradamente, lamentando no poder permitirme alquilar un coche para no estar desarreglada cuando viera al señor Rodin. Torcí la esquina de la galería y lo vi paseándose por delante del edificio. Se detuvo y miró su reloj. Yo tampoco tenía dinero para permitirme aquel lujo, así que tenía que guiarme con las campanadas del nuevo reloj de la torre del Parlamento.

—Señor Rodin –dije, con la voz un poco entrecortada, y sonreí mientras aminoraba el paso.

—Señorita Bridgeton –dijo él. En aquel preciso instante, el reloj dio la hora–. Espléndido. Llega usted justo a la hora.

Me ofreció el brazo, y entramos al museo. La Royal Gallery era un precioso museo; sala tras sala de mármol brillante y altísimos techos. Los cuadros tenían marcos dorados y estaban colgados al nivel de los ojos, y más arriba.

—Los artistas quieren ocupar el lugar que está al nivel de los ojos –me explicó el señor Rodin–. Así, saben que su obra cuenta con la aprobación del comité.

—¿Y dónde está el trabajo de su hermano, señor Rodin? –pregunté yo, buscando con la mirada por las paredes, preguntándome si reconocería su trabajo cuando lo viera.

—En la tercera fila, comenzando desde arriba... Allí. Es una pieza muy brillante. Debería estar más baja, pero mi hermano tiene problemas para cumplir los deseos del comité.

Yo lo miré con extrañeza, y él sonrió.

—Thomas abandonó la academia como forma de protesta por las enseñanzas que se imparten en ella, y nunca ha conseguido recuperar la buena relación con el comité. No tiene muchos amigos influyentes –me explicó, y volvió a mirar el cuadro–. En realidad, señorita Bridgeton, creo que, en el fondo, él quería que el comité juzgara su obra por su propio mérito, y no por su reputación.

Yo observé la pintura. Era un precioso retrato de una mujer apenas cubierta con una rica tela azul. Lo que más me atrajo fue la luz de su mirada. Sus ojos estaban llenos de vida.

–No debe dejar que esto influya en su decisión, señorita Bridgeton. A menudo, en la vida, los genios son los más incomprendidos.

–Oh, de veras, eso lo entiendo.

Lo miré de reojo, y él volvió a sonreír.

La fe que William tenía en la obra de su hermano era lo que la hacía destacar del resto de los cuadros. Yo sabía poco sobre Thomas Rodin, el artista, pero cuanto más tiempo pasaba con su hermano, más lo reverenciaba y más deseaba conocerlo. Comencé a darme cuenta, también, de que estaba dispuesta a correr cualquier riesgo con tal de estar con William.

Proseguimos nuestra visita, y llegamos a una estatua de un varón desnudo, reclinado, como si estuviera relajándose en una pradera durante un día agradable. Cada uno de sus músculos estaba intrincadamente esculpido con realismo y precisión, y mis ojos se vieron atraídos inmediatamente hacia el tamaño de su falo, que descansaba fláccido contra su pierna. Nunca había visto la forma masculina, y me pregunté en silencio si estaba proporcionada.

–Artísticamente aumentado –me dijo el señor Rodin, al oído.

–Oh, yo no estaba...

Él arqueó una ceja.

Yo me sonrojé, y aparté la mirada.

–Querida señorita Bridgeton, en lo referente al arte, solo una persona inteligente se haría tales preguntas.

–Gracias, señor Rodin, pero ¿cómo lo ha sabido?

–Su cara es como un libro abierto.

–Lo siento. Supongo que me encuentra demasiado ingenua.

–Todo lo contrario. Me parece que su inocencia es algo muy bello.

–Tiene usted una maravillosa manera de hacer que me sienta bien, señor Rodin –le dije yo, sonriendo.

Él me tocó el brazo.

–Quiero que se sienta cómoda y pueda preguntarme cualquier cosa. Ya sé que mi hermano va a quedar encantado con usted, tanto como yo. Sus ojos profundos y su pelo rojo y brillante... Es usted precisamente lo que la hermandad ha estado buscando.

–Me halaga.

–Señorita Bridgeton, los halagos no tienen nada que ver con esto. Estoy intentando convencerla de que pose para nosotros.

–¿Para nosotros? ¿Usted también pinta? –pregunté yo con el corazón un poco acelerado al pensarlo.

–¿Yo? No. Yo le dejo la pintura a mi hermano.

Mientras recorríamos las salas, yo me quedé impresionada por el gran conocimiento del arte que tenía el señor Rodin, aunque dijera que no tenía inclinaciones artísticas. Parecía que siempre estaba comparando las obras de su hermano con las obras tempranas de Miguel Ángel.

Después de visitar la galería, fuimos a los jardines. El señor Rodin arrancó una rosa de un rosal y me la entregó.

–Gracias –me dijo–, por haber venido hoy.

Yo me llevé la flor a la nariz e inhalé profundamente su olor.

–Gracias por pedírmelo. Ha sido un día muy agradable.
–¿Y todavía tiene alguna preocupación, o quiere hacerme alguna pregunta?

Yo lo estudié durante un momento; todavía dudaba sobre si aceptar o no su oferta, porque sabía que mi familia sería muy difícil de convencer.

–Le ruego que me conceda un día más para pensarlo –le dije; mi voz tuvo un ligero tono de súplica, porque temía que ante aquel retraso a la hora de darle una respuesta le hiciera cambiar de opinión.

Él me miró dubitativamente.

–Por favor, señor Rodin. Me siento muy halagada. Sin embargo, debe usted entender que nunca había recibido una oferta así.

Él sonrió, aunque parecía receloso.

–Por supuesto.

Yo suspiré de alivio, y sonreí también. Aparté la mirada y me puse las manos sobre el estómago en un intento de calmar los nervios.

–¿Está segura de que todo va bien, señorita Bridgeton? –preguntó él.

Yo alcé una mano.

–Sí, yo... estoy bien. Tal vez me viniera bien tomar una soda.

Sabía que pronto tendría que tomar mi medicina.

Él se fue en busca de un vendedor, y yo me reproché a mí misma el hecho de ser tan nerviosa.

El señor Rodin no volvió a presionarme para que le diera una respuesta. Hablamos de otros temas y, un poco después, aquella tarde, llamó a un carruaje para acompañarme al embarcadero.

En el muelle, me entregó una tarjeta con el nombre y la dirección de su hermano.

–Si toma alguna decisión, podrá encontrarme allí.

–Gracias de nuevo, señor Rodin –le dije con una sonrisa–. Le prometo que lo pensaré.

Al día siguiente, en el trabajo, un niño entró en la tienda, se quitó la gorra y se acercó al mostrador. Llevaba un precioso ramo de flores.

–Fuera hay un caballero que me ha pagado un chelín. Dice que le dé estas flores a la chica más guapa de la tienda –dijo. Miró a su alrededor y se encogió de hombros–. Supongo que es usted, ¿no?

Yo tomé el ramo de flores y le di las gracias al niño. Después miré la tarjeta, moviéndola hacia la luz para poder leer lo que había escrito en ella.

Querida señorita Bridgeton:

Muchas gracias por la agradable tarde de ayer.

W. R.

–Señorita Bridgeton, ¿ha venido un cliente casi a la hora de cerrar? Recuerde que hoy es domingo y debemos cerrar pronto, y tengo mucho que hacer –dijo la señora Tozier. Al ver las flores que yo tenía en las manos, abrió mucho los ojos–. ¿Son de un admirador secreto?

Yo me guardé la tarjeta en el delantal.

–¿Oh, esto? No, las ha traído un niño para... la propietaria.

–¿Tenían tarjeta?

–No, señora. Me dijo que el hombre que las enviaba quería expresar su agradecimiento –respondí yo, mientras intentaba recordar, frenéticamente, las ventas recientes–. Mencionó algo sobre un sombrero de viaje para su esposa.

Ella se quedó desconcertada.

–¿Sin nombre? –preguntó. Entonces, se le iluminó la mirada–. ¡Ah, el señor Smythe!

Al ver que por fin aceptaba mi mentira, asentí para afianzar el engaño. Mi estómago sufrió una severa punzada de dolor que me recordó el estrés que yo misma me causaba.

Me alegré de que la tienda cerrara pronto. Después de rehusar educadamente la invitación de la señora Tozier para que cenara con ellos, me fui a dar un paseo por el parque, para aclararme un poco la mente.

–¡Señorita Bridgeton!

Una voz familiar me llamaba a mis espaldas. Me volví, y vi al señor Rodin acercándose apresuradamente. Tenía la cara sonrojada por la carrera.

–He pensado que tal vez la sombrerería cerrara hoy un poco antes, ya que es domingo.

Me sonrió, y a mí me temblaron las rodillas. No sabía exactamente en qué momento había empezado a fantasear con el señor Rodin y conmigo. Tal vez fuera solo por el hecho de que, hasta aquel momento, nunca me había prestado atención ningún hombre. Sin embargo, parecía que él estaba interesado de verdad.

–Me preguntaba si ya ha tenido oportunidad de tomar una decisión.

–Le agradezco su paciencia, señor Rodin, y su tenacidad –dije yo, mientras agarraba con fuerza el parasol.

–Mi hermano dice que, una vez que he decidido algo, soy como un perro con un hueso.

Su encantadora sonrisa me dio seguridad.

–Me alegro de que no se haya rendido.

Él estaba arreglado con pulcritud. Llevaba una chaqueta marrón y unos pantalones oscuros. Se había peinado los rizos hacia atrás, y eso acentuaba la línea de su mandíbula. En sus ojos, vi un apetito muy agradable.

Aunque sabía perfectamente que no era decoroso que una joven aceptara tal proposición, no tenía ningún motivo para temer al señor Rodin. Mi temor era que él perdiera su determinación si yo volvía a responder que no.

Entonces, él sacó una rosa con un tallo muy largo que llevaba a la espalda, y me la dio.

Yo la acepté encantada y me llevé los delicados pétalos de la flor a los labios. Inhalé profundamente su fragancia. Dos veces, no, tres veces me había regalado flores.

—¿Recibió mis flores? —me preguntó él, ladeando la cabeza.

Yo vacilé. Traté de encontrar la mejor manera de explicarle lo que había ocurrido.

—Sí, muchas gracias. Sin embargo, lamento decirle que tuve que regalarlas. No está permitido aceptar regalos en la tienda.

—Tomo nota. Entiendo que una mujer de su belleza pueda causar problemas en ese sentido.

Yo aparté la mirada.

—Por favor, señor Rodin.

—Lo digo muy en serio, señorita Bridgeton.

Él me observó durante un largo instante, dándose golpecitos con el sombrero en la pierna. Después, sonrió.

—Bueno, todavía queda por ver si puedo convencerla de que venga a visitar el estudio de mi hermano.

Yo no podría haberle dicho que no, ni aunque mi vida dependiera de ello.

—Muy bien. Aunque se dará cuenta de que es muy poco apropiado que yo acepte su invitación sin acompañante.

Él me miró de arriba abajo, y admito que me deleitó. En la línea que yo estaba a punto de cruzar había algo muy atrevido.

—Creo que tiene usted una buena cabeza sobre los hombros, señorita Bridgeton. Le doy mi palabra de que seré un caballero.

Tomé su brazo con la esperanza de que no fuera demasiado caballeroso. Durante las últimas noches había soñado cómo serían sus besos. Aparté la mirada, porque noté que me estaba ruborizando de nuevo.

El señor Rodin y yo caminamos tranquilamente por el parque hacia la fila de carruajes que esperaban pasajeros. Él me ayudó a subir al asiento de uno de ellos y, después, se sentó a mi lado.

—Cheyne Walk —le dijo al cochero.

El carruaje abierto dio un tirón hacia delante, y yo abrí el parasol para protegerme del sol de la tarde.

—¿Está su hermano en el estudio? —pregunté con los ojos fijos en la carretera. No me atrevía a mirarlo. Ya me sentía desvergonzada al ir con él sin la compañía adecuada.

—Si no está, llegará pronto. Mencionó que tenía que reunirse con algunos miembros de la hermandad esta tarde.

—¿Vive usted en el estudio con su hermano? —pregunté.

Lo miré de reojo. Tenía un precioso perfil, y me di cuenta de que tenía una hendidura en la barbilla, en la que yo no me había fijado aún.

—Cuando estoy en Londres, sí, me quedo con Thomas. Al principio, me resultó un poco difícil acostumbrarme a sus manías —dijo, y se rio—. Thomas pinta cuando está de humor. De noche, o de día.

Yo sonreí. Parecía que tenía mucho que aprender sobre el excéntrico Thomas Rodin.

El carruaje iba dando tumbos por la calle empedrada, y el sol empezó a calentar demasiado. Yo me había bañado y me había puesto uno de mis mejores vestidos, y un corsé que me había regalado una de las chicas de la tienda. Sin embargo, el calor con tantas capas de ropa era sofocante.

Por fin, el coche se detuvo ante un edificio de dos plantas, alto y estrecho. Tenía un pequeño balcón que daba a la calle. Era sencillo y limpio, y parecía que estaba en un buen barrio. Eso me tranquilizó un poco.

El señor Rodin me ayudó a bajar a la acera y me acompañó hasta una puerta pintada de rojo.

–Ya hemos llegado.

Dentro, mis ojos tuvieron que acostumbrarse a la penumbra del vestíbulo. La entrada era estrecha, y había una habitación pequeña a la derecha. Miré hacia el interior. En la estancia no había muebles, tan solo estanterías de suelo a techo que cubrían todas las paredes y que estaban atestadas de libros.

–Los miembros de la fraternidad son ávidos lectores –dijo el señor Rodin–. Venga, voy a enseñarle el estudio. Está en el piso de arriba.

Puso la mano en mi espalda para guiarme hacia una escalera de caoba. Me permitió subir primero, y llegamos a un descansillo del que partía otro tramo de peldaños, girando bruscamente a la derecha.

Yo pasé la mano por el papel de la pared, que era del color de los rubíes y tenía una textura aterciopelada.

–Este papel es precioso.

Él posó la mano en la pared, junto a la mía.

–¿Le gusta? –me preguntó.

Yo intenté ignorar su cercanía y la forma en que su voz reverberaba dentro de mí.

–El color es muy elegante. Es como el del vino tinto –dije y, al mirarlo, me di cuenta de que tenía una sonrisa de satisfacción.

–Esa fue mi inspiración.

–¿Su inspiración? –pregunté yo, observando el bello color de la pared.

–Este fue uno de los primeros diseños que le vendí a un

fabricante de aquí, de Londres. Lógicamente, es para una clientela muy limitada, pero es un comienzo –dijo él, y se rio de buena gana–. Dudo que mis diseños se expongan alguna vez en la academia.

–Hay más hogares en el mundo que museos o galerías, señor Rodin –respondí yo, sin dudarlo. Él bajó la mano y, al hacerlo, rozó la mía.

–Gracias. Nunca lo había visto así.

Yo continué subiendo, más consciente que nunca de su presencia. Al terminar el tramo de escalera, había un amplio pasillo y, justo delante de mí, un arco que se abría a una gran estancia. A mi derecha, el corredor contaba con cuatro puertas más y terminaba en una ventana vestida con un delicado visillo de encaje. De la habitación más grande emanaba un olor pútrido, y yo me llevé la mano a la nariz.

–Oh, Dios mío, ¿a qué huele?

El señor Rodin se echó a reír.

–Thomas le diría que es el olor del dinero.

Me tocó la espalda ligeramente para indicarme que siguiera avanzando.

–Se acostumbrará. Es el aceite de linaza y el limpiador de los pinceles –me dijo, por encima de mi hombro–. Usted huele mucho mejor.

–Señor Rodin –dije yo con una risita.

Entonces, él me rodeó, y su pecho se rozó contra mi costado. Yo contuve el aliento; la reacción de mi cuerpo hacia él me puso nerviosa.

–Pase.

Me hizo un gesto para que entrara en la habitación, y yo me detuve un momento para que mis ojos pudieran ajustarse al paso de la penumbra del pasillo a la luminosidad que entraba por las ventanas de la espaciosa habitación. Parecía que se había retirado una de las paredes para crear un enorme estudio. En uno de los extremos del espacio había infinidad de caballetes, taburetes y una *chaise longue* cubierta con preciosos vestidos. Era más parecido a las bambalinas de un teatro que al estudio de un artista. En el otro extremo había un escritorio y una estantería que contenía cosas exóticas y más libros. Había una chimenea con la embocadura de mármol negro y, ante ella, varias butacas. Justo enfrente de la chimenea estaba la puerta del balcón. El señor Rodin las tenía abiertas, y los papeles que estaban prendidos a los lienzos se movían con la brisa de verano.

–Puede mirar lo que quiera –me dijo el señor Rodin, mientras caminaba por la habitación.

El viento hizo volar un esbozo que cayó a mis pies. Me agaché a recogerlo al mismo tiempo que el señor Rodin, y nuestros dedos se rozaron brevemente. Yo solté el papel y me giré para que él no viera el rubor de mis mejillas.

–¿Ha pintado alguna vez, señorita Bridgeton? –me preguntó, mirándome fijamente.

Supongo que su pregunta no era extraña. La mayoría de las mujeres bien educadas de Londres sabían música, pintaban y escribían poesía.

–Solo he escrito unos cuantos poemas. Me temo que no tengo mucha práctica –dije. Entonces, miré el boceto. Era un desnudo femenino hecho a carboncillo. La mujer estaba tendida en un diván con una tela cubriéndole las piernas. Aparté la vista y miré las pinturas que había apoyadas en la pared, preguntándome si me pedirían que posara desnuda.

Sin decir nada, él puso el boceto sobre los demás, que formaban una pila sobre el escritorio, y los sujetó poniéndoles un libro encima.

–¿A quién le gusta leer? –me preguntó, mirándome mientras yo inspeccionaba los cuadros que había apoyados en la pared. En uno de los grupos, había unas doce pinturas con fondos distintos, pero siempre el rostro de la misma mujer.

—Leo casi cualquier cosa, señor Rodin. Sin embargo, tengo predilección por Dickens.

Él se rio suavemente.

—Un buen tipo, Charles —dijo, mirando al suelo—. Demasiado ferviente, pero con buena intención.

—¿Lo conoce? —le pregunté con los ojos muy abiertos.

Él se encogió de hombros.

—Vino a cenar una noche. Tiene muchas ideas sobre la reforma social.

Yo observé su expresión, preguntándome si debía creerlo o no. Había empezado a pensar que, tal vez, el señor Rodin no hubiera exagerado tanto en cuanto a la fama de su hermano.

—¿Estos cuadros los ha pintado su hermano?

—Sí. Siempre es la misma mujer. Thomas puede llegar a ser un poco posesivo cuando elige un tema.

Lo dijo en un tono de tristeza casi imperceptible, o de frustración... Yo sentí la caricia de su respiración en la nuca. Aquella mujer era bellísima. ¿Cómo iba a compararme a ella?

—¿Cree que él me considerará adecuada? —pregunté, tocándome el cuello de la blusa con nerviosismo.

En aquel instante, me percaté de lo ardientes que eran mis sentimientos por el señor Rodin. Una cosa era soñar en la intimidad de mi habitación, pero otra muy distinta era enfrentarme al deseo estando allí con él. William había cumplido su palabra y había sido un perfecto caballero, pero yo me di cuenta de que había deseado que estuviéramos a solas para poder explorar la atracción que sentía por él, y que, seguramente, él sentía por mí.

Fue a la vez excitante y aterrador ser consciente, por fin, de que acababa de tomar la primera decisión importante de mi vida adulta.

Capítulo 4

Noté la calidez de sus dedos cuando se entrelazaron con los míos. Tendría que salir de allí; corría el peligro de perder la virtud. Sin embargo, cerré los ojos por la divina sensación de las caricias de su dedo pulgar en mi muñeca.

−¿Qué está haciendo, señor Rodin? −le pregunté con la voz entrecortada.

−¿Cómo no iba a encontrarla mi hermano absolutamente perfecta, señorita Bridgeton? Tendría que estar ciego.

Yo lo miré, con el corazón acelerado, e intenté pensar con claridad. Necesitaba encontrar un motivo para negarle a mi cuerpo lo que anhelaba. Llevaba días sin pensar en otra cosa que en William.

−Mi padre me ha advertido que los hombres, sobre todo los que quieren algo, no paran hasta que consiguen sus propósitos. ¿Es eso lo que está haciendo usted, señor Rodin?

−Le confieso, señorita Bridgeton, que ha invadido mis pensamientos desde el día en que nos conocimos.

−Le ruego que no se burle de mí, señor.

−¿Es que no se da cuenta, señorita Bridgeton, de que me ha hechizado?

Se acercó más a mí, clavándome sus intensos ojos azules, como si quisiera pedirme permiso, y me besó. El primer roce de sus labios me arrebató el aliento y desató una necesidad primitiva en mí.

Yo recibí sus besos atrevidamente y me entusiasmé al oír su gruñido gutural mientras me apoyaba contra la pared. Curvé mi cuerpo contra el suyo y noté su erección entre las capas de ropa.

Saboreé la boca de William sobre la mía, y gimoteé suavemente cuando su lengua pasó entre mis labios. Olía a verano y sabía a té de miel y canela.

—Dios, eres preciosa —susurró, mientras me mordisqueaba detrás de la oreja—. Dime que has pensado en esto. Dime que lo has deseado tanto como yo.

Deslizó una mano hacia arriba, por mi cintura, y llegó hasta mi pecho, que acarició con delicadeza. Yo me retorcí bajo sus besos fervientes y sus caricias íntimas.

—Necesito... Tengo que tocarte...

Me miró fijamente con sus ojos hipnóticos, pidiéndome más. Pese a que mi cabeza me advertía que terminara con aquello, no podía, no quería rehusarlo.

Me giré contra la pared y me levanté el pelo para que pudiera desabotonarme el vestido. Él posó los labios en la carne que iba liberando, y me envió una cascada de escalofríos por la espina dorsal. Ya medio desnuda, apoyé la mejilla en la pared y disfruté del tacto de sus manos ásperas mientras me iba despojando del vestido.

Me giró hacia él y, por un momento, nos miramos el uno al otro. Él pasó la mirada por mi cuerpo, como si estuviera decidiendo si iba a continuar. Antes, yo nunca me había comparado con otras mujeres. Me mordí el labio, porque temía que estuviera teniendo dudas.

Mi cuerpo temblaba de impaciencia. Él comenzó a desabrocharme el corsé, entre besos y caricias.

—Deprisa —susurré. Estaba ansiosa por librarme de mis ataduras.

Me apoyé contra la pared y me sentí agradecida cuando, por fin, el corsé cayó al suelo. Mis pechos se balancearon bajo la fina camisa. Él inclinó la cabeza y cerró los labios sobre la tela, y tomó la punta rosada de mi pecho entre los dientes.

Yo entrelacé los dedos en su pelo y observé cómo su boca le provocaba a mi cuerpo todo tipo de nuevas sensaciones.

Entre besos abrasadores, me sacó la camisa por la cabeza y se retiró ligeramente. Respiró y posó su frente en la mía.

−Lo último que quiero, Helen, es engañarte. Yo no tenía esto planeado, y, si me dices que pare, lo haré. Pero espero que no lo hagas −dijo, tragando saliva.

Yo le acaricié las mejillas.

−No le voy a pedir que pare, señor Rodin. Durante estos últimos días no he podido pensar en otra cosa.

Entonces, lo besé, y comencé a desabotonarle torpemente la camisa.

Él me tomó las manos y me las besó. Se apartó dos pasos para sacarse la camisa por la cabeza y la dejó caer al suelo. Yo observé la anchura de sus hombros, el suave vello de su pecho. Estaba tan bien formado como las estatuas que había visto en el museo.

La intensidad de mi apetito carnal me sorprendió. Era como si se hubiera despertado una nueva mujer en mí. La visión de sus músculos fuertes me causaban languidez, me hacían anhelar sus caricias.

Él metió los dedos por la cintura de mis bragas y me las bajó por las caderas. Después, esperó a que cayeran al suelo y yo saliera de ellas. Me observó fijamente; yo solo llevaba mis viejas botas de tacón.

−Voy a estallar con solo mirarte −dijo−. Mira lo que me haces.

Bajé la mirada hasta el bulto de sus pantalones y, después, volví a mirarlo a él. El hecho de que le hubiera causado aquella excitación me deleitó, puesto que nunca le había hecho aquello a ningún hombre. Sin embargo, no sabía qué hacer. No tuve que preguntarlo.

Él se puso de rodillas y me rodeó la cintura con las manos. Entonces, comenzó a lamerme un pecho y, después, el otro.

—Eres virgen, ¿verdad? —susurró.

Su respiración me puso la carne de gallina. Asentí, y se me cerraron los ojos mientras sus besos descendían por una de mis caderas hasta los muslos.

Se colocó una de mis piernas en el hombro y separó mis pliegues femeninos. A mí se me escapó un jadeo al notar su dedo encallecido en el sexo húmedo. Arqueé la espalda y me tapé la boca para amortiguar mis gemidos. Hundió suavemente el dedo, y yo tuve que agarrarme a su cabeza para no caer.

—No tengas miedo, Helen. Yo cuidaré de ti.

Yo tenía la garganta seca. Toda aquella felicidad me resultaba ajena, extraña.

—Quiero que recuerdes esto, Helen. Quiero que recuerdes que fui yo.

Su aliento cálido en la piel de mi muslo precedió al roce lento de su lengua en mis pliegues. Dominada por aquella necesidad, acepté aquel tratamiento y moví las caderas suavemente, para notar más su lengua cálida.

—Dime lo que quieres, Helen —me dijo, mirándome con los ojos brillantes—. Quiero que estés segura.

—No pares... Ahora no...

Él me sonrió con picardía; se puso en pie y se desabotonó los pantalones. Yo observé con fascinación su miembro erecto, y, aunque sentí una punzada de temor, nunca había deseado nada tanto en mi vida. Nunca me había sentido tan temeraria, tan dichosa. Aquello era un poderoso afrodisíaco. Le rodeé el cuello con los brazos y él me sujetó por las nalgas y me alzó hasta su cintura. Lentamente, entró en mi cuerpo, mirándome a los ojos, y se detuvo un instante cuando yo sentí un dolor ligero y jadeé. Aquel dolor se convirtió en una dicha enorme cuando comenzó a producirse la fricción entre nuestros cuerpos.

–¿Estás bien? –me susurró.

–Sí –suspiré yo, deleitándome con sus embates rítmicos.

Me abandoné a aquellas sensaciones deliciosas, y él comenzó a acometerme con más fuerza, y con un brillo posesivo en los ojos.

–Mírame, Helen –dijo con la voz ronca.

Tenía gotas de sudor en la frente, y su respiración silbaba a cada embestida. Mi cuerpo fue tensándose hasta que perdí el control y grité de placer. Me aferré a sus hombros y apreté las piernas alrededor de su cintura. William jadeó y gritó mi nombre, y me embistió tres veces más, hasta que apoyó la cabeza en mi hombro.

La brisa entró por el balcón y nos refrescó un poco. Yo miré hacia la luz, y me sorprendí de lo diferentes que parecían las cosas. Mi cuerpo estaba satisfecho, pero mi corazón todavía sentía incertidumbre. No esperaba falsas promesas, ni una petición de matrimonio para enmendar nuestra lujuria. Sin embargo, no esperaba tampoco el vacío que sentí ante su ausencia. Se me llenaron los ojos de lágrimas, y él me miró con preocupación.

–¿Te he hecho daño? –me preguntó.

–No –respondí, tímidamente. ¿Cómo podía decirle que me casaría con él en aquel mismo instante si me lo pidiera?

Él salió de mi cuerpo, sujetándome como si yo fuera un jarrón delicado.

–Con cuidado –dijo–. ¿Seguro que estás bien?

Yo sentí frío y me abracé a mí misma, mientras buscaba mi ropa por el suelo.

Él fue entregándome la ropa interior sin hacer ningún comentario, y yo noté su turbación.

−Sí, gracias, estoy bien.

Mis palabras sonaron extrañas, y sonreí para disimular mis verdaderas emociones.

Él me miró a los ojos y, donde yo había visto preocupación hacía un instante, en aquel momento solo vi culpabilidad. Nos vestimos en silencio, como si nos sintiéramos avergonzados por nuestros impetuosos actos. Aquel comportamiento era nuevo para mí, y sospeché que tal vez también lo fuera para él. Me di cuenta de que, en el punto álgido de la pasión, me había llamado «Helen». ¿Cómo debía dirigirme yo a él? Ya no parecía necesario el protocolario «señor Rodin» que hubiera sido lo esperado por las convenciones sociales.

Era un hombre callado, considerado y atento. Un hombre seguro de sí mismo, en mi opinión, que no necesitaba que lo reconfortaran constantemente. Sin embargo, yo no podía entender su silencio. ¿Acaso mi corazón había preferido ver solo lo que quería, en vez de lo que era real? Dios Santo, ¿acaso mi padre tenía toda la razón?

William terminó de vestirse y salió al balcón. Yo lo seguí, y me detuve un instante ante la puerta doble. Él se apoyó en la barandilla y se quedó absorto, mirando la ciudad.

A aquella hora de la tarde, el hedor del Támesis se extendía por todas las calles.

−Él no puede saberlo −dijo William de repente, de espaldas a mí.

No sabía si lo había oído correctamente, así que me acerqué a él y pasé el brazo por el hueco de su codo. Él me tomó la mano y se la llevó a los labios.

—¿A quién te refieres? —le pregunté—. ¿A mi padre? Mi familia no tiene por qué saberlo.

—No, Helen, no me refiero a tu padre. Tú eres lo suficientemente mayor como para elegir —dijo, y me miró brevemente, antes de apartar la vista de nuevo—. Me refiero a Thomas. Se pondría furioso si se enterara de que hemos estado juntos. Si hubiera sido cualquier otro, no tendría importancia, pero yo... No sé cómo explicártelo, Helen. Las cosas son así entre nosotros.

Yo me quedé mirándolo sin dar crédito a lo que acababa de oír.

—¿Me estás diciendo que debemos fingir que no ha ocurrido nada entre nosotros? ¿Por qué, William? ¿Es que él no quiere que seas feliz? —pregunté, sin poder contenerme.

Él volvió a besarme la mano, y se giró hacia mí con una expresión firme y decidida.

—No se trata de mi felicidad, Helen. Se trata de su vida, de su trabajo, de su forma de hacer las cosas —dijo William.

Sus ojos no reflejaban ninguna emoción, cuando yo acababa de verlos rebosantes de pasión. Solo reflejaban la súplica de un hombre que me rogaba que comprendiera y olvidara lo mejor que me había ocurrido. ¿Cómo iba a ignorar mis sentimientos, si estaba en juego mi virtud?

—No podemos seguir con esto. Yo debería haberme controlado más —añadió él, agitando la cabeza con arrepentimiento.

—Entonces, no posaré para él, William —dije yo, tomándolo de la mano—. Y no hay más que decir.

—Eso no sería justo para ti, ni para Thomas.

Yo me quedé boquiabierta y no encontré respuesta para aquel comentario tan absurdo. Cerré los ojos con fuerza y traté de desenredar aquella situación.

—No puedes negar lo que ha ocurrido —dije—. Yo... no lo entiendo.

Intenté acariciarle la cara, pero él se retiró. Se dio la vuelta, pasándose la mano por el pelo.

—Yo no soy como él, Helen. Lo entenderás cuando lo hayas conocido. Solo su presencia es suficiente para dirigir a los que están a su alrededor. Domina a todos los que forman parte de su mundo. No de una manera abusiva, por favor, no me malinterpretes —dijo, mientras se apoyaba en la barandilla del balcón y miraba a la calle—. Es un hombre bondadoso.

—Como tú, William —dije yo, e intenté abrazarlo de nuevo. Quería que me dijera que era tan feliz como yo.

—Eso lo dices ahora —respondió, y emitió una carcajada seca. Después me miró de reojo.

—¿A qué te refieres? ¿Acaso me consideras tan frívola como para dejarme seducir por los encantos de cualquier hombre?

Él cerró los ojos y suspiró.

—No eres tú, Helen —dijo, y sonrió—. Es él. Nunca he conocido a un hombre que se sienta tan bien en su propia piel, que tenga tanta seguridad en sí mismo, en su talento y en el futuro. Es casi perfecto en todo lo que hace.

—Tú lo quieres, por supuesto —dije, y le acaricié el brazo.

—Preferiría morir antes que decepcionarlo —respondió, y siguió mirando hacia delante con firmeza.

—Entonces, si yo decido posar para la hermandad, ¿a él le parecería decepcionante que me importara otro hombre?

—Si averigua lo que ha sucedido entre nosotros, no te pedirá que seas su modelo. Eso es lo que quiero decir. Hasta que haya terminado, no podemos permitirnos el lujo de tener ninguna relación, aparte de una relación de negocios —dijo, y le dio un manotazo a la barandilla.

–¿En serio? –le pregunté–. Mírame, William. Dime que no te importo nada –le exigí.

Por fin, él se giró hacia mí. Me tomó de los hombros y me clavó una mirada dura y fría.

–Se lo debo todo, Helen. Thomas se merece mi apoyo y mi respeto. Su mente es muy brillante, y tiene un talento poco corriente. Nunca pondría mis objetivos por delante de los suyos.

Yo me quedé aturdida al oír su respuesta. Me alejé de él, y le aparté las manos cuando intentó tomar las mías. Sentí una punzada de dolor en el estómago.

–Helen, si lo que dices es cierto, entonces, estos sentimientos que crees verdaderos seguirán existiendo cuando termines tu trabajo. Tienes que saber que yo no me arrepiento de lo que ha ocurrido. Simplemente, me temo que ha ocurrido en un momento inoportuno.

Me imploraba, con la mirada, que aceptara su palabra. Yo no sabía si debía creerlo.

–Hasta que termine sus cuadros, Thomas debe tener tu completa atención. Así es como tienen que ser las cosas.

Entonces, William entró a la sala y me tendió la mano, esperando mi respuesta.

Yo tenía un nudo en la garganta y, pese a sus palabras, me arrojé a sus brazos. Él me estrechó contra sí, y yo apreté la mejilla contra su pecho.

–Lo siento, pero si accedes a posar para la hermandad, te convertirás en la musa de mi hermano y yo, en tu más fiel servidor, salvo en un sentido.

La puerta principal se abrió de golpe en el piso de abajo, y alguien gritó por la escalera.

–Will, ¿estás ahí arriba? ¡Baja, necesito que me ayudes!

William se apartó de mí y me miró fijamente. Después, asintió.

—Es hora de que conozcas a Thomas —dijo con una sonrisa, y atravesó el estudio.

En el rellano apareció un hombre que portaba un montón de cajas de embalar. Iba tambaleándose y le temblaban los brazos debido al peso.

—Estoy a punto de causar un desastre espantoso, Will. ¿Dónde estás?

Siguió una risa grave y contagiosa, llena de energía. Pese al dolor que sentía, me di cuenta de que la camaradería que había entre los dos hermanos era muy parecida a la que teníamos mis hermanas y yo. De repente, comprendí el punto de vista de William, aunque no me gustara.

—¡So tonto! —le gritó William desde arriba, mientras comenzaba a bajar las escaleras para ayudarlo—. ¿Por qué demonios te empeñas en traer esas cajas a casa?

—Son mucho más baratas que las paletas, hermano. Mira, mientras estaba recogiéndolas en la taberna, he visto que McGivney va a dar un menú especial de ostras esta noche. ¿Qué te parece si vamos a cenar y a tomar unas cuantas cervezas? Acabo de venderle otro cuadro a John.

—Eso es estupendo, Thomas —dijo William. Cuando entró en el estudio, dejó caer las cajas al suelo y anunció—: Primero tienes que conocer a alguien.

Yo me quedé inmóvil en el umbral del balcón, intentando procesar todo lo que había ocurrido. William extendió la mano hacia mí y me hizo un gesto para que me acercara. Rápidamente, me coloqué el pelo en el hombro lo mejor que pude, recogiéndolo con una trenza suelta. No le di la mano a William.

Él sonrió, bajó el brazo y se giró hacia su hermano.

—Esta es la mujer de la que te he hablado, Helen Bridgeton. Me gustaría presentarte a mi hermano, Helen, el extraordinario pintor Thomas Rodin.

Yo me quedé asombrada de la precisión con la que William había descrito a su hermano. Su actitud y su vestimenta eran atrayentes, y el aire casi crepitaba ante su presencia. Sin querer, hice una pequeña reverencia, como si fuéramos a bailar.

A él se le iluminó la mirada. Se acercó a mí, observándome de pies a cabeza. Él llevaba pantalones y calzado de caballero, pero su abrigo, que era de terciopelo azul oscuro, tenía bordados con perlas azules y ribetes rígidos; la prenda me recordó a la ropa anticuada y aristocrática que había visto en los cuadros de la galería. Llevaba una camisa con puños de encaje y, en los dedos, preciosos anillos de oro; uno de ellos tenía engastada una piedra negra del tamaño de un huevo de codorniz. El color y el brillo de su ropa hacían destacar el color bronceado de su piel; parecía que acababa de salir de una pintura. De no haber sido por la sombra de su barba, por su forma de andar arrogante y por el brillo sensual de su mirada, lo habría tomado por un dandi. En vez de eso, me sentí atraída por él, de una forma curiosa.

Sí, había subestimado gravemente el impacto que el hermano de William podía tener en mí. Me sentí observada como si fuera una manzana madura y dulce.

–Date la vuelta –me dijo sin miramientos.

Yo sentí una gran incertidumbre. No sabía si aprobaría el examen. Miré a William, que tenía una expresión indescifrable. Él asintió, y yo me giré lentamente.

Thomas me tomó las manos y me las inspeccionó, volviéndolas de arriba abajo varias veces. Yo me sentí incómoda mientras él me estudiaba, y rogué que no le importara lo descuidadas que tenía las uñas o lo seca que tenía la piel.

Por fin, Thomas se llevó mis manos a los labios y las besó con reverencia. Frunció los labios provocativamente, y eso acentuó la hendidura de su barbilla y le dio más carácter a su preciosa cara. Tenía el pelo castaño, rizado, brillante. Me fijé en que tenía una cicatriz blanca sobre una ceja.

–Mi hermano es el culpable de eso –dijo él, arqueando la ceja como si me hubiera leído el pensamiento. Entrecerró los ojos y sonrió–. Tu pelo es glorioso. Ese rojizo oscuro... ¡Esos matices de color caoba son escandalosos! Eres un regalo maravilloso, sin duda. Tus ojos me han capturado –añadió. Después, se dirigió hacia William y lo abrazó con fuerza–. ¡Bien hecho, William! ¡Has conseguido a toda una belleza! Tenemos que celebrarlo. Iremos a McGivney's.

En dos pasos, volvió hacia mí, me agarró de la cintura y me alzó por los aires. Me ciñó contra sí y comenzó a dar vueltas. Parecía un niño en la mañana de Navidad. Yo me agarré a sus hombros anchos, mirando hacia abajo, hacia aquella cara que se parecía tanto a la de William, pero con unos ojos brillantes y llenos de picardía. Yo me di cuenta de que William tenía una expresión precavida mientras Thomas me dejaba de nuevo en el suelo.

–¿Puedo llamarte «mi musa»? –me preguntó, observándome con los ojos entornados.

–Disculpe, señor Rodin, pero todavía no he aceptado el trabajo.

Él retrocedió con sorpresa, y después se echó a reír.

–Me gusta, William. Tiene un espíritu guerrero. ¿Tal vez debiéramos subir la oferta económica?

–Preferiría que dejara de hablar de mí como si no pudiera oírlo –dije con un atrevimiento que me sorprendió a mí misma.

Thomas tomó mi barbilla entre los dedos.

–Sí, tú y yo nos vamos a llevar muy bien. Me gustan las mujeres que saben lo que quieren y tratan de obtenerlo sin miedo.

Yo miré a William, que se había puesto a colocar las cajas de madera apoyándolas contra la pared. Por mi mente cruzó una imagen de nuestros cuerpos entrelazados junto a aquella misma pared...

–Los detalles –dijo él–. Ganarás medio chelín a la semana. Necesito que vengas todos los días...

–Lo siento, señor, pero tengo un empleo durante el día.

–Pero... Yo no puedo pintar sin luz –dijo él, encogiéndose de hombros–. Tendremos que ver qué se puede hacer. Bueno... ¿qué es lo siguiente? –preguntó. Buscó con la mirada por la habitación, y vio que William estaba terminando con las cajas–. Oh, gracias, Will.

–Señor Rodin, creo que debería avisar a un carruaje. Se está haciendo tarde y mi familia se estará preocupando por mí.

Thomas frunció el ceño.

–No, querida mía. Esta noche cenarás con nosotros. Además, quiero que conozcas a algunos de nuestros amigos de la hermandad. Le mandaré a tu familia aviso de que vas a pasar la noche en la ciudad. Además, es muy peligroso que una mujer viaje sola a estas horas. Seguro que entenderán que es lo mejor, y lo agradecerán.

Era evidente que no conocía a mi padre.

–No creo que deba aceptar, señor Rodin. Mi padre es un hombre muy poco flexible en los asuntos relativos a sus hijas –dije, y miré a William para ver cuál era su reacción. De repente, él encontró un gran interés en sus zapatos.

–Un poco atrevida, y eso es interesante en alguien que parece tan inocente. Una combinación provocativa –dijo Thomas, mirando a su hermano de reojo–. Sin embargo, nadie podrá decir nunca que a mí no me gustan los desafíos –añadió, y me guiñó un ojo.

–Tu padre tendrá que entenderlo. Estoy a punto de convertir a su hija en parte de la historia del arte, y él no va a negarte eso. Además, es mejor que sepas esto desde el principio: normalmente, consigo lo que quiero. Bien, tengo entendido que a ti te interesaba este puesto de trabajo. ¿Me equivoco?

Yo miré a William.

—Por supuesto, pero necesito organizar las cosas...

—Bien. Espero que te gusten las ostras —me dijo, y arqueó las cejas, esperando mi respuesta.

Supongo que su arrogancia era parte de su encanto. Me pregunté si todos los artistas serían como él, o si él era alguien particular.

—No las he probado nunca, señor Rodin.

Él se inclinó hacia delante y me tomó del brazo, y acercó su mejilla sin afeitar a la mía.

—Insisto en que me llames Thomas. «Señor Rodin» es un nombre de caballero, o el nombre de mi padre. Yo no soy ninguna de esas dos personas. ¿Entendido, Helen?

Su respiración me hizo cosquillas en la oreja. Yo lo miré.

—Sí, Thomas.

—¡Espléndido!

Riéndose, me tomó del brazo, y agarró también a William.

—¡Empezamos un nuevo proyecto! Sí, lo veo con claridad. ¡Voy a revolucionar la Royal Academy! —afirmó, entre carcajadas—. Pero, esta noche, ¡quiero disfrutar del momento junto a mis dos personas favoritas del mundo entero!

Capítulo 5

Desde que accedí a posar como modelo de Thomas, mi vida comenzó a moverse con rapidez. Me había entusiasmado que se tomara la molestia de ponerse en contacto con mi familia, pero, al mismo tiempo, me preocupaba lo que pudiera decirles.

El carruaje que nos procuró Thomas se detuvo frente al pub McGivney's. A través de la puerta se filtraba el barullo de las conversaciones y de las canciones. Yo nunca había estado en un pub.

Thomas me ayudó a bajar del carruaje y le hizo una seña a William, que me tomó del codo y me acompañó hasta la puerta del establecimiento.

–¿Y qué le va a decir a mi familia? –le pregunté a William.

Él ya había empezado a distanciarse de un modo cordial.

–No lo sé, pero tiene una mente muy ágil –respondió, sin mirarme.

No entendía cómo podía William olvidar tan rápidamente lo que había ocurrido entre nosotros. Yo quería hablar más sobre ello, pero iba a tener que esperar. Thomas se acercaba a nosotros con una sonrisa triunfal.

—Bueno, ya me he encargado de todo —dijo, y me guiñó un ojo.

—¿Puedo preguntarle qué mensaje le ha enviado a mi familia, señor Rodin?

Él me rodeó la cintura con un brazo y se inclinó hacia mí. De nuevo, su esencia exótica me envolvió.

—Llámame Thomas —me susurró, y me dio un ligero beso en la sien—. Insisto.

—Muy bien... Thomas. ¿Puedo, entonces, preguntarte qué mensaje has enviado?

Pese a su carisma, yo necesitaba saber qué le había dicho a mi familia para poder confirmar la mentira cuando volviera a casa. Y no era algo que deseara hacer.

Él se encogió de hombros.

—Algo muy sencillo: que ibas a quedarte en la ciudad para ayudar a un amigo.

—¿A un amigo? —repetí yo, imaginándome la cara que iba a poner mi padre cuando leyera la nota.

Él abrió la puerta del pub, y el alboroto salió a la calle.

—Sí. Tienes amigos, ¿no, Helen? —me preguntó, alzando la voz para hacerse oír, mientras hacía un gesto para que William y yo pasáramos delante de él.

—Sí, por supuesto... —respondí yo, pero el ruido ahogó mis palabras.

Había un humo muy espeso que me hizo abrir y cerrar los ojos varias veces. Olía a cerveza y a sudor, y me tapé la nariz con una mano; la multitud me arrastró, y yo perdí de vista a William y a Thomas. Intenté no dejarme dominar por el pánico en aquella marea de hombres, la mayoría de ellos borrachos. Alguien me agarró por la cintura y yo, instintivamente, le di un manotazo.

—Solo soy yo, Helen —me dijo Thomas al oído—. Agárrate y no te apartes de mí. Yo te llevaré a nuestra mesa.

Entonces, sin soltarme, se abrió paso entre la gente. Vi

a una de las camareras del pub, que llevaba dos grandes jarras de cerveza. Al acercarse, se chocó contra Thomas, y él se detuvo. Al principio, se quedó sorprendido, pero después se echó a reír.

—Annie, pequeña traviesa. ¿Cómo estás?

Me soltó la mano y le tomó la cara a la muchacha, y la besó con fuerza en los labios. Con una sonrisa de picardía, le metió un chelín en el escote. Después me rodeó la cintura con un brazo.

—Annie —dijo, sonriendo con orgullo—, te presento a nuestra última pupila, Helen.

La mujer me miró de la cabeza a los pies; en sus ojos castaños brilló cierta antipatía.

—¿Y ahora lo llamáis «pupila»? Ten cuidado, Helen —me dijo—. Seguro que Thomas va a disfrutar mucho de su papel de profesor —añadió. Después le besó la mejilla, y me miró de nuevo.

—¿Crees que tiene lo que hace falta para ser una de nosotras, Thomas? —preguntó, como si yo no oyera lo que estaba diciendo, o como si no le importara que lo oyera. Sin embargo, si aquella mujer era un ejemplo de modelo de pintor, yo no tenía intención de parecerme a ella. Aunque parecía que a mi nuevo jefe le resultaba muy agradable.

Thomas se echó a reír de nuevo.

—Tráenos una ronda, Annie, y unas cuantas ostras. Ven, Helen, no le hagas ni caso a esta moza. Tendrá suerte si vuelve a posar para mí —dijo. Sin embargo, su sonrisa revelaba que estaba bromeando.

—Ten cuidado con ese, Helen —me dijo Annie, por encima del hombro, mientras le entregaba las jarras al camarero que estaba detrás de la barra—. ¡Entérate bien de dónde te va a hacer posar Thomas!

Entonces, Thomas alargó el brazo y le dio un azote en el trasero. La sorpresa de la chica se transformó en deleite cuando se dio la vuelta, se metió los dedos en el escote y sacó el dinero que él le había dado. Ella le guiñó un ojo y, después, me miró mientras Thomas me llevaba hacia el fondo del pub.

—¡Thomas! Will dice que nos has traído una nueva belleza —exclamó un hombre rubicundo, que tenía los anteojos apoyados en la punta de la nariz.

Se puso en pie para saludar, pero, en aquel mismo instante, yo me resbalé y perdí el equilibrio. William apareció como por arte de magia y me agarró antes de que cayera de bruces.

—No tengas miedo, Helen —me dijo—. Estos chicos son amables.

—Gracias —respondí, y me liberé rápidamente de sus manos.

El hombre de los anteojos me ofreció su asiento. William me acompañó hasta la silla. Yo traté de sonreír agradablemente al hombre, preguntándome si tendría que pasar mucho tiempo con su grupo. Tuve el impulso de pedirle a William que me llevara a casa, pero él había desaparecido, y parecía que Thomas también.

Annie se acercó y puso dos jarras de cerveza sobre la mesa.

—Vamos a ver lo que tiene —les dijo a los hombres que estaban allí sentados.

A mí se me paró el corazón. ¿Qué demonios decía? Con angustia, observé a los hombres, que tenían los ojos fijos en mí. Con cierto alivio, vi que Thomas se acercaba a mi lado. Me tendió una mano.

—Son completamente inofensivos, te lo aseguro —me dijo.

—Yo... no lo entiendo —murmuré.

Miré de nuevo a mi alrededor. Los hombres ya no me parecían amistosos. Uno de ellos, un tipo con aires majestuosos y una barba rubia y despeinada, dio una palmada sobre la mesa y miró a sus compañeros con una sonrisa. Ellos también comenzaron a dar palmadas sobre la mesa.

–Son mis hermanos, Helen. Su aprobación es vital. No es aconsejable hacerles esperar –dijo Thomas–. Además, va a ser divertido.

Yo tomé cautelosamente su mano, y me puse en pie. Las palmadas se hicieron más sonoras. Yo miré a Annie, que era la que había precipitado aquella demostración. Ella me devolvió una mirada petulante; en sus ojos brillaba la diversión.

–¿Qué tengo que hacer? –le pregunté a Thomas.

–Sube a la mesa –dijo él con una sonrisa.

–¿Quieres que me suba a la mesa delante de toda esta gente? –le pregunté con los ojos muy abiertos.

–Tu cara va a ser admirada por muchos más de los que hay aquí, mi musa. Vamos, sube.

–Pero... yo...

Mis protestas acabaron de golpe, porque él me agarró de la cintura y me subió a la mesa.

Hubo risotadas y aplausos, y yo miré hacia abajo, hacia una galería de expresiones de aprobación. Thomas siguió agarrándome la mano, exhibiendo un sentido de la propiedad que fue reconfortante para mí.

Los hombres de la hermandad asintieron. Algunos movieron una mano para indicarme que girara. Un par de ellos me subieron el bajo de la falda para mirarme los tobillos. Thomas los apartó dando manotazos, pero riéndose de buena gana. Yo ya no me sentía como el patito feo; al mirar a Thomas, al ver su sonrisa de ánimo, me sentí como el cisne. Los hombres siguieron jaleándome y silbándome, y atrayendo la curiosidad de los demás clientes del local.

–Muy bien, caballeros, ya es suficiente –dijo Thomas, y alargó los brazos hacia mí.

Yo me acerqué al borde de la mesa y me incliné hacia abajo. Él me agarró por la cintura, deslizando las manos hacia mi pecho cuando me levantó para dejarme en el suelo. Me sostuvo la mirada de un modo posesivo, e hizo que mi cuerpo se deslizara lentamente por el suyo.

Cuando mis pies tocaron el suelo, él continuó sujetándome por la cintura.

—¿Ya has recuperado el equilibrio?

Así, apretada contra él, casi no podía pensar. Tenía el corazón acelerado. ¿Equilibrio? Eso era muy dudoso.

—Sí, señor... Thomas —respondí yo, y me sentí agradada al ver que Annie fruncía el ceño y se giraba hacia la multitud.

Thomas me besó la frente y se apartó. Durante un segundo, sus ojos permanecieron fijos en mis labios. Después, volvió a mirarme a los ojos.

—Bienvenida a la hermandad, señorita Bridgeton.

—Llámame Helen —dije, valientemente.

—Como quieras —respondió él con una sonrisa.

Estaba viviendo una mentira, pero ¿para beneficio de quién? Llevaba dos meses diciéndole a la señora Tozier que mi estómago era la causa por la que le pedía que me dejara salir pronto de la tienda, muchas tardes. Sin embargo, a medida que mis dotes de actriz flaqueaban, el estómago me dolía de verdad, más y más. Perdí la cuenta de los días y, en más de una ocasión, estuve a punto de tomar demasiada medicina, porque no recordaba cuándo era la última vez que había tomado una dosis. No podía dormir.

La actitud distante de William me obsesionaba. Desde que habíamos estado juntos, no había vuelto a tratar de hablar conmigo y, normalmente, se ausentaba cuando yo estaba en el estudio. Por las noches, yo rememoraba aquella tarde de verano, y cómo la suave brisa había refrescado nuestros cuerpos ardientes. Recordaba su lengua, la aspereza de sus manos que me pellizcaban los pezones hasta que yo le rogaba más y más. Una noche, desesperada por revivir aquel sentimiento de euforia, intenté imitar sus movimientos con mis manos, rozándome el cuerpo con los dedos para sentir el mismo placer exquisito que él me había proporcionado. Me humedecí los labios y arqueé la espalda al recordarlo dentro de mí, al recordar su cuerpo apretado contra el mío. Vi la dulce determinación de su mirada, nuestros cuerpos fundidos con una fricción deliciosa. Entonces, mi cuerpo se relajó y mis músculos lo acariciaron.

Me quedé mirando la llama de la vela, pasándome la mano por el estómago; mi necesidad física ya estaba saciada, pero anhelaba desesperadamente su afecto, y me di cuenta de que tal vez él no sintiera lo mismo. Yo había escrito, incluso, un poema para nosotros, llamado *Otro momento, otro lugar*, y se lo había metido disimuladamente en el bolsillo del abrigo con la esperanza de que me respondiera, pero, si lo había encontrado, no había hecho ni la más mínima mención.

No me sorprendí demasiado cuando, una tarde, William entró en el estudio y anunció que se marchaba.

—Bueno, me voy enseguida. Mi tren sale dentro de una hora.

—¿Se va usted? —le pregunté yo, frotándome la nuca. Tenía el cuello rígido y dolorido de las horas que había estado inmóvil, posando. Bajé la cabeza para que él no viera la decepción que se reflejaba en mis ojos—. Thomas no me lo había dicho.

—Bueno, solo es un viaje corto a Roma. Voy a visitar

unas cuantas catedrales y, tal vez, un par de jardines, en busca de inspiración.

—Ten cuidado con esos bellos jardines, Will. A algunos de sus jardineros no les gusta que los extranjeros tomen sus flores —dijo Thomas con una sonrisa llena de picardía.

Era evidente que estaba hablando sobre mujeres.

Yo me froté los brazos por debajo de las mangas del vestido de damasco picajoso que Thomas se había empeñado en que me pusiera. Los dos hermanos se abrazaron, y William me sonrió con tirantez.

—Señorita Bridgeton —dijo, y asintió.

—Señor Rodin.

Correspondí a su fría despedida. Si él podía comportarse como si no hubiera ocurrido nada entre nosotros, yo también. Después de que William saliera, seguí a Thomas hasta el balcón. Ambos nos quedamos observando el carruaje mientras se alejaba por la calle empedrada.

—Cuando se marcha, lo echo mucho de menos —dijo Thomas en voz baja.

Suspiró, me pasó un brazo por los hombros y apoyó la barbilla en mi cabeza.

—Nos hemos quedado solos, Helen. Se ha marchado y nos ha dejado aquí, mientras va en busca de nuevas aventuras.

—¿Hace estos viajes a menudo? —pregunté.

El calor de los brazos de Thomas hacía que me sintiera segura. Él tenía tendencia a aquellas muestras físicas de afecto; a menudo daba abrazos y besos en la mejilla a los demás, incluso a los otros miembros de la fraternidad.

Me apartó el pelo del cuello y me acarició con la nariz justo debajo de la oreja.

—Cuando se lo pide el espíritu. Yo prefiero encontrar la inspiración más cerca de casa —respondió él.

Yo percibí su olor a vino mientras él me posaba la palma de la mano sobre un pecho y me lo apretaba suavemente.

—¿Tú estás inspirada, mi musa? —susurró contra mi cuello.

—Se está acabando la luz, Thomas —dije yo—. Si deseas hacer algo más esta tarde, antes de que me marche...

—Oh, sí, mi musa. Me encantaría hacer algo más.

—De eso no tengo ninguna duda, Thomas. ¿Acaso piensas que soy tan inocente que no conozco tu reputación?

Él me miró con curiosidad.

—Lo que pienso es que finges que no sabes lo mucho que me atraes, Helen.

—Pues yo pienso, Thomas, que en el pasado has encontrado la inspiración con mucha facilidad.

Su sonrisa aumentó.

—¡Ajajá! Mi pequeña e inocente musa también tiene astucia.

—No soy mundana, eso es cierto, pero reconozco a un mujeriego cuando lo veo:

—¿Un mujeriego? —preguntó él, poniéndose la mano sobre el corazón—. Mujer, me haces daño con esas palabras tan románticas para un hombre como yo. Un hombre, según tú, de mi reputación.

—Tal vez debiera marcharme ya —dije; me di la vuelta, pero él me tomó del brazo.

—Te pido disculpas, Helen. No sabía que mi afecto era repulsivo para ti.

—Tú no eres repulsivo para mí, Thomas, ni tu afecto tampoco. Pero no creas que, solo porque esté aquí, puedes aprovecharte de la situación.

—Entiendo. Eres una mujer que prefiere ser cortejada, ¿es eso? —preguntó él. Después, se interpuso de un salto en mi camino hacia la puerta.

—Soy una mujer con necesidades, aunque tú creas que soy tan inocente.

Él entrecerró los ojos y me tomó la barbilla entre los dedos.

—Tienes ojeras, y estás muy pálida. Helen, ¿qué te ocurre? ¿Qué es lo que te angustia?

Aquel cambio de tema repentino me desconcertó.

—Yo... no duermo bien —admití.

Él me abrazó y posó la mejilla en mi cabeza.

—Tienes que aprender a confiar en mí, Helen. Cuando tú eres infeliz, yo soy infeliz.

—Yo no me veo a mí misma a través de tus ojos, Thomas.

Entonces, tendré que hacerlo mucho mejor para demostrarte lo importante que eres para mí.

Me acarició la espalda con las palmas de las manos, y yo agradecí aquel gesto de ternura.

—Has sido bueno conmigo, Thomas.

—Y podría serlo mucho más, Helen, si tú me lo permitieras.

Aquella preocupación por mi salud que había mostrado me impulsó a admitir que estaba muy preocupada por mi trabajo en la sombrerería.

—No puedo seguir mintiendo, Thomas. Temo perder mi trabajo, o que la señora Tozier vaya a preguntarle a mi madre por mi estado de salud.

Él frunció el ceño.

—¿Ni ella, ni tu familia, se han dado cuenta de que estás posando para mí?

Yo suspiré.

—No todo el mundo está tan enamorado de la hermandad como a ti te gustaría.

Thomas se rio.

—No hace falta que me lo recuerdes —dijo, y se quedó

callado, pensativo–. Iremos a ver a la señora Tozier y haremos que se enamore de la hermandad –añadió, por fin.

Yo también me reí.

–¿De verdad piensas que vas a poder arreglarlo?

–Ve a vestirte. Voy a pedir un carruaje –me dijo, y sonrió–. Oh, espera, ¿necesitas ayuda?

–Puedo vestirme sola, Thomas, muchas gracias –repliqué yo mientras entraba en su dormitorio para vestirme.

El brillo de sus ojos, y su forma íntima de acariciarme, me rondaban en la cabeza. Miré por su habitación, intentando hacerme una imagen más clara de mi misterioso jefe. Vivía de un modo descuidado y, a menudo, yo me preguntaba si tendría una doncella para limpiar la casa. Yo nunca la había visto durante el tiempo que pasaba allí. Suponía que él siempre comía fuera, porque tampoco había visto cocinera alguna. Sin embargo, parecía que Thomas tenía provisiones interminables de té, vino y magdalenas de mora. Su cama estaba deshecha y las sábanas estaban revueltas. Me imaginé a Thomas tendido en ella, con el cuerpo desnudo apenas cubierto, y sentí una punzada de necesidad. Después de haber probado una sola vez aquella dicha dulce, mi cuerpo la deseaba de nuevo. Me vestí apresuradamente y me alejé de aquella tentación.

–Gracias, señora Tozier, por su contribución a las artes –dijo Thomas–. Nos aseguraremos de mencionar la procedencia de ese precioso sombrero que Helen sujeta en el cuadro. Dejaremos claro que lo debemos a su generosidad.

Tal y como había predicho, Thomas se las había ingeniado para encantar a mi jefa, y la había dejado reducida a una admiradora ruborizada.

Thomas dejó la delicada taza de té sobre el plato.

–Voy a visitar a la familia de la señorita Bridgeton en

cuanto tenga un cuadro preparado para ellos. Tengo que decir que es muy estimulante encontrar a una persona importante en la comunidad que aprecia la importancia del arte. El arte es lo que nos diferencia de los animales, ¿no cree, señora Tozier?

—Oh, sí, estoy de acuerdo, señor Rodin —dijo ella con una sonrisa recatada—. Tenemos que educar a las almas desafortunadas que no entienden esas cosas.

Yo aparté la mirada y me tapé la sonrisa con la servilleta. Thomas era absolutamente encantador y muy astuto en los negocios, y, tal y como había afirmado, normalmente conseguía lo que quería. Me estremecí al recordar su mano en mi pecho. ¿Qué más querría Thomas de mí? Preferí apartarme todas aquellas preguntas de la cabeza y sentirme agradecida por el hecho de que me hubiera librado de la culpabilidad.

—Thomas, ¿decías en serio lo de que vas a darle a mi familia un retrato mío? —le pregunté, mientras volvíamos al estudio.

Él me tomó la mano y se la colocó sobre el muslo.

—Necesitaba ganarme la confianza de la señora Tozier, Helen. Tenía que asegurarme de que ella no saliera corriendo a hablarle de nosotros a tu familia. Al compartir con ella nuestra pequeña sorpresa, hemos conseguido que nos guarde el secreto.

—Así que, en resumen, ¿has mentido?

Él se encogió de hombros.

—Yo prefiero pensar que he estirado un poco la verdad. Tal vez podamos llevarles un retrato algún día. ¿Sería eso tan horrible?

Yo vi la imagen de mi padre, alzando su escopeta al cielo y haciendo un solo disparo de advertencia.

—Tal vez debiéramos esperar un poco más antes de contárselo a mi familia —dije yo. El estómago había empezado a molestarme de nuevo.

—Baja la barbilla. Ahora sube la mirada... bien... ahí. Mantén esa postura. Perfecta.

Yo mantuve la vista fija en la luz que brillaba suavemente por encima del hombro de Thomas. Ser su musa era una tarea mucho más compleja de lo que yo me había imaginado. Cuando él notaba mi estrés, se ponía a cantar y a bailar por el estudio, a mi alrededor, hasta que me animaba. De vez en cuando, me llevaba al pub a cenar con la hermandad. Sin embargo, aunque yo intentaba encajar en ella, prefería estar a solas con Thomas en el estudio.

William había escrito varias cartas, siempre dirigidas a Thomas. En ellas contaba que estaba pasando una temporada espléndida en Roma y que esperaba que todo fuera bien en casa. Nunca preguntaba por mí en concreto. Aquella única tarde que había pasado con William comenzaba a apagarse. Los momentos que pasaba con Thomas en el estudio, llenos de colores, la estaban reemplazando.

—¿Quieres hablar de algo conmigo, Helen? —me preguntó Thomas, limpiándose la pintura de los dedos en el trapo.

—Lo siento, Thomas. Voy a hacerlo mejor —respondí yo, y enderecé la espalda.

—¿Es por tu periodo?

Para entonces, yo ya debería estar más que acostumbrada a su franqueza, pero aquel día me sorprendió. Nunca había hablado con nadie, salvo con mi madre, de aquel tema.

—No —dije, apartando la mirada.

Thomas se arrodilló ante mí, y me tomó la mano. Percibí la calidez de su mirada, y la bondad de sus ojos me tranquilizó.

—Es natural, Helen. ¿Qué clase de hombre sería yo si no tuviera sensibilidad hacia esas cosas? Para mí han posado muchas mujeres. Sería un cabeza hueca si no lo comprendiera.

—Llevo una temporada sin dormir bien. Tengo insomnio, pero se me pasará.

Él me observó durante unos segundos. Después, se dio una palmada en la rodilla.

—Lo que necesitas es el aire fresco y el sol del campo.

Me sonrió con los ojos brillantes. Pensé que quería visitar a mi familia, por fin, pero yo no estaba lista todavía.

—Oh, creo que no podría enfrentarme a mi familia hoy, Thomas. Tal vez, la semana que viene, cuando haya descansado mejor.

Él asintió.

—De acuerdo. No iremos a ver hoy a tu familia. Vamos a dar un paseo. ¡Ya lo tengo! ¡Vamos a hacer una excursión! Hace un día estupendo, y tú necesitas recuperar el buen color.

Hizo que me pusiera en pie.

—Ve a cambiarte y reúnete conmigo abajo.

Aunque yo pensaba que lo que necesitaba de verdad era tumbarme un rato, sabía que, una vez que Thomas había tomado una decisión, no era fácil disuadirlo.

El paseo en coche fue relajante. Hablamos poco y disfrutamos de las vistas. En una o dos ocasiones, sorprendí a Thomas mirándome, y nos sonreímos amistosamente. Al cabo de un rato, Thomas dio unos golpecitos al cochero con el bastón, y nos detuvimos junto a un bosquecillo de sauces y robles.

—Puede ir a la casa, buen hombre. Allí encontrará un pozo para abrevar a los caballos. Yo lo avisaré cuando queramos marcharnos.

Entonces, tomó una cesta y bajó del coche, tendiéndome la mano.

—Vamos, quiero enseñarte la finca.

—¿Y no les importará a los dueños que nos paseemos por su propiedad?

—Es de la hermandad —dijo él, y me ofreció la mano para ayudarme a bajar.

Thomas siguió sujetándome, guiándome a través de la alta hierba. El sol brillaba en el cielo azul, y yo inhalé profundamente el aire fresco. Era un lugar precioso, que me recordaba mucho a los sitios donde yo jugaba de niña.

—¿Es de la hermandad? ¿Y para qué necesita la hermandad toda esta tierra? —le pregunté, agachándome para poder pasar por debajo de las ramas de los árboles. Una de ellas se me enganchó en la capota y me la arrancó de la cabeza.

Thomas se echó a reír y me soltó el pelo por los hombros. Se detuvo y me lo acarició.

—Deslumbrante —dijo, y se acarició la mejilla con uno de los mechones—. Tienes una belleza natural que muy pocas mujeres poseen, Helen. Deberías asumirla con una gran seguridad.

Nos sentamos debajo de un sauce y tomamos queso y melocotones, pan y vino. Él tomó una rebanada de pan y me la ofreció.

—Hemos hablado de construir un estudio comunal —dijo, mientras se ponía en pie para sacudirse la chaqueta.

—¿Cómo? —pregunté yo, tragándome el pan sin haberlo masticado debidamente. Tuve que tomar un sorbo de vino para conseguirlo—. ¿Por qué quieres dejar el estudio? ¿Viviríais aquí, todos juntos?

Thomas se tendió de costado, cruzó sus largas piernas y se apoyó sobre un codo.

—En realidad, es la solución perfecta. Compartir caballetes, pinturas, pinceles...

—¿Modelos? —pregunté con una punzada de celos.

Él me miró.

—Así ha sido siempre en la hermandad. Compartimos lo que tenemos.

—No me gusta la idea, Thomas —dije yo, y apuré mi vaso de vino. Noté que se aunaba con la medicina y me soltaba la lengua.

—¿Porque no te sientes cómoda con la hermandad? —me preguntó.

—Creo que no les gusto, Thomas. Oigo que susurran cuando no me río de sus chistes verdes.

—¿Chistes verdes? Vaya, Helen, no te tenía por una mojigata.

Yo hice una pausa en mitad del gesto de llevarme el vaso de vino, porque me sentía furiosa.

—No lo soy, te lo aseguro. Sencillamente, prefiero otras compañías.

Tomé otro sorbo de vino y mordí un melocotón. El jugo se me escapó de entre los labios y se me deslizó por la barbilla antes de que pudiera atajarlo con los dedos. Algunas gotitas se me cayeron en el escote.

Yo vi que él seguía el líquido con la mirada. Sentí un latido entre las piernas.

—¿Y qué compañías prefieres, Helen, si no es la de la hermandad?

Yo tragué la fruta.

—Prefiero que estemos solos tú y yo, Thomas —confesé, sintiéndome incapaz de apartar mis ojos de los suyos.

—¿Y por qué motivo tienes ganas de estar a solas con un tipo como yo? —preguntó él con una sonrisa tentadora.

—No pienses que soy como Annie, Thomas —le advertí, moviendo el dedo índice delante de su cara.

Él atrapó mi mano y fue lamiéndome el jugo que tenía en los dedos.

—Créeme, Helen, Annie y tú no tenéis nada que ver.

—No te burles de mí, Thomas. Ciertamente, no soy tan libre ni tan desenvuelta como Annie. No he perfeccionado el arte del coqueteo con los hombres.

Me puse de pie. Me sentía humillada... insultada, incluso, por el hecho de que él no me conociera lo suficientemente bien como para entenderlo. Apoyé las manos contra el árbol y escondí mi cara de su mirada. Él me tocó el hombro.

–Helen, no me estaba burlando de ti –dijo–. Date la vuelta y habla conmigo.

Yo obedecí. Tenía el orgullo herido, y decidí decir lo que pensaba.

–Admito que, en muchos sentidos, soy inocente. Seguramente, al compararme con tus otras musas, pensarás que soy una paleta.

–Helen, por supuesto que no –dijo él, y me acarició la mejilla–. Has malinterpretado lo que he dicho –añadió, sonriendo–. No, mi dulce Helen. Tú...

Me besó la frente.

–... eres mucho más...

Su boca se deslizó hasta mi párpado, a mi mejilla, y quedó suspendida sobre mis labios.

–...fascinante.

Me rozó los labios para tentarme, hasta que yo me incliné hacia delante para besarlo. Probé el vino en su boca, en su lengua, mientras se entrelazaba con la mía.

Me alegré de que el árbol me sirviera de apoyo. Clavé los dedos en la corteza del tronco mientras él dejaba un rastro de besos cálidos y húmedos en mi cuello.

–Por el contrario, Helen... –siguió diciendo, y su respiración cálida me abrazó la piel–, te encuentro completamente seductora.

Yo cerré los ojos, y William se me pasó brevemente por la cabeza. Sin embargo, los besos profundos de Thomas me dejaron sin respiración y disolvieron lo que quedaba de su hermano en mi corazón.

–William acertó al elegirte –susurró él–. Sabía que ibas a enamorarme.

Me sujetó la cara y me acarició con los pulgares por debajo de la mandíbula.

—¿Está mal que sienta deseo, Thomas? —pregunté.

La idea de que alguien me deseara, de que yo fuera capaz de proporcionarle placer a alguien, me deleitaba.

—¿Quieres sentir deseo, Helen? —me preguntó él.

—Sí, Thomas. Enséñame.

Me abandoné a sus ardorosas atenciones. Ya estaba cansada de no sentir más que preocupación, así que permití que me desabotonara el vestido. Yo le acaricié los antebrazos y deslicé mis dedos entre los suyos mientras colocaba sus manos entre los dos. Lo miré.

—Enséñame a complacerte.

Él observó mis ojos.

—Muy bien, musa. Como desees.

Mientras se quitaba la corbata y se desabotonaba la camisa, no apartó la mirada de mis ojos curiosos y hambrientos. Fue quitándose la ropa prenda a prenda, hasta que se quedó completamente desnudo. Después, me tomó las manos y se las colocó sobre el torso musculoso.

—Acaríciame, Helen. Satisface tu curiosidad.

Él permaneció inmóvil mientras yo caminaba a su alrededor. Me detuve y le pasé la mano por los músculos de los hombros. Sus nalgas firmes se contrajeron cuando mis dedos pasaron ligeramente por sus caderas. Era un hombre bello, si acaso a los hombres es posible describirlos en esos términos.

Pasé las manos por su estómago duro, y sonreí al ver que él se quedaba rígido al sentir mis caricias curiosas. Después, cerré el puño con delicadeza alrededor de su miembro erecto.

Él tomó aire bruscamente.

—¿Esto te agrada? —le pregunté.

Él se giró para mirarme y me puso las manos debajo de

los pechos, y deslizó su boca con dureza sobre la mía. Después, cubrió mi mano con la suya y la colocó de nuevo en su erección, mientras me besaba apasionadamente.

Yo moví las yemas de los dedos por las crestas de su miembro, y pasé el pulgar, delicadamente, por el extremo aterciopelado.

—¿Querrías agradarme aún más? —me preguntó.

Yo me humedecí los labios y asentí.

Entonces, posó las manos sobre mis hombros y me empujó suavemente hacia abajo, hasta que me puso de rodillas ante él. Su miembro erecto sobresalía con orgullo desde una mata de vello suave.

Yo miré hacia arriba, y él asintió. Entonces, pasé la mano por su longitud cálida, y vi que se le cerraban los ojos. Con un sentimiento de poder, me incliné hacia delante y besé el extremo brillante de su miembro.

—Así, mi musa. Eres muy buena conmigo...

Sus gemidos guturales me animaron. Algo que había dentro de mí me empujaba a dominar el poder de aquel hombre, su autoridad, su liderazgo de la hermanad, y verlo deshacerse ante mis ojos.

Cubrió mi mano con la suya y guio mis caricias. Me mostró un lugar secreto en la base de su miembro viril y, cuando lo rocé, le hice gritar de placer.

Entonces noté un sabor amargo en la boca, y me retiré. Me puse en pie, pasándome el dorso de la mano por los labios. Thomas se dio la vuelta y vi que su mano se movía rápidamente, y él miró hacia el cielo mientras diseminaba su semen por la hierba. Los músculos firmes de sus nalgas se contrajeron de nuevo, y se relajaron a causa de la intensidad de su clímax.

Yo miré su espalda y memoricé los ángulos de su cuerpo. Entonces, él miró hacia atrás y yo aparté los ojos, avergonzada por haberme entrometido en su privacidad.

Él se acercó a mí, me tomó la mano y se la llevó a los labios.

—Deberías verte la cara, sonrojada y llena de deseo.

—¿De deseo?

Por supuesto, yo sabía a qué se estaba refiriendo. Respiré profundamente y me humedecí los labios. Mi cuerpo estaba a punto de explotar.

—Oh, sí —susurró él—. Ahora te toca a ti.

Se agachó y agarró el bajo de la falda de mi vestido, e hizo que me apoyara en el árbol. Tenía los ojos muy brillantes. Sin rodeos, deslizó la mano dentro de mis bragas de algodón y separó, con sus largos dedos, mis pliegues húmedos.

A mí se me cortó la respiración al notar que penetraba en mi cuerpo, y que me acariciaba lenta y profundamente sin apartar su mirada pecaminosa de mis ojos. Me agarré a sus hombros cuando mi cuerpo se tensó.

—Así, muy bien, déjate llevar, mi musa —susurró él contra mis labios.

Yo cerré los ojos y me abandoné al exquisito placer que me recorría las venas y despertaba todas mis terminaciones nerviosas. Thomas me besó, mientras, con los dedos, seguía causándome espasmos de placer.

—Ven a vivir conmigo —me dijo, soltando mi falda—. No quiero estar nunca separado de ti.

Yo me quedé encantada con su petición, pero sabía que si accedía, mi familia iba a repudiarme.

—¿Como amantes? —pregunté.

—Como mi musa —respondió él, y me besó apasionadamente.

—¿Y qué dirá la gente?

Él se encogió de hombros.

—Si se meten en lo que no les incumbe, les diremos que eres mi nueva pupila.

Entonces, se puso de rodillas y me abrazó.

—No me hagas esperar más para conocer tu respuesta, Helen. ¡Es una tortura!

Yo me eché a reír, algo que llevaba semanas sin hacer.

—Muy bien, pero te advierto que mi habilidad en la cocina es muy limitada.

Él me miró, y sonrió.

—Mi dulce musa, no es tu habilidad en la cocina lo que me interesa.

Yo le tomé la cara entre las manos y sonreí. Era algo embriagador el hecho de tener la atención de un hombre como Thomas. Me pregunté si alguna vez habría tenido a otra modelo viviendo con él en el estudio, y también me pregunté qué iba a pensar William al conocer la noticia. ¿Acaso podía yo esperar eternamente antes de encontrar la felicidad? Con Thomas a mi lado, no tenía necesidad de nadie más.

Capítulo 6

Thomas se agachó cuando mi padre le lanzó el cuadro desde el otro extremo de la habitación. Estuvo a punto de darle en la cabeza. Mi madre empujó a mis hermanas hacia el dormitorio más alejado y cerró la puerta. Mi retrato se quedó hecho trizas en el suelo, y supe que pronto serviría como combustible para la chimenea.

—Ha manchado a mi niñita... —gritó mi padre, congestionado de ira.

—Papá, ya no soy una niñita...

Él me clavó una mirada de furia y me señaló con el dedo.

—Le has mentido a tu familia, Helen. Tu engaño no es una nimiedad. Es algo imperdonable.

—Papá, por favor...

Él me interrumpió con un gesto de la mano. Yo me giré hacia mi madre para rogarle que le hiciera comprender la situación.

Ella se quedó aparte, retorciéndose las manos de preocupación, pero no salió en mi defensa.

—Señor Bridgeton, le aseguro que Helen ha sido muy bien tratada...

—¡No hable en mi casa! —gritó mi padre.

—Papá, por favor, al menos intenta ser decente con nuestro invitado —dije yo.

—¿Decente? —gritó él, aún más alto. Mi madre se tapó la boca con el delantal—. No me hables de decencia —añadió. Después, nos fulminó con la mirada a Thomas y a mí y se dirigió hacia la puerta—. Me voy al establo. No quiero veros aquí cuando vuelva.

A mi madre se le escapó un sollozo. Tenía los ojos llenos de lágrimas. Mi padre cerró de un portazo al salir.

¿De veras había pensado yo que él iba a entender o a apoyar mi decisión? No había más que decir. Me levanté y fui a mi habitación a recoger algunas de mis cosas.

Mis hermanas, Beth y Rosalind, se asomaron desde su habitación, y yo me detuve para abrazarlas. Le entregué mi bolso a Thomas.

—Te espero fuera —me dijo.

Le di a mi madre un abrazo. No sabía cuándo iba a volver a verla.

—Cuídate, Helen. Toma tu medicina.

Ella me acarició la mejilla, y yo memoricé su piel curtida. Mientras iba hacia el carruaje, vi que había luz en el establo, lo que significaba que mi padre estaba dentro, cepillando a la yegua. Eso era lo que hacía siempre que necesitaba pensar. No sabía si debía entrar a despedirme de él.

Thomas me leyó el pensamiento.

—¿Necesitas un momento? —me preguntó, sujetando la puerta del coche.

Yo miré hacia la casa una última vez.

—No. Vamos —dije, y subí al carruaje.

Me apoyé en el respaldo del asiento y miré el paisaje por la ventanilla. Esperaba, sin esperanza, que mis padres cambiaran de opinión, que se dieran cuenta de que yo no había tomado una decisión tan importante sin pensarlo bien. Sin embargo, en el mundo de mi familia, se consideraba que las mujeres eran inferiores en muchos aspectos, y que debían conformarse con servir a los hombres. Yo sabía que mis padres no iban a comprenderme nunca.

Thomas me tomó la mano y se la llevó a los labios.

—Yo te cuidaré, mi musa. No quiero que te preocupes. Ahora, nosotros somos tu familia. La fraternidad y yo.

Lo miré, y me pregunté si realmente estaba conquistando mi libertad o, simplemente, cambiando el hombre al que tenía que servir.

Thomas me llevó a la cama aquella noche, y calmó mi dolor con su ternura, convirtiendo mis preocupaciones en suspiros de placer. Yo me entregué a él en cuerpo y alma, algo que no había hecho antes porque sentía cierta reticencia. Si aquello era una servidumbre, entonces la aceptaba, por el poder y la lujuria que sentía.

Me agarré a los barrotes del cabecero de la cama y agradecí el dolor que sentí en los nudillos al golpearme contra la pared debido a las fervientes embestidas de Thomas. Su pelo largo se movía y me acariciaba, y sus ojos me atravesaron el alma y reclamaron que le entregara mi cuerpo y aceptara su desafío. Yo me arqueé hacia él y él atrapó mi boca con un beso abrasador y posesivo, exigiendo mi clímax y mi lealtad. Yo grité su nombre y se lo di todo, y él, en compensación, me dio todo lo que podía dar. Y fue suficiente... por el momento.

Durante los días siguientes, vivimos en un estado de felicidad marital sin necesidad de papeles legales. Existíamos con la petulante seguridad de que las convenciones eran una equivocación, y mi seguridad se basaba en la idea de que lo que teníamos era puro y verdadero.

Una mañana de niebla, temprano, Thomas me despertó con un arrebato de pasión y, después, me llevó al estudio rápidamente. Él iba cubierto tan solo con la camisa, y yo, con una tela de color azul que él me entregó apresuradamente.

−Al diván −me ordenó, mientras él comenzaba a poner los colores sobre su paleta. Yo ya me había acostumbrado a aquellos impulsos, provocados por la inspiración repentina, que a menudo sucedían después de un estallido apasionado.

Comimos un poco de fruta y de queso. Era lo único que teníamos en la cocina.

Thomas se acercó a mí y observó la tela. Me tendió su manzana para que le diera un mordisco, mientras él experimentaba con la tela, intentando colocarla de un modo que le satisficiera.

Yo solté un gritito cuando él, juguetonamente, me apretó un pecho.

−Perdóname. Creía que era la tela −me dijo con una sonrisa.

−Mujeriego insaciable −le dije yo.

−Solamente aprecio su belleza, *madam*, y, si me lo permite, le diré que sus pechos son una verdadera maravilla de la naturaleza −dijo él.

Inclinó la cabeza, apartó la tela para desnudar uno de mis senos y me besó con ternura.

−Tan regordete como un suculento melocotón −murmuró.

Entonces, puso el pincel sobre mi piel y dibujó un círculo, deliciosamente lento, alrededor de mi pezón.

−Me excito solo con mirarte −susurró, y sus labios suaves rozaron los míos−. ¿Cuándo voy a poder terminar este cuadro, musa mía?

−¿Puede ser que necesites mi inspiración? −le pregunté, sosteniendo su mirada ardiente. No sentía ningún reparo; él tenía la capacidad de conseguir que yo sintiera que mi cuerpo era una obra de arte y que había sido creado tan solo para su placer.

—Tal vez —respondió en voz baja, y pasó el pincel bajo mi pecho; las suaves pinceladas me producían una sensación maravillosa. Descubrí lo enorme que era la destreza de Thomas con los pinceles cuando él, delicadamente, acarició la piel suave del interior de mis muslos.

Él sonrió al separarme como si fuera una flor y hacerme cosquillas con el pincel. Consiguió que yo me retorciera de deseo.

—Qué exquisita belleza es ver, mi musa, tu excitación.

Me tapé la cara con las manos y me abandoné a sus caricias. Thomas era un amante maravilloso y me mostraba el placer de maneras que yo nunca hubiera imaginado. Yo había conseguido ignorar la molesta sensación que me producía el hecho de que nunca hubiera pronunciado la palabra «amor» en nuestras conversaciones, y nunca la hubiera susurrado cuando me llevaba a la cama. También ignoraba el hecho de que sus amigos hubieran dejado de pasar por el estudio desde que yo vivía allí.

Mis pensamientos se disiparon cuando su lengua reemplazó al pincel y, con maestría, él me arrancara un clímax poderoso y estremecedor.

Hubo un ruido desde algún lugar del estudio, y Thomas alzó la cabeza mientras cubría con la tela azul mi cuerpo desnudo.

—Will, ya estás de vuelta. Deberías haberme mandado un aviso. Habría enviado a alguien a recogerte a la estación —dijo Thomas, y se levantó para saludar a su hermano.

Yo me incorporé, ciñéndome la tela lo mejor posible contra el pecho, y reuní el valor necesario para mirar a William, mientras me preguntaba cuánto tiempo llevaba allí antes de que Thomas se diera cuenta de su presencia.

—William —dije yo, mirándolo brevemente.

—Helen —respondió él con calma.
—Tenemos que darte una noticia, Will. Helen ha venido a vivir al estudio.

Si a William le sorprendió la noticia, no dio muestras de ello.

—Entonces, supongo que ahora estáis… juntos —dijo, desviando sus ojos de los míos.

Thomas se echó a reír y le dio una palmada en el hombro a su hermano.

—Como si no fuera obvio, ¿eh, Will?

A mí me ardió la cara. Me levanté, cubriéndome completamente con la tela, y dije:

—Voy a vestirme y a preparar un té.

Salí rápidamente de la habitación, y me pregunté por qué, después de tanto tiempo, seguía sintiéndome incómoda en presencia de William.

Los dos hermanos no podían ser más diferentes. Poseían el mismo encanto, pero Thomas estaba contento con su forma atrevida de vivir, mientras que William era introvertido y callado, y parecía que todavía estaba buscando lo que quería.

Desde que Thomas me había tomado bajo su protección, se había convertido en mucho más que mi amante: era mi amigo y mi profesor. Cada semana me pagaba puntualmente por posar en el estudio, y me llevaba a museos, a obras de teatro y a grandes mansiones, donde cenábamos con escritores y otros artistas. Me había hecho parte de su vida, y se comportaba conmigo, en todos los sentidos, como si fuera su prometida. Había creado el deseo en mí, y alimentaba mi pasión. Nadie me había tratado así, nunca. Cuando estaba con él, me sentía como una diosa.

Llevé la bandeja de té al estudio. Serví primero a William, y después a Thomas, que echó una buena cantidad de whiskey en su taza.

—Supongo que debería empezar a buscar algún sitio para mudarme —dijo William.

Yo miré a Thomas.

—Tonterías. Tu habitación es tuya. Este estudio también es tu casa. Aquí hay mucho sitio, William. Además, la mayor parte del tiempo estás por ahí, investigando en tus cosas. No, no quiero oír hablar de tu mudanza. ¿No estás de acuerdo conmigo, querida? —me preguntó a mí. Entonces, me rodeó la cintura con un brazo y me bajó desde el brazo de la butaca hasta que estuve sentada a su lado.

—Por supuesto, William. Somos familia, Thomas, tú y yo. Nosotros nunca querríamos que te fueras a vivir a otro sitio —dije yo, y le pasé el brazo por los hombros a Thomas.

No entendí bien lo que vi brillar en los ojos de William, pero aparté la vista rápidamente y le sonreí forzadamente a Thomas. Él me tomó por la nuca y me besó con ternura.

En cualquier otro, tal vez aquello hubiera sido una señal de advertencia para otro hombre, una señal de posesión. Sin embargo, para Thomas solo era una forma de decirme que me deseaba de nuevo.

—Está bien. Entonces, trataré de no molestar demasiado —dijo William.

Alzó su taza y me clavó los ojos por encima del borde, y aquella tarde de verano apareció de nuevo en mi pensamiento.

—Tengo una proposición para ti, mi musa —dijo Thomas.

Estábamos tendidos en la cama, una tarde, desnudos. Yo llevaba viviendo con él unos tres meses, y había descubierto que su apetito sexual era incansable, innovador y adictivo. No había nada que pudiera negarle.

Desató los cordones de seda con los que me había atado

las manos al cabecero, y me besó. Después, apoyó la cabeza en mi pecho. Al oír la palabra «proposición», yo sentí aquella esperanza de la que no podía deshacerme. Esperé, intentando conservar la calma, hasta que él pronunciara las palabras, antes de gritar de alegría.

–He pensado que, como estoy entre dos proyectos, decidiendo qué es lo próximo que voy a hacer, voy a permitirle a John que te utilice como modelo.

Aquello no era, en absoluto, lo que yo me esperaba.

–¿John? Pero... yo prefiero ser tu musa en exclusiva, Thomas.

Él se apoyó sobre un codo, y me miró.

–Me da la impresión de que los dos podemos beneficiarnos de una perspectiva nueva.

¿Una perspectiva nueva? Yo había tomado parte en todas las fantasías de Thomas, y sabía que él tenía una imaginación interminable.

–¿Es tu forma de decirme que te has cansado de mí?

–Oh, musa, por supuesto que no –dijo él, y me besó la nariz–. Pero para ti será bueno averiguar lo que es posar para otro artista. Además, compartir a una modelo es una cortesía profesional.

–¿Una cortesía profesional, y nada más?

Él me observó atentamente.

–¿Es que dudas de mi intención?

–No.

Yo aparté la cara, pero él me tomó de la barbilla y me obligó a mirarlo.

–No dudes nunca de mí –me dijo con calma, pero también con severidad.

Yo nunca había visto aquella expresión suya. Casi parecía que le había traicionado al cuestionar su decisión. Sin embargo, después sonrió, y su expresión se suavizó mientras bajaba la cabeza para besarme.

—Sería desagradable por mi parte negarme a que poses para él. Me lo pidió, y le dije que no te importaría.

—Claro que no —respondí en voz baja; me debatía entre la desilusión y el deseo de agradarle.

—Tal vez sea necesario que te convenza, mi musa.

Volvió a besarme ligeramente, en aquella ocasión de una forma seductora, y pasó la palma de la mano por mi estómago. Después, deslizó los dedos entre mis muslos.

—John es un tipo muy interesante. Ha viajado mucho. Estoy seguro de que te divertirá con sus historias.

Volvió a besarme.

—¿Y qué pasará con... —tragué saliva, mientras mi cuerpo temblaba de placer—. ¿Qué pasará con nuestro té de la tarde?

Thomas sonrió mientras apoyaba las manos a cada lado de mi cuerpo, se erguía sobre mí y me separaba las piernas.

—¿Te refieres a nuestro revolcón de las cinco? —me susurró al oído, mientras me rozaba con su miembro.

Yo no podía resistirme a él, y Thomas lo sabía. Le rodeé la cintura con los brazos y extendí las manos sobre sus nalgas firmes, y empujé sus caderas hacia mí, urgiéndole a que me llenara. En sus ojos brilló la satisfacción; sabía que se había salido con la suya.

—No te preocupes, me aseguraré...

Se deslizó en mi cuerpo con un suspiro tembloroso.

—De que John... —dijo, besándome una vez más, mientras se retiraba de mi cuerpo— te traiga a casa antes del té de la tarde.

Se hundió más profundamente en mí, y exhaló un suspiro de puro placer. Era un bribón, un bribón desvergonzado y pícaro a quien yo no podía decir que no.

Me abracé con las piernas a sus caderas y me abandoné a la vehemencia de nuestra unión. Cuando llegamos juntos al éxtasis, me reproché a mí misma el haber dudado de su sugerencia.

Más tarde, mientras él dormitaba conmigo acurrucada a su lado, yo observé la luz del día, que iba convirtiéndose en las sombras del anochecer, y pensé en lo mucho que había cambiado mi vida. Hacía meses que no veía a mi familia. Durante ese tiempo, mi madre había celebrado otro cumpleaños, al igual que una de mis hermanas. Yo vivía amancebada con un hombre que me amaba con su cuerpo, pero que no le daba ninguna importancia al hecho de ofrecerme como modelo a otro hombre, con la convicción de que eso mejoraría nuestra relación.

Cerré los ojos, abrumada con mis pensamientos. Tal vez él tuviera razón. Tal vez mi ausencia dejara un vacío en su vida diaria y, de ese modo, él se diera cuenta de que quería un compromiso más estrecho conmigo.

Miré su preciosa cara y pensé en lo fácilmente que dormía a mi lado. Ojalá aquello sirviese para que Thomas me hiciera una proposición de otro tipo, porque yo no había tenido el periodo aquel mes, y no sabía si llevaba un hijo suyo en el vientre.

Estaba entumecida. Se suponía que aquel era el retrato de una mujer joven en un río. El fondo ya estaba pintado, y yo, vestida con un traje de segunda mano, debía flotar en una bañera de agua caliente durante horas mientras John me pintaba. Pude perdonarle a John el horrendo olor a moho que tenía el vestido, pero no podía perdonarle que no mantuviera el agua caliente, tal y como había prometido.

Durante un mes y medio, pasé de cuatro a seis horas diarias en un agua tibia mientras John pintaba. Yo había vigilado mi periodo y, como volvió a faltar una segunda vez, sabía que tenía que decírselo a Thomas. Sin embargo, preferí posponerlo hasta estar completamente segura.

El cuadro estaba en un momento crítico. John estaba completamente absorto en su tarea, y yo estaba en la bañera. Aunque el agua estaba cada vez más fría, yo continuaba allí, pensando que podría soportarlo durante unos momentos más. Sin embargo, aquellos instantes se convirtieron en minutos, y los minutos se convirtieron en horas. Él no hizo descanso alguno, ni siquiera para comer, ni me ofreció nada de beber. Yo me sentía cada vez más agarrotada, y doblaba los dedos para que la sangre siguiera fluyendo.

Finalmente, John carraspeó a modo de reprimenda, para indicarme que no podía moverme.

–Los ojos. Cierra los ojos –me dijo, desde detrás del lienzo.

Yo respiré profundamente, me agarré las manos sobre el pecho y contuve el impulso de preguntarle si todavía le faltaba mucho para terminar. En vez de eso, traté de concentrarme en otras cosas.

Pensé en Thomas, y me pregunté si iría pronto a buscarme. Pensé en mi familia. Pensé en mi madre, y en cuál iba a ser su reacción al saber que yo podía estar embarazada. Recordé su cara cuando estábamos juntas, riéndonos, mientras colgábamos la colada una tarde calurosa de verano. Mi mente vagó hasta mi infancia, cuando jugaba todo el día y después me quedaba dormida en la cama, completamente exhausta...

No recordaba exactamente qué había sucedido. Estaba en el estudio y, al momento siguiente, estaba en una cama, rodeada por cuatro paredes blancas. Me esforcé por mantener los ojos abiertos. Oía voces, pero no tenía fuerzas y, cada vez que intentaba responder a una pregunta, la oscuridad me envolvía.

Entonces, sentí que una mano sujetaba la mía.

—Quédate conmigo, mi musa.

Era la voz de Thomas. Cuanto más intentaba responderle, más me absorbía la oscuridad.

—Juro que no volveré a hacer nada semejante.

Era Thomas. ¿Dónde estaba yo? ¿Cuánto tiempo llevaba allí?

—Si me oyes, Helen, apriétame la mano.

Lo intenté con todas mis fuerzas, pero el esfuerzo era demasiado grande.

—Ha movido la mano —dijo Thomas con euforia, y me devolvió el suave apretón. Me estaba urgiendo a que yo le correspondiera.

—Gracias a Dios —dijo otro hombre, aunque yo no reconocí su voz.

La oscuridad volvió a apoderarse de mí y me sumió en un profundo sueño.

Mi cuerpo estaba inerte, pero, cuando por fin pude mantener los ojos abiertos, me di cuenta de que estaba en una habitación de hospital, y de que una cortina rodeaba mi cama.

Thomas estaba sentado a mi lado, agarrándome las manos. Sonrió, y el alivio que se reflejó en su cara me alegró el corazón.

—Has vuelto conmigo, mi musa —dijo.

—Me siento muy débil —murmuré yo—. ¿Cuánto llevo aquí?

—Un poco más de una semana —respondió él.

No había nadie más en la habitación, pero yo recordaba haber oído otras voces.

—¿Has avisado a mi familia?

Él me acarició los nudillos con los dedos.

—No, Helen. Los médicos no querían que vinieran muchas visitas hasta que pudieran valorar tu estado.

—¿Y cuál es mi estado? ¿Qué ha pasado, Thomas?

—Los médicos han dicho que has sucumbido al cansancio, a la falta de sueño y a la falta de una buena nutrición... y a tu embarazo.

Ya tenía la confirmación que necesitaba. Miré a Thomas.

—¿Cómo está el bebé? —susurré con la garganta reseca. Tenía la voz entrecortada, y tragar me hacía daño.

—Ileso —dijo él, y me besó la mano—. ¿Por qué no me lo habías dicho?

—No lo sabía con certeza. Hasta ahora.

Él negó con la cabeza.

—Bueno, ya no hay ninguna duda. Tienes que casarte conmigo.

Yo pestañeé. No sabía si había oído bien.

—Este no es el mejor momento para frivolidades, Thomas.

—¿Y quién está frivolizando? He hablado en serio.

Yo, que todavía estaba adormecida, respondí:

—No, no lo dices en serio, Thomas. Tú ni siquiera crees en el sacramento del matrimonio.

—Absurdo. He decidido que deberíamos casarnos lo antes posible, siempre y cuando no te importe que la boda no sea suntuosa.

—¿Por el bebé?

—Helen. Me importas muchísimo. Nos llevamos bien. Eres mi musa, y llevas en el vientre a un hijo mío —dijo él, y me dedicó una de sus encantadoras sonrisas—. ¿Acaso un hombre necesita más razones para casarse?

¿Y el amor?

Entonces, pensé que, aunque tal vez otros hombres necesitaran esas palabras para transmitir lo que sentían, Thomas demostraba el amor de un modo mucho menos convencional. No me había hecho falsas promesas, y me estaba demostrando lo mucho que le importábamos nuestro hijo y yo. ¿Qué más podía pedir?

–Si estás seguro de que es lo que quieres… –dije, tomándolo de la mano.

Él se puso en pie y se inclinó para besarme la frente.

–Por supuesto que es lo que quiero.

Unas semanas más tarde, cuando hube recuperado las fuerzas, nos casamos en una pequeña iglesia del campo. Los únicos testigos de la boda fueron el encargado de la finca y su esposa. Yo tuve que estar sentada durante la mayor parte de la ceremonia, porque continuaba débil. Me pregunté cómo iba a arreglármelas en el embarazo.

Thomas prefirió que la boda fuera privada, y le dijo a William que no era necesario que acortara su último viaje de investigación para volver a casa por ese motivo. Por otro lado, Thomas seguía sin hablarse con John después de lo que había sucedido.

No fue la boda de mis sueños. No hubo fiesta, ni banquete, ni amigos ni familia. Thomas me llevó a Brighton por sugerencia del médico, y allí nos alojamos en una casita junto a la playa. La casa era de un amigo; aunque él no lo mencionó nunca, yo sospeché que se trataba de una propiedad de la familia de John.

Yo había perdido mucho peso, pero la cercanía al mar y el calor del sol obraron maravillas en mi espíritu, y noté que recuperaba fuerzas día a día.

También me beneficiaba la seguridad de Thomas. Él hacía bocetos continuamente. Sus temas favoritos eran la bahía, los veleros que salpicaban el horizonte, y yo. Nos reímos e hicimos el amor, dimos paseos y, aunque hablamos muy poco del futuro, yo sentí que nuestro matrimonio era sólido y que la llegada de nuestro hijo iba a servir para fortalecer aún más los vínculos de nuestra familia.

Cuando volvimos a Londres, Thomas dejó de pintar y comenzó a leer. Adquirió, además, un ávido interés por la fotografía, una nueva forma de expresión artística que estaba ganando más y más terreno en Francia. Pasaba largas horas en las librerías de Holywell, y traía a casa postales y libros en los que aparecían hombres y mujeres durante actos sexuales variados.

A medida que mi cuerpo crecía, el apetito de Thomas por aquellas imágenes se incrementó también. Yo me di cuenta de que cada vez estaba más inquieto, y no podía dejar de preocuparme por el hecho de que pasábamos muy poco tiempo juntos.

—Thomas —le dije un día, al notar que estaba completamente absorto en la lectura de uno de sus libros—, ¿has pensado algún nombre?

Él no levantó la vista de la página.

—¿Nombres? ¿Qué nombres?

Yo dejé las agujas de punto sobre mi regazo y lo miré con perplejidad.

—Pues el nombre de nuestro hijo o hija —respondí, riéndome suavemente—. Ese libro debe de ser muy interesante, para que te hayas olvidado de que estoy embarazada.

Thomas cerró el libro, lo dejó en sus rodillas y se puso las manos detrás de la cabeza. Me sonrió.

—No se me dan bien los nombres, mi musa. Dejaré que decidas tú.

—Tal vez pudiéramos ponerle el nombre de tu padre, si es un niño.

—No —dijo él con rotundidad, dando una palmada en el libro.

—Entonces, el de tu madre, si es una niña.

Él me miró fijamente.

—Tal vez debiéramos elegir un nombre único, en vez de ponerle un nombre usado —replicó. Después, bostezó—. ¿Te importaría que me fuera un rato a McGivney's? Algunos de los hermanos van a ir a jugar a los dardos.

—Oh, eso parece muy divertido —dije yo, mientras dejaba la labor en la cesta—. Voy a buscar mi chal. Me gustaría salir.

Él se acercó a mí y me puso la mano en un hombro.

—Allí hay mucho humo y mucho ruido, mi musa. Además, lo más posible es que los hermanos hayan bebido, y ya sabes cómo se ponen. Tú casi no puedes soportar sus tonterías cuando están sobrios, con que... —se echó a reír y me besó la coronilla—. No voy a tardar, pero no me esperes despierta. Tienes que descansar.

—Entonces, supongo que ya hemos terminado de hablar de los nombres —dije yo, mientras él se ponía la chaqueta. Cuando se caló el sombrero, miró hacia atrás por encima del hombro y sonrió.

—No tengo ninguna duda de que tú encontrarás el nombre perfecto para el niño.

Después, bajó rápidamente las escaleras y salió por la puerta del edificio.

Yo recé para que Annie no estuviera trabajando aquella noche.

Capítulo 7

No sabía si era Thomas quien se estaba distanciando de mí, o si era yo quien se estaba distanciando de Thomas. De nuevo, él estaba extasiado con la pintura. Sin embargo, cuando le pregunté en qué consistía su nuevo proyecto, no quiso contármelo; solo me dijo que iba a dejar a la altura del barro a los desgraciados de la Royal Academy.

Se levantaba muy pronto, pedía un carruaje y se marchaba. Pasaba todo el día fuera, a menudo, hasta que oscurecía. Cuando yo me ofrecía a prepararle la cena, él me respondía que ya había comido algo por ahí, o que se había encontrado con un viejo amigo que le debía una cena. Yo no tenía ningún motivo lógico para dudar de lo que me decía. Sin embargo, cada vez estaba más desanimada, porque mi figura no era la de antes. Mi preocupación aumentó cuando Thomas, con la excusa de que la cama ya no era lo suficientemente grande para los dos, se marchó a dormir a la habitación de invitados.

Yo agradecía los días fríos y lluviosos de Londres, que lo mantenían en casa de vez en cuando. Esos días, parecía que no había ningún problema entre nosotros. Charlábamos junto al fuego, él con su libro y yo con mi punto. Y yo me reprendía a mí misma por mis preocupaciones innecesarias.

—Helen, querida, ¿qué te parecería si contratáramos a alguien para que se ocupe de limpiar el estudio y de hacer la comida? No tendría por qué vivir aquí, a menos que tú lo prefieras, claro.

Yo lo miré. Nunca habíamos tenido una criada en casa. Thomas creía que era un signo de riqueza trasnochada. Él no había vendido una sola pintura desde hacía meses, y teníamos un hijo en camino. Me pregunté cómo íbamos a pagar al servicio.

De repente, se me ocurrió una idea.

—Podría llamar a una de mis hermanas. Estoy segura de que mi madre podría convencer a mi padre cuando sepan que estoy embarazada. Su compensación podría ser el alojamiento y la manutención —dije yo. Me entusiasmaba la idea de tener a mi lado a una de mis hermanas, para que me hiciera compañía mientras Thomas estaba ausente.

Thomas asintió, y cerró el libro de golpe.

—Bien, me alegro de que seas receptiva a la idea. Sin embargo, no será necesario llamar a una de tus hermanas. Ya tengo a una candidata. Es una buena mujer a la que conozco desde hace tiempo. Es buena amiga de la hermandad, y conoce el estudio. No tendré que enseñarle lo que no puede tocar, ni cómo limpiar los pinceles.

A mí se me encogió el estómago.

—Ya veo que lo tienes todo bien pensado. ¿Y quién es esa mujer?

—Se llama Grace Farmer.

—¿De Cremorne? —pregunté yo, mirándolo con la boca abierta por la sorpresa.

—¿La conoces?

—No, en realidad no. Tu hermano se la encontró una tarde, en los jardines. Me habló de ella.

—¿William te llevó a los jardines? —me preguntó Thomas con una sonrisa.

—Sí, cuando estaba intentando convencerme de que posara para ti.
—¿Y qué te contó sobre Grace?
—Que era amiga de la hermandad, y que la gente la juzgaba mal a causa de su profesión.
—¿Y qué piensas tú de ella?
—Que es prostituta.
—La gente tiene que comer, Helen. Estoy seguro de que Grace observará el protocolo y no traerá aquí a sus clientes —dijo él, riéndose.

Yo me sentí como si se estuviera burlando de mí.

—Me alegro de que confíes en ella, Thomas. ¿Y por qué piensas que la señorita Farmer es la más adecuada para este trabajo? —pregunté yo, y seguí tejiendo la mantita del bebé, intentando mantener la calma.

—Bueno, por extraño que te parezca, fue William quien me lo sugirió cuando le conté que estaba buscando a alguien que nos ayudara en casa.

—¿De veras? ¿William? Qué considerado —dije yo, y aparté la mirada.

—¿Hay algún problema entre William y tú?

Yo volví a mirarlo.

—Hace siglos que no veo a William. No he visto a nadie. Por si no te acuerdas, he estado aquí encerrada, como un pájaro en su jaula —gemí.

Él se quedó con la cara de un hombre que no podía entender la situación ni sabía qué hacer con su esposa embarazada.

—Lo siento, Thomas, me dan estos ataques —dije yo. Parecía tonta, tal vez mezquina, pero no podía evitarlo. Estaba embarazada de más de cuatro meses y me sentía abotargada como una vaca enferma—. Dime, por lo menos, que no te sientes atraído por ella.

Él sonrió.

—¿Se trata de eso?

Dejó el libro a un lado, se arrodilló a mis pies y posó sus manos en las mías.

—No tienes por qué preocuparte, Helen. La he contratado para que limpie el estudio porque sabe lo que tiene que hacer y confío en ella.

Yo me quedé mirándolo, y me di cuenta de que a mí nunca me había pedido que limpiara en el estudio. Me aparté de la cabeza la inquietud que sentía y me recordé que Thomas estaba haciendo aquello para ayudarme.

—Pensé —dijo él— que tal vez fuera aconsejable tener aquí a alguien que te ayudara mientras se acerca el parto.

Yo miré nuestros dedos entrelazados y me di cuenta de que hacía mucho tiempo que él no tenía un gesto íntimo conmigo.

—Te echo de menos, Thomas —dije yo, y le acaricié la cabeza despeinada. Él me besó el dorso de la mano.

—No falta mucho, mi musa, para que podamos estar juntos de nuevo —dijo. Me dio una palmadita en la mano y volvió a su asiento.

—¿Cuándo empieza? —pregunté yo.

—Mañana —dijo él, mientras abría el libro de nuevo—. Me pareció que era mejor no esperar.

En parte, quería estrangular a William por su sugerencia. ¿En qué estaba pensando para mandar a una prostituta a mi casa?

Y ¿cómo no iba a fijarse Thomas en ella? Era increíblemente bella. Tenía el pelo dorado y el cuello de un cisne, y vestía de manera más refinada que la que yo le hubiera atribuido a una mujer de su profesión. En vez de ropa sencilla, llevaba faldas de colores brillantes con chalecos a juego. Cada día llevaba un sombrero diferente, no capotas, sino sombreros de viaje caros, como los que yo vendía antiguamente a la clientela rica de la sombrerería.

Grace llegaba tres días a la semana en un carruaje negro, y su cochero la esperaba hasta que ella terminaba de hacer las tareas, para llevársela después. No sé dónde vivía, ni cómo podía costearse aquellos lujos. Yo me alegraba de que Thomas estuviera fuera, en sus excursiones de investigación, cuando ella acudía al estudio.

Una mañana, Grace me encontró leyendo en el salón del piso bajo. Thomas acababa de despedirse, diciendo que se marchaba al bosque con algunos de los hermanos, a hacer más bocetos. Seguramente, estaban en la granja. Él me había besado en la mejilla antes de irse, y me había recordado que su investigación no le tomaría demasiado tiempo.

—No sales mucho, ¿verdad? —me preguntó Grace distraídamente, mientras quitaba el polvo de una estantería con un trapo.

—En mi estado, prefiero quedarme en casa —respondí yo, sin levantar la vista del libro.

—¿Y está contento Thomas con el niño?

—No creo que eso sea asunto tuyo —dije yo, secamente, con la esperanza de que se marchara.

Ella me miró con sus brillantes ojos azules, llenos de una sabiduría desconocida para mí. Pese a que me desagradaba, yo quería saber hasta qué punto conocía a Thomas, pero mi orgullo me lo impedía.

—Entrará en razón, no te preocupes.

Yo me estremecí al darme cuenta de lo bien que me había entendido.

—¿Y por qué piensas que estoy preocupada?

Grace se encogió de hombros.

—Te quedas en casa todo el día, esperando a que él vuelva. ¿Es que no tienes familia que se interese por ti? ¿Han venido a visitarte?

Yo miré el libro que tenía entre las manos sin saber qué decir. Había seguido el consejo de Thomas con respecto a mi familia, y estaba esperando a que naciera el niño para ir a contárselo todo. Sin embargo, cada día estaba más desesperada por decirle a mi madre que estaba embarazada, para que ella pudiera estar conmigo cuando llegara el alumbramiento.

No obstante, el comentario de Grace, y su entrometimiento, no me gustaron.

—Voy a tumbarme un rato. De repente, me siento muy cansada.

Subí las escaleras, sujetándome el vientre con una mano y con el libro en la otra. Y tomé la determinación de hablar con Thomas, aquella misma noche, de una visita a casa de mis padres.

—Qué cena tan magnífica —dijo Thomas con un suspiro, y se apoyó en el respaldo de su asiento.

Tomó un sorbo de oporto y cerró los ojos. Grace nos había dejado una pierna de cordero asada con patatas y zanahorias, cocinada a la perfección.

Él había llegado a casa entusiasmado con su paseo por el bosque, diciendo que tenía la inspiración para emprender un nuevo proyecto. Yo esperé pacientemente el momento más oportuno para exponer mi petición.

—Thomas, he estado pensando que me gustaría tener a alguien de confianza a mi lado cuando llegue el momento del parto —dije.

—Bien. Avisaré a mi madre.

—Thomas, tú casi nunca has mencionado a tu madre desde que yo te conozco. ¿Sabe que existo, y que va a tener un nieto?

Él abrió un ojo.

—Por supuesto.

Yo me quedé asombrada por aquella revelación.

—¿Y cuál fue su reacción?

—William no me lo dijo.

—¿William? ¿Dejaste que fuera William quien le dijera a tu familia que te has casado y vas a tener un hijo?

Yo no sabía si reír o llorar.

Él frunció el ceño, se levantó de la silla y me abrazó.

—Por favor, Helen, mantén la calma. El bebé...

Thomas me acarició la espalda mientras yo hervía por dentro, a causa de su indiferencia por nuestro matrimonio, por nuestra familia.

—No he hablado mucho de ellos porque no soy, exactamente, el ojo derecho de mis padres. Mi padre piensa que estoy perdiendo el tiempo con la pintura, y mi madre... bueno, digamos que no ha tenido el hijo religioso que quería —me explicó, y apoyó la barbilla en mi cabeza—. William, por otro lado, siempre ha sido el preferido de mi madre.

—Thomas... —dije; sin embargo, me quedé callada y me agarré a su brazo, sin saber bien qué estaba ocurriendo.

—Helen, ¿qué sucede?

Noté un aleteo en el vientre. Todo lo demás perdió interés, ante la maravilla que me causó aquel ligero y extraño movimiento. Le tomé la mano a Thomas y se la puse en mi vientre.

—Mira... ¿La sientes?

—¿Es una niña? ¿Cómo lo sabes? —me preguntó, mirándome a los ojos.

Yo puse mi mano sobre la suya, buscando calmadamente el movimiento, pero el bebé se había quedado quieto.

—No lo sé. Tan solo es un presentimiento.

Ahora que tenía su atención, me sentía más tranquila. Sujeté su mano, pero al ver que no ocurría nada, lo miré con decisión.

—Thomas, quiero ir a visitar a mi madre. No puedo soportar que no sepa que voy a tener un hijo.

Él me estrechó la mano y miró al suelo.

—Helen, tengo que contarte una cosa —me dijo, e hizo una pausa, como si estuviera buscando las mejores palabras—. Quería esperar hasta que naciera el bebé, porque no quería disgustarte —añadió, y se pasó una mano por el pelo con inseguridad.

—Thomas, por el amor de Dios, ¿de qué se trata?

—Yo fui a ver a tus padres.

Él me sujetó con fuerza las manos cuando yo intenté apartarlas.

—Quería que fueran a verte cuando estuviste enferma. Cuando supe que estabas embarazada... bueno, no podía tener eso sobre mi conciencia si te hubiera ocurrido algo. Estabas muy débil, y no sabíamos qué podíamos esperar. Estaba frenético. Todos estábamos frenéticos, incluso John.

—Si él hubiera mantenido caliente el agua de la bañera, nada de esto hubiera sucedido —dije con odio.

—Helen, no toda la culpa es de John. Tú tampoco te estabas cuidando bien.

Asentí, y volví a pensar en el presente. Mi familia lo sabía todo, y no habían ido a verme. Respiré profundamente y pestañeé para contener las lágrimas.

—Continúa, Thomas. Dime lo que ocurrió.

—Les dije que estabas en buenas manos, en un buen hospital. Les dije que estabas embarazada, que yo iba a casarme contigo y que iba a daros un buen hogar a los dos. Intenté transmitirles confianza en la hermandad, la familia a la que pertenecemos aquí, y hacerles entender que sus miembros se preocupan los unos por los otros. Les dije que me encargaría de que nuestro hijo recibiera una buena educación y que fuera a la universidad.

Yo me quedé mirándolo fijamente, y me pregunté por

qué no me había dicho todas aquellas cosas a mí, para reconfortarme. Era la primera vez que me hablaba del futuro de nuestro hijo.

—¿Y qué dijeron? ¿Se alegraron por nosotros?

Él suspiró, y mi esperanza desapareció.

—Ojalá pudiera darte mejores noticias, Helen. Tu madre se quedó consternada y, aunque tus hermanas y yo intentamos consolarla, no pudimos. Tal vez, si tu padre hubiera sido más comprensivo...

Yo alcé la vista.

—¿Mi padre? ¿Qué hizo?

Thomas se aclaró la garganta.

—Dijo que no bendecía nuestra unión, y que no quería saber nada de nuestro hijo bastardo.

A mí se me encogió el corazón, brutalmente, en el pecho. Tuve que taparme la boca y contener las lágrimas.

—Lo siento, Helen.

Él apoyó la cabeza en mi regazo, como hubiera hecho un niño que quería ser consolado.

—¿Y por qué no me lo habías dicho?

—Por esto —dijo él, y me miró—. No quería que te disgustaras. Quería esperar hasta que estuvieras más fuerte, hasta que tuviéramos un precioso niño que mostrarles. ¿Me equivoqué?

Él me acarició la mejilla.

—Por favor, dime que me perdonas. Tenía buena intención.

Me besó, y mis lágrimas se deslizaron por la unión de nuestros labios. No recordaba la última vez que me había besado para algo que no fuera despedirse.

—Por supuesto, querido, claro que estabas pensando en mi salud y en la del niño. No hubiera esperado nada menos de ti.

Thomas me tomó la cara entre las manos. Sentí una

gran expectación; estaba segura de que iba a decirme aquellas palabras que yo esperaba desde hacía tanto tiempo.

–Te prometo que, después de que nazca el niño y vuelvas a estar fuerte, iremos a visitar a tu familia y les presentaremos con orgullo a su nieto. ¿Cómo iban a poder rechazar semejante regalo?

Yo bajé la cabeza y asentí. No quería que él viera mis lágrimas. Esperaba oír lo mucho que me quería, y que íbamos a superar aquellos malos tiempos juntos. Sin embargo, lo que oí fue que me quedara allí sentada y me cuidara, mientras él se iba de juerga con sus amigos. No podía creer que mi familia no se preocupara en absoluto por mí, especialmente mi madre. Tenía que averiguarlo por mí misma.

Después del desayuno, al día siguiente, Thomas se marchó a dibujar con los hermanos. Yo miré por la ventana y vi que el carruaje de Grace estaba aparcado allí debajo. El cochero estaba comiéndose una manzana.

–¿Grace?

Entré al estudio, y ella salió a la puerta de la cocina. Iba secándose las manos con un trapo.

–¿Sí?

–Me preguntaba si tú podrías prestarme tu carruaje durante unas horas. Hace un día muy bueno, y llevo aquí metida demasiado tiempo.

Ella me miró un instante, y después se encogió de hombros.

–La cena será a las siete, como de costumbre, siempre y cuando los dos lleguéis a tiempo.

No dijo nada más, y no me hizo más preguntas.

Una hora después, vi el tejado de nuestro establo, y el bosquecillo de manzanos en los que recogíamos el fruto en aquella época del año.

Para mi deleite, mi madre estaba colgando la ropa al sol. Mi hermana Beth estaba trabajando en el huerto, y Rosalind estaba sentada en los escalones del porche con un cuenco de judías. A mí se me encogió el corazón ante aquella escena tan familiar. Saqué la cabeza por la ventanilla y vi la cara de alegría de mi madre.

—¿Helen? —preguntó, y levantó una sábana para pasar por debajo.

El coche se detuvo, y yo no esperé a que el conductor me abriera la puerta. Bajé, me agarré las faldas y salí corriendo hacia ella. Vi un macizo de flores amarillas, y supe que dentro de pocas semanas, en lugar de aquellas flores habría calabazas grandes y gordas. El hecho de cosechar las calabazas y preparar tartas con ellas era un recuerdo que yo atesoraba con cariño. No presté atención a las enredaderas que crecían por el camino, frente a mí, y el pie se me enganchó en una de ellas. No pude mantener el equilibrio y caí de bruces. Me quedé inmóvil, temiendo lo peor, porque el bebé había amortiguado la caída. Beth y Rosalind me levantaron por los brazos.

—¿De cuánto estás? —me preguntó mi madre con preocupación.

—De cuatro meses, tal vez de cinco.

—Vamos a llevarte dentro para que te tumbes un rato.

Me ayudaron a llegar a mi antigua cama, y yo me tendí boca arriba; mi madre y mis hermanas me atendieron.

—Seguro que estoy bien —dije—. El médico dice que el útero es un órgano fuerte y seguro.

Mi madre me miró.

—Creo que deberíamos llamar a Gretchen Collins. Es una buena matrona. Ella atendió vuestros tres partos en esta misma casa.

—¿Dónde está papá? —pregunté, ignorando su sugerencia.

Ella le susurró algo a Beth; mi hermana me miró, y después salió rápidamente de la habitación.

—No quiero causar ningún problema, mamá —le dije yo—. Solo necesitaba verte. Necesitaba saber que no estás enfadada conmigo por no haber venido a decirte que voy a tener un hijo.

Ella se sentó al borde de la cama y me abrazó.

—¿Cómo iba a estar enfadada contigo? Me alegro muchísimo de que hayas venido. ¿Cuánto tiempo puedes quedarte?

—No mucho. Le he pedido prestado el carruaje a la sirvienta.

—¿A la sirvienta? —preguntó ella impresionada.

—Es demasiado complicado. Solo quería verte. Quiero que vosotras, Beth, Rosalind y tú, vengáis a casa cuando haya dado a luz. Tenemos mucho espacio, y nos vendría bien vuestra ayuda.

—Tengo que ver si puedo, Helen. Es por tu padre. Es un viejo alemán tozudo y no sé si puedo dejarlo aquí solo demasiado tiempo.

—Entonces, ¿sigue enfadado conmigo? —le pregunté.

—Entrará en razón, pero le llevará algo de tiempo.

—¿Dónde está? Voy a tener que volver muy pronto.

—Está en el campo, pero tal vez este no sea el mejor momento para verlo, Helen. Sin embargo, creo que deberías dejar que Gretchen te echara un vistazo.

Yo bajé las piernas por un lado de la cama. No sentí dolor, y no estaba sangrando. Me puse en pie, y no sentí mareo.

—Mira, ¿lo ves? Como nueva —dije.

Sin embargo, tenía el estómago revuelto, y lo disimulé. No quería preocupar a mi madre. Descansaría en el trayecto de vuelta a casa.

Mi madre me observó fijamente y, al cabo de unos momentos, su mirada se iluminó. Se acercó a la cómoda de mi cuarto, el mueble que mi padre había hecho para regalármelo en mi noveno cumpleaños. Me entregó un pequeño paquete envuelto en papel. Dentro había una mantita, un gorro y un par de patucos.

–Eran tuyos. Creí que mi nieta podría usarlos –dijo con los ojos empañados. Yo la abracé con fuerza a ella y, después, a mi hermana–. Se lo pondré el primer día. Dile a Beth que la veré pronto.

Me acompañaron al carruaje y, aunque yo quería ver a mi padre, tal vez, en aquella ocasión, Thomas tuviera razón.

–Nos veremos pronto.

El coche dio un tirón hacia delante y comenzó a avanzar por el camino, alejándome de mi antigua vida y llevándome hacia la nueva.

Capítulo 8

La carretera de tierra de vuelta a la ciudad me pareció más accidentada que cuando la había recorrido para ir a casa de mis padres. Me mordí un labio para contener las náuseas. Sin duda, el estrés de la caída, sumado con el de tener que escaparme para ver a mi madre en contra de los deseos de Thomas, no le hacía ningún bien a mi estómago. Apoyé la cabeza en el respaldo del asiento e intenté descansar, pero no lo conseguí. Cuando vi las afueras de Londres, suspiré de alivio, y me alegré aún más de ver la calle empedrada donde estaba nuestra casa. Le di las gracias al cochero y subí lentamente las escaleras. Estaba demasiado cansada como para ir a buscar a Grace. Decidí tumbarme un rato; más tarde iría a darle las gracias por dejarme usar su coche.

Casi no tenía fuerzas para quitarme el abrigo y el sombrero. Abrí las sábanas y, completamente vestida, me metí bajo la manta. Al instante, me quedé dormida.

Me desperté febril y atontada, y con el estómago muy revuelto. Noté un tremendo calambre en el vientre, pero decidí ignorar el temor por el hecho de que tuviera algo que ver con mi caída. Pensé en prepararme una infusión y esperar a que Thomas volviera a casa.

Aparté la manta y me incorporé con suavidad pero, en cuanto lo hice, tuve tales náuseas que pensé que iba a vomitar. Esperé, respirando despacio, con los ojos cerrados. Después de un momento, las náuseas pasaron.

Me agarré a la mesilla de noche y me puse en pie. Al instante, noté un líquido corriéndome por las piernas. Me agarré la falda y me la subí hasta los muslos. Al ver que tenía las bragas manchadas de sangre, se me paró el corazón de pánico. Me acerqué, tambaleándome, a la puerta.

—¡Thomas! ¡Thomas!

No obtuve respuesta, y no sabía en qué momento del día estábamos. ¿Era de noche, o de día? Estaba cada vez más ligera, como si se me estuviera escapando la vida. Me caí al suelo y apoyé la mejilla contra el marco de la puerta.

Mi mente estaba embotada. Intenté discernir los sonidos que se producían a mi alrededor. Oí una puerta cerrarse, y unos pasos que subían por las escaleras.

—Thomas —susurré.

Me pesaba demasiado la cabeza, y se me cayó hacia el pecho. Entonces vi una enorme mancha oscura que se me estaba formando en la falda. Pensé que iba a morir.

—¿Helen? Oh, Dios mío, ¡Helen!

Miré hacia la voz, pero la imagen me pareció borrosa. Reconocí un suave olor a ron. William.

Noté que me tomaba en brazos.

—William —susurré.

Estaba desorientada. Cerré los ojos, porque solo quería dormir. Si podía descansar, todo iría bien.

—Quédate conmigo, Helen —me dijo William, pero su voz sonó muy distante.

No pude responderle, porque me sumí en una completa oscuridad.

Por segunda vez, me desperté en una habitación de hospital. En aquella ocasión, sin embargo, me acompañaban Thomas y William. Thomas estaba sentado a mi lado, sujetándome la mano. William estaba al otro lado, mirándonos.

Mi marido estaba muy demacrado y tenía unas profundas ojeras. Tenía los ojos enrojecidos de llorar. Sonrió temblorosamente y me apretó la mano, pero no habló.

Instintivamente, me puse una mano sobre el vientre para palpar el abultamiento que ya consideraba una parte de mí misma. Entonces, miré a Thomas, que estaba intentando contener sus emociones.

Se me encogió el corazón, y se me llenaron los ojos de lágrimas. Pestañeé y miré a William, que apartó la vista y se tapó la boca con la mano.

Thomas fue el primero en hablar.

–Hemos estado a punto de perderte, Helen. Si William no te hubiera encontrado…

Yo miré a William de nuevo, entre las lágrimas.

–Eras tú.

Él asintió.

–Lo siento. Siento no haber podido llegar a tiempo –respondió con la voz quebrada.

–No, William, no ha sido culpa tuya. Si yo no hubiera ido a visitar a mi madre…

Thomas me miró con asombro.

–¿Qué has dicho?

Noté un sabor amargo en la boca, y me tembló la barbilla mientras decía la verdad.

–Le pedí prestado el carruaje a Grace, y fui a ver a mi madre. Necesitaba verla.

Él inclinó la cabeza y se tapó la cara con las manos. Por un momento, pensé que estaba llorando. William se dirigió hacia la puerta.

—Espera, William. Por favor, quédate —dije, y me concentré en Thomas—. Me tropecé. Fue un accidente. Pensaba que estaba bien, y que, si descansaba, me sentiría mejor.

—Te pedí que esperaras —dijo él. Aunque sus palabras sonaron amortiguadas, su tono era autoritario.

—Necesitaba verla —repetí yo.

Me sentí como si tuviera que justificar mis actos, cuando lo que necesitaba era su comprensión, su compasión por lo que había perdido, por lo que los dos habíamos perdido.

Él me miró con los ojos llenos de ira.

—Si no hubieras...

—Thomas, ya basta. Nadie tiene la culpa de esto —dijo William, poniéndole una mano en el hombro a su hermano—. Y menos Helen.

Thomas se apartó la mano de William del hombro. Yo me di cuenta de que estaba atormentado, y de que quería culpar a alguien.

Me zafé de su mano y le di unas palmadas en la cabeza. Estaba harta de su comportamiento egoísta.

—Ni se te ocurra ser desagradable con él, ni conmigo tampoco. Yo también he perdido a este hijo, Thomas.

Thomas se levantó de la silla con tanta brusquedad que la tiró al suelo, y salió de la habitación.

—Voy a buscarlo, Helen —dijo William, y lo siguió.

Por primera vez había visto el lado más vulnerable de Thomas, y me di cuenta de que él no estaba cómodo con ninguna otra realidad que no fuera la suya. Sin embargo, no podía saber si su ira era debida a su dolor, o simplemente a que yo le había desobedecido.

A pesar del agotamiento, purgué mi cuerpo del dolor, estallando en sollozos.

Thomas estaba muy callado. Desde que yo había salido del hospital, hacía dos semanas, había tenido muchas reuniones y compromisos con la fraternidad, y volvía tarde casi todas las noches. Cuando no tenía reuniones, se iba a dar largos paseos nocturnos, y no volvía hasta que yo estaba acostada.

Aunque lo intenté, él no quería hablar de lo sucedido. Era como si quisiera olvidar aquel episodio para siempre. Existíamos en la misma casa y, alguna vez, dormíamos uno junto al otro. Sin embargo, nunca nos tocábamos y, por lo general, él dormía en el estudio. Aunque los médicos me animaron, diciéndome que podría tener más hijos, en aquellas circunstancias yo no creía que fuera posible.

William pospuso su siguiente viaje y se quedó con nosotros. Se convirtió en nuestro intermediario. Además, como Thomas estaba ausente la mayor parte del tiempo, yo había empezado a contar con la fortaleza de William, a considerarlo un confidente y un compañero. Temía que mi tristeza, que algunos días era más intensa que otros, fuera una carga demasiado pesada para él, pero no parecía que le importara soportarla. Tal vez, lo más desconcertante de todo fuera que yo había empezado a recordar más y más lo cautivada que me había sentido por William antes de conocer a Thomas. Sabía que era un terreno peligroso, pero me encontraba desesperadamente sola.

–Tienes mejor aspecto, Helen –me dijo William, con los ojos llenos de admiración, mientras tomaba la taza de té que yo le ofrecía. Me tembló la mano cuando nuestros dedos se rozaron, y la taza se agitó; William la sujetó sin decir una palabra.

–Los médicos dicen que estoy cada vez más fuerte –dije yo, y me senté en una de las sillas de la mesa. Thomas quería que la mesa de comedor estuviera situada en uno de los extremos del estudio, de modo que hubiera sitio suficiente para celebrar cenas y comidas con los hermanos de vez en cuando.

–He visto salir de paseo a Thomas cuando llegaba. Parecía que estaba de muy buen humor.

Yo no disimulé mi sorpresa.

–Pues entonces, tú has debido de ver a un Thomas distinto al hombre con el que yo me casé.

Lo había visto muy poco durante aquellos últimos días, y no quería pensar en dónde iba por las noches, ni en quién lo estaba consolando. No quería parecer una bruja, pero la verdad era que cada vez estaba más inquieta, y que esperaba ver pronto una chispa del antiguo Thomas, el que me había hecho perder la cabeza.

–Confieso que estoy preocupada, William. No está pintando nada. No habla conmigo sobre nada. No sé quién se ha vuelto más un fantasma en esta casa, si él, o yo.

William miró fijamente su taza.

–El tiempo lo cura todo, Helen. Él solo necesita un poco más de tiempo.

–¿Y yo qué hago durante ese tiempo? Tengo que aguantarme con este sentimiento de culpabilidad, y no dejo de acordarme de lo que me dijo en el hospital: que si yo hubiera seguido sus instrucciones, esto no habría sucedido.

–Estaba enfadado y sufría mucho, Helen. No lo decía en serio.

–¿Y yo no estaba sufriendo?

William me observó con sus ojos azules llenos de calma.

—Helen... —dijo, entrecerrando los párpados—. Lo que tienes que hacer es dejar de atormentarte. Lo que ocurrió... ocurrió. Fue el destino —añadió, y volvió a mirar la taza—. De algún modo, todos encontramos la forma de continuar.

Yo reflexioné sobre sus palabras, que había pronunciado mientras pasaba un dedo por el borde de la taza, pensativamente. En mi cerebro retorcido y egoísta se formó una idea. ¿Y si la pérdida a la que se refería no era mía, sino suya? Aquel pensamiento, aunque fuera muy descabellado, encendió una chispa de curiosidad adúltera en mí.

—Entonces, ¿supones que también fue un capricho del destino, William, el hecho de que me encontraras tú, y no tu hermano?

—No, Helen. No me preguntes eso —dijo él, moviéndose en la silla—. No es lo mismo.

—¿Por qué no debería sentir gratitud por el hecho de que tú estuvieras ahí, incluso de que estés ahora aquí, en vez de él?

No dije, con claridad, que debería ser su hermano quien estuviera consolándome, pero que estaba demasiado ocupado revolucionando a la academia.

William apretó la mandíbula y miró fijamente al suelo. La humildad era parte de su encanto, como había sido desde el primer día que nos conocimos. Intenté no pensar en su generosidad, en su bondad, en cómo me había tomado de la mano mientras paseábamos por el parque, y cómo ardían por mí sus ojos aquel día de verano.

—No deseo que te sientas incómodo —le dije en voz baja, aunque, en realidad, mis pensamientos me estaban distrayendo demasiado.

Él carraspeó y me observó cautelosamente. El aire entre nosotros crepitaba.

—Vamos a hablar de otra cosa —dijo, y depositó la taza

sobre la mesa–. ¿Has pensado en volver a escribir, por lo menos hasta que mi hermano vuelva a hacerte posar?

–No estoy segura de que vuelva a posar para Thomas. Creo que mi aspecto ya no es el de una mujer despampanante para él –dije yo, encogiéndome de hombros–. Intenté escribir un poco después de volver a casa, pero no podía concentrarme.

–Tal vez puedas retomarlo otra vez. Puede que sea una buena terapia. Yo todavía tengo el poema que me diste, ¿sabes?

Me quedé mirándolo con los ojos muy abiertos; me resultaba increíble que conservara aquel poema después de todo aquel tiempo. Aquella idea me hizo sonreír por primera vez desde hacía semanas.

–Eres un verdadero amigo, William –dije, y posé la mano en su brazo.

Él sonrió con tirantez y tomó un sorbo de té. Así, consiguió apartar mi mano sin una palabra.

Su reacción me pareció extraña, pero la ignoré y cambié de tema.

–Bueno –dije con todo el ánimo que pude reunir–. Cuéntame algo de ti, William. ¿Qué has estado haciendo? ¿Has trabajado en tus diseños?

–He estado en Italia otra vez, y he viajado a la India. He estado estudiando los dibujos de la arquitectura y el arte antiguos.

–Eso es estupendo, pero debe de ser muy caro. Perdona mi curiosidad, pero ¿cómo te las arreglas?

Se encogió de hombros.

–Sí, cuesta mucho dinero. Es cierto.

Tomó otro sorbo de té.

–Lo siento, no quería entrometerme –dije yo–. Es lógico que alguien con tanto talento como tú cuente con un patrocinador.

Él suspiró.

–¿No te lo ha contado nunca?

–¿Quién? ¿Thomas? ¿Qué es lo que tenía que contarme?

–Thomas es quien patrocina mis expediciones. Lo hace con el dinero de las obras que vendió hace tiempo. Abrió una cuenta bancaria para mí cuando yo era más joven. La idea es que, cuando yo tenga éxito y seamos viejos, cuide de él.

Me eché a reír.

–Sí, parece un plan de Thomas –dije. Después, tomé un poco de té y agité la cabeza–. No tenía ni idea.

–Te lo dije cuando nos conocimos. Es un hombre generoso.

Asentí.

–Sí, me acuerdo. Y, por favor, no me malinterpretes. No niego su generosidad, William. Thomas es un buen hombre. Es complicado, pero es bueno, como tú. Es solo que... bueno, tú estás aquí, y él no, y yo no puedo hacer nada por cambiarlo.

William me atravesó el alma con la mirada, y yo pensé en cosas en las que no debería pensar. Jugueteé con la taza, y hubo un momento de tenso silencio, durante el que seguimos tomando el té.

Yo intenté llenar aquel silencio, dejando el tema de Thomas y de mi soledad, y cambiándolo por otro.

–Bueno, cuéntame, ¿qué encantadora señorita te ha llamado la atención últimamente?

Él respondió con una risa desganada.

–Me temo que ninguna. Estoy de viaje casi todo el tiempo. Mi trabajo es suficiente.

–Bueno, espero que no siempre te sientas así –dije yo–. Te mereces más.

Él me observó con curiosidad.

–¿Y por qué te interesa eso, Helen? Mi vida es asunto mío, ¿no? Si decido compartir mi vida con alguien, será por elección mía, y no porque me lo sugiera alguien que, claramente, es...

Entonces, dejó la taza sobre su platillo.

–Lo siento, Helen. He hablado demasiado. Será mejor que me marche.

Se levantó de la silla y titubeó al mirarme. Finalmente, se inclinó hacia delante y me dio un casto beso en la mejilla.

–Espera –dije yo, y le tomé de la mano–. Te referías a alguien que es claramente infeliz, ¿verdad?

Suspiró de nuevo.

–He reaccionado mal –dijo–. Discúlpame.

Yo también me puse en pie.

–Eso es lo que hacen los amigos, William. Hablan abiertamente los unos con los otros. Se desean lo mejor los unos a los otros.

–Sí, supongo que sí, Helen –respondió él y, suavemente, trató de zafarse de mi mano. Yo, sin embargo, me aferré a ella; estaba desesperada por oír lo que esperaba que fuera cierto.

–Antes hablábamos de muchas cosas. ¿Recuerdas nuestros paseos por el parque, y nuestra visita a la galería de pintura?

Pedirle así su atención era algo muy egoísta por mi parte. Sin embargo, al mirarlo, yo recordaba días más fáciles, días en los que el futuro parecía más prometedor.

–Helen, lo siento, pero preferiría no hablar de esto.

–Claro. El pasado es el pasado –dije yo con una carcajada seca–. No puede revivirse, ni debemos desearlo, ¿verdad, William?

Él miró al suelo, pero no respondió. Yo lo presioné. Necesitaba saber por qué le había resultado tan fácil alejarse de mí, y por qué no había dado nunca ninguna señal de que yo le importara.

—¿Por eso viajas tanto? ¿Para alejarte de aquí?

«¿Para alejarte de mí?», pensé.

Él me clavó una mirada oscura.

—¿Quieres saber la verdad, Helen? —me preguntó, apretándome con fuerza la mano—. Entonces, te la diré. Estuve a punto de morir al verte en el suelo, desmayada… al darme cuenta de lo cerca que estaba de p… Lo cerca que estábamos de perderte.

A mí me dolían los dedos, pero no más que el corazón. Permanecimos así, mirándonos, sin saber si alejarnos o si dar rienda suelta a nuestras emociones.

—Me alegro de que fueras tú quien me encontró.

—Podías haber muerto.

—Pero no sucedió —respondí yo—. Solo quiero que seas feliz, William. Tú eres el tipo de hombre que cualquier mujer desea.

—Cualquier mujer, menos tú, ¿no?

Yo abrí la boca para responder, pero la impresión que me causaron sus palabras me dejó sin voz. No era yo quien lo había abandonado aquel lejano día y, por fin, encontré el aliento y el valor para decírselo.

—Eso fue elección tuya, William.

Él se rio con amargura.

—¿Y después, cuando tuviste que elegir si casarte o no?

Yo tiré de mi mano. Me sentía frustrada.

—Me estás haciendo daño.

—Eso fue elección tuya, Helen.

Entonces, se apretó mi mano contra el pecho.

—Tú no dijiste nada, y yo pensé que era por que no te importaba, que estabas siendo leal a tu hermano.

—Claro, el bueno de William. Sólido y fiable, predecible como el amanecer. Solo hay que darle una palmadita en la cabeza de vez en cuando. ¿Esa es la imagen que tienes de mí, Helen?

Yo me quedé horrorizada por aquella percepción.

–No-no. Por sup-puesto que no.

–¿Crees que ha sido fácil para mí ver que ibas a darle un hijo a Thomas, cuando deseaba que ese hijo fuera mío? ¿Crees que me resultó fácil volver de viaje y verte casada con él?

Me agarró de los hombros y me los apretó con fuerza.

–No... no creía que...

–No importa, Helen. No lo creías, pero habría dado igual, porque yo siempre he pensado en Thomas antes que en mi propia felicidad. Yo lo cuidé, me ocupé de sus necesidades, lo consolé y celebré sus éxitos y, entonces, llegaste tú y te hiciste cargo de ese trabajo. Sin embargo, eso es lo más irónico. Lo que pensé que era mejor para Thomas era, en realidad, mejor para mí. Y he tenido que quedarme a un lado, presenciando cómo desaprovechaba el regalo que le hice –dijo él. Me acarició la mejilla, y yo tuve la sensación de que iba a explotar–. Si tuviera la oportunidad de hacerlo todo de nuevo, nunca me habría distanciado.

Él me rozó la mejilla con el pulgar. Yo no me atrevía a mirarlo; su boca estaba muy cerca, y era toda una tentación, y su confesión había hecho que me hirviera la sangre. Me elevó la barbilla con el dedo y me obligó a mirarlo a los ojos, y allí, vi su tormento y su pasión, lo mismo que había visto aquella lejana tarde de verano.

Sus labios capturaron los míos y me infundieron una lujuria cegadora. Él ciñó su cuerpo contra el mío y me atrapó contra la mesa, y tiró al suelo una de las tazas de té. Yo acepté con deleite sus besos abrasadores, que me recorrían el cuello, y sucumbí al apetito que nos estaba consumiendo.

—Debería quemarme en el infierno por lo que quiero hacerte, Helen —susurró contra mi garganta.

Yo tragué saliva y me agarré a la pechera de su camisa.

—Dímelo, William. Dime lo que me harías —le rogué desvergonzadamente. Quería liberarme de aquella soledad.

—No, Helen. Lo siento, pero no puedo.

Me tomó la cara entre las manos, buscando en mis ojos una respuesta que yo no podía darle.

—William —susurré, y lo besé de nuevo.

—No podemos —me dijo, y cerró los ojos con fuerza, como si tratara de hacer desaparecer el deseo que sentíamos.

—¿No podemos, o no quieres? —le pregunté con osadía.

Él frotó su mejilla contra mi pelo.

—Dios, cuánto envidio a mi hermano —dijo, en voz baja—. Es como una herida abierta, y es una tortura con la que vivo todos los días, el saber que es él quien tiene derecho a acostarse contigo.

Se apartó de mí y se pasó una mano por el pelo.

—Me voy a volver loco si sigo pensando en esto. Tú no solo eres su modelo, Helen. Eres su esposa. Lo que siento está mal en todos los sentidos. No tengo derecho, después de lo que Thomas ha hecho por nosotros dos.

Entonces, se acercó a mí y me besó la frente con ternura.

—Tengo que conseguir olvidarte, Helen, y necesito que tú también lo olvides todo. Es la única forma.

Después, en un segundo, se marchó.

Yo me quedé mirando a la nada durante un largo rato. El hombre con el que me había casado no tenía tiempo para mí, y el hombre que me deseaba era demasiado noble. La soledad me estaba ahogando. Tenía que pensar. Tenía que alejarme de allí y volver al único lugar donde siempre me había sentido a salvo, segura. Tenía que volver a casa. Ojalá mi padre me aceptara.

A la mañana siguiente, le dije a Thomas que quería ir a pasar una temporada de visita a casa de mis padres. Él estuvo de acuerdo; me dijo que el aire fresco y el sol me beneficiarían.

–¿Estás seguro de que tú vas a estar bien? –le pregunté. En parte, deseaba que Thomas tratara de detenerme, que me convenciera de que no me marchara. Estábamos en la puerta de casa; mis maletas ya estaban en el carruaje.

–Será poco tiempo, Helen. Con William y Grace me las arreglaré perfectamente. Acuérdate de que, una vez, fui un soltero autosuficiente.

Yo traté de no pensar en que lo era de nuevo. Thomas me dio un beso en la mejilla. William me abrazó rápidamente, de una manera fraternal, pero yo sabía que solo estaba enmascarando sus emociones.

–Que disfrutes de tu visita –me dijo Thomas.

Apoyé la cabeza en el respaldo del asiento y cerré los ojos, dejando que el suave vaivén del coche me adormeciera. Parecía que lo había perdido todo: a mi hija, a Thomas y a William. Tenía que cuestionarme si merecían la pena todas las mentiras y todo el dolor que le había causado a mi familia para conseguir mi independencia, cuando, finalmente, solo podía volver a su casa con todos mis sueños destruidos.

Capítulo 9

—¿Vas a volver pronto? —me preguntó mi madre, mientras tomaba otra sábana de la cesta. La sacudió con firmeza y la colgó en el tendal.

—¿Es que ya te has cansado de mí?

Me cubrí los ojos con una mano para protegerme del sol, mientras la miraba. Beth y yo estábamos sentados en uno de los escalones del porche, desgranando guisantes. Mi padre, sombrío y triste por la trágica noticia de haber perdido a su nieta, me había abrazado y me había perdonado, pero pensaba que sus sentimientos hacia Thomas y la hermandad estaban mucho más que justificados. Me dijo que no tenía que volver nunca, que si no quería hacerlo, podía vivir para siempre con ellos.

Mi madre, por el contrario, creía que, una vez que el sacerdote nos había casado a Thomas y a mí delante de Dios, mi sitio estaba junto a mi marido, fueran cuales fueran sus sentimientos por mí. No me preguntó lo que yo sentía por Thomas, aunque, de todos modos, no habría sabido responder.

—Helen, claro que no quiero que te vayas, pero tienes un marido, y has hecho unos votos matrimoniales —me dijo, mientras colgaba una camisa.

—¿Crees que Thomas y papá podrían llevarse bien alguna vez? —le pregunté yo. Me aferré a la esperanza de que, si mi padre me había perdonado a mí, tal vez pudiera aceptar también a Thomas y llegar a quererlo como a un hijo.

—Vamos paso a paso —respondió ella con una sonrisa—. Beth, ve a la cocina y vigila la carne que está al fuego. Quiero hablar a solas con tu hermana.

Beth se marchó, y mi madre se sentó a mi lado.

—¿Qué es lo que te preocupa, mamá? —le pregunté, mientras me comía dos guisantes.

Había sido un acierto ir a mi casa. El aire fresco, el trabajo en el huerto, la comida natural... todo había obrado maravillas en mí, emocional y físicamente. Me sentía más fuerte, aunque todavía no sabía si podría enfrentarme a Thomas—. ¿Crees que hice bien al venir aquí?

—Mis hijas siempre son bienvenidas. No quiero que olvides eso, pero tú también has empezado un nuevo hogar, y pronto lo llenarás de niños —dijo con una sonrisa llena de esperanza.

—Tal vez —respondí yo, mirándola a los ojos.

¿Sería capaz de hablarle de William? Yo todavía tenía el corazón en carne viva por todo lo que había ocurrido. Había pasado en vela más de una noche, recordando su beso abrasador y la pasión de los ojos de William. ¿Qué podría hacer para que mi marido me mirara de nuevo con aquella misma pasión?

—Oh, por supuesto que sí —me dijo mi madre.

—Mamá, ¿puedo preguntarte una cosa?

—Cualquier cosa.

—¿Nunca ha habido una temporada en la que no estuvieras segura de lo que papá sentía por ti?

—Ah —respondió ella—. Entonces, ¿todavía está de duelo?

Me encogí de hombros.

—No estoy segura. Thomas está... distante. No sé cómo conseguir que me preste atención.

—La mayoría de los hombres solo quieren saber que deseas su atención, y que los necesitas más que a ninguna otra cosa.

—Pero, ¿y si no estás segura de que tu marido te necesita a ti?

Ella sonrió, y me posó una mano en la mejilla. Su piel olía al jabón de la colada.

—Escúchame, Helen. No importa cuál fuera el motivo por el que te pidió que te casaras con él. El hecho es que lo hizo y, en ese momento, te convertiste en lo único que necesitaba, en lo único que quería.

—Pero... temo que me culpabiliza de la pérdida de su hija.

—Ni Thomas ni tú tenéis la culpa. Estas cosas pasan. No son culpa de nadie. No te preocupes. Al final, con el tiempo, él se recuperará. Pero tú debes ayudarle a superar su dolor, Helen. Los hombres son curiosos en ese sentido, hija. A veces hay que demostrarles lo fuertes que son. Eso es lo que significa ser una buena esposa.

—Algunas veces sufro, mamá, cuando intento desesperadamente recordar lo que sentía teniendo a la niña en mi vientre. ¿Cómo voy a demostrarle lo fuerte que es, si yo tengo tan poca fortaleza?

—En eso, las mujeres se equivocan, Helen. Los hombres piensan que ellos son los fuertes, pero solo ven la fuerza física. A menudo, las mujeres son quienes tienen que soportar las cargas más pesadas, y eso nos hace muy resistentes.

Me apartó el pelo de la cara. Sus ojos estaban llenos de amor.

—Cuando tu padre declaró que no tenía hija mayor, a mí se me rompió el corazón. Estaba dividida entre lo que tú decidiste y lo que él decidió. Sin embargo, creía que iba a entrar en razón, y lo ha hecho, Helen. Es posible que vosotros dos no estéis de acuerdo en todo, pero él ha aceptado tus elecciones y a tu marido hasta donde ha sido capaz.

Me tomó las manos y me las estrechó.

—Sé que has tenido que pasar por muchas cosas, pero tienes que ser fuerte. Thomas entrará en razón.

Para ser una mujer que no tenía educación, más allá de la sabiduría de la granja, mi madre era la persona más sabia que yo conocía. La abracé. Había pasado más de un mes, y decidí que ya era hora de volver con mi marido.

Me sentía muy calmada, más fuerte, más preparada para arreglar mi matrimonio.

El coche se detuvo justo delante del estudio, y el cochero me ayudó a bajar. Después, puso mi equipaje en la puerta del edificio, y yo le pagué el viaje.

—¿Es todo, señorita? —me preguntó.

Yo miré hacia arriba, y vi que las puertas del balcón del estudio estaban abiertas. Había una luz suave en la ventana; seguramente, Thomas estaba tomándose un oporto junto al fuego. Yo estaba impaciente por hablar con él. Quería contarle cómo habían ido las cosas en mi casa, y decirle que mi padre había decidido que, si yo pensaba que Thomas era un buen hombre, él también.

Me pregunté si William estaría en el estudio.

—Sí, eso es todo, muchas gracias —le dije al cochero.

Abrí la puerta del edificio y metí mi maleta al vestíbulo. Subí corriendo las escaleras con la esperanza de que mi regreso fuera una sorpresa agradable para Thomas. Tal vez, después de estar separados el uno del otro, hubiéramos conseguido reforzar lo que sentíamos el uno por el otro. Yo quería que volviera a abrazarme.

Oí voces en el estudio mientras llegaba al final de la escalera, y me di cuenta de que una de ellas era la voz de una mujer. Me detuve, porque tenía miedo de lo que iba a encontrarme. Finalmente, hice acopio de valor y entré en el estudio. Grace estaba acurrucada junto al fuego, con una copa de oporto, y vestida con una de las camisas de Thomas. Thomas estaba arrodillado delante de ella con las manos apoyadas en los brazos de su butaca. Por la suave expresión de Grace, estaban manteniendo una conversación íntima.

Al principio sentí náuseas. Después, me puse furiosa. Con esfuerzo, me adentré en la habitación.

—¿Thomas?

Él se puso en pie de un salto y se giró hacia mí.

—¿Helen?

—Sorpresa —dije yo con una sonrisa tirante.

Grace se levantó de la silla y dejó su copa en la repisa de la chimenea.

—Oh, por favor, no te marches por mi culpa —le dije yo, sin apartar los ojos de mi marido.

En aquel momento, alguien cerró de golpe la puerta de abajo y comenzó a subir las escaleras.

—Thomas, hay una maleta abajo, y he pensado que tal vez fuera Helen...

—Hola, William —dije yo, amablemente. ¿Cuánto sabía sobre Grace y mi marido? Después de todo, él era quien había sugerido que ella fuera a limpiar el estudio.

—Helen —respondió William. Entonces, miró a Thomas y a Grace.

—William, sé bueno y ve a decirle al cochero que no se vaya —dijo ella.

Yo la miré con firmeza mientras se acercaba a mí.

—Tu marido ha tenido que rescatarme hoy, Helen. No seas demasiado dura con él —me dijo, y miró a Thomas—. Voy a buscar mi ropa.

—Grace —dijo Thomas—, no tienes por qué marcharte, y menos después de lo que ha pasado hoy.

—Estoy bien, Thomas. Seguro que Helen y tú tenéis que hablar de muchas cosas.

Yo miré a Thomas, y seguí a Grace por el pasillo. Después, esperé hasta que ella recogió todas sus cosas de nuestra habitación.

William subió las escaleras con mi bolsa en la mano, y estuvo a punto de chocar conmigo.

—Voy a dejarla en tu dormitorio —dijo, rodeándome. Después, titubeó un instante y me miró—. Me alegro mucho de que hayas vuelto a casa.

Entró en mi habitación y depositó allí mi maleta. Acto seguido, recorrió silenciosamente el pasillo y se encerró en su cuarto.

Yo me acerqué a la ventana. Me sentía como si estuviera espiando a mi propio marido desde detrás de la cortina. Vi a Grace darle un beso en la mejilla y sentí culpabilidad y rabia al pensar en lo que había sucedido con William y conmigo justo antes de que me marchara a casa de mis padres. Sin embargo, tenía que preguntarme si yo habría dicho tales cosas de no haberme sentido insegura con respecto a mi matrimonio. En realidad, ese era el verdadero motivo por el que me había ido: para hacerme una idea clara de lo que quería, y de lo que esperaba que Thomas siguiera queriendo.

Me alejé de la ventana al oír que la puerta se cerraba. Un momento después apareció Thomas, sonriendo como si no hubiera pasado nada.

—Estás radiante —me dijo.

Yo observé su vestimenta.

—¿Por qué estaba aquí Grace, y vestida con una de tus camisas? ¿Adónde has ido esta noche?

—Yo también me alegro de que hayas vuelto a casa —me respondió él, secamente.

–¿De verdad? –pregunté yo, y comencé a quitarme el sombrero y los guantes.

Él puso mi maleta sobre la cama.

–Si te refieres a lo que pasaba en el estudio...

Yo incliné la cabeza hacia un lado.

–Lo siento, Thomas. ¿Estaba ocurriendo algo en el estudio?

Él se frotó la frente.

–Parece que has malinterpretado la situación.

–¿Cómo voy a malinterpretar la situación? –pregunté–. Por la ropa que llevas, parece que has salido esta noche, y yo llego a casa y te encuentro arrodillado de una manera bastante íntima delante de una prostituta que lleva una camisa tuya. ¿Qué tengo que malinterpretar?

–Helen, mi musa. No quiero que nos peleemos. Es tu primera noche en casa.

Él intentó ayudarme a que me quitara el abrigo, pero yo me aparté.

–Dime adónde has ido esta noche, Thomas. ¿Has acompañado a Grace a algún sitio?

–He ido a un acto benéfico, y no he acompañado a la señorita Farmer a ningún sitio.

–Pero ella ha terminado aquí. ¿Se habría quedado a pasar la noche, si yo no hubiera llegado de repente?

Thomas se encogió de hombros.

–Tal vez –dijo–. Ha pasado por una experiencia horrible. Yo estaba siendo un buen amigo para ella.

–Como si Grace no hubiera flirteado más veces con hombres peligrosos –dije yo con amargura–. Esos son los riesgos de su profesión, ¿no?

–No seas mala, Helen –dijo Thomas con una mirada fría–. Voy a achacar tu comportamiento al cansancio de tu viaje. Seguro que no estás pensando bien lo que dices –añadió–. Te prepararé algo de comer.

—No tengo hambre –respondí.

Ya se me había encogido el estómago, y estaba a punto de sollozar. Aquella no era la vuelta a casa que yo había esperado.

Él se dirigió hacia la puerta y se detuvo en la salida.

—De acuerdo. Me voy a tomar un oporto. Estoy en el estudio –dijo, y cerró.

Si me desmoronaba en aquel momento, si me rendía, terminaría viviendo en casa de mi familia de nuevo, o intentando vivir sola. Aquello no era nada fácil de conseguir en Londres, y, mucho menos, después de haber sido la modelo de un pintor. Según la sociedad, eso era elegir el camino de la perdición por voluntad propia, no por necesidad. La idea de tener que vivir hacinada con otras doce o catorce mujeres en un piso me hizo calmarme y no actuar precipitadamente.

Colgué el abrigo detrás de la puerta y me retoqué el pelo delante del espejo ovalado que había en un rincón del dormitorio. En el reflejo, vi la cama deshecha, y el corazón se me paró al observar las sábanas revueltas. Sospeché que había sido utilizada recientemente, y posé la mano sobre el colchón para comprobar si estaba caliente. Después, olisqueé una sábana, pero no percibí ningún olor de mujer, sino solo el olor familiar de Thomas.

Recordé la pasión que nosotros dos habíamos compartido. Yo pensaba que iba a durar toda la vida. Sin embargo, ninguno de los dos era el mismo. Por lo menos, yo no era la misma. Aunque la tragedia sirve para fortalecer algunos matrimonios, parecía que para nosotros había tenido el efecto contrario. Tal vez ya tuviéramos problemas que ignorábamos, y aquello los hubiera sacado a la luz.

Decidí que tenía que hablar con Thomas, aunque solo fuera para aclarar las cosas y averiguar en qué punto estábamos.

Entré al estudio, decidida a que me escuchara. Iba a verme a mí, a su esposa. No a su amante, ni a su musa, sino a su mujer.

—Thomas, quisiera hablar contigo sobre lo que ha pasado esta noche —dije. Sin embargo, me quedé sorprendida al ver a William junto a su hermano. Como siempre, el parecido que había entre ellos me resultó asombroso—. No sabía que... Bueno, volveré después.

—Solo estaba dándole las buenas noches a Thomas —dijo William.

Se detuvo a mi lado, al pasar, y me entregó una nota doblada.

—Tienes buen aspecto, Helen —me dijo en voz baja, mientras apretaba el papel contra la palma de mi mano y me cerraba los dedos. Fue un contacto muy breve, pero la calidez de sus ojos y de su mano me distrajo un instante.

—Gracias, William —le dije yo, mirándolo con curiosidad.

—Buenas noches —nos deseó él a Thomas y a mí, desde la puerta. Después, se marchó.

Thomas estaba frente a la chimenea con una copa de oporto en la mano. Todavía no me había dicho nada.

Yo me acerqué a la luz, desplegué la nota y la leí.

Estimada señorita Bridgeton:

Es un placer informarla de que su poema, Otro momento, otro lugar, *ha sido el ganador, entre más de doscientas obras, de nuestro concurso anual de poesía. Fue el favorito unánime de todos los miembros del jurado. El único propósito de nuestra asociación es apoyar a los nuevos talentos y, con tal fin, la invitamos a que nos envíe una selección de sus trabajos para su consideración en futuras publicaciones. Además, recibirá usted, por correo privado, la cantidad de quinientas libras como primer premio del concurso. Le agradecemos su conmovedora obra y deseamos, con impaciencia, conocer el resto de sus trabajos, así como supervisar el desarrollo de su carrera.*

Atentamente,

Cecil B. Thomas.
Asociación Inglesa de Poesía.

−¿Qué estás leyendo?

La voz de Thomas me sobresaltó.

−Ah, nada. Solo es una nota que mi madre me metió en el bolsillo para recordarme que tomara la medicina del estómago.

Aquello era una mentira absoluta. Antes de volver a casa con Thomas, el estómago no me había molestado durante semanas.

Yo me di cuenta de que había un lienzo en el caballete.

−¿Estás pintando de nuevo? −le pregunté.

−Tan solo son meros intentos, nada más.

Thomas continuó mirando al fuego.

−¿Ha posado Grace para ti? −le pregunté, con tanta delicadeza como pude, con la esperanza de que mi pregunta no provocara otro arrebato de ira en él.

Yo oí que exhalaba un suspiro de frustración.

−¿Y qué importa, Helen? Aunque hubiera estado posando, cosa que no ha hecho, ¿qué importaría? Yo soy pintor, ella es una modelo. Tú no estabas aquí.

Yo me di un masaje en la nuca para intentar aliviar la tensión de los músculos.

−Supongo que no debería importar nada, Thomas, pero tienes que entender que, después de estar fuera de casa un mes entero, haya sido desagradable para mí el llegar a casa y encontrarme a otra mujer sentada delante de mi marido, casi desnuda.

—Esta noche han estado a punto de violarla, Helen. No sabes qué monstruo ha resultado ser ese hombre. Le rasgó el vestido. Yo le di algo de ropa —dijo Thomas, y se apoyó en la repisa de la chimenea.

—Es una suerte que estuvieras allí —dije yo.

Él me miró, se remangó y se arrodilló ante el fuego para avivarlo con el atizador.

—Quería disculparme —añadí, y respiré profundamente—. Tal vez haya malinterpretado lo que he visto antes.

—Gracias, Helen. Sin embargo, aunque agradezco tu disculpa, me da la impresión de que has olvidado una cosa importante, o de que tal vez nunca la hayas entendido. Yo soy un conocedor de las mujeres. Su variedad me asombra y me excita. Es la verdadera esencia de mi éxito artístico —me dijo, mientras removía las ascuas—. Tenías que haberlo sabido antes de haber accedido a casarte conmigo. ¿Por qué has pensado que yo iba a renunciar a lo que soy y a todo lo que necesito para inspirarme tan solo por haber firmado un papel?

Se hizo el silencio entre nosotros. A mí se me pasaron por la cabeza varias respuestas diferentes, pero no dije nada. No podía hablar.

—Se acerca una nueva era, Helen. De hecho, ya estamos en sus comienzos. Es una era en la que los artistas y los poetas se apartarán de la norma y se entregarán a la belleza de lo decadente, y crearán una forma de arte tan única que avergonzará a aquellos que han intentado oprimir el pensamiento libre durante tanto tiempo. Y nosotros, los que entendemos esta belleza pura, debemos abrazarla y estimularla, y hacer que nuestra voz se oiga por encima del fragor de la mediocridad. El movimiento es joven, está en sus comienzos, pero está llegando —dijo él, mientras atizaba los troncos–. ¡Está llegando como llega un glorioso clímax! ¡Recuerda mis palabras!

–Bueno, muchas gracias por ilustrarme –respondí yo.

Me di cuenta, por aquel discurso suyo, de que los críticos debían de estar atacándolo de un modo especialmente vicioso en aquellos momentos, y me sentí culpable por haberle exigido demasiado.

Sentí una opresión en el pecho. Necesitaba respirar. Salí al balcón e inspiré profundamente. El aire era muy diferente al del campo; tenía el persistente olor a agua sucia del Támesis.

Pensé en lo que me había dicho Thomas: que yo tenía que saber lo que era él antes de aceptar su proposición de matrimonio. Y, en realidad, ¿no era su personalidad, su actitud despreocupada y poco convencional lo que me había atraído de él en primer lugar? Al darme cuenta de aquello, me sorprendí. Sin embargo, yo nunca me había sentido parte de la hermandad, nunca había entendido su misión de rebeldía que, para mí, consistía en hacer que el mundo viera las cosas a su manera.

Me sobresalté al notar las manos de Thomas en los hombros. Él me abrazó por la espalda y pasó su mejilla sin afeitar por la mía.

–Te he echado de menos, mi musa –me susurró suavemente, acariciándome el cuello con la nariz–. No me gusta que discutamos. Prefiero que estés conmigo en la cama, o delante del lienzo, donde despiertas mi inspiración.

Thomas sabía que había ido demasiado lejos. Sabía que aquel era el hombre a quien yo anhelaba: atento, cariñoso, considerado. Mi cuerpo respondió por pura costumbre, deseando, como siempre, su magnífico cuerpo. Yo posé la palma de la mano en su mejilla, y él me la besó.

Deslizó las manos hacia arriba y me acarició los pechos, frotándome la piel con el encaje del corsé y creándome una desesperada necesidad entre las piernas. Tomé su mano y me la coloqué allí, para intentar aliviar mi deseo. No hizo falta animarlo más; Thomas me levantó la falda con una mano y metió la mano por la cintura de mis bragas. Rápidamente, me hundió un dedo en el cuerpo, y me acarició hasta que yo estuve húmeda.

—Dime, Helen. Dime que quieres que te haga el amor.

Él apretó la cara contra mi oreja, y su deseo fue un afrodisíaco para mí. Apoyé la cabeza en su hombro y asentí. Me conocía bien, y sabía que quería sentir su cuerpo cerca, conectado al mío. Sin embargo, lo que yo sabía era que, para aceptarlo plenamente a él, también tendría que aceptar los ideales de la fraternidad, los cuales podían cambiar por mero capricho. Una vez más, traté de que me comprendiera.

—Thomas, yo no soy como el resto de la hermandad. Necesito algo más que la belleza de lo decadente en nuestro...

El ritmo de sus dedos aumentó. A mí se me escapó un jadeo, y mi cuerpo tembló al borde del éxtasis.

—Tú te pareces a ellos más de lo que crees, mi musa. Eres la decadencia en persona, Helen. Naciste para inspirar.

Percibí el olor a oporto de su aliento. Permití aquella intrusión en mi cuerpo y, perdida en la euforia, creí que era algo más, una diosa, una musa.

Yo le rodeé la nuca con mis manos. Noté su miembro erecto contra la falda, y su mano entre mis piernas, haciendo una magia exquisita.

—Sí, mi musa —dijo él, y me besó la mejilla—. Ahora recuerdas lo perfectamente que encajamos el uno en el otro, ¿no? —susurró.

Yo estaba tan excitada que mis caderas seguían, involuntariamente, sus movimientos rítmicos.

—Quiero que lo seamos todo el uno para el otro —dije, girando mi cara hacia la suya, buscando su boca—. Te quiero, Thomas...

—Vamos, Helen, necesito tu orgasmo —gruñó él contra mi oído—. Necesito que estés húmeda para mí...

De repente, vi con toda claridad que nuestro matrimonio estaba centrado en sus necesidades, y no en las mías. Me salí de su abrazo, forcejeando, y me bajé la falda. Me tembló el cuerpo, entre la revelación y el deseo. Me giré para mirarlo y me apoyé en la barandilla del balcón.

Él tenía una expresión oscura, y sus ojos azules parecían de acero. Era el epítome de la seducción y la lujuria.

—¿Qué demonios estás haciendo? —me preguntó. Se quedó mirándome fijamente un momento más. Entonces, en su rostro apareció una sonrisa de picardía—. Creo que va a gustarme este juego, mi musa —dijo, y dio un paso hacia mí.

Yo alcé la mano para detenerlo.

—Esto no es un juego, Thomas.

Entonces, él exhaló un largo suspiro y miró al cielo con resignación.

—¿Qué es lo que pasa ahora, Helen?

Yo observé su preciosa cara, y vi que el amor que se había reflejado allí un minuto antes se convertía en una tolerancia impaciente. Y, en aquel momento, supe que, hiciera lo que hiciera, por mucho que intentara amarlo y agradarlo, él nunca me correspondería. Mis caricias y mi amor nunca serían tan especiales para él como lo eran sus caricias y su amor para mí.

—Creo que no lo entiendes, Thomas. Soy yo. Estoy empezando a entender quién soy y lo que necesito.

Él frunció el ceño.

—¿Lo que necesitas? ¿Es que yo no te he dado lo que necesitas? Tal vez tengas razón. Tal vez el problema esté en ti, Helen –dijo, señalándome con el dedo–. Tú no eres la misma mujer con la que me casé. Puede que necesites más tiempo para pensar en lo que tienes, en vez de pensar en lo que no tienes. Me voy al pub –afirmó, saliendo de la habitación–. No me esperes despierta.

Yo oí cómo cerraba de golpe la puerta principal y, después, los golpecitos de su bastón en el empedrado de la calle vacía.

Mientras lo veía desaparecer entre las sombras, se me ocurrió que tenía razón. Yo ya no era la misma mujer. Para bien o para mal, era la mujer que él había creado. Me saqué del bolsillo la nota que me había entregado William y la releí. Allí estaba mi futuro, mi independencia. Y, entonces, me di cuenta de que solo había un hombre a quien pudiera darle las gracias por ello; el único hombre que podía haber enviado aquel poema.

Después de unos momentos, entré al estudio y cerré las puertas del balcón. Me preparé para ir a ver al hombre que siempre había estado a mi lado.

Capítulo 10

Mi corazón luchaba contra mi cabeza. Yo siempre pensaba demasiado. Aquel era mi problema.

Aunque había tomado la decisión de hablar con William para darle las gracias por todo lo que había hecho por mí, seguía teniendo dudas, y también un sentimiento de culpabilidad por causa de Thomas. ¿Y si había actuado con demasiada precipitación y no le había concedido suficiente tiempo para reflexionar? ¿Acaso él tenía razón, y yo era egoísta al exigirle más? En el fondo, sabía que quedarme a su lado iba a causarme más dolor del que podía soportar. Ni mi salud, ni mi corazón, ni mi orgullo, iban a permitírmelo. Ahora tenía la oportunidad de mantenerme a mí misma, de no depender de nadie, de vivir sola y cumplir mi voluntad.

Por otra parte, estaba William, el hermano leal de Thomas, y mi verdadero amigo. Había sido mi ángel de la guardia y había cuidado de mí. ¿Cómo iba a pedirle a William, cuyos besos hacían que me hirviera la sangre, que se volviera contra su hermano por mí?

Estuve a punto de echarme a reír al pensar en lo presuntuosa que parecía. Caminé de un lado a otro por el estudio. Estaba tan nerviosa como el primer día que lo había pisado, llena de impaciencia por descubrir lo desconocido. Y allí estaba, de nuevo, en la misma encrucijada, solo que, en aquella ocasión, ya no era una inocente. Sabía que podía sobrevivir por mí misma, que tenía un futuro y que no necesitaba que ningún hombre se ocupara de mí. Sin embargo, quería averiguar si había algún hombre que todavía sentía algo por mí.

Me acerqué a la puerta de William y respiré profundamente para calmarme. Después, llamé.

—Un momento —dijo él.

Me alisé la falda del vestido y me atusé el pelo mientras esperaba que él abriera. Miré hacia la escalera con un sentimiento de culpabilidad, y la nota se me cayó de la mano. Cuando me agaché a recogerla, él abrió la puerta, y lo primero que vi fueron sus pies.

—¿Helen?

—Oh... William... Eh... Hola.

Mientras me erguía, se me quedó la mente en blanco. Seguí con la mirada la línea de sus piernas, y me di cuenta de que tenía los tirantes sueltos, colgándole por las caderas.

Él sonrió ligeramente.

—Hola.

De repente, se me había quedado la boca seca, y tuve que humedecerme los labios.

—Oh, disculpa —dijo él y, rápidamente, se colocó los tirantes en los hombros, sobre la camiseta interior, como si eso fuera a cubrirlo más—. No esperaba visita.

Se apoyó despreocupadamente en el marco de la puerta, esperando a que yo hablara. Al ver que no lo hacía, él se asomó al pasillo.

—¿Dónde está Thomas?

—Se... se ha ido al pub —respondí.

Él me observó un instante.

–¿Es que quieres que vaya a buscarlo?

–Oh, no. En realidad, quería hablar contigo, si es posible.

–Por supuesto. Yo... Permíteme que me ponga una camisa, y nos vemos en...

–Aquí es perfecto –lo interrumpí, y pasé a su habitación por delante de él. Era la primera vez que visitaba su dormitorio, y me quedé fascinada.

–Claro, claro, pasa –dijo él, y se dispuso a cerrar la puerta. Sin embargo, finalmente la dejó entreabierta.

Yo busqué un lugar donde sentarme.

William me rodeó y quitó la chaqueta y la camisa de vestir del respaldo de su sillón de lectura. Allí al lado había una mesilla y, sobre ella, una lámpara que iluminaba el ambiente.

–¿De qué querías hablar conmigo?

–De esto –dije, y le tendí la nota–. ¿Lo has leído?

–No –respondió, encogiéndose de hombros–. Estaba dirigido a ti.

Yo sonreí y desplegué el papel.

–Toma, léelo.

Él tomó el papel y lo acercó a la luz. Mientras leía, yo miré a mi alrededor por la habitación. Su cama no era más que un gran colchón tendido en el suelo, pero estaba cubierto con una lujosa colcha de color marrón con bordados en oro. Sobre la colcha había un montón de cojines rojos, dorados y verdes, de aspecto exótico. A un lado había una mesilla de noche de madera tallada y, un poco más allá, una mesa llena de pequeñas figuras de madera. Me di cuenta de que aquel hombre, que había viajado tanto, nunca exponía sus gustos delante de su hermano ni del resto de la hermandad, y mi admiración por él aumentó. William se estaba abriendo paso en el mundo, calladamente, a su manera.

—¡Helen, es una noticia estupenda! —exclamó con una gran sonrisa—. Supongo que pensarás enviarles más poemas.

Yo me tapé la boca para ocultar mi sonrisa. Se me había alegrado el corazón con aquella reacción de júbilo por su parte.

—Tal vez —dije con los ojos llenos de lágrimas—. No lo sé. Todavía me pregunto si no se habrán equivocado de persona.

—Claro que no —dijo él—. ¿Y qué ha dicho Thomas?

—No lo sabe.

—¿Por qué no?

—A él no le importaría.

—Helen, yo creo que...

—William, sabes que tengo razón en esto. Una vez me dijiste que tú y yo no podíamos tener una relación porque Thomas no quería que yo dividiera mi atención. ¿Crees que sería distinto si tuviera que aceptar que me dedico a la poesía?

Él me miraba con fijeza, y yo continué.

—Tu hermano y yo hemos estado hablando —continué, y me miré el regazo—. Bueno, yo he intentado hablar con él. Él no estaba tan dispuesto a hacerlo. Me ha dicho que he cambiado, y yo me he dado cuenta de que es cierto. He cambiado, y para mejor, creo. He comprendido que las cosas en las que Thomas y yo no estamos de acuerdo son las cosas que convierten a Thomas en el genio creativo que es. Sin embargo, yo ya no puedo seguir siendo una estatua en un pedestal, William, e ignorar mis propias necesidades. Tengo que saber que soy amada por mí misma, no por lo que otra persona cree que soy.

—Helen...

—Por favor, William —dije. Me puse en pie y me dirigí hacia la puerta—. No estoy pidiéndote que cambies lo que sientes por Thomas. Lo entiendo, de verdad. Sin embargo, yo ya no puedo ser su idea de una diosa con una generosidad ilimitada que no necesita recibir nada a cambio de lo que da.

William se acercó a mí y me tomó las manos.

–Entonces, es un tonto –dijo, y me miró con bondad–. Porque no se da cuenta de que está dejando escapar un tesoro.

Yo negué con la cabeza, con los ojos llenos de lágrimas.

–Creí que el hecho de ser su musa sería suficiente, y después creí que tener un hijo con él sería suficiente. Y después, creí que perder a nuestro hijo haría que me quisiera lo suficiente...

William me abrazó, y yo me aferré a él. Sin embargo, sabía que no podía quedarme allí.

–Me voy a marchar, William, en cuanto encuentre un sitio al que poder mudarme. No quiero nada de Thomas. Le deseo todo lo mejor, pero no puedo seguir con él.

–No puedes marcharte. Así no.

–Lo que no puedo hacer es quedarme, y ya te he dicho por qué. Thomas está más enamorado de la idea de tener una musa que de la idea de tener una esposa. Nunca, ni una sola vez, me ha dicho que me quiere. ¿Acaso una esposa no tiene derecho a oír eso?

–No, Helen, tú no lo entiendes...

–He tratado de entenderlo, William, y sé por qué lo quieres tanto...

William me besó con fuerza y me borró todos los pensamientos de la mente. Sus besos se volvieron desesperados, hambrientos. Me miró a los ojos, pero, al ver que no me movía, me rodeó con un brazo y cerró la puerta de golpe. Yo me sobresalté.

–Tal vez mi hermano no te dijera estas palabras, Helen, pero yo voy a decírtelas: Te quiero. Te quiero. Te he querido desde el primer día, y he intentado ser noble, pero no he podido. ¿Cuántas veces he estado tendido en esta cama, pensando en ti? Tenías razón con respecto a esa noche, Helen. Decidí marcharme. Tuve que hacerlo. No podía estar aquí. Pensé que, si me alejaba de ti, podría olvidarte.

–William –dije, suavemente. Lo abracé y me estreché contra él–. Hazme el amor, William.

Con movimientos frenéticos, nos quitamos la ropa el uno al otro, y yo me tendí en la cama. Lo miré de pies a cabeza, y mi cuerpo ardió. Tenía la piel bronceada por los viajes, y los músculos firmes y esculpidos. Se me aceleró el corazón al ver su miembro erecto entre sus muslos. Sin embargo, lo que me cortó la respiración fue su mirada. Allí percibí un apetito desbocado que era todo lo que quería ver.

William se arrodilló en la cama y me separó los muslos. Pasó el dedo pulgar por mis pliegues delicados e inclinó la cabeza, y el roce de su lengua hizo que se me alzaran las caderas del colchón. Apoyada en los almohadones, vi con euforia como me mordisqueaba y jugaba conmigo, provocándome una necesidad desesperada.

–William –suspiré. Mi cuerpo estaba ardiendo.

–Todavía no, mi amor –susurró, y fue ascendiendo por mi cuerpo, dejando un rastro de besos cálidos hasta que llegó a mis pechos y los succionó. Yo le besé el pelo revuelto y él se arrodilló entre mis piernas y me elevó las caderas. Lentamente, se hundió en mí, y comenzó a embestirme cada vez más rápidamente.

Entre sus brazos, seguí mirándolo a los ojos, porque quería verlo cuando llegara al éxtasis dentro de mí. Éramos compañeros en el engaño, amantes perdidos en el placer.

Mi cuerpo estalló en añicos, y unas deliciosas ondas me recorrieron de pies a cabeza. Él llegó al clímax y escondió la cara en mi cuello, y yo le besé el hombro y probé la sal de su piel.

El velo erótico de mi cerebro se hizo a un lado, y abrí los ojos. En la puerta estaba Thomas con la mano en el pomo.

—Oh, Dios —susurré, y empujé suavemente a William. Él siguió mi mirada y vio a su hermano.

—Quédate conmigo, Helen —me dijo, mientras se levantaba de la cama y comenzaba a vestirse. Yo me tapé con la sábana rápidamente, y me di cuenta de que Thomas seguía mirándome fijamente. Yo iba a dejarlo, era cierto, pero no quería que las cosas terminaran así.

Thomas se rio con sarcasmo.

—Qué irónico.

A mí me ardían las mejillas.

—Supongo que querrás una explicación —dijo William.

Thomas se volvió hacia su hermano.

—Si es que puedes dármela —dijo.

Cerró la puerta de golpe; un instante después, se oyó el sonido de unos cristales rotos, como si estuviera lanzando objetos contra la pared.

Me levanté de un salto de la cama y comencé a vestirme.

—Voy a hablar con él —dijo William.

Fue hacia la puerta pero, antes de salir, volvió a mi lado y me besó.

—No quiero que te arrepientas de nada. Yo no creo que lo que sienta por ti sea un pecado, Helen. Quiero a mi hermano, pero él no ha sido un buen marido para ti, y es hora de que yo acepte ese honor, si me aceptas cuando todo se haya resuelto.

A mí se me cayeron las lágrimas.

—Sí, William. Lo deseo más que nada en el mundo.

—Entonces, vístete, y reúnete conmigo en el estudio.

Me detuve en la puerta, al oír mi nombre.

—No es que no supiera que las cosas iban mal entre Helen y yo. Los dos lo hemos sentido, y no se debe solo a la pérdida del niño, William, aunque te juro que no sé si es posible que un hombre se recupere de semejante pérdida.

Yo me tragué las lágrimas.

—La horrible verdad, William, es que me temo que me casé con Helen porque quería salvarla. Es verdad que la quiero, sí, es cierto, pero no como ella desea. No es el tipo de amor que se merece una mujer como Helen. Me obsesiono con el trabajo y detesto que me interrumpan. Cuando quiero salir, salgo. Cuando decido viajar, lo hago.

—Eres un idiota pomposo —le dijo William.

—¿Disculpa?

—La has usado, como has hecho con el resto de tus modelos. Pero Helen es distinta, Thomas. Es más delicada que las mujeres a las que tú estás acostumbrado. Se merece algo mejor.

—¿Y tú crees que eres mejor?

Entonces, yo pasé a la habitación e intervine.

—Sí, Thomas, sí lo es. Desde el principio, William ha sido mi amigo y mi confidente —dije. Me acerqué a William y lo tomé de la mano.

—¿Cuánto tiempo lleváis con esta relación?

—Solo hoy —respondí yo.

—Dos años —dijo William, y me besó la mano—. Helen, me robaste el corazón el mismo día en que te conocí —me dijo y, después, volvió a mirar a Thomas—. Pero yo sabía que no la aceptarías como modelo si te enterabas de lo que sentía por ella.

Thomas se dejó caer en una silla y se retorció las manos. Después, apoyó la barbilla en ambos puños.

—¿Y tú sientes lo mismo por William, Helen? ¿Lo has sentido durante todo ese tiempo?

Yo miré a un hermano y, después, al otro.

—Creía que te quería, Thomas. Tenía la esperanza de que las cosas cambiaran cuando nos casáramos. Pensé que querrías formar una familia y tener un hogar.

Thomas miró al suelo.

—William me quiere, Thomas —proseguí yo, mientras me arrodillaba a su lado—. Sabía que había una atracción, pero hasta hoy no he sabido con certeza lo que sentía de verdad. Siempre te ha guardado lealtad, pese a esos sentimientos.

Thomas me miró inquisitivamente, como si se le hubiera iluminado la mente. Después miró a William.

—Entiendo su lealtad, Helen.

—Yo no quiero que eso cambie por mi culpa.

Thomas se quedó pensativo durante un momento. Cuando volvió a hablar, parecía el antiguo Thomas.

—Gracias, Helen. Sé que no ha sido fácil estar casada conmigo —dijo, y miró a William—. Para ninguno de los dos.

—Thomas, quiero que sepas que... necesito que sepas que... —hice una pausa para reunir el valor necesario y decir aquellas palabras—: Que lo que ha sucedido hoy no habría sucedido nunca si yo no me hubiera despedido ya de ti, en el fondo de mi corazón.

Thomas asintió.

—Thomas, necesito que entiendas una cosa. Cuando llegué... con Grace...

—No ocurrió nada, Helen. Nada de lo que tú piensas. Grace y yo... Bueno, yo puedo hablarle de cualquier cosa. Tenemos un vínculo especial.

Se equivocaba. Entre Grace y Thomas había algo más, pero yo no iba a ser quien se lo dijera. Sin embargo, había visto cómo la miraba mientras estaba arrodillado frente a ella.

En aquel momento, yo no supe descifrar su expresión.

No parecía que estuviera enfadado ni triste. Volví a tomar a William de la mano.

—Sé que hemos cometido un terrible pecado, pero te aseguro que lo que siento por William es puro y verdadero.

—Eso no lo dudo, pero yo no soy tu juez, Helen. No quiero provocar un escándalo para ninguno de nosotros. Aunque espero que entendáis por qué prefiero que os marchéis de aquí.

Se levantó, se acercó al armario donde guardaba todas sus pinturas y sacó un sobre de un frasco. Le entregó aquel sobre a William.

—Ahí hay suficiente para que comencéis una nueva vida.

—No, Thomas, no puedo aceptar esto —dijo William, devolviéndoselo.

Thomas no lo aceptó.

—Considéralo un regalo de boda. Llevas demasiado tiempo viviendo a mi sombra, Will. Ya es hora de que comiences a cumplir tus sueños. Ya es hora de que el mundo conozca el talento de otro Rodin.

Yo me retorcí las manos en el regazo.

—Thomas, quiero que sepas que nunca he querido hacerte daño. Ni hoy... ni con el bebé.

Él miró por la ventana, como si estuviera ordenándose el pensamiento.

—Yo tampoco quería ser un mal esposo. Mi hermano tiene razón sobre ti, Helen. Tú no eres igual que otras mujeres a las que estaba acostumbrado. Francamente, no sé si hay alguna mujer adecuada para mí sobre la faz de la tierra. Tal vez mi destino sea quedarme soltero para siempre —dijo, y se encogió de hombros—. De todos modos, lo más importante es que sé que William te va a hacer feliz, Helen. Él será el hombre que te mereces. Dios sabe que a mí me ha cuidado durante mucho tiempo.

–No sé qué decir. Lo siento.

Me acerqué a él, rodeando la mesa, y lo abracé.

Thomas también me abrazó, con fuerza, y después me separó de él.

–Os voy a echar de menos a los dos. Espero que pronto llegue el día en que podamos sentarnos juntos de nuevo, como una familia –dijo, y miró a William–. Entonces, ¿estarás bien?

William se pasó una mano por la cara, y asintió.

–Espero que sepas, William, que no hay necesidad de perdón para ninguno de vosotros dos, y que os deseo mucha felicidad. Por favor, cuida de Helen como yo no he sabido hacerlo.

Entonces, abrazó a William rápidamente.

–Si me disculpáis, tengo que prepararme para una cita.

El carruaje estaba esperando abajo. William había bajado nuestras maletas; yo no había vuelto a ver a Thomas durante el resto del día, mientras nos preparábamos para marchar. Paseé por las habitaciones una última vez, buscando cualquier cosa que se me pudiera haber olvidado. Cuando, por fin, estuvieron hechas todas las maletas, me quedé sola en el estudio. Acaricié el caballete de Thomas, y vi un boceto que había hecho de mí mientras yo estaba leyendo. Pensé en quedármelo.

–No creo que vaya a echarlo de menos. Yo tengo varios que él ni siquiera recuerda.

Me giré, y vi a Grace. Ella me estaba observando.

–Creo que ha sido demasiada responsabilidad para mí... ser su musa –dije, mientras enrollaba el pequeño papel–. ¿Puedo preguntarte una cosa?

Ella se encogió de hombros.

–Conoces a Thomas desde hace tiempo...

—Algunas veces me parece toda una vida, y, otras, no sé si lo conozco en absoluto.

—¿Y en qué momento te diste cuenta de que lo querías?

Ella me miró con desconcierto, y se echó a reír. Dejó el sombrero sobre la mesa del vestíbulo, bajo el espejo.

—Te equivocas, Helen.

—¿De veras?

—Un hombre como Thomas tiene muchas modelos, mujeres a las que llama «musa». Yo nunca fui tu rival, ni ninguna otra de las mujeres que han posado para él. Su amante es la relación exigente y cambiante que tiene con el arte, con su obra.

Fruncí el ceño. A mí, aquello me sonaba como una excusa. Vi que sonreía, como si supiera lo que yo estaba pensando.

—Me he pasado la vida en compañía de los hombres. Veo el mismo problema una y otra vez. Las mujeres compiten por la pasión de un hombre, en vez de permitirle que explore con libertad a su amante. El secreto está en seguir disponible cuando él se cansa de ella y vuelve a fijarse en ti.

—¿Y eso es suficiente para ti, Grace? ¿No quieres algo más de una persona? —le pregunté. Sentí un poco de pena por ella, pese a que vestía ropa muy buena, viajaba en un carruaje precioso y hacía lo que quería. Pensé en los hombres que la adoraban, y no fui capaz de entender por qué debería compadecerla.

—Ser adorada, tratada como una diosa durante unos momentos, sin ataduras ni promesas falsas. ¿Quién puede querer más que eso?

Tal vez Thomas y ella fueran más adecuados el uno para el otro de lo que yo había pensado.

William entró al estudio y saludó a Grace. Después me tomó del brazo y me besó la sien.

—El coche está preparado. ¿Y tú?
Iba a llevarlo a mi casa para presentarle a mi familia.
—Sí, yo también. Adiós, Grace.
Después de que William me ayudara a subir al carruaje, me besó la mano y dijo:
—Tengo que comprobar una última cosa, amor mío.
Yo vi que volvía a entrar en el edificio. Me resultaba difícil creer que hubiera pasado dos años de mi vida entre aquellas paredes.
Poco después, miré hacia arriba y vi a Grace salir al balcón. Ella sacudió una pequeña alfombra por encima de la barandilla.
Seguí su mirada hacia el otro lado de la calle, donde había un carruaje brillante. Thomas iba vestido con su mejor chaqueta de terciopelo azul, y llevaba sombrero. Estaba junto al coche, hablando con una joven morena muy bella. Sin duda, era su próxima musa. Él miró hacia arriba y se tocó el ala del sombrero cuando pasamos a su lado.
William tomó mi mano y me la estrechó.

Libro 2
SARA

Capítulo 1

Oxford, Londres, mayo de 1863

−Soy la gran duquesa −gritaba yo, cuando era pequeña.

Mi prima Amelia y yo nos sentábamos en alguno de los carruajes que mi tío tenía guardados en el establo, a la espera de reparaciones, y jugábamos a que éramos muy ricas y teníamos la libertad para viajar a donde quisiéramos y hacer lo que quisiéramos.

Soñar es fácil cuando se es pequeño. Sin embargo, diez años después, la vida se había convertido en algo real, y demasiado sobrio.

−¡Sara!

Mi tío Marcus salió del establo y me llamó.

−Espabílate y ayuda en el establo hoy por la mañana. El pobre Deven tiene las manos llenas con el nuevo potrillo que va a nacer.

La realidad me había situado, a mis veinte años, en la granja de mis tíos, ayudando a limpiar el estiércol y esparcirlo por los rosales de mi tía.

Me puse la mano sobre los ojos para protegérmelos del brillante sol de la mañana.

−¡Voy! −dije, intentando contener el aliento para no percibir el mal olor. Me quité los guantes, aliviada por poder alejarme del hedor. El tío Marcus lo llamaba «la sal de la tierra». ¡Estiércol de caballo, eso era!

Yo me sujeté la falda del vestido y pasé por la hierba de puntillas, para no mojarme con el rocío. Aquel era mi momento preferido del día. Todo estaba silencioso, y yo me imaginaba que aquellas eran mi finca y mi mansión campestre, ignorando el hecho de que fuera una pequeña casa con un establo. Mi tío se la había comprado a un hombre que partía hacia América, utilizando la pequeña herencia que me habían dejado mis padres al morir.

Saludé a Deven con un gesto de la cabeza, mientras entraba al establo. Él solo tenía unos cuantos años más que yo; era un chico muy guapo, con el pelo rubio y una sonrisa llena de picardía que me hacía pensar en cosas en las que no debería.

–Buenos días, señor Mooreland –dije, sonriendo al notar cómo me miraba. Yo todavía era virgen, pero el señor Mooreland estaba empeñado en cambiar aquella situación. Yo no le tenía miedo. Sabía que él nunca tomaría nada que yo no estuviera dispuesta a ofrecerle... y que le había ofrecido en un par de ocasiones.

–Señorita Cartwright... –dijo él, y se inclinó el ala del sombrero–. Una mañana preciosa, ¿no le parece?

–Perfecta para recoger estiércol de caballo, señor Mooreland –respondí yo, mientras tomaba una de las horcas de la pared. Oí su risa mientras caminaba al otro extremo del establo.

–¿O para darse un baño en la charca, más tarde? –me preguntó.

Yo miré hacia atrás.

–Esta noche tengo planes, señor Mooreland. No quiero estropearme el peinado. Tal vez otro día.

Entré en uno de los compartimientos de los caballos y comencé a recoger el estiércol. La verdad era que iba a tener que bañarme antes de que mi prima y yo nos fuéramos al teatro. Le había prometido al mozo del mercado que iría a montar a caballo con él alguna tarde a cambio de dos entradas que le había robado a su tío, que trabajaba en las taquillas. Oí un suspiro y me giré; Deven Mooreland entró al compartimiento.

—Entonces, ¿al teatro de nuevo, señorita Cartwright? Supongo que eso significa que necesita un cochero y un vehículo.

Yo dejé de remover el heno y me fijé en el brillo de sus ojos.

—Sí, supongo que sí. ¿Me está ofreciendo usted sus servicios?

Él sonrió y se apoyó en el marco de la puerta. Sonrió perezosamente. Yo había conocido pocos hombres que me interesaran. Deven Mooreland y, recientemente, el chico del mercado, eran los límites de mi educación social con respecto al género masculino.

Por el momento, Deven, con sus ojos irlandeses, verdes y brillantes, y su sonrisa llena de picardía, era mi tutor en las pasiones carnales. Tenía los hombros muy anchos, y podía cargar con dos balas de heno a la vez sin demasiado esfuerzo. Sin embargo, tenía una faceta tierna, sobre todo conmigo. Algunas veces me había acercado sigilosamente a la charca y lo había observado mientras se bañaba. Lo que había visto me había provocado sensaciones peculiares y, más de una vez, por las noches, había soñado con que me reunía con él en la charca.

—Pero, señorita Cartwright, usted ya sabe que mis servicios no son gratuitos.

—Sin duda, se refiere a nuestro trato para que usted no le diga a mi tío que Amelia ha venido conmigo al teatro.

Él arqueó una ceja y se encogió de hombros.

—No creo que le guste saber que su hija de diecisiete

años se está escapando con su encantadora sobrina, que no es tan inocente como parece.

Yo clavé la horca en el heno y me cuadré de hombros.

–¿Qué es lo que quiere, señor Mooreland? Y, por favor, recuerde que soy una señora.

–¿Ahora es usted una dama? –preguntó él, y dio un paso hacia mí–. Lo que yo veo delante de mí es una muchacha. Pero también veo todo su potencial.

–¿Qué es lo que hace falta para poder seguir contando con su discreción, señor Mooreland?

Yo podía ser muy obstinada cuando quería. Al quedarme sola, después de la muerte de mis padres, había aprendido rápidamente a conseguir lo que quería. Él dio otro paso hacia mí. Miró a su espalda, para comprobar que mi tío no estuviera en el establo.

–Creía que tenía que cuidar a la yegua que está pariendo –dije yo con una sonrisa; estaba segura de que aquel recordatorio haría que se retirara.

–Ahora está descansando, y tu tío ha entrado en casa para tomar un café y pasar un rato con tu tía –dijo con una sonrisa.

Deven se había acercado a mí lo suficiente como para que yo pudiera percibir su olor a cuero y a heno. Su presencia sencilla y franca me producía una sensación extraña en el cuerpo. Él me acarició la mejilla con un dedo, y pasó la yema encallecida por mi labio inferior. Su mirada era abrasadora.

–No quiero nada, Sara, que tú no estés dispuesta a darme con alegría.

Bajó la cara, observándome con atención, buscando alguna señal de resistencia. Me rodeó la cintura con un brazo y posó la palma de la mano en mi espalda.

–No me tomes el pelo, Sara –me susurró al oído–. ¿No te acuerdas de esa noche de la semana pasada? Dijiste que podríamos seguir con nuestra... visita... en otro momento.

Su respiración me acarició la sien y, con cautela, yo deslicé la mano entre nuestros cuerpos. Me eché a temblar al sentir su miembro firme bajo sus pantalones.

—Tenemos que... ser precavidos... señor Mooreland —dije yo con un suspiro.

Rápidamente, él me desabotonó la blusa y apartó la tela. Mi corsé, que había heredado de mi tía, me estaba grande, y le permitió acceso fácil. Tiró de él hasta que dejó expuesto mi pecho.

Yo tragué saliva y observé cómo me acariciaba con habilidad, y cómo apretaba mis suaves senos. Me abandoné a aquella deliciosa sensación.

—Te has convertido en una mujer preciosa, Sara. Podrías poner de rodillas a cualquier hombre.

Se arrodilló ante mí y me atrajo hacia sí, moviendo la boca cálida y húmeda por mi piel.

Entre los muslos sentí una necesidad caliente y aguda, algo que ya había sentido con Deven. Tuve el impulso de pedirle que hiciese lo que fuera necesario para librarme de aquella tortura.

Cerró las manos sobre mi trasero y me acarició a través de la tela de la falda, y yo tuve que agarrarme a sus hombros, porque comenzaron a temblarme las rodillas.

Si nos sorprendían así, yo me llevaría una buena tunda, y quizá Deven también, antes de que lo despidieran. Yo no estaba dispuesta a correr aquel riesgo, por mucho que quisiera que él terminara y calmara mis deseos.

—Basta —murmuré, y le aparté la gorra de lana para pasar los dedos entre sus rizos.

Él emitió un gruñido grave mientras tomaba uno de mis pezones entre los dientes y tiraba de él.

Yo, que estaba a punto de perder el sentido común, le

tiré del pelo para obligarlo a que me mirara. Al ver la pasión que se reflejaba en sus ojos, tuve que tragar saliva.

—No podemos seguir. Mi tío va a volver en cualquier momento.

Él, con la respiración entrecortada, me miró fijamente.

—Me lo debes, Sara —dijo, por fin. En su tono de voz había enojo y decepción.

Se puso en pie, mordiéndose el labio inferior, y me observó mientras yo me colocaba la ropa. Con un rápido movimiento, me agarró por la muñeca y me acercó a su pecho.

—La próxima vez no voy a parar. Pase lo que pase.

Me soltó, tomó mi horca y me la puso en la mano. Después salió del compartimiento. Yo, con las rodillas temblorosas, me pregunté si aquella era una reacción normal o si sentía algún tipo de afecto por Deven Mooreland. El sentimiento de saberme deseada por semejante hombre, un hombre que estaba tan seguro de lo que quería, era abrumador. ¿Cómo era posible que una mujer sensata decidiera permanecer virgen hasta el matrimonio?

Miré el lugar donde había estado él, mientras me acariciaba los pechos y recordaba como su forma se había adaptado perfectamente a la palma de su mano, y como había jugueteado con ellos. Aquel recuerdo era afrodisíaco para mí. Si lo que acababa de ocurrir tenía un efecto tan profundo en mi cuerpo, ¿qué sucedería si le entregaba a Deven aquello que él buscaba con tanta tenacidad?

Tuve que apartarme, a la fuerza, todos aquellos pensamientos de la cabeza, y volver a mi tarea. Lo que no sabía con seguridad era cómo iba a seguir evitándolo durante más tiempo.

—Un día, Amelia, conseguiré las mejores butacas del teatro para nosotras dos —le dije a mi prima, mientras íbamos apresuradamente hacia el carruaje, que nos estaba esperando junto a la casa.

—Papá y mamá creen que vamos a casa de la señorita Andrea a ver su piano nuevo —dijo ella, y se rio nerviosamente al subir al asiento.

—Señorita Cartwright, ¿podría hablar un momento con usted?

Me di la vuelta, y me encontré a Deven a la sombra del coche, preparado para subir al pescante.

—Disculpa, Amelia. El cochero quiere hablar conmigo. ¿Estás segura de que la señorita Andrea tiene piano?

Amelia asintió.

—Me ha prometido que va a guardarnos el secreto, Sara. ¡Me lo juró!

Yo sonreí ante la vehemencia y la inocencia de mi prima. Esperaba que la señorita Andrea nos proporcionara la coartada si verdaderamente llegábamos a necesitarla; por suerte, su familia era nueva en el vecindario, y mis tíos no los conocían.

Esperaba poder encontrar pronto un empleo remunerado en la ciudad. De ese modo, demostraría mi madurez y mi independencia, y no tendría que escaparme para salir, sino que podría hacerlo con libertad y disfrutar de los actos sociales.

—Será un segundo.

Con cuidado de no mancharme el vestido, rodeé el coche y me encontré con Deven en la parte trasera. Al verlo, se me aceleró el corazón. Él llevaba el precioso uniforme que mi tío solo se ponía para los clientes especiales.

Me miró de los pies a la cabeza, y a mí se me cortó la respiración. Sonreí forzadamente y tuve la precaución de no mirar con demasiado anhelo su preciosa boca, y de no recordar dónde había estado pocas horas antes.

Él se inclinó caballerosamente ante mí y se quitó la

gorra, la única prenda que no hacía juego con su vestimenta.

−¿Puedo hacerle un cumplido, señorita Sara, por su aspecto de esta noche? Claramente, la seda azul la favorece.

A mí me ardieron las mejillas. Estoy segura de que me ruboricé por completo.

−Gracias, señor Mooreland. Usted también está muy bien arreglado esta noche −dije, en voz baja. No había necesidad de que Amelia supiera del compromiso secreto que teníamos el señor Mooreland y yo−. ¿Quería usted hablar conmigo de algo?

−Si fuera por mí, señorita Sara, haría algo distinto a hablar en este momento. Lo que daría por quitarle ese vestido y lo que hay debajo…

Yo alcé una mano para detenerlo, y lo miré con severidad.

−Señor Mooreland, por favor. Este no es el mejor momento.

Él sonrió y volvió a colocarse la gorra en la cabeza.

−Entendido, señorita. Entonces, ¿hasta mañana? Por ahora, me conformaré con prestarle solo los servicios que ha contratado.

Yo tragué saliva.

−Señor Mooreland, debo recordarle que nunca he accedido completamente a…

Él puso un dedo sobre mis labios.

−Tampoco negaste mi sugerencia, Sara. Ya has jugado suficiente conmigo. Es hora de que te conviertas en la mujer que pretendes ser. A menos, claro, que tengas miedo.

Yo no respondí inmediatamente, porque Deven tenía parte de razón. Me conocía bien, y sabía que yo no iba a echarme atrás.

−Muy bien, señor Mooreland. Ahora, debemos marcharnos, o nos perderemos el primer acto de la obra.

Al sonreír, él mostró su perfecta y blanca dentadura.

Después, me dio la mano y me ayudó a subir al carruaje. Yo me senté junto a Amelia.

−¿Va todo bien, Sara? ¿El señor Mooreland nos ayuda de buen grado?

Yo sonreí.

−Por supuesto. Solo quería que yo le confirmara lo que debe decir si alguien le hace preguntas.

El carruaje se puso en marcha. Amelia me tomó la mano y me la apretó.

−¿No estás emocionada, Sara? El teatro es un lugar tan animado... −murmuró. Sin embargo, su expresión se oscureció un poco−. Allí no habrá nadie que conozca a papá y a mamá, ¿verdad?

Yo pensé en cuál sería la mejor manera de explicarle a mi querida prima que sus padres, aunque eran ricos en muchos sentidos, eran considerados pobres en los círculos sociales de Londres. Era improbable que nos encontráramos a alguien que los conociera. Le di una palmadita en el dorso de la mano.

−No tienes por qué preocuparte, Amelia. Me he ocupado de todo.

Ella sonrió.

−Tengo un secreto, Sara. ¿Me prometes que no vas a contarlo?

Intenté concentrarme en sus inocentes pensamientos, mientras lidiaba con el impulso de perder la virginidad con el mozo irlandés del establo.

−Sí, claro. ¿De qué se trata?

−Es sobre el señor Mooreland −susurró ella con los ojos muy brillantes.

Yo la miré.

−¿Qué pasa con el señor Mooreland?

«¡Oh, por favor, que Deven no haya empezado a flirtear con Amelia!».

—Me parece muy mono. ¿A ti no?

—Shhh. ¿Es que quieres que te oiga? —le dije yo. No sabía si seguir con aquel tema de conversación, pero la curiosidad me impulsó a hablar—. ¿Se te ha... se te ha insinuado el señor Mooreland, Amelia?

Ella se quedó boquiabierta, y se puso las manos en las mejillas.

—¡Oh, Dios Santo, no! No... Yo no habría sabido qué hacer.

Yo me calmé.

—Entonces, no pasa nada, Amelia. Tienes tiempo de explorar el extraño mundo de los hombres. Hay mucho que aprender —dije, y le di otra palmadita en la mano, como si yo supiera algo del tema.

Después sonreí, y me puse a mirar por la ventanilla.

Capítulo 2

—Sara, ¿crees que el señor Mooreland podrá dejarnos a tiempo en el teatro? —me preguntó Amelia con temor.

Era la noche del estreno de aquel nuevo teatro, y se había sugerido que los espectadores llegaran, al menos, media hora antes de que se abrieran las puertas, para conseguir un buen asiento.

—Estoy segura, Amelia. Cuando el señor Mooreland se propone una cosa, la consigue —respondí yo. En más de una ocasión, había recordado su cara cuando me lanzaba el desafío de reunirme con él en la charca.

—¿Y tienes las entradas? —me preguntó.

—Sí, Amelia. Las llevo en el bolso.

Seguí su mirada, y me fijé en los carruajes que dejaban a la gente junto a la entrada lateral. La multitud era cada vez más numerosa.

—¿Crees que es lo suficientemente grande, Sara? Mira cuánta gente.

—Dicen que el Globe tiene más de mil quinientas butacas, Amelia. Bueno, ya hemos llegado. Agárrate a mi brazo e intenta no separarte de mí.

Después de ayudarnos a bajar del carruaje, el señor Mooreland inclinó la visera de la gorra a modo de saludo y me guiñó un ojo. Después, me dijo que estaría en el pub que había al final de la calle hasta que terminara la función.

Yo agarré con fuerza a mi prima por el brazo, porque la multitud de ansiosos espectadores nos arrastró por la calle Wych Street hacia la entrada del teatro. Debido al calor, mucha gente estaba tomando refrescos, y las mujeres agitaban los abanicos. Cuando se abrieron las puertas, nos empujaron hacia delante como si fuéramos ganado. Yo me esforcé por no soltar el brazo de Amelia. Perdí el equilibrio porque un chico me empujó con sus prisas por reunirse con su amigo.

–No se preocupe. La tengo, señorita.

Dos brazos me engancharon por debajo de los míos y me salvaron de la caída.

–Mi más sincero agradecimiento...

Intenté mirar hacia atrás, por encima de mi hombro, para ver quién era mi salvador, pero solo pude comprobar que era un hombre. Él me incorporó y me puso en pie y, rápidamente, la corriente volvió a arrastrarme hacia las estrechas escaleras que llevaban al gallinero. Yo busqué a Amelia con la mirada, sin poder olvidarme del hipnótico olor a sándalo y de la voz calmada del hombre que me había ayudado.

–¡Sara! –exclamó Amelia. Me agarró de la mano y se aferró a mi cintura, apretándose a mí–. Me siento como si me estuvieran metiendo en un corral.

Llegamos al piso superior y buscamos dos asientos. La gente se dirigía apresuradamente hacia los mejores sitios, en algunas ocasiones, empujándose los unos a los otros para conseguirlos.

Amelia vio dos butacas vacías en la primera fila.

–¡Allí hay dos! ¡Vamos!

Me tomó de la mano y me guio por entre la multitud. Había dos hombres entre nuestra meta y nosotras.

—Disculpen —dije y sonreí—. ¿Están ocupados esos sitios?

El hombre que estaba de frente a mí miró alrededor del hombro de su acompañante y sonrió.

—Me temo que sí, señorita —dijo amablemente.

—Perdonen —dije, y tomé a Amelia de la mano.

—Espere —dijo el otro hombre. Yo reconocí su voz suave—. Por favor, ¿por qué no se quedan ustedes con esos asientos? Nosotros hemos decidido que preferimos sentarnos en un lugar más alto.

Aquella voz encajaba con él. Tenía un aspecto austero. Iba vestido con elegancia; llevaba una chaqueta de brocado y una camisa y un pañuelo al cuello, blancas ambas prendas, e inmaculadas. Los puños de encaje de la camisa asomaban por las mangas. Él llevaba varios anillos y un bastón.

Tenía un aspecto imponente. Era alto, y su presencia resultaba difícil de ignorar. Tenía una mirada intensa y brillante, la mandíbula fuerte y los labios firmes. Me sentí cautivada por él.

—¿Sara? —dijo Amelia—. ¿Qué hacemos?

Mi prima me sacó de mi ensimismamiento.

—Yo... Lo siento, son ustedes muy amables, pero no podemos...

—Insisto —dijo el hombre, y movió la mano hacia los asientos.

—John, ve a buscarnos unas butacas a la cuarta fila —dijo.

—Gracias, ¿seño...

—Me llamo Thomas Rodin. Espero que no se torciera el tobillo con ese desagradable tropiezo —dijo él, con una sonrisa, como si tuviera todo el tiempo del mundo para hablar conmigo.

—Así que es usted el hombre a quien debo darle las gracias —dije, fingiendo que no lo había reconocido.

—Ha sido un placer —respondió él, inclinándose—. Me encanta salvar a mujeres bellas.

A mí me temblaron las rodillas al ver su sonrisa.

—Tal vez debiéramos sentarnos. La obra va a empezar.

Él me besó el dorso de la mano.

—Creo que no he escuchado bien su nombre.

—Eso es porque no se lo ha dicho —intervino Amanda.

—¡Amelia! El señor Rodin acaba de cedernos sus asientos.

—No pasa nada. La joven tiene razón. Les deseo que disfruten mucho del espectáculo —dijo él y, sin perder la sonrisa, se marchó hacia su butaca.

—¡Preguntarle su nombre a una señorita en un teatro, precisamente! —exclamó Amelia en voz baja.

—¡Imperdonable! —respondí yo, burlonamente. Entonces, me giré con disimulo y vi que el guapísimo y misterioso señor Rodin me estaba observando desde su asiento.

Antes de que terminara el primer acto, ya había gente que se había levantado para estirar las piernas. Los bancos eran estrechos y no tenían respaldo. Yo no iba a quejarme, porque no tenía demasiadas oportunidades para ir al teatro.

El aire estaba muy cargado en el gallinero, aunque el tejado abierto proporcionaba ventilación. Durante aquellos últimos días, Londres había padecido una ola de calor, y el habitual mal olor del río se había transformado en un hedor que impregnaba el aire.

Esperaba que Amelia no se arrepintiera de haberme acompañado.

—¿Hay descanso en esta obra, Sara? Tengo la garganta seca. ¿Nos queda algo de limonada de mamá?

Yo miré la jarra de la que habíamos estado bebiendo durante aquel primer acto. Si la terminábamos, no tendríamos nada para el segundo.

—Solo un sorbito, Amelia —dije, tendiéndole la jarra.

Ella la tomó, pero se le resbaló de las manos enguantadas y se hizo añicos contra el suelo.

Yo vi, con espanto, que el líquido se colaba por las grietas de entre las tablas de madera. Por los gritos de los espectadores de abajo, supe que había llegado a su destino. Me sentí humillada.

—Vamos, tenemos que ir a buscar al señor Mooreland.

La tomé de la mano y, con cuidado, pasé por encima de las docenas de pares de piernas de camino a la salida.

La pobre Amelia estaba llorando.

—No va a pasar nada, Amelia. Ha sido un accidente. Estoy segura de que ocurre frecuentemente —le dije, para consolarla.

—Le aseguro que el público de abajo ha visto cosas mucho peores.

Me giré, y vi que el señor Rodin y su amigo se acercaban. Se oyó un «shhh» colectivo de los espectadores que estaban más cerca.

—Vamos hacia la escalera, señorita —dijo él, y nos acompañó hasta el primer escalón—. Es una pena que se pierdan el espectáculo. Tal vez, si esperaran aquí un momento, el caos pasará. Sin embargo, entre usted y yo, este ha sido el momento más emocionante de toda la noche, dentro y fuera del escenario —añadió con una sonrisa.

Yo también sonreí, sin poder evitarlo.

—Gracias por su amabilidad, señor Rodin. Se está haciendo tarde, y debemos marcharnos.

—¿Puedo ofrecerle mi coche para que haga su trayecto?

—Gracias de nuevo, señor Rodin, pero vamos a buscar a nuestro cochero y…

—¿Dónde está?

—En uno de los pubs. Iba a reunirse con nosotras después de la obra.

—Bien, las ayudaré a buscarlo. A estas horas, los pubs no son lugares seguros para dos señoritas tan bellas.

—Pero… se va a perder el resto de la obra —le dije.

—Me salvará usted de un aburrimiento mortal –dijo, y me ofreció el brazo.

Parecía que solo tenía dos opciones: seguir discutiendo con él o, simplemente, aceptar su caballerosidad.

—Muy bien, señor Rodin –dije, sonriendo, y lo tomé del brazo–. Le agradezco su ayuda.

—Y, ahora, ya que las he salvado de un destino vergonzoso, peor que la muerte...

De repente, oímos unas voces llenas de enojo desde el piso de abajo, mientras una mujer y su acompañante subían los escalones. La mujer sollozaba incontrolablemente, tapándose la boca con la mano. Tenía el pelo calado, caído por los hombros.

El señor Rodin me tiró suavemente del brazo y nos escondió a las dos en las sombras de la escalera.

—El teatro correrá con los gastos de la limpieza del abrigo de su esposa, señor –decía el director, intentando calmar al hombre, que estaba iracundo–. Fue un accidente.

—Puede estar seguro de que tendrá noticias de mis abogados. Este teatro tendrá que cerrar en menos de una semana. Esa gentuza del gallinero no tiene escrúpulos. Quiero que encuentren a los culpables y que los castiguen por humillar a mi esposa –gritó el hombre.

A mi lado, a Amelia se le escapó un jadeo.

Yo contuve la respiración con la esperanza de que nuestro intento de salida no hubiera sido inoportuno; no podíamos permitirnos un escándalo. Ninguna de las dos tendríamos permiso para salir de la granja nunca más.

—Respire, querida –me susurró Rodin.

En la penumbra, me di cuenta de que se había girado y de que estaba muy cerca de mí; nuestras narices casi se rozaban. Su mirada era muy penetrante. Allí estaba yo, con un completo extraño, sin poder pensar en otra cosa que en hacer con el señor Rodin lo que solo le había permitido a Deven Mooreland. ¿Qué clase de mujer era yo?

—¿Cuánto tiempo debemos estar aquí, señor Rodin? —pregunté.

Entonces, él posó la mano en mi cintura; eso hizo que lo mirara de nuevo. Él pasó el dedo pulgar por la tela, y yo me imaginé por un segundo que hacía el mismo movimiento un poco más arriba.

—Solo un momento más. Se irán enseguida —dijo él, con calma, sonriendo—. ¿Está incómoda?

—¡No! No, estoy bien, gracias —respondí, y se me cortó la respiración al notar que él ascendía un poco por mi talle.

—Excelente. Y ahora, jovencita, dígame su nombre, o me veré obligado a traer aquí al director...

Su mano estaba ya en mis costillas. Con solo un pequeño estiramiento del dedo...

—Es usted un pícaro, señor Rodin —respondí, casi sin aliento.

—¿De veras? —preguntó él, arqueando una ceja.

Yo no podía pensar en otra cosa que en su mano, situada justo debajo de mi pecho. Me ardían las mejillas, y me sorprendía mucho lo fácilmente que me había dejado enredar en aquel flirteo.

—Me llamo Sara Cartwright —dije.

—Sara. Qué nombre más bonito. Le queda bien, como el color de su vestido —dijo él, suavemente, observando mi rostro—. De hecho, Sara, es usted lo que los hombres de mi entorno llamarían «una preciosidad».

—¿Es eso un cumplido, señor Rodin?

—El más grande, se lo aseguro —dijo él. Sonrió y miró hacia atrás—. Creo que ya tenemos libre el camino.

Me tomó del brazo y bajamos el resto de las escaleras. No me atrevía a mirar a Amelia, porque sabía que desaprobaba todo lo que había oído. Yo había incumplido todas las normas de la corrección aquella noche, y me alegraba de que ella caminara detrás de mí y no pudiera ver la mano del señor Rodin.

Salimos del teatro. El aire nocturno era tan asfixiante como dentro del teatro. Estaba impregnado del hedor del río.

—Tal vez sería mejor que esperaran aquí y nos permitieran ir en busca de su conductor —dijo él—. ¿Cómo se llama?

—Señor Mooreland, Deven Mooreland. Lleva una gorra de lana —dije.

Entonces, el señor Rodin y su amigo se dirigieron hacia los pubs. Yo observé el paso seguro, las piernas largas y los anchos hombros del señor Rodin.

Esperamos un buen rato hasta que, por fin, vimos acercarse a Deven con el señor Rodin y su amigo.

—¿Es su cochero, señorita Sara? —preguntó el señor Rodin.

Yo miré a Deven a la cara y vi que tenía la nariz colorada. Supe que había estado bebiendo.

—Sí, señor, es el señor Mooreland. Muchas gracias, de nuevo, por su amabilidad.

—Voy en busca del coche —dijo Deven—. Está al final de la calle.

—Acompáñalo, John. Yo esperaré aquí con las señoritas.

Entonces, sonrió a Amelia. Ella arqueó una ceja y se concentró en el cartel del teatro.

—Señorita Cartwright, me gustaría preguntarle una cosa.

El señor Rodin se giró, y quedó colocado entre Amelia y yo. A mí se me aceleró el corazón.

—¿Ha pensado alguna vez en ser modelo?

Yo me quedé muy sorprendida. Entonces, me di cuenta de que debía de estar tomándome el pelo otra vez. Negué con la cabeza y sonreí.

—¿Se refiere a la modelo de un pintor?

Yo nunca había estado en un museo, pero algunas veces leía el periódico de mi tío, y había visto noticias sobre un pequeño grupo de artistas que estaban causando problemas en la Royal Academy. ¿Tendría aquel hombre alguna relación con ellos? El mero pensamiento de estar hablando con una persona tan prominente de la sociedad de Londres me impulsó a seguir preguntando.

—¿Es usted pintor, señor Rodin?

Él se quitó el sombrero, y dejó a la vista una cabellera castaña y rizada.

—El maestro pintor Thomas Rodin, a su servicio, señorita.

—¿Maestro? Entonces, ¿es usted un graduado de la Royal Academy? —pregunté, cada vez más intrigada.

Él miró a la acera, y sonrió con humildad, de manera que se le formó un delicioso hoyuelo en la mejilla.

—Comencé allí, y muchos de mis hermanos, mis compañeros de profesión, se han graduado allí —dijo él, y carraspeó—. Sin embargo, yo preferí dejar la academia. Sentía que sus métodos eran demasiado restrictivos.

Yo no estaba segura de si entendía lo que quería decir, y mi silencio provocó un malentendido.

—Comprendo perfectamente que no se sienta cómoda trabajando con alguien que no sea un pintor con formación académica y acreditación. Gracias, señorita Cartwright, y lamento haberla entretenido.

Entonces, se dio la vuelta y comenzó a alejarse, y yo vi mi futuro desvaneciéndose a cada paso que daba.

—Espere... no quería ofenderlo. Es solo que he leído algunas noticias...

—¿Usted lee?

Volvió hacia mí y, por el rabillo del ojo, vi que Amelia cabeceaba.

—Soy una ávida lectora, pero eso no es un requisito para lo que usted busca, ¿verdad? —pregunté yo, antes de perder el valor—. ¿Me está pidiendo que pose para usted?

Su sonrisa de satisfacción me causó un estremecimiento. Nunca había conocido a nadie como él. Era como si apenas pudiera controlar su entusiasmo, o lo que le impulsara.

—Me sentiría muy honrado si quisiera visitar mi estudio. Por lo menos, para contestar cualquier pregunta que pueda tener —dijo. Sacó una tarjeta de su bolsillo y me la tendió—. Aquí tiene la dirección. El jueves, alrededor de las dos, ¿le vendría bien?

Yo tomé la tarjeta y leí la dirección. ¿Acaso era algo providencial que lo hubiera conocido? ¿Sabía él que lo que me ofrecía era una oportunidad de hacer algo por mí misma y no tener que pasarme el resto de mi vida limpiando el estiércol del establo?

—¿Y el trabajo de modelo es remunerado, señor Rodin?

Él arqueó las cejas ligeramente.

—Un chelín a la semana, alojamiento cuando el proyecto lo requiera, y comidas. La fontanería es moderna.

Aquello, por si solo, estimuló mi curiosidad. Nunca había visto una verdadera bañera.

—Muy bien —dije, y miré a Amelia, que me estaba observando con los ojos muy abiertos—. Allí estaré, pasado mañana.

—Estoy deseándolo, señorita Cartwright —dijo, y se inclinó. Yo me quedé encantada. El coche paró, en aquel momento, delante de nosotros.

Amelia subió por sí misma, pese a que John trató de ayudarla. Yo me senté a su lado y, por su forma de mirarme, supe que iba a tener que explicarle muchas cosas. Necesitaría su ayuda para conseguir lo que quería, lo que necesitaba.

—Hasta el martes —dijo el señor Rodin, y yo me giré para mirar a los dos hombres, que se levantaban el sombrero.

El carruaje inició su marcha por las calles de Londres.

—Sara, no estarás pensando en ir a casa de ese extraño, ¿no?

La pregunta de Amelia interrumpió mi pensamiento.

—Lo siento, no estaba... No he oído lo que me estabas preguntando —dije—. ¿Sabes lo que podría significar esto, Amelia?

—¿Aparte de problemas con papá y mamá? —me preguntó, mirándome como si no estuviera en mis cabales.

—Podría ahorrar para estudiar —dije yo con el corazón acelerado—. Podría tener muchas posibilidades. Quiero hacer algo más que quedarme en la granja hasta que llegue el momento de casarme con otro granjero. Quiero ver cosas e ir a lugares en los que no he estado. No puedo casarme con un hombre que solo sea estable y sólido, Amelia. Quiero un hombre aventurero, apasionado y con sed de conocimiento.

—Pero vas a tener que convencer a papá y a mamá de que te dejen marchar.

—Me encargaré de eso —dije. Me volví hacia ella y la tomé de la mano—. ¿Es que no quieres que sea feliz?

Ella me miró con cara de pocos amigos, y suspiró.

—Claro que sí, Sara. Sin embargo, creo que algunas veces debemos aprender a ser felices en el lugar donde nos ha puesto Dios —dijo, y me apretó la mano.

—¿Y si a mí me hace falta más de lo que me ha dado Dios para ser feliz? —pregunté—. Amelia, voy a necesitar tu ayuda. Te pido que finjas que no sabes nada de dónde estoy.

Ella me miró con preocupación.

—Sara, no sé lo que estás pensando pero, por favor, reconsidéralo.

Yo sabía que tenía que ir al estudio, aunque solo fuera

para satisfacer mi curiosidad. También sabía que pedirle a mi prima que guardara silencio era pedirle que se arriesgara por mí. Yo no quería que ella tuviera problemas por mí.

–No me gusta esto, Sara. De verdad, no me gusta nada. Pero, tal vez, si vas a visitarlo, veas cómo es en realidad.

–Gracias. Tú eres la única hermana que he tenido –le dije, y la abracé.

Después, tomé aire y miré hacia delante. Tenía muchas cosas en las que pensar antes de ir a visitar a mi futuro jefe.

–¿Y cómo vas a venir a la ciudad a reunirte con el señor Rodin? –me preguntó Amelia.

–Tendré que encontrar algún motivo para que me traiga el señor Mooreland.

–¿Crees que vas a poder convencerlo a él de que te guarde el secreto, Sara?

Su pregunta iba directamente al corazón de mi desafío más grande y de mi mayor miedo. Si mis planes resultaban tal y como yo había pensado, tal vez no volviera a casa. Mi nueva vida podía empezar posando para un pintor famoso, siempre y cuando mis tíos no supieran dónde estaba. Entonces, recordé a Deven Mooreland; tal vez la forma de conseguir su silencio fuera darle algo que deseaba profundamente.

–Tú déjame a mí al señor Mooreland, Amelia. Él y yo nos hemos entendido en cosas incluso más difíciles.

–¿Debo atreverme a preguntar algo más? –inquirió ella, en voz baja.

–Cuanto menos sepas, mejor –dije yo con una rápida sonrisa.

Capítulo 3

Miré a mis tíos durante el desayuno, preguntándome si aquella sería la última vez que lo hiciera. La noche anterior había hecho dos pequeñas maletas y las había escondido debajo de la cama, y había escrito una nota que había dejado en la caja en la que el señor Mooreland tenía sus efectos personales, en el establo. En ella le decía que era muy importante que nos encontráramos aquel día en la charca, no más tarde del mediodía.

Removí mis gachas, evitando las miradas de Amelia. Aquella mañana había una extraña tensión en la mesa, y me pregunté si mi prima habría roto su promesa de guardarme el secreto.

Yo me había lavado la cara con agua bien fría antes de bajar, para intentar disimular las ojeras. Había pasado toda la noche sin dormir, pensando en lo que podía hacer. Ciertamente, cuando me hubiera ganado bien la vida, podría volver y ayudar a la familia que me había acogido al morir mis padres.

–¿Qué planes tienes para hoy, Sara? –me preguntó mi tía, y tomó un sorbito de té.

Amelia se puso a mirar, con un súbito interés, su cuenco de gachas.

—Después de cuidar los rosales, tal vez lea un poco y vaya a dar un paseo —respondí.

Jugueteé con la comida. Tenía un nudo en el estómago. Miré de nuevo a mis padres adoptivos, quienes me habían cuidado durante los últimos diez años de mi vida. ¿Cómo iba a dejarlos así? ¿Entenderían ellos mi deseo de obtener más de la vida?

—¿Me necesitabas para algo? —le pregunté a mi tía.

Mi tía era de origen alemán. Su boda con mi tío irlandés les había parecido una unión escandalosa a todos, y había estado a punto de separar a la familia. Desde entonces, ella había invertido toda su energía en encajar con la familia de mi tío y de mis padres, sin conseguirlo. Mis abuelos eran gente dura, obstinada, y la tía Perdita nunca conseguía agradarlos. Durante mis cavilaciones de aquella noche, había llegado a la conclusión de que, si había alguien que pudiera entender mi decisión de hacer realidad mis sueños, esa era la tía Perdita. Ella se había asegurado de que nos criáramos en una casa estricta, con la educación de unas señoritas. Aunque no era muy probable que nos casáramos con alguien que estuviera por encima de nuestro estatus social, daba la impresión que la tía Perdita estaba empeñada en que pareciera que debíamos hacerlo.

Me di cuenta de que miraba de reojo a mi tío, y de que mi tío asentía ligeramente, como si quisiera animarla para que continuara con lo que quería decir.

—Sara, estás llegando a una edad en la que una joven debe pensar en su futuro. Como no tienes pretendientes, y como no podemos permitirnos enviarte a una universidad femenina para que tengas una buena educación, es hora de que empieces a pensar en ganar un buen sueldo ayudando a los demás.

A mí se me quedaron las gachas en la garganta, y tuve que hacer un esfuerzo por tragar.

—¿A qué... qué te refieres, tía Perdita? —pregunté yo, intentando mantener la calma. En realidad, aquella conversación tenía que ocurrir algún día, pero... ¿aquel preciso día? No podía ser más inoportuna.

—Lord y lady Barrington vinieron ayer. Tu tío estaba preparando una pieza nueva para su carruaje. Lady Barrington y yo estábamos conversando acerca de lo preciosas que estaban mis rosas... y comenzó a hablarme de que ha tenido un golpe de mala suerte. Bueno, sospecho que ha sido mala suerte para la pobre ama de llaves, pero me pregunto qué payasadas habrán ocurrido entre lord Barrington y...

—Perdy, por el amor de Dios, ve al grano —dijo mi tío, y suspiró.

—Bueno, la pobre mujer ya tiene cuatro hijas, todas ellas menores de diez años, ¡y está embarazada otra vez! Tal vez de gemelos, según el médico. ¡Y todo niñas, por ahora! Parece que lord Barrington está empeñado en tener un hijo...

—Perdy —dijo mi tío Marcus, en voz baja. Era un hombre muy paciente, pero cuando se enfadaba tenía mucho carácter.

Ella lo ignoró y agitó un poco la mano, y yo me quedé mirándolos mientras comenzaban una conversación que no me incluía para nada, pero que podía cambiar mi vida y determinar mi destino.

—Bueno, lady Barrington dice que, como puede que sean gemelos, seguramente el médico va a ordenarla que guarde reposo durante los tres últimos meses de su embarazo. Y la pobre ya está más grande que un establo. No sé si va a durar un mes más.

Yo estaba a punto de explotar. ¿A qué se habría comprometido mi tía?

—El hecho es que está buscando otra ama de llaves, y a

alguien que se ocupe de las niñas. Le dije que tú eras muy diestra en la escritura, la lectura y las cuentas. ¡Tenías que haber visto la cara que puso! La pobre mujer estuvo a punto de echarse a llorar de alegría. Si tú hubieras estado allí, seguro que te habría ofrecido el puesto de trabajo inmediatamente.

–Tía Perdita, yo...

–Por supuesto, tendrás tu propia habitación, la comida y los uniformes. Y el sueldo... Bueno, es algo modesto para empezar, pero competitivo para una muchacha en esa posición.

Yo no fui capaz de decir lo que me proponía. No quería parecer una desagradecida y, además, ¿y si el señor Rodin no era quien decía que era? ¿Qué pasaría entonces?

–¿Qué te parece, Sara? –me preguntó la tía Perdy con los ojos brillantes de alegría.

–¿Que qué me parece? –pregunté–. Yo... ¿Puedo pensármelo durante unos días?

Mi tía pestañeó, sin preocuparse en disimular su sorpresa.

–Bueno, supongo que eso sería lo más apropiado, pero te aconsejo que no tardes demasiado. Este tipo de oportunidades son poco comunes. No se producen todos los días.

Se me quitó un peso de los hombros. Recobré el apetito y asentí rápidamente. Después, terminé de desayunar.

–¿Podría levantarme ya de la mesa, tía? Tengo muchas cosas en las que pensar –pregunté.

Amelia me miró mientras me levantaba, y yo sonreí, aunque casi no pude soportar la tristeza que vi en sus ojos.

Tal vez Deven se hubiera olvidado de mi petición, o tal vez mi tío le hubiera dado más trabajo que hacer. Ya había pasado el mediodía, y el cielo estaba salpicado de nubes oscuras que anunciaban lluvia. El viento agitaba las hojas de los árboles. Me tendí en el suelo, boca arriba, y escuché todos los sonidos que me rodeaban.

–Temía que hubieras vuelto a casa.

Me incorporé de golpe y vi a Deven que, sonriendo, se sentó a mi lado. Se quitó los zapatos, con esfuerzo, y los calcetines también. Después, con un suspiro de alivio, se tumbó.

–Tu tío ha ido a la ciudad con tu tía, a los ultramarinos –me dijo, mientras miraba hacia la charca. La superficie del agua estaba de color gris oscuro, y reflejaba el cielo.

–Deven, me gustaría pensar que somos amigos. Tú y yo nos conocemos desde hace tiempo y…

Él se inclinó sobre una mano, y me acarició la nuca suavemente.

Yo me encorvé, intentando encontrar la mejor manera de explicarle que iba a necesitar su ayuda.

–Necesito…

–Yo también lo necesito, Sara –respondió él, en voz baja. Entonces, me dio un beso en la nuca y me acarició la garganta, deslizándose cada vez más abajo, hacia mi escote. Yo me había puesto la camisa larga y los pantalones bajo el vestido, por si acaso nos bañábamos en la charca.

–Esto es importante, señor Mooreland –dije, con un suspiro, mientras él metía los dedos en mi corpiño.

–Para mí también es importante, Sara. Sé que esta es tu primera vez, y quiero que sea muy buena para ti. Te prometo que voy a ser muy cuidadoso.

Entonces, yo lo miré a los ojos.

–¿Y si digo que no, señor Mooreland? ¿Parará usted?

Él acercó sus labios a los míos, y me tentó con un beso lento, ligero. Después, se separó unos centímetros y esperó a que yo diera el siguiente paso.

–No vas a decirlo –susurró.

Tenía razón; yo no quería parar. Llevaba demasiado tiempo imaginándome lo que sería estar con un hombre. Si estaba a punto de comenzar mi viaje hacia la independencia, necesitaba entender de qué trataba aquel asunto del placer mágico de la relación entre un hombre y una mujer.

Yo posé una mano en su mejilla y lo besé. Entonces, él volvió a poner la suya en mi nuca para sujetar mi cara contra la suya, y su boca se hizo cada vez más ávida, buscando con la lengua la entrada entre mis labios. Yo los separé y él aprovechó la oportunidad, ladeando la cabeza, tomando las riendas del beso y de mi mente.

—¿Te gusta, Sara?

Me besó los ojos y la mejilla, y después volvió a mi boca. Fue lento y metódico, y me hizo necesitar más.

—Más —susurré, embriagada por el deseo.

Él se puso en pie y se quitó la chaqueta. Sin dejar de observarme, se despojó también de la camisa.

Yo tragué saliva al ver su torso musculoso, delgado y bronceado; era tan precioso como cualquier semental que yo hubiera visto. Los pantalones le colgaban de las caderas, y tenía una fina línea de vello que iba por su cintura hasta un gran bulto que se marcaba en la tela.

—No tengas miedo, Sara. Te prometo que vamos a encajar perfectamente. Hace mucho tiempo que lo sé.

¿Encajar? Aquella mera palabra me provocó un espasmo en el vientre.

—Yo... no sé.

Él me tomó de la mano.

—Vamos a bañarnos.

Asentí. Me puse en pie, delante de él, y me quité rápidamente el vestido. Tan solo llevaba puesta mi fina ropa interior.

—Eres muy bella, Sara.

Él me tomó la cara con las manos, me besó y me llevó hacia el agua.

—No, espera. Te vas a mojar los pantalones —le dije.

—No quería asustarte —respondió él con el agua por los tobillos.

—No me voy a asustar, señor Mooreland —dije con una confianza que no sentía.

—Llámame Deven, Sara. «Señor Mooreland» hace que me sienta viejo. Solo tengo dos años más que tú.

Entonces, Deven se desabrochó el pantalón y se lo bajó, dejando a la vista sus magníficas piernas. Los músculos se le contraían mientras se quitaba la prenda. Me miró con fijeza, como para advertirme que aquella era mi última oportunidad de cambiar de opinión, y tiró los pantalones a un lado. Se quedó inmóvil.

Su miembro era mucho más grande de lo que yo recordaba, pero, en realidad, yo solo lo había visto desnudo mientras lo espiaba escondida en unos arbustos. Era fuerte y grueso, y sobresalía de su cuerpo con un ángulo agudo. Yo no podía apartar los ojos de su desnudez. Había visto imágenes del arte griego, pero ninguna me había preparado para el tamaño del miembro viril de Deven.

Acepté su mano y lo seguí al agua, que me refrescó el cuerpo. La tela de mi ropa interior se me pegó al cuerpo y marcó todas mis curvas. Al ver el puro apetito reflejado en los ojos de Deven, me di cuenta del poder que tenía sobre él.

—No puedo evitarlo, Sara —dijo él.

Entonces, se acercó a mí y me sacó la camisa por la cabeza. Pasó la boca por las puntas de mis pechos mojados, acariciándome y pellizcándome con los dedos, enviando descargas de fuego entre mis piernas.

—¿Estás húmeda? —me preguntó, y me besó en la boca.

—Estoy en el agua, Deven. Claro que estoy húmeda.

Él pasó la palma de la mano por mi estómago, y se detuvo justo encima de la cintura de las bragas. Entonces, descendió y posó la mano sobre la tela que cubría mis rizos oscuros.

—Me refiero ahí —dijo él, sin apartar sus ojos de los míos, mientras deslizaba los dedos entre mis pliegues y empujaba la tela mojada hacia dentro—. ¿Confías en mí?

Yo asentí. Mi cuerpo estaba al borde del precipicio de lo desconocido. Él deslizó las manos por mis caderas; me quitó las bragas y las arrojó hacia la hierba de la orilla.

—Ven aquí, Sara, déjame que te sujete —me dijo, y me llevó hacia lo más profundo de la charca, hasta que estuve flotando entre sus brazos.

El agua chapoteaba contra mi pecho, y yo no hacía pie contra el fondo rocoso. Él me tomó por las caderas y me colocó sobre su miembro rígido.

—No tengas miedo —susurró—. Te prometo que vas a disfrutar tanto como yo.

Volvió a atrapar mis labios y me drogó con sus besos. Hasta que no sentí una punzada de dolor en mi virginidad, no me di cuenta de que había penetrado en mi cuerpo. Le clavé los dedos en la espalda mientras él entraba más profundamente, y me arqueé hacia atrás, contra su boca, que estaba en mi pecho.

—Entonces, ¿a esto te referías con lo de «encajar»? —le pregunté, mientras movía torpemente las caderas, intentando corresponder a sus acometidas rítmicas.

—Sí, Sara. ¿No te parece que es perfecto, tal y como te dije?

Deven tenía tensos los músculos del cuello, y yo sentí que mi cuerpo también se estaba poniendo tenso a la espera de algo mucho más grande que cualquier otra cosa que hubiera conocido. Me miró con un brillo feroz en los ojos, y me ciñó fuertemente contra su cuerpo.

—Vamos, Sara, déjate llevar. Todo irá bien, ya verás —apretó los dientes; a cada embate, se le escapaban sonidos extraños, guturales.

Mi cuerpo no era mi cuerpo. Estaba muy tensa, y aquella tensión aumentaba sin parar. Agité la cabeza, como si pudiera mitigar la sensación, pero, al mismo tiempo, quería más. Aunque estaba un poco dolorida, el agua suavizaba la fricción, y todo era agradable. No quería que terminaran aquellas sensaciones, pero tenía la certeza de que Deven pretendía llegar al final, exactamente.

—¿Tiene que… terminar… ya? —pregunté con la voz entrecortada.

—Así es, Sara. Yo estoy a punto de… Oh, Dios mío.

Entonces, se mordió el labio. Respiró profundamente y me miró.

—Bésame, Sara. Bésame con fuerza y no pares.

Yo tomé su cara y lo besé, y me olvidé de todo, salvo de la humedad y del sabor de su lengua, que se entrelazaba con la mía. Entonces me atravesó otra sensación, una que me sorprendió y que estuvo a punto de hacerme saltar de entre sus brazos. Incliné la cara hacia el cielo, sin poder respirar, mientras mi cuerpo vibraba una y otra vez.

—Sí, muy bien, mi niña —susurró Deven, y me acometió con fuerza, con el rostro contorsionado por una dulce agonía.

Desde el comienzo hasta el final, solo había durado unos momentos.

Él se humedeció los labios y sonrió.

—Ya no eres virgen, Sara. ¿Cómo te sientes?

Me salí de su abrazo y nadé hasta la orilla, con los músculos doloridos. Había sospechado que iba a sentir algo más, algún tipo de emoción, como la alegría o la culpabilidad. Algo.

No había nada de eso.

–¿Sara? –dijo Deven, y nadó detrás de mí. Se sentó a mi lado y me preguntó–: ¿Te he hecho daño?

–Yo... no. ¿Debería sentirme rara? Porque no es así.

Él me miró con los ojos entrecerrados con el ceño fruncido.

–Oh, no, quiero decir que... ha sido perfecto, Deven. Yo... aunque... no dura mucho, ¿no?

Él sonrió y agitó la cabeza.

–Me temo que he estado listo desde que recibí tu nota, Sara. Siento que no hayas sentido más placer. Para mí ha sido el cielo.

–He disfrutado, Deven. Tal vez esperaba algo más... Ya sabes, antes. ¿Podríamos intentarlo otra vez, en tierra firme? Y, después, me gustaría pedirte ayuda en un asunto muy importante.

–¿Importante, dices? –preguntó. Sonrió con picardía y me tumbó en el suelo–. ¿Tengo que guardar más secretos, Sara?

Capítulo 4

Deven me besó profundamente, más minuciosamente que antes. Yo me imaginaba cómo podía ser la vida recibiendo sus atenciones. Iba a ser un maravilloso marido para alguna mujer que se lo mereciera. Era bondadoso, guapo, trabajador, decidido y seguro.

Me acarició lentamente, con reverencia, adorando mi cuerpo. Yo me abandoné a aquella adoración y acepté sin reservas el placer que me proporcionaba.

–Sara –dijo él, y suspiró–. Quiero hacerte feliz.

Dejó un rastro de besos por mi vientre y a mí se me puso el vello de punta. Me pregunté, mientras miraba al cielo, si yo podría hacer feliz a Deven. ¿Era posible conseguir la felicidad de otra persona tan solo con desearlo?

Pasó las manos por mis caderas y por mis piernas, mientas yo le acariciaba el pelo rubio y revuelto. Entonces, me acarició los pliegues con el dedo pulgar, suavemente, y me los separó. Me miró con un brillo en los ojos, se inclinó y deslizó la lengua por aquellos pliegues. La sensación me provocó una sacudida.

–¿Qué estás haciendo? –le pregunté con asombro.

Sabía poco de lo que ocurría entre un hombre y una mujer, pero aquello no debía de ser decoroso para una dama.

—Es solo otra forma de placer, Sara. ¿Te he hecho daño? —me preguntó con el ceño fruncido.

—Bueno, no... En realidad, no.

—Entonces, ¿te ha gustado?

Me mordí el labio.

—Supongo que no ha sido del todo desagradable. Ha sido... bueno, una sorpresa.

Él sonrió.

—A partir de ahora, te diré todo lo que voy a hacerte.

Deven se inclinó hacia delante, me tomó de los hombros y me besó con suavidad.

Yo miré su enorme miembro.

—¿A los hombres os gusta que os toquen... ahí?

—Sí, Sara. Si tú quieres acariciarme, no me importaría nada. De hecho, me gustaría mucho.

Me tomó la palma de la mano y me dio un beso.

—¿Quieres hacerlo?

—Sí, está bien.

Él mantuvo su mano sobre la mía, moviéndome los dedos por su longitud. Era más suave de lo que yo había pensado. Subí la mano, lentamente, hasta el extremo aterciopelado. Él me miraba con los ojos brillantes y con la respiración entrecortada.

—No-no tan fuerte... sí... así... —suspiró, y me besó mientras yo continuaba, y gimió.

—Esto te produce un gran placer, ¿verdad? —le pregunté con fascinación—. ¿Qué pasaría si yo pusiera ahí mis labios?

Entonces, puse mi boca sobre él y le acaricié la carne con la lengua. Él me miró con una pasión peligrosa, y tragó saliva.

—Si sigues así, me tendrás en tus manos.

—Y a ti no te gustaría eso, ¿verdad? —pregunté yo con una sonrisa. Me sentía orgullosa de mi logro. Con atrevimiento, lo tomé profundamente entre los labios, mientras lo acariciaba con la mano. Descubrí que, al darle placer a él, mi cuerpo también lo experimentaba.

–¿Quieres que yo te haga lo mismo? –me preguntó.

Asentí, y Deven me mostró que el sexo entre un hombre y una mujer era mucho más que un rápido revolcón.

Clavé los dedos en la hierba mientras, con su lengua, me llevaba al borde del éxtasis.

–Por favor –jadeé.

Entonces, él se tendió sobre mí y me besó apasionadamente. Con cuidado, se hundió en mi cuerpo, y yo le rodeé la cintura con las piernas para sujetarlo contra mí. ¿Serían las cosas así todas las noches, si me casaba con Deven? Con un apetito tan voraz, tendríamos la casa llena de niños en un abrir y cerrar de ojos. Entonces, tendría que pasarme todo el tiempo lavando y limpiando, mientras mi marido se ocupaba de nuestras tierras.

Deven jadeó contra mi mejilla mientras nos movíamos con fluidez, en una unión perfecta. La fricción de su miembro era algo delicioso. Se me entrecortó la respiración cuando las sensaciones que se me habían acumulado en el cuerpo se desbordaron. Él emitió un gruñido, y su cuerpo se tensó y se estremeció. Entonces, noté los latidos acelerados de su corazón contra el pecho. En aquel momento, supe que me resultaría muy fácil enamorarme de aquel hombre.

–No puedo respirar –susurré, pero me sentí decepcionada cuando él se apartó de mí.

Ninguno de los dos dijo nada. ¿Qué más había que decir? Yo no podía determinar qué había cambiado entre nosotros, pero había algo diferente. Yo sabía que, aunque podría vivir una vida plácida con Deven, no podría ser realmente feliz si me casaba con él. Quería algo más en la vida.

Él me miró de un modo extraño mientras comenzaba a vestirse.

—Deberíamos volver a casa. Amelia se va a dar cuenta de que llevas mucho tiempo fuera.

Yo quería decirle que ella era mi cómplice en mis recientes planes, pero algo me lo impedía. Tenía que encontrar el modo de conseguir su ayuda sin perder la amistad que habíamos forjado. Yo no quería herir su orgullo.

Caminamos en silencio por el sendero estrecho que llevaba hasta el establo.

—No has dicho nada, Sara. ¿Estás bien? —me preguntó él, y me tocó la mano para que me detuviera un momento y lo mirara—. ¿Sara?

—¿Qué ocurre, Deven? ¿Qué quieres que diga?

Él arqueó una ceja.

—Lo que tengas que decirme. Vamos a empezar ahora. Creo que tenemos mucho de lo que hablar.

Yo me sentí frustrada y me giré para comenzar a caminar otra vez. No quería hacerle daño, ni deseaba que pensara que en nuestra relación podía haber algo más que lo acababa de ocurrir.

—Así que no tienes el valor de decírmelo, ¿eh?

—¿De decirte qué? —pregunté yo, mirando al cielo. Se había cubierto de nubes oscuras, y parecía que iba a llover.

Después, bajé la vista y miré a Deven. Cerré los ojos. No quería ver su expresión de dolor y de enojo.

—De decirme que no valgo lo suficiente para ti.

—No digas bobadas, Deven —respondí, y seguí andando.

—Dime la verdad. Sara, por el amor de Dios. Tengo derecho a saberlo.

Me agarró del hombro y me obligó a girarme.

Me quedé paralizada por su mirada feroz, y tuve que luchar para defenderme.

–Esto no es solo culpa mía, Deven Mooreland –le advertí, señalándolo con el dedo.

Él me agarró de los hombros, y yo traté de zafarme, pero me sujetó.

–No, Deven.

Pero él tenía razón. Yo era una cobarde.

–Dilo, Sara. Me lo debes. Has estado todo el año provocándome, jugando conmigo, fingiendo que estabas interesada en mí, cuando lo único que querías era alguien que te ayudara a tapar tus mentirijillas.

Aquellas palabras dejaron su marca en mi corazón. Su preciosa cara me rogaba que le dijera lo que sabía... lo que se merecía oír. ¿Acaso yo no era mejor que una prostituta? Necesitaba su ayuda, pero, en aquel momento, por encima de todo, necesitaba su comprensión. No quería hacerle daño; nunca lo había deseado.

Me senté en el tronco de un árbol que había junto al camino y me dispuse a confesar mi secreto.

–Necesito tu ayuda –dije, cansadamente.

Él soltó una carcajada seca, de disgusto.

–¿Así que te has entregado a mí porque creías que te ibas a ganar mi cooperación? Pobre Sara. Siento que hayas pensado que tenías que llegar tan lejos. Te habría ayudado de todos modos, ¿es que no lo entiendes?

–No quería hacerte daño, Deven. Por favor, créeme.

Él se alejó unos cuantos pasos y apoyó la mano en un árbol.

–Oh, no me has hecho daño, Sara, pero me gustaría saber qué es eso que vale tanto como para que me hayas entregado tu virginidad –dijo, y me miró por encima de su hombro–. Debe de ser todo un secreto.

–Me voy a marchar, Deven.

–¿Qué quieres decir con eso?

–Me han ofrecido un trabajo en la ciudad.

Él arqueó las cejas.

—¿De niñera? ¿De sirvienta?

—No, no voy a servir a los demás. Voy a ser modelo.

—¿Modelo? ¿De quién? —preguntó él con cautela.

—De Thomas Rodin.

—Nunca he oído ese nombre. ¿Quién es, y qué hace?

—Lo conociste la otra noche. Es el hombre que fue a buscarte al pub. Es muy conocido en los círculos de la Royal Academy.

—¿Ese idiota es artista? —preguntó él con escepticismo—. ¿Y qué quiere que hagas para él, Sara? ¿Limpiarle los pinceles?

—No, claro que no. Quiere que pose para sus cuadros, bobo.

Deven me miró con incredulidad.

—¿Y tú te has tragado eso?

Yo me sentí ofendida.

—Sí, piensa que tengo una gran belleza natural.

—¿Ah, sí?

—Es la verdad, te lo juro.

—Ten cuidado, Sara. Está nublado. No tientes a Dios para que te lance un rayo.

—Bueno, yo...

—¿Y mencionó ese artista si vas a tener que quitarte la ropa delante de él?

—Ya está bien. Creía que podría hablar sinceramente de esto contigo...

—¿Sinceridad? ¿Quieres que sea sincero?

Yo me levanté con los puños apretados. Podría haber seguido discutiendo todo el día con él, pero no habría servido de nada: Deven no lo entendía porque no quería entenderlo. Seguí caminando y dejé que se tragara su amargura. No podía culparme por sus percepciones equivocadas.

—No me dejes aquí plantado, Sara Cartwright.

Yo me detuve, pero no me di la vuelta. Sin embargo, noté que él me giraba y, al instante, me besó. Fue un beso desesperado, ni bien recibido ni apasionado. Aparté la cara y lo interrumpí, y él apoyó su frente en mi sien.

—Deven, tú me olvidarás. Te enamorarás de alguien que te merezca.

—Sara, te lo ruego, no te vayas. Ese Rodin... Ese hombre que dice que es artista... Nunca va a sentir lo que yo siento por ti —me susurró al oído—. ¿Qué clase de vida es esa?

Me aparté de sus brazos y le puse la mano sobre la mejilla. Iba a echarlo de menos, y supe que algún día me daría cuenta.

—No sé qué tipo de vida será, Deven. Pero quiero una educación, quiero ver y hacer muchas cosas antes de formar una familia... si acaso decido formarla algún día —dije, observándolo—. Tú te mereces a alguien que pueda corresponder a tus sentimientos. No puedes darme lo que quiero. Lo siento, pero esa es la verdad. Tienes un lugar muy especial en mi corazón...

Él se apartó de mi mano y frunció el ceño.

—Tú me has hecho una mujer, Deven, y te agradezco que hayas sido el primero. Sin embargo, creo que no sentimos lo mismo.

—¿Que me lo agradeces? —preguntó él con amargura.

—Por favor, no lo digas así —le rogué, y aparté la mirada. Después, tomé aire y volví a mirarlo fijamente—. ¿Vas a ayudarme?

Se rio de nuevo, secamente, y cabeceó mirando al suelo.

—No debería.

—Tienes razón, por supuesto. No tienes ninguna obligación.

Pensé en caminar hasta la ciudad con las maletas, teniendo que marcharme en plena noche, sin luz. Sin embargo, era mi elección en la vida, y tendría que encontrar la forma de conseguirlo.

—Entonces, me despido de ti, Deven. Adiós —dije con todo el valor del que fui capaz.

—Espera.

Su voz me detuvo a los pocos pasos.

—Yo me ocuparé de que llegues donde quieres llegar. Quiero que sepa que lo estoy vigilando. Pero, si no es quien dice ser, te voy a traer a casa aunque sea a rastras.

A mí se me llenaron los ojos de lágrimas. Me arrojé hacia él y lo abracé.

Con cuidado, él se zafó de mis brazos y me alejó de sí.

—¿Cuándo salimos?

—Tengo que reunirme con él mañana, en su estudio, a las dos de la tarde.

—Tendré el carruaje listo a la una y cuarto, pero tú tendrás que inventarte una historia verosímil esta vez. Buenos días, Sara.

Lo observé alejarse de mí tan rápidamente como era posible. Y, al verlo desaparecer en el interior del establo, recé para que no tuviera que arrepentirme de mi elección.

Al día siguiente, terminé mis tareas enseguida y pude llevar las maletas hasta el lugar en el que debía encontrarme con Deven. Amelia vino a despedirse, con los ojos llenos de lágrimas, un poco después.

—Toma, quiero que tengas esto —me dijo mi prima, y me dio un tapete de encaje blanco que había hecho ella misma.

—Es precioso, Amelia. Muchas gracias —dije.

No podía dejar de pensar en lo que estaba haciendo.

—Mira, le he bordado tus iniciales. Así te acordarás de nuestra amistad.

Se abrazó a mí, y yo evité mirar a Deven mientras la consolaba.

—No voy a irme para siempre, Amelia. Cuando haya ahorrado lo suficiente y tenga una vida hecha, volveremos a ir juntas al teatro.

—Si papá y mamá lo permiten, Sara. ¿Adónde puedo escribirte? ¿Cómo puedo saber dónde encontrarte?

Le di un pedazo de papel con la dirección del señor Rodin.

—Aquí está. Si me necesitas, mándame un recado y vendré rápidamente.

Ella asintió con los ojos llenos de lágrimas.

—Y, ahora, deja de llorar. La tía Perdy se va a preguntar qué te pasa.

Le di un último abrazo, la besé de nuevo y subí al carruaje.

Poco a poco, fuimos alejándonos de la granja. Mi tío le había dicho a Deven que debía llevarme al encuentro de lord Barrington que, a su vez, me llevaría a su casa de campo, al otro lado de la ciudad. Yo le había dicho a mi tía que estaba dispuesta a hacerles una visita para ver qué tal me llevaba con los niños. Por la cara de Deven, supe que no estaba contento de participar en aquel engaño, pero lo hizo, tal vez, para librarse de mí.

El carruaje entró en las concurridas calles de Londres y, en más de una ocasión, yo miré la tarjeta del señor Rodin para comprobar la dirección. Cheyne Walk. Era una calle empedrada, larga y estrecha, con una fila de casas de ladrillo. Deven detuvo el carruaje a poca distancia de la fachada del edificio, y yo miré por la ventana. Junto a la puerta había un gran carruaje, y un hombre muy guapo, parecido al señor Rodin, estaba ayudando a subir a una mujer pelirroja. Llevaba un sombrero negro y elegante, con una pluma, y el ala ocultaba los detalles de su rostro.

Alguien llamó a la ventanilla de mi carruaje y yo me giré. Era el señor Rodin, que me saludaba con una sonrisa.

–Señor Rodin, disculpe. No lo había visto.

–Buenos días, señorita Cartwright. Me temo que hoy no es el mejor día para mantener nuestra reunión. La señora de la limpieza está hoy en el estudio, y mi hermano y su prometida se marchan ahora mismo.

Los miró durante un instante, y yo me pregunté si ella habría sido su modelo. Carraspeó y me miró.

–¿Puede reunirse conmigo mañana por la noche, a las siete, en el Globe? Tengo algo que desearía enseñarle.

–Señor Rodin, yo...

–Por supuesto, entendería que hubiera cambiado de opinión...

–No, no, no he cambiado. Allí estaré... sí –dije, sin demasiada convicción.

No sabía si podría escaparme por segunda vez.

–Espléndido. Entonces, hasta mañana, señorita –dijo.

Se tocó el ala del sombrero y se alejó, a buen paso, por la calle.

Yo miré hacia arriba, y vi a una mujer en un pequeño balcón, sacudiendo una alfombra. Tenía una maravillosa melena rubia y, por el modo en que se le balanceaba el pecho con el movimiento, no debía de llevar ropa interior.

Ella se detuvo y miró hacia nuestro carruaje durante un momento. Después, volvió la cabeza como si estuviera respondiendo a alguien, y entró en la casa.

–¿Quiere que la lleve de nuevo a la granja, señorita Cartwright? –me preguntó Deven, desde el pescante.

–Sí, señor Mooreland. Ha habido un ligero cambio de planes.

Oí un resoplido de risa, pero tal vez fuera el relincho de un caballo.

Capítulo 5

No me encontraba bien. Desde que había salido de la ciudad, me dolía el estómago solo de pensar en lo que podría ocurrir si el señor Rodin cambiaba de opinión. Cuando llegamos a la granja, yo pensé que iba a vomitar.

La tía Perdita abrió la puerta y salió al porche. Al mirarme, su expresión se tornó preocupada.

—Sara, querida, ¿qué te ha pasado? Estás muy pálida. Espero que no hayas tenido malas noticias de los Barrington.

Me ayudó a bajar del coche, y yo me puse la mano sobre el estómago.

—No he llegado a su casa —dije—. No me encuentro bien. Tal vez, si descanso un poco, me recupere lo suficiente como para salir mañana.

—Por supuesto, querida mía —me dijo mi tía. Me pasó el brazo por los hombros y, juntas, entramos en casa.

—Entonces, ¿meto su equipaje, señorita?

Solo yo detecté el sutil tono burlón de Deven.

—No, gracias, señor Mooreland. Confío en poder viajar mañana de nuevo —dije.

Miré hacia atrás y capté su expresión de enojo.

—Dime, ¿cómo es, Sara?

Amelia estaba sentada al borde de mi cama. Acababa de traerme una infusión que me había preparado mi tía para aliviarme el dolor de estómago. Ella sospechaba que eran dolores de naturaleza femenina. Yo nunca los había sentido con mi periodo, pero al pensar en los momentos que había pasado con Deven, me inquieté. Esperaba que ambas cosas no tuvieran relación. Me lo aparté de la cabeza.

–¿Quién, el señor Rodin? Bueno, casi no lo conozco –dije.

–No, el señor Rodin no –dijo mi prima, y sonrió tímidamente–. El señor Mooreland.

–¿Dev... nuestro señor Mooreland? –pregunté. Me atraganté con el té, e intenté disimular mi horror–. ¿No es un poco... mayor para ti?

Ella tenía una mirada soñadora.

–Solo tiene dos años más que tú, con lo cual, solo tiene cinco años más que yo –dijo, y frunció el ceño, con un mohín infantil.

–Pero... Amelia... ¿el señor Mooreland? Hay muchos hombres jóvenes por ahí. ¿No deseas conocer a algunos de ellos?

–Algunas de mis amigas ya están comprometidas, ¡y con hombres mucho mayores que el señor Mooreland!

–Supongo que son hombres ricos que pueden cuidar de ellas, ¿no? –pregunté.

–Sí, es cierto, pero... –se inclinó hacia mí y susurró–: ¿Te imaginas la noche de bodas?

En aquel punto no podía llevarle la contraria.

–De todos modos, ¿no quieres ver lo que hay fuera de este pueblo?

Amelia se encogió de hombros.

–Al contrario que a ti, Sara, a mí me gusta estar en el campo. Por supuesto que me encanta ir a la ciudad y al teatro, pero me gusta vivir aquí. Creo que podría ser feliz si me quedara.

–¿Y eso es lo que más deseas? –le pregunté–. ¿Ser la esposa de un hombre?

Ella pestañeó como si no me comprendiera.

–Por supuesto, también quiero tener una casa donde poder criar a mis hijos.

Me lanzó una sonrisa resplandeciente.

–Quiero tener una familia grande –dijo, y suspiró.

Por primera vez, empecé a ver lo distintas que éramos.

–Bueno, tal vez debieras buscar un poco más. No sé si el señor Mooreland es el hombre más adecuado para ti.

–Bueno, entonces... –me miró, y sus ojos castaños se iluminaron con la chispa de una idea–. ¿Puedo convertirme en modelo de un pintor, también?

–¡Shh! –le advertí.

Pobre niña. ¿Qué iba a ser de ella cuando yo me fuera? La tía Perdy y el tío Marcus no podían permitirse darle una educación, pero había puestos de aprendiz en la ciudad, y siempre estaba el trabajo en casa de los Barrington. Aunque, en realidad, yo no le deseaba aquello a alguien con la constitución tan delicada como Amelia. Lloraba con mucha facilidad, y era más adecuada para soñar que para enfrentarse a la realidad del cuidado de un montón de niños pequeños.

–Oh, Amelia, seguro que todo va a salir bien. Lo único que te digo es que no te pongas a hacer planes tan pronto. Todavía eres demasiado joven.

–Pero ya no soy una niña.

–No –le aseguré–. Eres una joven que se merece a un hombre maravilloso, que te trate con respeto y te adore.

Le di una palmadita en el dorso de la mano, y me pregunté si alguna vez yo llegaría a desear lo mismo que ella. ¿Acaso era rara por no aspirar a una vida así? Tal vez me estuviera engañando a mí misma, y no hubiera nada mejor que ser madre y esposa. Sin embargo, algo me decía que en la vida había más cosas. O eso, o todavía no había encontrado al hombre que pudiera hacerme desear sentar la cabeza.

Cuando el carruaje se detuvo junto a la multitud que iba a entrar para la actuación del viernes por la noche en el Globe, recordé la mirada de confianza de la tía Perdy mientras me daba un abrazo y se despedía de mí. Ella creía que iba de camino a casa de los Barrington para pasar unos días allí y comprobar cómo me las arreglaba con las niñas, cuando, en realidad, yo no tenía ni idea de dónde iba a dormir aquella noche si las cosas no salían como yo esperaba con el señor Rodin. Quería que mis tíos estuvieran contentos conmigo, pero no veía otro modo de proceder. Solo esperaba que, una vez que estuviera bien situada en sociedad y tuviera dinero, entendieran mi forma de pensar tan poco convencional, y me aceptaran de nuevo en su familia.

Deven sacó mis dos pequeñas maletas, lo único que tenía en el mundo, del carruaje, y se situó a mi lado mientras yo buscaba al señor Rodin entre la gente.

—¿Estás segura de que va a venir? —me preguntó—. Espero que tú lo recuerdes, porque su cara es un borrón para mí.

Me puse de puntillas y oteé por encima de las cabezas de las docenas de personas que se arremolinaban en las puertas del teatro.

—Allí está —dije, al ver a Thomas Rodin acercarse, rodeando al gentío. Respiré profundamente. Por lo menos no se había olvidado.

En cuanto me vio, se quitó el bombín. Después, su mirada se clavó en Deven y en las dos maletas que portaba.

—Puede poner el equipaje en mi coche, si lo desea —dijo, mirándome a mí–. Veo que ha decidido aceptar mi oferta –añadió con una sonrisa encantadora.

Yo tomé a Deven del brazo, y seguimos al señor Rodin hasta el final de la calle, donde esperaba el cochero. Tenía un precioso carruaje, de color negro brillante y adornos dorados y los asientos de cuero. Parecía que el mundo del arte le proporcionaba dinero.

Deven dejó mis maletas en el carruaje, y esperó mientras yo subía.

—¿Es todo de su gusto, señorita Sara? –me preguntó Deven. El señor Rodin había rodeado el carruaje para subir por el otro lado.

—Absolutamente, señor Mooreland. Gracias... por todo —dije. Observé su rostro un momento, preguntándome cuándo volvería a verlo.

—Entonces, buenos días, señorita Sara. Señor Rodin —dijo él. Se levantó la gorra de lana para despedirse, y se dio la vuelta.

—Besos para todo el mundo, señor Mooreland. Por favor, dígale a Amelia que la escribiré en cuanto esté instalada. Dele muchos besos de mi parte.

Deven me sonrió con tirantez, asintió y desapareció entre la multitud.

—¿Me permite que le diga, señorita Cartwright, que está increíblemente bella con ese color? –dijo el señor Rodin, mientras se sentaba a mi lado–. Creo que ya ha inspirado nuestro primer proyecto. Lo voy a llamar *Seda azul*. ¿Qué te parece, mi musa? –me preguntó con una sonrisa. Entonces, yo vi mi futuro.

—¿Su musa? –inquirí yo con un cosquilleo en el estómago.

—Y tú debes también tutearme. Llámame Thomas —respondió. Me tomó la mano y me besó el dorso–. Deja que te enseñe desde dónde voy a dar a conocer tu cara al mundo.

—¿Qué te parece? —preguntó Rodin, cuando terminó de encender las lámparas de queroseno de la habitación.

Había un pequeño balcón, desde el que se veía el atardecer sobre Londres. El mal olor del río se mezclaba con otro olor desagradable de algo que había en el estudio. Arrugué la nariz, y Thomas se echó a reír.

—Es la esencia de trementina, Sara. Te acostumbrarás al olor. Vamos, ven a echar un vistazo —dijo.

Me acompañó hasta el caballete. Sobre él había un marco de madera cubierto con una tela y, a su lado, una mesita que acogía varios frascos de pintura y varias jarras llenas de pinceles. Alargué la mano para tocar el lienzo, pero él me agarró de la muñeca.

—Nadie toca mi lienzo, salvo yo.

Me miraba fijamente, y solo tardé un instante en darme cuenta de la gravedad del error que había estado a punto de cometer. Asentí.

—Con respecto a lo demás, puedes explorar todo lo que quieras. Creo que me dijiste que te gusta mucho leer. Tengo una pequeña biblioteca en el piso de abajo. Cuando no estés trabajando, puedes leer todos los libros que quieras —dijo, con una sonrisa, y continuó hablando como si no hubiera sucedido nada—. Por el pasillo hay tres habitaciones y un baño. La cocina está ahí —me explicó, señalando hacia una de las esquinas del amplio estudio—, después de atravesar la despensa. Tiramos la pared que dividía esta sala en dos, para dejar que entrara la luz de dos balcones. A menudo recibo aquí a los miembros de la hermandad, y te advierto que algunas veces vienen a horas intempestivas. ¿Sabes cocinar, por casualidad?

—Un poco —dije con inseguridad. No sabía en dónde me estaba metiendo.

—¿Bollos de té?

—Bueno, en realidad, mi tía...

—¡Espléndido! Voy a pedir que traigan todo lo necesario para que los hagas inmediatamente.

—¿Me has contratado como modelo, o como cocinera, Thomas? —le pregunté. Cocinar y limpiar era algo que no tenía en mente.

Él arqueó una ceja.

—Sara. Tal vez no me haya explicado bien. Yo recibo a mis hermanos, algunas veces con poca antelación y, como podrás imaginarte, contratar a una cocinera a tiempo completo sería malgastar el dinero. La hermandad tiene la política de compartirlo todo. Por lo tanto, haré uso de tu talento como cocinera además de tu talento como modelo. Además, tú no querrías comer lo que yo cocinara, te lo aseguro. También cabe la posibilidad de que, de vez en cuando, tengas que ir a posar para otro artista del grupo —dijo con firmeza mientras se servía una copa de oporto.

Me tendió la botella, a modo de invitación silenciosa, y yo negué con la cabeza, sonriendo amablemente. No pareció que le molestara lo más mínimo.

—Me alegro mucho de ver que has traído las maletas. Supongo que eso significa que vas a alojarte aquí.

Hizo una pausa, y esperó mi respuesta.

—No ocuparé demasiado espacio.

Él se echó a reír.

—Querida, tendrás tu propia habitación. Mi modelo anterior... —hizo otra pausa, y tomó un sorbito de vino— se ha marchado, y ha dejado sitio libre. Ocuparás su habitación y compartirás el baño con quien esté aquí.

—¿Vives aquí? —le pregunté.

—La mayor parte del tiempo, sí —respondió él.

Aparentemente, mi atrevida pregunta no le ofendió. Le tomé la palabra y comencé a explorar la habitación, recorriendo lentamente el perímetro y observando los cuadros que había apoyados en las paredes y los objetos de países lejanos.

–¿Viajas mucho, Thomas?

–¿Yo? No. Me temo que soy muy casero. La mayoría de esos objetos son regalos de mis hermanos y mis colegas. Tengo amigos que viajan mucho, porque encuentran la inspiración en el mundo que hay más allá de estas cuatro paredes. Yo, por el contrario, estoy acostumbrado a la comodidad. Prefiero quedarme aquí y concentrarme en la persona a la que estoy pintando para encontrar la inspiración.

Yo me fijé en un montón de esbozos sobre lienzo que estaban apoyados en la pared y comencé a pasarlos con un dedo. Me quedé sorprendida por su sensualidad. En uno de los bocetos aparecía una mujer reclinada en una *chaise longue*, cubierta tan solo con una tela que le tapaba la parte inferior del cuerpo. Tenía una pluma en la mano, y su mirada estaba fija en el artista. Él había retratado con todo detalle sus pechos exuberantes, las curvas de su vientre y sus caderas. Me quedé hipnotizada al ver la forma en que su sensualidad trascendía del cuadro.

–¿Quién es? –le pregunté, al notar que él se acercaba a mí.

–Una de mis primeras modelos. Se llamaba Cozette. Era una conocida de mi tía. Un chica encantadora, pero tenía muchos secretos.

–¿Y dónde está ahora?

Él se rio.

–Supongo que haciendo enormemente feliz a algún caballero. Esta muchacha tenía una pasión desbordante.

Yo miré el retrato mientras me preguntaba qué veía Thomas Rodin en mí.

—¿Y tengo yo esa misma pasión? ¿También vas a pedirme que pose desnuda? —pregunté con curiosidad.

Thomas estaba muy cerca de mí, y yo percibía el olor exótico de su piel. Noté que me acariciaba el cuello con los dedos, y volví la cara hacia él. Vi que tenía los ojos oscurecidos, y mi cuerpo reaccionó inmediatamente a su contacto. Se me endurecieron los pezones, que comenzaron a rozarse contra la tela del corsé.

Sus ojos penetrantes se clavaron en los míos, mientras sus dedos se deslizaban lentamente hacia la pechera de mi chaqueta. Desabrochó el botón que mantenía cerrada la prenda y me la deslizó por los hombros. Con paciencia, me sacó las mangas y la dejó a un lado. Después, dio un paso atrás para observarme de pies a cabeza.

—Es necesario que una mujer sea muy especial si quiere posar para un artista, Sara. La confianza entre el pintor y su modelo es un vínculo íntimo.

Tomó mi cara entre las manos y me acarició delicadamente las comisuras de los labios, las cejas y la frente con las yemas de los pulgares.

—Es evidente que eres excepcionalmente bella, Sara, y que tienes mucho talento en cuanto a la pasión, pero me da la impresión de que todavía puedes aprender muchas cosas. Sin embargo, veo el hambre en tu mirada, Sara. Un apetito que me resulta de lo más atractivo.

Ladeó la cabeza mientras seguía estudiándome.

—¿Has pensado en llevar el pelo suelto?

Entonces, deslizó los dedos entre mi pelo para intentar deshacerme el moño. Yo posé mi mano sobre la suya, para impedírselo.

—Solo me suelto el pelo cuando voy a acostarme, Thomas.

Él sonrió lentamente, con un matiz de peligro que me provocó un estremecimiento pecaminoso por todo el cuerpo.

—Claro. Eso me proporciona algo que anhelar, mi musa. Entonces, se alejó.

—¿Te gustan las aventuras, Sara? ¿Y el teatro? ¿Te gusta?

—Adoro el teatro, Thomas. En cuanto a las aventuras, no he corrido muchas, pero no me desagrada la idea.

—Entonces, está decidido. Para celebrar que hayas aceptado este nuevo puesto, voy a llevarte a un lugar especial. Es uno de los teatros más innovadores de Londres. Te prometo que nunca has visto nada igual –dijo con los ojos brillantes de entusiasmo.

—¿A estas horas? –pregunté. Yo estaba acostumbrada a acostarme temprano y a levantarme de madrugada.

—La noche es joven, Sara. Vamos –dijo. Tomó mi chaqueta y la sujetó para que yo volviera a ponérmela.

Yo intenté seguir el paso de su repentino capricho. Después de todo, si iba a embarcarme en una vida nueva, ¿por qué no embarcarme del todo?

El aire estaba muy cargado de humo del tabaco, y los ojos me picaban al seguir a Rodin por aquella sala atestada de gente. Había mesas privadas dentro de pequeños habitáculos delimitados con cortinas rojas, para la clase alta, que vestía sus mejores galas. Bebían champán y jugaban con las camareras. Yo pasé junto a una de ellas, que iba a llevar una botella de vino a una de las mesas. Como todas las camareras de aquel establecimiento, llevaba unas medias largas, unas botas hasta los tobillos y unos pantalones cortos. El conjunto se completaba con un corsé ceñido de color rojo que dejaba sus pechos pálidos a la vista de todo el mundo.

Thomas me hizo avanzar por entre las mesas llenas de hombres bulliciosos. En una de ellas, los clientes estaban pasándose a una de las muchachas de regazo en regazo, probando sus besos y palpando sus pechos. Era un mundo diferente, oscuro y decadente. Un lugar que la tía Perdy llamaría «antro de perdición».

–Por aquí, Sara –dijo él, y me tiró de la mano justo cuando un tipo borracho intentaba tomarme de la cintura–. Siéntate aquí –añadió, y sacó una silla de una de las mesas, ocupada por tres hombres.

–Caballeros, esta es la deslumbrante belleza de la que les hablé. ¿No es una preciosidad?

Yo me senté con las manos en el regazo, diciéndome a mí misma que no había cometido el peor error de mi vida.

Un caballero pelirrojo, con una barba cuidadosamente arreglada, me tendió la mano.

–Soy Watts, milady. Puede llamarme George. No estábamos seguros de que no fuera usted producto de la imaginación de Thomas. Una especie de fantasma de la ópera –dijo, mientras me estrechaba la mano con entusiasmo.

–Me llamo Woolner –dijo otro–. Es un placer, señorita Cartwright –dijo un hombre recién afeitado, con el pelo oscuro y largo.

Thomas pasó el brazo por el respaldo de mi silla, y pasó los dedos, suavemente, por mi hombro.

–¿Dónde está Hunt? –gritó, por encima del ruido del local.

–¿Puedo ofrecerles algo?

Al oír aquella voz, me giré, y me encontré de frente con los pechos redondos y firmes de nuestra camarera. Oí la suave risa del hombre llamado Watts, que estaba sentado a mi izquierda. El señor Rodin se inclinó hacia delante y sonrió. Creo que disfrutó mucho del hecho de que aquella situación pusiera a prueba mi nivel de comodidad.

–¿Tienes sed, mi musa? –me preguntó, mirando los amplios senos de la mujer. Tal vez, como yo provenía de una granja, él pensó que yo no captaría aquella insinuación suya, que no era demasiado sutil. Me estaba poniendo a prueba; quería ver si yo me escandalizaba con su estilo de vida chabacano. Sin embargo, no iba a dejarme asustar tan fácilmente.

—Una copa de oporto, por favor —le dije a la camarera, y me fijé que llevaba un *piercing* de plata en el pezón rosado.

—¿Dolió? —le pregunté con amabilidad.

—¿Esto? —preguntó ella. Se tocó a sí misma, y yo me di cuenta de que toda la mesa quedaba en silencio y se concentraba en nuestra conversación.

—No, este no me dolió demasiado —dijo, toqueteando el anillo con una uña larga y roja—. Pero este pequeño diablillo sí me causó problemas —dijo, y puso el otro pecho delante de mi cara, mostrándome otro anillo de plata.

—Este todavía es un poco sensible con los caballeros. De vez en cuando, alguno de ellos se pone demasiado curioso, ¿entiendes?

Me guiñó un ojo.

—Oh, pero nuestro señor Rodin no —prosiguió. Le pasó el brazo por el cuello a Thomas, y lo abrazó contra el pecho—. Este es todo un caballero.

Entonces, se incorporó de nuevo e irguió los hombros.

—¿Algo más para ustedes, caballeros? —preguntó sonriente. No le importaba nada en absoluto que todos los hombres la estuvieran mirando con tanto descaro. Asintió, se inclinó y besó a Thomas en la mejilla. Después, le frotó la piel para quitarle el carmín.

Thomas miró por la mesa con una sonrisa ligera; me dio la impresión de que estaba un poco avergonzado. Me miró de reojo y, al ver mi expresión de curiosidad, sonrió aún más.

—Así que me has traído a un teatro de burlesque —dije

yo, intentando demostrarle que no me había escandalizado tanto como él creía–. ¿En qué estabas pensando?

Él se echó a reír, y se encogió de hombros.

–No tenía otra intención que enseñarte algunas de las vistas más interesantes de Londres.

–Sí, ciertamente interesantes –respondí–. Ya hemos reconocido bien la anatomía femenina. ¿Cuándo comenzaremos con la masculina? –respondí con una sonrisa. Quería que se diera cuenta de que, si pensaba que podía enviarme asustada de vuelta a la granja, estaba muy equivocado.

Se inclinó hacia mí y me susurró al oído:

–Me gusta tu personalidad, Sara Cartwright.

Noté su aliento cálido en la sien.

Me giré para mirarlo, y nuestras bocas quedaron separadas por pocos centímetros.

–¿Y qué más piensas hacer para escandalizarme, Thomas?

–Aquí está el oporto para la señorita y el whiskey para el señor Rodin –dijo la camarera, y nos puso las bebidas delante.

Thomas se echó hacia atrás lentamente.

–Creo que esto va a salir muy bien, Sara. Muy bien –dijo, y alzó su copa–. Por una unión larga y próspera.

Sus hermanos se unieron a él en el brindis, y alzaron las copas.

Yo sonreí e hice lo propio. Acababa de pasar el primero de muchos exámenes, y ya no tenía miedo del señor Thomas Rodin, ni de sus amigos, ni de la elección que había hecho.

Capítulo 6

A Thomas le estaba costando dar con el color rosa exacto de mis labios.

—¡Maldita sea! —exclamó, y tiró un pincel hacia atrás, por encima de su hombro. Era el tercero de la mañana.

Llevaba ya tres semanas viviendo en el estudio, y aquel era el segundo día que posaba para su nuevo proyecto. Durante la primera semana, él me había llevado a la galería de la Royal Academy y me había mostrado una pintura suya y varias de sus colegas. Me llevó a varios teatros de burlesque en los que se llevaba a cabo una nueva forma artística llamada «Poses plásticas», una forma de posado algo escandalosa, puesto que las modelos debían mantenerse inmóviles como estatuas para representar a deidades de la mitología y sus atuendos no dejaban mucho a la imaginación. Thomas era incansable en su búsqueda de nuevos lugares exóticos, sobre todo aquellos más ridiculizados por los críticos de arte establecidos en el mundo artístico de Londres. Y, aunque yo disfrutaba de las emociones que me producía acompañarlo a aquellos mundos oscuros, prefería pasar tiempo a solas con él en el estudio, porque podía experimentar toda su pasión artística.

Había estado sentada, sin moverme, desde el amanecer;

tal vez, cuatro o cinco horas. Tenía que mantener la postura que él me había indicado sobre una silla sin respaldo, vestida con un traje de seda azul que parecía salido del baúl del *atrezzo* de un teatro. Tenía la espalda agarrotada y había perdido la sensibilidad en las pantorrillas.

—¿Por qué demonios es tan difícil encontrar el color adecuado para la boca de una mujer? —murmuró él con enojo, mientras tomaba un poco de óleo rojo y lo esparcía en la paleta. Miraba alternativamente los colores que estaba mezclando y aplicando en el lienzo, y a su modelo, una y otra vez.

Rápidamente, yo había aprendido dos cosas sobre Thomas Rodin: la primera, que era meticuloso en lo referente a su trabajo, y lo segundo, que su trabajo era su vida.

Ya se había deshecho de la chaqueta de cazador verde que llevaba normalmente. Yo me había acostumbrado a su estilo extravagante, con sus chaquetas de terciopelo y sus amplias camisas de seda. Casi nunca llevaba corbata ni pañuelo al cuello, a menos que fuera a salir, y tenía el pelo largo. A menudo le oía citar a Shakespeare mientras pintaba.

Aquel día se había remangado la camisa hasta los codos, y yo veía sus antebrazos fuertes y sus manos virtuosas.

Se paseó de un lado a otro, sin dejar de mirar el lienzo, mirando el cuadro desde la ventana, y mirándome a mí también.

—Déjame intentar una cosa.

Dejó la paleta sobre la mesa, se acercó y se arrodilló ante mí.

—Tengo que besarte —dijo, simplemente—. Para ver cómo cambian de color tus labios.

Yo enarqué una ceja.

—¿Y no podría mordérmelos para conseguir ese propósito?

A él le brillaron los ojos al oír mi broma; se metió el pelo detrás de las orejas y me sonrió. Era un hombre guapísimo. Estaba perfectamente afeitado y tenía la mandíbula firme, y una boca carnosa que era la llamada del pecado. Tenía abiertos los primeros botones de la camisa, y yo veía un suave vello en su pecho. No sabía si estaba encaprichada con él, o si me estaba enamorando. Solo sabía que tenía que estar cerca de él y de la pasión que se adivinaba en sus ojos.

—Te lo ruego, Sara.

Su súplica me resultó imposible de ignorar. No habría podido hacerlo ni aunque hubiera querido.

—Si piensas que va a ser de ayuda, Thomas...

No había terminado de hablar, cuando él me tomó la cara entre las manos y me besó. Aquel instante no fue exactamente tal y como yo había imaginado y, un momento después, él se echó hacia atrás, meciéndose sobre los talones y observando mis ojos atentamente.

—Otra vez —dijo, y volvió a besarme, en aquella ocasión con más insistencia, con más apetito.

Interrumpió el beso, pero no se alejó. Tenía la respiración entrecortada.

—Sara —musitó, y siguió besándome hasta que me rendí y le correspondí.

Noté un calor líquido entre los muslos. Oí suspiros, y me di cuenta de que eran míos. Quería que me tocara, que me acariciara. Sin embargo, se detuvo sin previo aviso y se inclinó hacia atrás con una sonrisa.

—Eso es —dijo, y se puso en pie de un salto. Tomó un pincel y comenzó a pintar con una alegría furiosa—. ¡Sí! —gritó—. Esto es lo que necesito.

Yo tragué saliva al sentir la humedad entre mis piernas.

—¿Puedo tomarme un descanso? Necesito tumbarme un rato.

Él me miró con cierta condescendencia.

–Por supuesto. Tengo que trabajar en la boca. Iré a buscarte cuando te necesite de nuevo.

Aquello era lo que me preocupaba. Con las piernas temblorosas, me apoyé en la pared y llegué a mi habitación. Abrí la ventana para que entrara la brisa y, después de lavarme la cara con agua fresca, me quité el traje azul y me quedé en camisa y bragas. Me tendí en la cama y cerré los ojos.

No sé cuánto tiempo estuve durmiendo, pero me desperté sobresaltada y me di cuenta de que el sol había pasado al otro lado de la casa.

–Ya no queda luz suficiente, Sara. Mañana empezaremos de nuevo.

Thomas habló desde una silla que había en una esquina, a mi derecha. Yo me puse la mano sobre el corazón y me incorporé.

–¿Cuánto tiempo llevas ahí? –le pregunté, sin aliento.

Él estaba muy relajado. Tenía las piernas estiradas y cruzadas a la altura de los tobillos.

–Una hora, o tal vez dos. No lo sé. Tal vez haya dormitado un poco.

Recorrió mi figura con los ojos.

–Eres fascinante cuando duermes –dijo, inclinándose hacia delante con una sonrisa–. Haces unos ruiditos casi imperceptibles, pero exquisitamente eróticos –dijo, y apoyó los codos en las rodillas–. Me he excitado solo con oírte.

Yo respiré profundamente para tratar de calmarme.

–¿Te escandaliza eso? –me preguntó él con la mirada fija en mí.

Yo conseguí recuperarme y me dije que, si aquel era otro de sus exámenes, iba a aprobarlo.

–Parece que ese es tu objetivo, Thomas: escandalizarme. ¿No se te ha ocurrido pensar que podía estar soñando?

Él enarcó las cejas.

—Me gusta esa idea. ¿Soñando con qué? ¿Lo recuerdas?

—Tal vez haya soñado con que estaba en un teatro de burlesque, vestida con un corsé y con un látigo en la mano. Tal vez haya soñado con que me perforaban los pezones. ¿Eso te escandalizaría a ti, Thomas?

—Es interesante, y podría arreglarse, si quieres. Que conste que la mujer a la que conociste tiene algunos *piercings* más. ¿Te gustaría que te dijera dónde? —inquirió él con una sonrisa.

Yo suspiré.

—Muy bien, Thomas. Has ganado. Me retiro.

—Oh, no, no cuando acabamos de empezar, Sara.

Se sentó a mi lado, en la cama, mirándome el hombro. La camisa se me había resbalado hacia abajo.

—Qué belleza, el hombro de una mujer —dijo en voz baja, y pasó los dedos por mi piel.

A mí se me tensaron los pechos. Agarré la sábana con los dedos y traté de contener el deseo, porque no quería parecer demasiado ansiosa. Él me acarició la barbilla y me hizo subir la cabeza para que lo mirara a los ojos.

—Eres una mujer preciosa, Sara. Deseable, decidida... Una combinación letal para cualquier hombre. Tú y yo sabemos que ese beso no ha sido suficiente.

Volvió a inclinarse hacia delante, y me rozó con los labios, haciéndome trabajar para conseguir otro beso; debía de saber que yo lo necesitaba más que al aire.

Me acarició un pecho con la palma de la mano, mientras deslizaba los labios por la curva de mi cuello, y yo volví a suspirar.

Animada por su sonrisa, alcé los brazos y le permití que me sacara la camisa por la cabeza. Me sujetó las manos por encima de la cabeza mientras se inclinaba hacia delante y se prodigaba en atenciones con mis pechos, hasta que yo me sentí tensa de excitación.

–Deseabas esto, ¿no? Necesitabas que te acariciara así.

Una a una, fue despojándonos de todas nuestras prendas de ropa, hasta que nos tendimos entre las sábanas, probando con dicha nuestros cuerpos.

–¿Acaso tú no deseabas esto también, Thomas? –pregunté, mientras le pasaba las manos por el estómago musculoso y la lengua por un pezón.

Sabía que él no esperaba otra cosa que el placer carnal que estábamos experimentando. Aquella libertad, la falta de ataduras, me volvía más osada.

–Eres exquisita, mi musa –dijo él, entre suspiros–. Te he deseado desde que te vi en aquel oscuro teatro. ¿Puedes imaginar mi tormento? Verte y adorarte desde la distancia, todos los días, queriendo agradarte y que tú me agradaras...

Sus palabras de adoración eran gratificantes, embriagadoras.

–No tenía ni idea de que te hubiera atormentado tanto, Thomas.

Él me dio su corbata.

–¿Para qué es esto? Tú nunca te pones corbata.

Él alzó las manos hasta las barras del cabecero de la cama y sonrió.

–Entonces, debe de servir para algo. Soy tuyo, mi musa. Para que hagas conmigo lo que quieras.

Yo sostuve su mirada, y me di cuenta de lo que quería que hiciera. Me coloqué a horcajadas sobre sus caderas, me incliné hacia delante y le até las muñecas al cabecero. Él se incorporó y atrapó uno de mis pezones con los labios, y tomó la punta entre los dientes. Aquella suave punzada de dolor envió una descarga deliciosa de placer al centro de mi cuerpo.

–Ser atormentado por una mujer de belleza tan divina es un placer –dijo.

Yo me incliné hacia abajo y lo besé, mientras mis manos lo exploraban sin recato. Al ver que se le cerraban los ojos, y al oír sus gemidos de placer, me sentí poderosa de una forma desconocida para mí. Sentía una necesidad desesperada. Metí la mano entre nuestros cuerpos y guie su miembro hacia la abertura húmeda de mi cuerpo.

–Así, mi musa –murmuró él y, cuando yo me senté sobre su miembro, emitió un gruñido.

–El problema que tiene la mayoría de la gente con el sexo es que no ve su belleza artística –dijo, y empujó con las caderas hacia arriba, arrancándome un jadeo.

Sonrió, y repitió el movimiento.

–Deberías ver lo bella que estás conmigo dentro de ti –añadió, sin dejar de moverse.

Pasé de los límites de la realidad a un éxtasis carnal. Fue algo mágico, lleno de euforia. Cerré los ojos y me incliné hacia atrás, balanceando las caderas, notando que mi cuerpo se tensaba más y más. Alcé los brazos por encima de la cabeza, con un control completo del placer de mi cuerpo hasta que, por fin, me deshice y noté que mis músculos se contraían a su alrededor. Él empujó sus caderas contra las mías y expelió su semilla ardiente.

–Desátame –me ordenó con un susurro feroz.

En cuanto lo hice, me tendió boca arriba y me dio un largo beso.

Entonces, rápidamente, se levantó y se puso los pantalones. Me entregó mi bata.

–Ven conmigo. Este es un momento precioso.

–Pero... mi vestido...

–No te preocupes por el vestido, Sara. Vamos, tenemos que darnos prisa.

Me tomó de la mano y, medio desnudos, corrimos por el pasillo hacia el estudio. Yo recé por que no hubiera nadie más en casa.

Tomó su cuaderno de bocetos mientras yo terminaba de atarme la bata; después, me guio hacia el sofá y me colocó a su gusto, y me apartó un poco la bata, de modo que una parte de mi pecho quedó desnuda. Entonces, se retiró para observar su obra.

–Absolutamente perfecta –dijo–. Eres una diosa.

Se inclinó y me besó con ternura.

Yo apoyé la mejilla en su mano. Me sentía completamente satisfecha, y sonreí de pura dicha, mientras él se sentaba en su silla y comenzaba a dibujar febrilmente.

Nos convertimos en amantes. Si él no me estaba pintando, estaba adorándome con la misma pasión con la que pintaba. Yo me deleitaba con aquellas atenciones, y florecí como mujer en sus manos. Cada vez era más aceptada entre sus colegas y amigos de la hermandad, algunos de los cuales eran importantes poetas y pintores. Ellos me incluían en las conversaciones y se interesaban en mi pensamiento de mujer. Me trataban como a una igual. Aquello estimulaba mi hambre de conocimiento. Tal vez quisiera demostrarme algo a mí misma, o a Deven y a mi familia. Ni siquiera ahora sé qué es lo que me impulsa, pero nunca me he sentido cómoda conmigo misma.

Alguna vez, rara vez, Thomas me «prestaba» a alguno de sus colegas, pero era muy preciso en cuanto al tiempo durante el que podían utilizarme.

A Thomas le encantaba reunir a los hermanos en casa. Tenía la puerta siempre abierta para ellos; los artistas podían entrar y salir, pedirle consejos en diversos asuntos o, algunas veces, tomar una copa de vino con él. Cuando uno de ellos tenía la suerte de vender un cuadro, siempre había una gran celebración.

Fue en una de aquellas veladas improvisadas cuando

conocí a una mujer llamada Grace, una antigua modelo y gran amiga de Thomas.

Ella misma me contó que Thomas la contrataba en ocasiones para que mantuviera limpio el estudio, aunque yo nunca la había visto allí, salvo una vez, en el balcón. Aquella noche estuvo muy callada conmigo, pero muy charlatana con los artistas, a quienes llamaba «mis chicos».

Casi inmediatamente, yo sentí que había tensión entre nosotras. Sospeché que era debido a Thomas, pero había algo más... una especie de superioridad que ella tenía sobre mí, como si ella estuviera dentro del grupo y yo no, y nunca fuera a estarlo.

Observé la bandeja de ostras que había comprado en el pub, por petición de Thomas, para la celebración de aquella noche. Él iba a llevar una sorpresa a casa. El grupo estaba en plena conversación con Grace, que parecía una reina entre sus cortesanos; yo tomé mi copa de vino y salí al balcón.

Me apoyé en una de las paredes y observé el sol de otoño, que iba descendiendo hacia el horizonte. Las lámparas de gas comenzaban a encenderse por la ciudad. Capté la forma de un carruaje aparcado abajo, en la calle, y la silueta del cochero, que estaba sentado en el pescante en un oscuro silencio. Me llamó la atención otro carruaje que se aproximaba, y lo miré. Cuando volví a mirar hacia el primer coche, había desaparecido. No podía quitarme de la cabeza que era Deven, tal vez solo, o... ¿estaba Amelia con él? Solo había tenido noticias suyas una vez desde que me había ido de casa. Mi prima me había escrito para decirme que la tía Perdy y el tío Marcus no le permitían tener nada que ver conmigo. Le habían dicho que ya no tenía prima. Me pregunté por qué iban a acercarse tanto Deven y Amelia a mí y no ponerse en contacto conmigo. Pese a lo que mis parientes pensaran de mí, yo esperaba que en casa todo fuera bien.

Oí la risa de Thomas, y miré hacia el carruaje recién llegado. Había un hombre junto a Thomas, que estaba pagando al cochero.

—Ya era hora de que llegaras —dije—. Os estábamos esperando.

Él miró hacia arriba y sonrió.

—Cuánto te pareces a Julieta en su balcón. He traído a alguien que quiero que conozcas. Ahora mismo subimos.

—Creo que Sara estaba pensando en... Un minuto. Vamos a preguntárselo a ella misma.

Al oír mi nombre, entré y me acerqué al grupo, que estaba reunido alrededor del fuego con sus copas en la mano.

—¿Queríais preguntarme algo?

Watts me ofreció su silla, pero yo rehusé su ofrecimiento. Prefería continuar de pie. Entonces, me sonrió con picardía y se dio unas palmaditas en el regazo.

—Entonces, ¿tal vez aquí? —me preguntó, moviendo las cejas.

Yo le lancé una mirada de advertencia.

—¿No eras tú, Sara, la que se quedó tan fascinada con el *piercing* de la mujer del club, hace unas cuantas semanas?

Todos se volvieron hacia mí, a la espera de mi respuesta. Grace estaba sentada en el brazo de una de las butacas, dando sorbitos a su oporto. Sus ojos azules y luminosos se clavaron en mí.

—Supongo que me resultó interesante —respondí, cautelosamente, porque sospechaba que había algo más—. ¿Por qué me lo preguntan, caballeros?

—Teníamos curiosidad por saber si estarías dispuesta a hacerlo —dijo Hunt, mirándome con sumo interés.

Se había hecho el silencio en el estudio, y yo miré a Grace, a quien casi no conocía. Ella arqueó una ceja, como si quisiera transmitirme un desafío privado.

—¿No es peligroso para la salud? —pregunté.

Woolner se echó a reír y alzó su copa.

—Creo que todas las mujeres del club los tienen, y a mí me parece que gozan de una espléndida salud.

Yo apuré mi segunda copa de oporto de la noche y la dejé sobre la mesa. Reuní valor y miré a Grace.

—Bueno, caballeros, supongo que no es del todo imposible —respondí, encogiéndome de hombros.

Woolner soltó un aullido y se dio una palmada en la pierna. Le tendió la mano a Watts, y Watts le entregó algo de dinero con una sonrisa.

—¿Lo veis? ¡Ya os dije que estabais subestimando a Sara! —exclamó Woolner.

Entonces me di cuenta de que solo había sido un truco, de que era una apuesta entre dos de los hermanos sobre lo abierta de mente que era yo. Me reí con ellos, pero estaba deseando que Thomas subiera las escaleras. Fui hacia la puerta para averiguar por qué se estaba retrasando.

—Yo me lo haré —dijo Grace.

Aquello atrajo la atención de todos los hombres de la habitación, y la mía también.

—Sí, yo me lo haré, si Sara está dispuesta a ayudarme.

Yo abrí unos ojos como platos. ¿De veras había sugerido Grace algo tan absurdo como eso?

—Ay —oí decir a uno de los hombres.

Ella se encogió de hombros.

—¿Acaso puede ser tan horrible? Vamos, Sara, tengo entendido que se te da muy bien manejar el hilo y la aguja.

—Eso no es necesario, Grace, y tal vez sea mejor que vigiles cuánto oporto tomas esta noche —dijo Thomas, que apareció en la habitación detrás de mí, y me puso la mano en la espalda—. ¡Dios Santo, Grace! —continuó—. ¡Como si no tuviéramos ya suficientes detractores! ¿Te imaginas que algo saliera mal y terminaras en la enfermería? ¿Qué dirían de nosotros esos canallas en los periódicos? —se acercó a ella, le acarició la barbilla y me miró–.Y, ahora, si mis dos mujeres favoritas han terminado con esta tontería, os sugiero que si permitís que os toque algo, encantadoras criaturas, ese algo sea yo.

Sonrió y me abrazó. Me besó la mejilla.

–Déjalo ya, mi musa –me susurró al oído–. Ahora, sonríe de esa forma tan espléndida tuya y deja que te presente a nuestro nuevo hermano.

Capítulo 7

–Me gustaría presentaros a todos al señor Edward Rhys, el nuevo miembro de nuestra pequeña isla de creatividad.

Miré hacia atrás al recordar que Thomas había mencionado que había alguien más con él. El caballero salió de entre las sombras, y el resplandor de la chimenea lo iluminó. Era delgado y tenía barba de una semana, así que no era posible discernir su rostro. Llevaba el pelo largo y parecía que no se había bañado desde hacía unos días. Sus ojos eran el rasgo más llamativo. Eran de un color verde claro que atraía las miradas. Inmediatamente, supe que Thomas veía un gran potencial en ellos.

–El señor Rhys es de Gales. Ha estado viajando, investigando y vendiendo sus cuadros como hacen la mayoría de los artistas, y haciendo retratos por encargo en el Cremorne. Por fin he conseguido convencerlo de que se una a nosotros y se empape de algo de nuestro genio creativo.

–Señor Rhys, bienvenido. Soy Sara.

Él me tendió la mano y estrechó la mía. Al mismo tiempo, me sonrió de una forma encantadora.

–Gracias –dijo en voz baja.

Siguió a Thomas por la habitación, saludando a los hermanos. Grace se puso en pie y le tendió la mano.

—Señor Rhys, me alegro de comprobar que Thomas siguió mi consejo.

—Gracias, Grace —dijo Rhys, y le besó el dorso de la mano.

—Si no hubiera aceptado tu consejo, mujer, tú me lo habrías hecho tragar —dijo Thomas, riéndose—. Sin embargo, en esta ocasión te lo agradezco mucho. Este tiene mucho talento.

—Sí, ya sé que el señor Rhys es algo especial —dijo ella, mirándolo con una sonrisa.

Hubo un silencio incómodo, y Grace se rio en voz baja. Atrevidamente, se acercó a Thomas e hizo amago de besarlo. Él volvió la cara y le ofreció la mejilla. Se sonrieron el uno al otro, y ella le dio una palmada en un hombro. Después, volvió a su sitio.

El resto del grupo no se dio cuenta de aquello, ni del hecho de que el señor Rhys estaba un poco perdido. Parecía que llevaba días sin comer.

—Venga, señor Rhys, sírvase un plato. Tenemos toda esta comida y nadie ha tomado casi nada —dije. Lo tomé de un brazo y lo llevé hacia la mesa del banquete. Allí, le di un plato.

Él no tardó en llenarlo, pero no tenía manos para llevar la bebida.

—Voy a servirle una bebida —le dije, y llené una copa de vino tinto. Él me miró, asintió y, después, paseó la mirada por la habitación. Eligió un sitio al final de la mesa, el más alejado del grupo que estaba junto al fuego.

—Aquí tiene —dije yo, mientras ponía la copa frente a él, y esperé a que me respondiera. Tenía algo diferente; parecía más realista que todos los demás.

Miré a Thomas, que había venido a la mesa a reunirse con su nuevo protegido. Me tomó de la mano y me acercó a su lado.

—Gracias, querida, por haber preparado esta fiesta y por hacer que el señor Rhys se sienta bienvenido —me dijo. Después, le dio una palmada en la espalda al señor Rhys—. No hay una mujer más buena que Sara —dijo.

Nuestro invitado me miró a los ojos y sostuvo la mirada hasta que yo la aparté.

Observé la expresión de preocupación de Thomas, la compasión que sentía por el señor Rhys. Agitó la cabeza, como si quisiera decirme que todo iba a salir bien.

—Vamos a darte una buena cama para que descanses, Edward. Y, después de un buen desayuno, empezaremos a hacerte sitio aquí, en el estudio —añadió después con una sonrisa.

Mientras Thomas y los demás charlaban, yo preparé la habitación del señor Rhys. Aquel dormitorio había sido, previamente, del hermano carnal de Thomas. Yo no lo conocía, pero Thomas solo decía cosas buenas de él. En una conversación cualquiera, un día, uno de los miembros de la hermandad mencionó que se había marchado de allí para casarse con la primera mujer de Thomas. Tal vez aquello explicara por qué Thomas no quería comprometerse demasiado en una relación. Últimamente, él había pasado varias noches en mi cama, pero yo me preguntaba si aquellas visitas nocturnas disminuirían al tener un huésped en la casa.

De todos modos, no sabía si quería estar verdaderamente atada a Thomas. Estaba ganando dinero y tenía algo ahorrado para continuar con mis aventuras. Me proporcionaba todo lo que necesitaba, y sentía un gran respeto y admiración por mi jefe. ¿Qué más podía querer? Los objetivos que me había fijado iban cumpliéndose, lentamente. Sin embargo, aunque estaba abierta a cualquier posibilidad con Thomas, debía tener en cuenta cuáles eran las otras influencias de su vida; una de ellas era su misterioso vínculo con Grace Farmer.

Terminé de poner toallas limpias a los pies de la cama y me di la vuelta para salir de la habitación. Al hacerlo, me topé con el señor Rhys. Se me escapó un jadeo cuando él me agarró de los brazos para evitar que perdiera el equilibrio y cayera hacia atrás. Me observó atentamente con sus ojos verdes, y yo tuve que carraspear para encontrar la voz.

–He dejado jabón junto a su lavabo –le dije, sin saber cómo interpretar su expresión–. El baño está en la siguiente habitación.

Él bajó los brazos. Me rodeó, se acercó a la cama y tomó una de las toallas. Enterró la cara en ella.

Yo me detuve en la puerta y miré hacia atrás. Lo observé mientras él se inclinaba y pasaba una mano por la colcha. Me pregunté qué habría pasado aquel hombre antes de que Grace lo encontrara. Sospeché que, con el tiempo, sabría la respuesta a aquella pregunta.

–Si necesita cualquier cosa, señor Rhys, estaré en el estudio.

–Gracias, señora Rodin. Su marido y usted han sido la amabilidad personificada.

Yo abrí la boca para corregir su error, pero me limité a sonreír.

–Por favor, llámeme Sara.

–Muy bien. Entonces, muchas gracias, Sara –dijo.

El sonido de mi nombre en sus labios fue algo muy dulce. Su voz y su actitud eran encantadoras. Aquel hombre era muy diferente al resto de la fraternidad, cuyos miembros siempre eran ruidosos y alborotadores, y hacían bromas sobre todo, constantemente.

–Buenas noches, señor Rhys –dije, y cerré la puerta al salir.

–Has sido muy amable con nuestro invitado esta noche,

Sara. Muchas gracias —me dijo Thomas. Estaba tendido de costado, jugueteando con un mechón de mi cabello, enrollándoselo en un dedo.

—No me cuesta nada, Thomas. Me ha parecido curioso que el señor Rhys pensara que tú y yo somos marido y mujer —dije. Le mencioné aquella idea para ver cuál era su respuesta.

—Nuestra relación es muy saludable, ¿no crees? —me dijo, y se inclinó para besarme con ternura—. De todos modos, lo que piense el señor Rhys de nuestra relación no tiene por qué importarnos, ¿no?

Claramente, no deseaba hablar del matrimonio conmigo. De ese modo, me estaba dejando patente que deseaba seguir siendo soltero. A mí me parecía bien, siempre y cuando yo fuera la única con la que se acostara.

—¿Y la opinión de Grace sobre nuestra relación te importa, Thomas? —inquirí. Necesitaba entender cuál era la esencia de su vínculo con ella.

—Sara, no deberías preocuparte por Grace. Ella y yo nos conocemos desde hace mucho tiempo.

—Sí, y ella se esfuerza por dejármelo bien claro siempre que me ve. ¿Tal vez está celosa?

La luz de la luna entraba por la ventana y se reflejaba en las sábanas de nuestra cama. De repente sentí frío, y me acurruqué contra Thomas. Él me rodeó con los brazos y me estrechó contra su pecho.

—¿Celosa, Grace? Creo que no entiendes bien a esa mujer. Grace es un espíritu libre. Ella y yo siempre nos hemos entendido. Yo no intento atarla, y ella es libre de ir y venir como le plazca. Lo que tú ves, en realidad, es un sentimiento de protección que siempre ha tenido hacia mí.

—¿«Ser un espíritu libre» significa que puede acostarse con quien quiera? —pregunté.

Hubo un largo silencio. Después, él me preguntó:

—¿Es que se está acostando con alguno de los hermanos?

Aquella pregunta hizo que yo me echara hacia atrás para observar su preciosa cara. Entendía que él tuviera algunas heridas, aún, de su reciente matrimonio, porque no hablaba en absoluto de su esposa, pero parecía que, en realidad, estaba igualmente a la defensiva con respecto a Grace.

—No tengo ni idea, Thomas, ni me importa con quién se acueste —respondí. Le besé el pecho, y sentí que su cuerpo despertaba con mis caricias—. A excepción de ti, claro.

Sonreí, y seguí besándole el torso. Supongo que fue un poco egocéntrico por mi parte pensar que, con eso, conseguiría despertar su pasión. Sin embargo, no quería que pensara en Grace, ni siquiera como amiga.

Alguien hizo un ruido en el pasillo, y los dos nos sobresaltamos. No estábamos acostumbrados a que hubiera alguien más pasando la noche en nuestro edificio de dos plantas. Él se rio suavemente, y me atrajo hacia sí.

—Quisiera pedirte un favor, Sara —dijo.

Yo lo besé.

—¿Qué favor, amor mío? —le pregunté. Solo era una expresión de afecto, y los dos lo sabíamos.

—Me gustaría que posaras para Edward. Yo no estoy trabajando en nada concreto en este momento.

Yo deslicé la mano entre nuestros cuerpos y agarré su miembro, que se estaba endureciendo.

—Yo no diría que eso es totalmente cierto, maestro Rodin.

Thomas se rio.

—Eres una pequeña musa muy pícara.

Juguetonamente, me dio una palmada en una nalga, y yo escondí la cara en su pecho para amortiguar el sonido de mi risa.

–Sí, lo eres –dijo él, mientras me tumbaba boca arriba–. Pero me parece que te gusta mucho serlo –añadió.

Me separó las piernas con la rodilla y, en un rápido movimiento, se hundió en mi cuerpo con un suspiro de satisfacción.

Movió las caderas suavemente, hasta que yo me arqueé en una súplica silenciosa.

–Musa traviesa –dijo él, y se retiró lo suficiente como para poder colocarse mi pierna sobre el hombro. Volvió a embestirme, y emitió un gruñido que me deshizo debajo de él.

Un clímax explosivo se apoderó de mí, y tuve que taparme la boca con la sábana mientras él continuaba sus acometidas insistentes y prolongaba mi placer. Me dobló la rodilla, cambiando el ángulo de mi cuerpo, y me proporcionó otro orgasmo. En aquella ocasión, se unió a mí con un sensual gruñido.

Después, me estiró la pantorrilla y me besó el tobillo. Yo no quería preguntarle dónde había aprendido aquellas técnicas amatorias, pero me sentía agradecida de que las conociera.

–Ahora tengo que dormir, descarada –me dijo con una suave carcajada.

Hizo que me acurrucara a su lado y nos tapó a ambos con la sábana.

–Entonces, ¿está resuelto? –me preguntó, bostezando, mientras mullía la almohada.

–¿Te refieres a lo de posar para el señor Rhys?

–Ummm, sí.

–Si quieres que lo haga, Thomas, lo haré.

Él me dio una palmadita en la cadera.

–No puedo retenerte para siempre, ¿no, Sara? Me dejarás. Siempre lo hacéis.

Yo me giré para mirarlo, y posé la mejilla en la palma de la mano para observarlo mientras dormía.

—Yo nunca me marcharía, Thomas —susurré con miedo de decirlo en voz alta—. Nunca me marcharía si tú me pidieras que me quedara.

Me desperté con el sol en la cara. Me giré, con una sonrisa, para despertar también a Thomas, pero su lado de la cama estaba vacío. Había una nota sobre la almohada.

No he podido despertarte. Eres demasiado bella cuando duermes. Seguramente, hoy estaré fuera todo el día. Millais me ha llamado para que vaya a una reunión, a su casa. Tiene algo que ver con la Exposición de Primavera. Por favor, encárgate de que Edward encuentre un buen sitio en el estudio.
Nos vemos esta noche,

Thomas.

No me molestaba posar para el señor Rhys, pero me ponía nerviosa tener que buscarle un buen sitio en el estudio. Su actitud silenciosa me resultaba difícil de descifrar.

Me puse la bata para ir al baño. No quería cruzarme con el señor Rhys en paños menores. Abrí la puerta de mi habitación, y la puerta del baño se abrió al mismo tiempo. Entonces, vi un torso perfecto y unos pantalones que colgaban de unas caderas finas. El señor Rhys tenía la cara tapada con una toalla.

—Buenos días, señor Rhys —dije alegremente.

Él bajó la toalla e, inmediatamente, yo le miré el rostro. Se había afeitado y, sin la barba, era un hombre de belleza curtida. Tenía una mandíbula fuerte y suave, y un pelo de color rubio dorado que le caía por los hombros en forma de tirabuzones húmedos. Me sonrió de tal manera que tuve que agarrarme al marco de la puerta.

—Buenos días. Siento que haya tenido que esperar. He pensado que debía ponerme un poco más presentable.

—Y lo ha conseguido —dije yo, mirándolo descaradamente. Su voz tenía el sonido de un instrumento musical—. Tiene usted un acento precioso, señor Rhys.

Él sonrió con timidez y miró al suelo, pasándose la mano por el pelo.

—Lo siento. Creo que a veces suena demasiado marcado.

—Oh, no. Es... precioso. Interesante —dije yo, arrebujándome en la bata.

El señor Rhys tenía los hombros anchos y musculosos, y la piel morena de estar al aire libre. Yo entré rápidamente al baño, antes de que él se diera cuenta de que yo me estaba ruborizando.

—Voy a vestirme, y prepararé el té para los dos —le dije.

Él asintió, con una sonrisa, y se marchó a su habitación.

—Oh, me preguntaba si tendría tiempo para posar un poco para mí, señora Rodin.

—Sí, Thomas me pidió que le ayudara a encontrar un buen sitio en el estudio. Posaré con gusto, si quiere comenzar a pintar ya.

—Maravilloso. Muchas gracias, señora Rodin.

Yo hice una pausa, intentando encontrar las palabras adecuadas para explicarle que Thomas y yo no estábamos casados.

—Señor Rhys, es suficiente que me llame Sara, porque, después de todo, vamos a trabajar juntos.

—Muy bien, Sara —dijo él con un brillo en los ojos—. Si estás segura de que a Thomas no le importará tanta familiaridad.

—El señor Rodin y yo... bueno... no estamos...

−Ah, ya lo entiendo −dijo él−. Entonces, ¿sois amantes?

Yo me quedé mirándolo muy sorprendida por su franqueza. No respondí y, al cabo de unos segundos, él me miró con las cejas arqueadas.

−No creo que sea asunto suyo, señor Rhys.

Él sonrió.

−Voy a tomarme eso como un «sí», Sara. Y, seguramente, no es asunto mío, no, pero está claro que hace que la vida sea mucho más interesante.

Durante el mes siguiente, tuve que estar sentada en una caja de madera, con unas vestiduras de color azul oscuro y una sábana alrededor de la cabeza a modo de griñón. Mi deber era mantener las manos en una pose de plegaria, como si estuviera hablando con Dios. Los días eran largos y tediosos. Al contrario que Thomas, que a menudo hablaba en voz alta y caminaba mientras trabajaba, el señor Rhys apenas decía nada, y no se apartaba de su tarea.

Para aumentar mis preocupaciones, Thomas cada vez se encerraba más en su mundo. Un mundo en el que se enfrentaba a sus críticos y buscaba un nuevo proyecto que revalorizara su talento a los ojos del público. Las aventuras que yo había buscado se habían convertido en estar confinada entre las cuatro paredes del estudio. Por suerte, el señor Rhys era muy guapo y, aunque hablaba muy poco, tenía una gran apreciación de mi cocina; solo eso era más atención de la que me prodigaba Thomas.

−Este estofado está delicioso, Sara −dijo, y me tendió el plato para que le sirviera por tercera vez.

−Mi tía me enseñó bien. Tengo una educación equilibrada, y espero poder viajar para ampliarla.

Él me miró con ironía.

—¿Le parece que es una meta poco razonable, señor Rhys? —le pregunté.

—No, si es la vida que deseas.

Yo me sentí inquieta por sus palabras.

—¿Le importaría explicarme eso?

—No te ofendas, Sara, pero la mayoría de las mujeres, hoy día, aspiran a conseguir un buen marido, preferiblemente rico, y dedicarse a tener hijos.

—Bueno, pues tal vez yo no sea como la mayoría de las mujeres que usted conoce, señor Rhys.

—Eso es cierto, Sara, y, por favor, ¿te importaría llamarme Edward? Soy un hombre sencillo, y las cortesías inglesas de rigor me parecen una pérdida de tiempo.

—A nosotros nos gusta llamarlo «etiqueta», señor Rhys... Edward.

Bajé la mirada, aunque me di cuenta de que él clavaba sus ojos en mí.

Debía de haber tocado un punto sensible, porque él no me respondió, ni tampoco volvió a hablar conmigo hasta algunos días después, cuando yo estaba lamentándome por aquella preciosa tarde de otoño e imaginándome que iba a dar un paseo por el parque con Thomas, y al teatro. Hacía siglos que no tenía vida social.

—Señor Rhys, ¿cree que podríamos hacer un descanso para tomar un té? Me duele la espalda —dije.

Él me miró, miró el lienzo y, después, miró hacia el balcón, que había abierto a causa de mi insistencia. Entonces, dejó escapar un gran suspiro.

—Está bien. Puedo esperar —dije, de mala gana.

—No, no pasa nada. Haremos un descanso de unos minutos.

Dejó la paleta sobre la mesa y se metió las manos en los bolsillos. Después atravesó el estudio y se situó delante de la chimenea.

Aquella vestidura me pesaba mucho. Tuve que hacer dos intentos para ponerme en pie. Me estiré y alcé la cara para intentar mitigar la tensión del cuello.

—Espera, eso es... eso es lo que estaba buscando... Quédate quieta —dijo él, y comenzó a pintar rápidamente.

Yo oía el pincel golpeando con suavidad el lienzo.

—¿Puedo cerrar los ojos?

—Sí, por supuesto. Solo tienes que estar inmóvil.

Entonces, oí un carruaje en la calle.

—Espere, señor Rhys —dije, y me levanté la falda para salir corriendo al balcón. Me había puesto eufórica ante la idea de que Thomas llegara pronto a casa, y casi no oí la letanía de imprecaciones que soltó el señor Rhys detrás de mí.

Sin embargo, al ver la escena de abajo, me sentí como si me abofetearan.

Thomas estaba bajando de un carruaje en el que iba Grace. Ella le tendió la mano, y él se la besó. Yo di un paso atrás; ninguno de los dos me había visto. ¿Era así como pasaba el tiempo cuando decía que estaba con clientes? Era cierto que Thomas y yo teníamos una relación abierta, pero yo siempre había pensado que... Por lo menos, pensaba que teníamos exclusividad durante la temporada que pasáramos juntos.

Entré en el estudio muy confundida.

—¿Crees que puedes posar exactamente como estabas? —me preguntó el señor Rhys.

Yo me quité el vestido. Debajo solo llevaba la camisa y las bragas, pero no me importó.

—He terminado por hoy, señor Rhys. Tengo que ir a descansar, y no deseo que me moleste nadie.

Dejé al señor Rhys boquiabierto, con la paleta en la mano, y me dirigí hacia mi dormitorio justo cuando la puerta del piso bajo se abría y se cerraba. No estaba de humor para soportar a nadie de la hermandad en aquel momento, ni siquiera a Thomas.

Un poco después, alguien llamó a mi puerta. Hubo una pausa, y volvieron a llamar. Yo seguí tumbada en la cama, protegida por la oscuridad.

«No puedo retenerte para siempre, ¿no, Sara?».

Recordé sus palabras y comencé a llorar silenciosamente. «Él nunca te ha prometido nada, boba», me dije. Estaba enfadada por haberme hecho ilusiones de que entre nosotros había algo más que unas relaciones sexuales espléndidas. Después de todo, yo había ido al estudio a conseguir mi independencia. Ya había conseguido ahorrar una buena cantidad de dinero, y podría mantenerme hasta que encontrara otro empleo.

Me enjugué las lágrimas y me soné la nariz. Entonces, comencé a analizar las posibilidades. Tal vez hubiera malinterpretado lo que había visto. Tal vez Thomas estuviera caminando hacia casa y se hubiera encontrado con Grace, que pasaba a su lado en el carruaje y le había ofrecido llevarlo a casa. Era posible.

Al día siguiente, le preguntaría por todo ello y evaluaría su reacción. Entonces sabría lo que tenía que hacer.

Capítulo 8

–Te ha dejado esto –me dijo el señor Rhys, y me entregó una hoja de papel–. Me dijo que te la diera enseguida.

Yo la abrí. Tal y como sospechaba, Thomas se había ido a una reunión y estaría fuera casi todo el día. Decía que me vería en cuanto pudiera. Aquellos últimos días había empezado a dormir en su cuarto de nuevo; yo lo oía llegar de madrugada y esperaba que fuera a verme, pero llevaba varias semanas sin hacerlo. Me metí la nota en el bolsillo mirando al señor Rhys de reojo.

–¿Te apetece una taza de té? –me preguntó él.

–Sí, gracias. Sería muy agradable –dije yo.

–¿Va todo bien?

Me entregó una taza, y yo le di un buen sorbo al té, dejando que me calmara los nervios.

–Sí, no se preocupe. Thomas ha salido a una reunión, y va a estar fuera todo el día.

–Toma, los he comprado en esta misma calle durante mi paseo matinal.

Me pasó un plato de bollitos recién horneados. Yo tomé uno y lo mordí, aunque no tenía apetito. El sabor a mantequilla del bollo me recordó a los de mi tía Perdy, y al hecho de que ya no era bienvenida en su casa. Sin embargo, sentía una gran necesidad de volver a aquel lugar familiar donde todo el mundo me conocía, me aceptaba y me quería. Pensé en Deven, y en cómo me había pedido que me quedara. Desde la llegada del señor Rhys, yo había visto dos veces el carruaje de mi tío, pasando por aquella calle. La segunda vez había salido corriendo hacia el coche y había tratado de hablar con el cochero, que seguramente era Deven. Sin embargo, él no me había oído, o no había querido parar.

–¿Sara?

El señor Rhys me sacó de mi ensimismamiento.

–Casi se me olvida. Esto llegó ayer para ti, después de que te sintieras indispuesta.

Yo me limpié las migas de los dedos y tomé la carta con cuidado.

–Discúlpeme –le dije, y me alejé hasta el otro extremo del estudio, donde estaba el escritorio de Thomas. Me senté y observé la nota. Tenía un sello de cera roja estampado con una a mayúscula. Era de un kit de escritura que yo le había regalado a Amelia en su último cumpleaños. Deslicé el dedo pulgar por debajo del sello, rezando por que todos estuvieran bien en casa. La abrí y comencé a leer.

Espero que al recibo de esta carta te encuentres bien y contenta, Sara. Supongo que, a estas alturas, tal vez hayas hablado ya con el señor Mooreland. Deven, como tengo que acostumbrarme a llamarlo a partir de ahora, se empeñó en llevarte mi nota personalmente para ver cómo iban las cosas. Te echo muchísimo de menos, como ya supondrás, y, sobre todo ahora, deseo más que nunca que estuvieras aquí.

Me quedé desconcertada. ¿Cuándo se había entregado aquella misiva?

—Señor Rhys, ¿vio a la persona que trajo esto? ¿Deseaba hablar conmigo? —pregunté.
Él se quedó sorprendido.
—Sí, Sara. Quería hablar contigo. Sin embargo, tú dejaste bien claro que no querías que nadie te molestara.
Yo me quedé boquiabierta al saber que Deven había querido hablar conmigo. ¿Por qué? Seguí leyendo la carta.

Oh, mi querida hermana, espero que entiendas mis motivos para escribirte yo misma, pese a lo que ya te haya contado Deven. Es que nunca pensé, ni en mis mejores sueños, que esto pudiera pasarme a mí.

Alcé la vista. Estaba empezando a formárseme un nudo de temor en el estómago. Si se tratara de un asunto de salud de la familia, ya lo habría mencionado. Estaba evadiéndose. Retomé la lectura por donde la había dejado.

...en Navidad. Los dos esperamos que puedas venir.

¿Los dos? ¿Por qué, de repente, me invitaban a pasar las fiestas a casa? Releí el párrafo y le di la vuelta a la carta, buscando la parte que debía de haberme saltado. Finalmente, encontré las palabras:

Vamos a casarnos.

Pestañeé varias veces, y volví al principio del párrafo para releerlo lentamente.

Deven y yo hemos descubierto que, además de nuestro amor por el campo y por la granja de papá, sentimos un cariño especial el uno por el otro. Sospecho que, para mí, es algo más que un encaprichamiento, porque como bien sabes, he admirado a Deven a distancia durante mucho tiempo. Espero que estos sentimientos se hagan más profundos con el tiempo. Estoy deseando llenar mi casa de niños. En este momento, siento un cosquilleo en el estómago cada vez que él me mira. Es un sentimiento glorioso, Sara. No puedo imaginarme cómo va a ser nuestra noche de bodas. Me asusta, pero, al mismo tiempo, estoy impaciente por que llegue.

Deven y papá han formado una sociedad para llevar conjuntamente el negocio de los coches de caballos, y Deven me ha prometido que nos construirá una casita a orillas de la charca que hay en el bosque. ¿Te acuerdas de lo mucho que íbamos a nadar allí en verano?

Las lágrimas se me cayeron en la hoja de papel. Rápidamente, me enjugué el llanto con el dorso de la mano. Tragué saliva y continué leyendo. Estaba decidida a llegar al final.

No podemos permitirnos construir la casa y tener una luna de miel, así que esto último tendrá que esperar. Pero lo mejor de todo es que he hablado con papá y mamá, y me han dado permiso para que te invite a la boda, en Navidad, y los dos esperamos que...

Dejé caer la carta sobre el escritorio y apoyé la frente sobre la mano. ¿Deven y Amelia iban a casarse? La idea era surrealista. Alcé la vista y miré la luz grisácea de aquella mañana de otoño. Ya no podía volver a casa y, sin Thomas, no sabía cuál iba a ser mi futuro.

—Disculpa, Sara.

Yo lo miré y apreté los dientes para contener todas mis emociones.

—¿Sí, señor Rhys?

—Insisto en que me llames Edward.

A mí se me llenaron los ojos de lágrimas, que se me derramaron por las mejillas, y me eché a reír por la ironía de la situación. Tal vez, en realidad, no tuviera ningún motivo para sentirme perdida ni rechazada. ¿Acaso no había conseguido, exactamente, lo que siempre había deseado? Y, si así era, ¿por qué se me estaba rompiendo el corazón?

Edward estaba al otro lado del escritorio, mirándome fijamente.

—¿Son malas noticias? Si prefieres no hablar de ello... —me dijo, en voz baja.

—No, no. En realidad, he recibido buenas noticias. Esto son lágrimas de alegría.

Alcé la vista y me encontré con su serena mirada de color verde jade.

—Sí, Edward, por supuesto —dije—. Lo siento, es que todo es... bueno, todo me resulta un poco abrumador en este momento.

—¿Familia?

Asentí.

—Mi prima, que es más una hermana, en realidad. Verás, mis padres murieron cuando yo era muy pequeña, y me fui a vivir con el hermano de mi padre y su familia. Amelia es tres años menor que yo. Nos hemos criado juntas, y siempre íbamos juntas a todas partes. Teníamos mucha imaginación, y... Oh, ¡en cuántos líos nos metíamos! —dije con una sonrisa.

—Siento lo de tus padres. Yo también soy huérfano, y he pasado mi niñez en un orfanato. Parece que vosotras dos estáis muy unidas —dijo. Se metió las manos en los bolsillos y sonrió.

A mí me resultaba un poco extraño que estuviéramos hablando de nuestra vida íntima. Edward no era precisamente muy hablador.

—Sí, lo estamos. Me siento muy feliz por ella. Va a casarse con un hombre maravilloso que... —me detuve, para conseguir dominar la emoción— que la va a adorar.

Se me encogió el corazón de dolor, y cerré los ojos.

—Es un idiota, ¿sabes?

Abrí los ojos con sorpresa.

—¿Qué quieres decir?

—Sara, me dio la nota en mano. Le vi la cara. Ha sido un idiota por dejarte marchar tan fácilmente. Tú eres una mujer muy poco común.

Yo agité la cabeza.

—Te equivocas. No es así. Él no es ningún tonto. Por el contrario, va a casarse con una mujer maravillosa.

—Soy un hombre, Sara. Vi la expresión de su cara cuando preguntaba por ti.

—No... no —dije yo, y alcé una mano—. No quiero hablar más de esto.

Él se rascó la barbilla.

—Muy bien, si es eso lo que quieres...

—Sí. De hecho, he tomado una decisión, y necesito que me ayudes, si estás dispuesto a hacerlo. Como no voy a ir a la boda, me gustaría enviarles un buen regalo.

—¿Estás segura, Sara? Yo estaría más que feliz de acompañarte a la ceremonia, si quieres.

—Oh, no, Edward. No puedo pedirte eso.

—Entonces, ¿cómo puedo ayudarte?

—Quisiera enviarles un regalo monetario para que puedan irse de luna de miel.

Edward me observó atentamente.

—Eso es muy generoso por tu parte, Sara.

Me puse en pie con la esperanza de que aquella generosidad mitigara mis miedos y mi tristeza. Miedo de envejecer sin alguien que cuidara de mí como lo había hecho Deven. Me consolé diciéndome que siempre podría encontrar trabajo de modelo, si no con los miembros de la hermandad, sí con otros pintores. Recuperaría mis ahorros y, mientras, planearía mis viajes futuros.

–¿Empezamos de nuevo, Edward? –le pregunté.

–¿Estás segura de que te encuentras bien?

Yo rodeé el escritorio.

–Sí, estoy bien, de verdad. Por lo menos, voy a estarlo. Pero no quiero hablar más de esto, ¿de acuerdo?

Le tendí la mano con la esperanza de que me la estrechara y acabáramos con aquel tema. Edward me la tomó con firmeza, y yo noté que mi mano era muy pequeña en comparación a la suya. Entonces, hizo algo que no me esperaba: me besó el dorso.

Yo aparté la mano.

–No quiero ni necesito tu lástima –le advertí.

–No es eso...

–El matrimonio no está hecho para mujeres como yo. Yo necesito algo más. Hay muchos sitios que quiero conocer, y muchas cosas que quiero aprender –dije con un nudo en la garganta–. Pero es normal que tú no lo entiendas.

–Sara, no tienes por qué darme explicaciones –dijo él.

–Bah. Solo necesito un poco de tiempo para recuperar la perspectiva de las cosas. Me recuperaré.

–Claro que sí –dijo él, y me sonrió.

Sin embargo, la mirada de sus expresivos ojos verdes delataba lo que pensaba de verdad sobre el asunto.

Dos semanas antes de las fiestas, Edward vendió su cuadro de la madonna, para el cual había posado yo, a un comprador privado, con la mediación de Woolner. Sin embargo, a Thomas no le complació. Dijo que debería haberla reservado para la Exposición de Primavera, puesto que habría conseguido un precio mucho más alto por el cuadro. Sin embargo, aquella venta le había servido a Edward como validación de su trabajo, y de estímulo para su autoestima de artista.

Thomas se había sentido frustrado por el hecho de que su protegido no le hubiera consultado con respecto a aquella venta y, además, estaba muy agitado por su incapacidad de pergeñar un nuevo proyecto para sí mismo. A los pocos días, anunció que iba a marcharse de Londres a pasar las fiestas fuera. Se iba de viaje con su amigo John Millais.

—Va a ser un gran viaje, Edward. Deberías venir con nosotros. Vamos a ver las viejas iglesias y vamos a recorrer las calles de Roma. He oído decir que están llenas de mujeres bellísimas.

Yo estaba en el balcón, observando cómo caían los primeros copos de nieve sobre la ciudad. Thomas pensaba que no podía oír la conversación, porque las puertas estaban cerradas, pero se equivocaba. Lo oía todo.

—Tengo otro proyecto en mente, y me gustaría comenzarlo, Thomas. Es para la exposición —dijo Edward.

—Está bien, pero no digas que no te lo ofrecí.

—¿Y Sara? —preguntó Edward—. Seguro que a ella le encantaría Roma.

—¿Sara, de viaje por Roma con un grupo de hombres? —preguntó Thomas, y se echó a reír—. No, esta vez no. Además, si tú tienes un plazo para terminar tu nuevo proyecto, vais a tener que trabajar mucho.

Le agradecí a Edward que intentara convencer a Thomas de que me llevara con él. Yo todavía no había tenido ocasión de hablarle sobre la boda de Amelia, pero estaba claro que él no me habría acompañado ni aunque yo hubiera decidido asistir.

—¿Sara? —gritó Thomas desde dentro.

Me arrebujé en el abrigo y entré rápidamente con la cara enrojecida por el frío.

–¿Sí, Thomas? –respondí, fingiendo que no había oído la conversación.

–Me voy a Roma, querida. Por supuesto, te escribiré. No quiero que te preocupes por mí. Si necesitas cualquier cosa, anótalo en mi cuenta del mercado.

–¿Puedo preguntar quién más va a ir?

Thomas miró hacia arriba, mientras seguía metiendo libros en una maleta pequeña.

–Ah, sí. Millais, Hunt...

–¿Grace? –pregunté, y aparté la mirada. Me sentía rechazada, como si me hubieran descartado a favor de algo mejor.

Él me tomó por la barbilla e hizo que lo mirara.

–No va a venir ninguna mujer con nosotros, Sara. De lo contrario, te lo habría dicho a ti primero –respondió. Después, miró a Edward–. Además, parece que ese gran artista y tú tenéis mucho que hacer –dijo, y me besó la frente–. Y ahora, me marcho. No os metáis en líos. Claro que, eres un lunático, Edward, por empezar un proyecto tan tarde. ¡Feliz Navidad! –exclamó.

Bajó las escaleras de dos en dos y cerró la puerta de golpe.

–Feliz Navidad –murmuré yo.

Rebusqué por el cajón de mi cómoda y saqué la media donde guardaba mis ahorros. Con cuidado, conté la mitad del dinero y lo envolví en papel marrón con un lazo. Después, le escribí una rápida nota a Amelia. Edward alquiló un coche y se marchó a la granja. Después, me contó que se lo había entregado a una mujer deliciosa de ojos castaños y brillantes. Yo me quedé muy satisfecha con su descripción.

–Entonces, ¿se puso contenta? ¿Te quedaste con ella mientras lo abría? –le pregunté.

Él arqueó las cejas.

—Eso es lo que me pediste, ¿no?

—Sí, muchas gracias —dije.

Él sonrió ampliamente, y yo noté un cosquilleo en el estómago.

—Se puso loca de contenta, Sara.

Yo suspiré.

—Bien, me alegro.

—Me pidió que te diera las gracias —respondió él. Entonces, se inclinó hacia mí y me dio un beso en la mejilla.

Yo lo miré con desconcierto.

—¿Te dijo que me dieras un beso?

Se quedó mirándome un instante, se metió las manos en los bolsillos y se alejó hacia su caballete, en el que estaba colocando un lienzo en blanco.

—Tengo un nuevo proyecto.

—¿Es mitológico? —pregunté.

Él negó con la cabeza.

—Entonces, ¿alguien de la Biblia? ¿Rebecca, tal vez? Su historia es muy buena.

—¿Te importaría mirarme, Sara?

El tono de su voz me sorprendió, y me giré hacia él.

—No tienes por qué ponerte desagradable, Edward.

Había empezado a trabajar febrilmente sobre el lienzo, soltando alguna imprecación cada vez que se le partía un carboncillo. Aquella era su faceta elusiva: un hombre serio, concentrado y obsesionado. Había que reconocer que era muy guapo, incluso con el ceño fruncido, tal y como estaba en aquel momento. Aquella idea me puso la carne de gallina. Llevábamos demasiado tiempo encerrados en aquel estudio. Parte del problema era que yo todavía estaba enfadada con Thomas por no haberme llevado a Roma, y mi único consuelo era que Grace no hubiera ido con él.

—Edward, creo que tú y yo deberíamos salir una noche.

Podríamos ir al teatro. Casi estamos en Navidad, y hace semanas que no salimos. Podríamos ir a McGivney y ver quién está por allí.

Él siguió trabajando con intensidad. Yo esperé pacientemente su respuesta.

—¿Me has oído?

—Sí —respondió él, sin apartar la vista del lienzo—. Todos están en Roma.

—Tal vez esté Grace.

—Tengo un plazo de entrega, Sara. Por favor, sé paciente.

Aquella reprimenda, aunque fuera suave, me dejó asombrada.

—Muy bien. ¿Tengo que seguir de pie? —pregunté con un resoplido.

—No, puedes sentarte —dijo él, mirándome por el borde superior del lienzo—. Creía que Grace no te caía bien.

Yo había acercado una silla y estaba sentándome, pero Edward señaló el sofá.

—Preferiría que te sentaras ahí.

Los recuerdos de Thomas y de aquel sofá eran demasiado dolorosos para mí.

—Yo preferiría no hacerlo.

Entonces, me miró fijamente.

—Voy a sentarme aquí mismo —insistí yo—. Me resultaría muy útil que me explicaras algo sobre el proyecto.

—Demonios —murmuró él, agarrando un borde del lienzo—. Tú —dijo con rotundidad.

—Sí, ya lo sé, y haré todo lo que pueda, Edward. Solo tienes que decirme lo que quieres —dije yo, que estaba empezando a sentirme desesperada por sus evasivas.

—Yo...

Suspiró, y se pasó una mano por el pelo.

—Edward, cálmate. Vamos a empezar por el principio.

¿Cuál es tu concepto? ¿Qué es lo que deseas transmitir? –pregunté con las manos dobladas en el regazo.

–Sexo –gritó.

–Entiendo –dije con calma, y comencé a desabotonarme los primeros botones del vestido.

–No –dijo él. Entonces, se puso a mirar por el balcón.

Yo esperé a que él se decidiera.

–¿Quieres que me desnude, Edward?

–Sí.

Continué desabotonándome el vestido.

–No.

Me detuve.

–No puedo hacer esto, Sara. No puedo pintarte. Es como si me estuviera volviendo loco.

Yo casi le di la razón. Sin embargo, acababa de desprenderme de la mitad de mis ahorros, y no podía abandonar el trabajo. Así pues, busqué la mejor forma de animarlo.

–Es solo algo temporal, Edward. Todos los artistas tienen sus momentos.

–Demonios, esto no se va a resolver tan fácilmente, Sara.

Agarró el lienzo y lo arrojó al otro lado del estudio. El lienzo golpeó un jarrón de cristal, que se hizo añicos contra el suelo. Comenzó a pasearse de un lado a otro, como si fuera un león enjaulado. Yo nunca lo había visto comportarse de un modo tan violento. Con el corazón encogido, empecé a recoger los cristales del suelo.

–Lo siento, Sara. No quería asustarte.

Yo conseguí hablar.

–Pues lo has hecho, Edward. ¿Te importaría ir a buscar una escoba?

Él se marchó a la cocina y volvió con ella.

Yo me puse a barrer.

—Eres un magnífico pintor, Edward. Estoy segura de que podrás encontrar otra modelo, una que esté mejor capacitada para...

—¿De dónde has sacado esa idea?

Yo eché los trozos de cristal en una papelera.

—Tú mismo has dicho que no me querías.

—Como... modelo... —respondió él, poniendo énfasis en las palabras.

—Sí, ya te entiendo. Será mejor que vaya a preparar algo de comer. Seguro que nos vendrá bien.

No había dado ni dos pasos, cuando él me agarró del brazo y me arrinconó contra el escritorio.

—¿Qué estás haciendo?

Edward me atravesó con la mirada.

—Sé que echas de menos a Thomas —dijo.

—No. En realidad, no tanto —respondí yo.

Él me miró los labios.

—¿Estás segura?

Yo me los humedecí.

—¿Por qué me lo preguntas?

—Porque voy a besarte, Sara. Me estoy muriendo por hacerlo.

—¿Y cómo sabes que yo quiero que me beses?

Él sonrió ligeramente.

—No lo sé, muchacha. Pero estoy dispuesto a averiguarlo.

Yo me agarré al borde del escritorio.

—Sara, a mí no se me dan bien las palabras. Tenía que estar seguro de que habías olvidado a Thomas. Yo nunca querría haceros daño a ninguno de los dos.

—¿Qué es, exactamente, lo que quieres decirme?

—Estoy intentando decirte que ya no quiero que seas mi modelo. Te deseo a ti, y te deseo con desesperación, pero no quiero meterme entre Thomas y tú.

Entonces, pasó la mano por mi nuca y me atrajo hacia sí.

—Llevo semanas enamorado de ti, pintándote, mirándote día tras día. Me he alegrado cuando sonreías, y lo he pasado mal al presenciar tu dolor. Eres una buena mujer, Sara. Eres generosa y buena. ¿Acaso es raro que me haya enamorado de ti? —me preguntó, mientras me acariciaba suavemente la mandíbula con el dedo pulgar.

Su boca siguió el camino de su dedo, y a mí me hirvió la sangre en las venas cuando noté que me mordisqueaba por debajo de la oreja.

—Puedes decirme que pare, Sara —susurró.

Entonces, pasó los dedos por el borde de mi escote, y bajó hacia mis pechos. Yo cerré los ojos y permití que continuara con su tierna exploración. El pulso me latía aceleradamente.

Cubrió mis manos con las suyas, y me besó lentamente.

—Dios Santo —murmuró, entonces—, no me pidas que pare. Tengo que quitarte el vestido, Sara. Tengo que acariciarte.

Yo alcé los brazos, y él me sacó el vestido por la cabeza. Tenía los ojos brillantes de pasión. Volvió a besarme, apasionadamente, y se estrechó contra mí para demostrarme lo que yo podría tener, si quería.

—Quiero hacerte el amor, Sara, a menos que tú no me desees.

Bajó la cabeza y atrapó mi pecho con los labios, a través de la fina tela de la camisa. Succionó con fuerza, y yo noté una descarga de placer en el cuerpo. No podía creer que aquel fuera Edward. Entonces, él alargó los brazos, tiró al suelo todo lo que había sobre el escritorio y me tendió sobre la mesa, boca arriba. Deslizó la mano por mi cuerpo y levantó el bajo de mi camisa mientras me separaba las piernas. Yo noté la frialdad de la madera bajo las plantas de los pies, que estaban apoyadas en el borde del escritorio.

Sentí su respiración cálida en el muslo, mientras él me separaba los pliegues con delicadeza. Se me escapó un suspiro de lujuria y levanté las caderas para recibir las caricias insistentes de su lengua aterciopelada, que estaba haciéndole cosas deliciosas a mi clítoris. Hacía mucho tiempo que no disfrutaba de aquellas sensaciones.

Me acaricié a mí misma, abandonándome a aquellos placeres. Con las caricias de sus dedos y su lengua, mi cuerpo estaba sintiendo una necesidad frenética. Oí mi propio grito cuando llegué al clímax. Edward tiró de mí y me incorporó sobre el escritorio, y me besó con fuerza. Después, me dio la vuelta y me tendió con el estómago sobre la mesa.

–Me toca a mí –susurró, inclinándose para hacerme cosquillas con la lengua en el oído.

Me subió la camisa por encima de las caderas y se hundió en mi calor húmedo con un suspiro gutural. A mí se me cortó la respiración cuando comenzó a embestir lenta y constantemente.

La madera de la mesa, fría y dura, me acariciaba los pechos a cada acometida, y mi cuerpo empezó a tensarse de nuevo. Perdí la razón mientras me rendía ante aquella euforia. Él se detuvo de repente, llenándome completamente, mientras me besaba la nuca con ternura.

Y aquella ternura, unida a los feroces embates que siguieron, me llevaron hasta el borde del éxtasis.

–Po-por fav-vor, Edward...

–Eso era lo que quería oír, Sara.

Sus manos eran muy cálidas. Yo apoyé la mejilla en la mesa y abandoné mi cuerpo al placer. Los sonidos graves que él emitía intensificaron mi excitación. Su magnífico miembro hizo que olvidara a Thomas, y el hecho de que no hubiera querido llevarme a Roma. Si hubiera ido con él, tal vez nunca hubiera experimentado aquello. En un momento cegador, se me escapó de la garganta un jadeo ahogado, y noté que mis músculos se contraían alrededor del cuerpo de Edward. Él gruñó y terminó con una fuerza salvaje, clavándome los dedos en la carne y vaciando su semilla cálida en mi cuerpo.

Me abrazó, mientras me susurraba palabras suaves en un idioma que yo no entendía. Me acarició la espalda, y yo oí los latidos de su corazón contra la mejilla. Me transmitía una sensación de seguridad que nunca había tenido con Thomas, y que nunca hubiera esperado en Edward.

–Cásate conmigo, Sara –me dijo, en voz baja–. Yo me encargaré de que vayamos a todos los lugares a los que siempre has querido ir.

Yo me aferré a él. Quería creerlo. Quería creer que había un hombre que podía cuidar de mí y, al mismo tiempo, estimular mis sueños.

–No quiero esperar, Sara. Hay una pequeña capilla en los límites de mi región. Podemos casarnos enseguida.

–No sé qué decir, Edward.

Me giré entre sus brazos y lo miré a la cara. ¿Había encontrado, de repente, al hombre que era todo lo que yo necesitaba? Para muchos, especialmente para Thomas, sería toda una sorpresa que yo aceptara la proposición de matrimonio de Edward. Sin embargo, yo me di cuenta de que quería a Edward de muchos modos. La compañía, la confianza y la lealtad eran buenos pilares para cualquier matrimonio feliz, ¿no?

–¿Está muy lejos la capilla? –pregunté con un sentimiento de temeridad.

Él sonrió con seguridad, con una sensualidad que prometía una vida de gozo carnal.

–Podemos salir ahora, y llegaremos mañana por la mañana –me dijo, y volvió a besarme–. ¿O prefieres esperar hasta que hayas podido hablar con Thomas? –me preguntó, mirándome a los ojos.

–Creo que él se alegrará por nosotros, Edward. Yo no me preocuparía por él, y tú tampoco deberías hacerlo. La decisión es mía.

Le rodeé el cuello con los brazos y lo besé.

–Sara, me has convertido en un hombre muy feliz –dijo Edward, contra mis labios, entre los besos.

Yo sonreí.

–¿Va a hacerme el amor otra vez, señor Rhys?

Él me sonrió con picardía. Se quitó los pantalones y me tomó en brazos.

–Sí, muchacha. Y esta vez, en mi cama.

Yo me acurruqué contra su pecho con la esperanza de que aquel sentimiento nunca terminara.

Capítulo 9

Edward me construyó una casa. Una preciosa casita de campo con mucha luz para el estudio y terreno para mi propio huerto. Me dijo que Thomas le había regalado aquellas tierras y la vieja granja. Por cómo iban las cosas en la hermandad, Thomas había decidido que la granja nunca iba a usarse como estudio. Así pues, se la regaló a Edward y le dijo que lo considerara un regalo de bodas. Después, le pidió que le permitiera ir a dar paseos por el bosque de vez en cuando.

Edward estaba empeñado en que tuviéramos un hogar muy bonito, pero estaba costando más de lo que teníamos; pronto, las preocupaciones financieras le pasaron factura a nuestro matrimonio.

Mi marido era un hombre orgulloso, y sus preocupaciones sobre cómo íbamos a terminar la casa y sobre cómo iba a llevarme a hacer todos los viajes que me había prometido empezaron a afectar a su creatividad. No podía pintar. No podía recuperar la pasión. Y, finalmente, aquella tristeza afecto a nuestra vida íntima.

Nuestras relaciones se volvieron artificiales, menos espontáneas. Yo comencé a sentirme poco atractiva. Lo probé todo para animarlo.

—Esto es algo temporal, Edward. Muy pronto recuperarás tu chispa.

—¿Y cómo lo sabes, Sara? —me preguntó él, una noche—. Tal vez nunca recupere esa chispa. No sé en qué han fallado las cosas.

—Me tienes a mí —le dije, posando la mano en su muslo desnudo.

Él me la apartó.

—No te burles, Sara, esto es algo muy grave. Si no puedo pintar pronto, lo perderemos todo. No tendremos dinero. ¿Qué clase de marido voy a ser?

—Todo va a salir bien, Edward —dije yo, y me acurruqué contra su espalda.

Sin embargo, permanecí despierta, pensando en si debería buscar un empleo. No podía preguntárselo a Edward; le haría daño en el orgullo. Pese a todos mis intentos, cada día se distanciaba más de mí.

Una mañana, mientras desayunábamos, me dijo que unos cuantos miembros de la hermandad le habían invitado a ir a la India.

—Bueno, seguro que será muy divertido. Tal vez deberíamos pedirle a alguien que se quedara aquí mientras estamos de viaje —dije yo, preguntándome cómo íbamos a pagar una aventura tan exótica.

—Solo voy a ir yo, Sara. Ellos van a pagarme el viaje, y yo les devolveré el dinero después de mi siguiente venta.

—Ah. Entiendo.

—Creo que esto es lo que necesitamos. Me vendrá muy bien estar con otros artistas en este momento. Tengo la esperanza de recuperar mi creatividad y mi perspectiva.

—Claro. ¿Y qué voy a hacer yo mientras tú estás buscando tu perspectiva? —le pregunté, mirando por la ventana hacia el jardín.

—Eso también lo he pensado.

—Te escucho —dije, sin apartar la vista de la ventana.

—Mírame, Sara —me pidió él con calma.

Yo obedecí, y vi a un hombre a quien el estrés había envejecido.

—No me gusta la idea de que te quedes aquí sola mientras yo estoy fuera. Por algunos de los hermanos, me he enterado de que Thomas está muy triste. Grace dice que...

—¿Has visto a Grace? —le pregunté yo—. Edward, no entiendo nada...

—Fui a visitar a Thomas al estudio para ver cómo estaba, después de los violentos ataques que ha sufrido por parte de los críticos. Grace estaba allí, limpiando. Ha estado cocinando para él. No tiene buen aspecto, Sara.

—Thomas se las arreglará —dije yo—. Cuando desea algo, no hay nada que se interponga en su camino.

Edward me miró un instante, antes de continuar.

—He invitado a Thomas a que venga a pasar una temporada aquí mientras yo estoy de viaje. Te hará compañía y, tal vez, aquí encuentre la inspiración que necesita.

—¿Y por qué no se va a la India contigo?

—Los nuevos miembros de la hermandad no quieren que vaya esta vez. Dicen que se ha vuelto demasiado rebelde, incluso para la fraternidad —dijo Edward, mientras untaba mantequilla en su tostada—. Estoy en deuda con él, Sara. No tengo mucho, pero puedo ofrecerle aire fresco y sol. Ya sabes lo mucho que le gusta pasear por el bosque.

—Entonces, ¿ya está invitado?

Él sonrió y me tomó de la mano.

—No he sido muy buen marido para ti, Sara. Lo sé. Pero eso no significa que no esté dispuesto a hacer lo que sea necesario para que tú tengas felicidad.

—¿Qué estás diciendo, Edward? ¿Que yo sería más feliz con Thomas?

Negó con la cabeza.

—No, mi amor. Pero sé que eras feliz cuando posabas para él. Tal vez Thomas pueda ofrecerte, en este momento, lo que yo no puedo darte.

—¿Lo que no puedes darme, Edward? ¿O lo que no quieres darme?

Me levanté, y aparté la mano. Él siguió mirando su plato.

—Lo que no puedo darte, Sara. Eso es lo que quiero recuperar —dijo. Se limpió los labios con la servilleta y continuó—: Ya está todo organizado. Thomas llega mañana. Yo voy a hacer las maletas.

A la mañana siguiente, yo estaba en el vestíbulo con Edward, mientras él esperaba junto al equipaje el coche que había enviado a recogerlo la hermandad.

—¿Estás seguro de lo que vas a hacer? —le pregunté—. Podrías quedarte. Podríamos dar paseos, ir a la ciudad, al teatro... Seguro que encontrarías la inspiración.

Él me sonrió, pero su mirada estaba llena de tristeza.

—Te voy a echar mucho de menos, Sara, pero creo que es lo mejor para los dos. Hay algo que no funciona, y sospecho que soy yo, no tú. Tú eres tan curiosa e insaciable como siempre. No estoy seguro de que yo te haya dado tanto en este matrimonio como tú me has dado a mí.

Me abracé a él cuando llegaba el carruaje.

—No digas eso, Edward. Te quiero. Te quiero de verdad.

Él me apartó de sí, abrió la puerta del coche y se inclinó para recoger sus maletas. Sin embargo, volvió a dejarlas en el suelo.

Al otro lado de la puerta estaba Thomas. Yo casi no lo reconocía. Estaba demacrado y tenía unas ojeras muy profundas. De todos modos, nos sonrió cansadamente.

—Espléndido. Pensé que no iba a poder despedirme —dijo. Los dos hombres se abrazaron. No habíamos vuelto a ver a

Thomas desde que habíamos firmado la escritura de propiedad del terreno, justo después de que él volviera de Roma.

—Thomas, amigo —dijo Edward—. Me alegro mucho de que hayas venido. Sé un buen hombre y cuida a Sara mientras yo estoy de viaje, ¿eh? —dijo. Después, recogió sus cosas y fue hacia el coche—. Y pinta mucho. La exposición está a la vuelta de la esquina.

Thomas alzó la mano brevemente.

—Tú pásalo muy bien, y no te preocupes por Sara.

Yo corrí hacia el carruaje y tomé de la mano a mi marido.

—Edward, ¿estás seguro? —le pregunté, una vez más.

—Cuídate, Sara. Volveré a casa antes de que te des cuenta.

Vi su sonrisa, la que yo había llegado a adorar tanto, desaparecer con el carruaje.

—Bueno —dijo Thomas, que se había acercado a mí.

—Bueno —respondí yo, mirando el coche de Edward.

Se hizo un silencio incómodo. Por motivos que no quería analizar, a mí no me gustaba la idea de que Thomas fuera a pasar una temporada a nuestra casa.

—Dime, ¿en qué has estado trabajando últimamente? —le pregunté, sonriendo.

Entonces, me di cuenta de lo absurdo de mi pregunta. ¿Acaso no había ido allí para recuperar su pasión por la pintura? Carraspeé.

—Perdóname, Thomas. Hacía tiempo que no hablaba contigo.

Él miró hacia el suelo.

—Yo llevo meses sin hablar con nadie de la hermandad. Watts y Woolner están muy ocupados con su trabajo. Grace me tolera en lo posible. Me está ayudando con la limpieza del estudio y con la comida, pero, últimamente, yo no soy buena compañía para nadie. De hecho, antes de que viniera aquí, tuvimos otra pelea, y ni siquiera recuerdo por qué.

Sonreí. Pese a su aspecto, su voz era tan serena y tan segura como siempre.

–Claro, Thomas. Volverás a ser tú mismo y, tal vez, eso te devuelva la inspiración.

Miré a lo lejos. El carruaje de mi marido se había convertido en una mota en el horizonte. Sabía cómo podía ser Thomas cuando pintaba, y era muy consciente de mi vulnerabilidad en aquellos momentos. La lealtad que sentía Edward hacia Thomas era un vínculo que, tal vez, fuera más allá de nuestro matrimonio.

–¿Estás bien, Sara? –me preguntó Thomas, tocándome ligeramente el hombro. Yo me sobresalté, y lo miré.

–Parecía que estabas muy lejos.

–Echo de menos a mi marido –dije.

«Echo de menos el sexo entre nosotros», pensé. Me reprendí a mí misma, y entré en la casa. Él me siguió.

Thomas se quedó en el vestíbulo. Llevaba el pelo más corto de lo que yo recordaba, y estaba un poco más viejo, un poco más delgado. Sin embargo, tal y como yo me sentía en aquel momento, tenía un aspecto estupendo.

–¿Prefieres que te llame señora Rhys, o Sara? –me preguntó él, cambiándose la maleta de mano.

Yo lo miré a los ojos, buscando la pasión que había visto en ellos una vez. Sin embargo, no tenían ningún brillo de picardía, ni de imaginación vívida. Era como si su fuego se hubiera apagado.

–Llámame Sara, como siempre, Thomas. Bueno, Edward ha mencionado una exposición. ¿Voy a posar para eso?

Él se rio forzadamente.

–No querrás que te responda a eso ahora, ¿verdad? Acabo de llegar, y quiero oír qué tal os está tratando el matrimonio. ¡Imagínate la sorpresa que me llevé al volver de Roma y encontraros ya casados!

Yo sonreí.

—Muy bien, Thomas. Le pediré a Bertie que nos lleve el té a la biblioteca. Mientras, tú puedes dejar el equipaje en tu habitación. Está arriba, en la segunda puerta del pasillo, a la derecha.

Él me miró durante unos instantes.

—Sigues siendo tan bella como el día que te conocí.

Yo me agarré con fuerza las manos y sonreí. No respondí a su comentario.

—Nos vemos en la biblioteca.

Me senté tan lejos de él como fue posible, y traté de no pensar en el hecho de que íbamos a estar solos en la casa durante las siguientes semanas. Thomas tomó su taza y se apoyó en el alféizar de la ventana.

—¿Qué tal está Grace? —le pregunté—. Has mencionado que habíais tenido un enfado.

Él suspiró.

—Me temo que, a veces, Grace es demasiado protectora conmigo. Seguramente es porque nos conocemos desde hace mucho tiempo —dijo, y se encogió de hombros—. Estará una temporada enfadada conmigo, pero, al final, me perdonará.

—Espero que no sea la tensión con ella lo que ha afectado a tu creatividad.

—No, no es por Grace. Llevo semanas sin poder pintar —dijo él, y miró hacia fuera.

—¿Y cuál crees que es el problema? —le pregunté.

Mientras lo veía apoyado en el alféizar, mis votos matrimoniales tuvieron que luchar contra mi soledad. Dios Santo, aún recordaba la primera vez que Thomas me había acariciado...

Él me miró a los ojos. Era un hombre que se ganaba la

vida poniendo almas en un lienzo, para todo aquel que quisiera verlas. Reflexioné sobre el hecho de no poder utilizar el don que le ha sido concedido a uno por Dios, el tormento que debía de sentir.

—Creo que me estoy haciendo viejo. Sin embargo, no puedo mentir, Sara. Los críticos me acosan incesantemente. Parece que disfrutan destruyendo todo lo que yo hago. Se ha convertido en algo extenuante. Me temo que estoy perdiendo la batalla.

—Tú siempre has tenido críticos, Thomas. Antes no te molestaba —dije.

Me puse en pie y le llené de nuevo la taza de té. Él me tocó el brazo.

—Ven a sentarte a mi lado, Sara. He echado de menos estas conversaciones entre nosotros. Tú siempre me ayudabas a encontrar la perspectiva de las cosas. Todavía somos amigos, ¿no? Eso no ha cambiado por tu matrimonio —dijo, y dio unas palmaditas en el almohadón.

Yo sentía reticencia, pero obedecí. Me senté al borde del asiento con la taza de té entre los dedos. Él seguía oliendo a jabón y a sándalo, y aquel olor me resultó reconfortante.

—Sí, somos amigos, Thomas —dije yo. Sonreí, y volví a mirar mi taza.

Él carraspeó suavemente, como si fuera a tocar un tema sensible. O, tal vez, yo tenía los nervios de punta y mi percepción estaba alterada...

—Edward y tú parecéis felices —dijo, y miró a su alrededor—. Tenéis una casa preciosa.

—Gracias, Thomas. No habría sido posible sin ti.

—A mí me parece que no habría sido posible sin el arduo trabajo de tu marido —dijo él, y sonrió.

—Sí, es cierto. Soy una mujer muy afortunada.

—Siento no haber podido ayudar con el diseño. He estado luchando por mi creatividad, contra los críticos, como siempre.

−Edward se las arregló bien solo −dije yo.

Entonces, comencé a charlar, contándole que mi marido había sacrificado un mes entero de pintura para terminar la casa y que pudiéramos mudarnos.

−Después, se concentró en los detalles interiores y, desafortunadamente, se distrajo con eso en vez de alternar su pintura con la construcción. Espero que este viaje sirva para que recupere su creatividad.

−Este Edward, siempre tan perfeccionista −comentó Thomas−. Siempre tan cuidadoso con los detalles... Por lo menos, en la mayoría de las cosas −añadió, mirándome por encima del borde de la taza.

La atención de Edward por los detalles era algo que yo siempre había admirado, pero, aquel día, el comentario de Thomas hizo que pareciera algo más personal. No sé por qué, tuve la necesidad de defender a mi marido delante de él.

−Entonces, ¿eres feliz?

−Sí, Thomas, somos felices.

−No. Te he preguntado si tú eres feliz, Sara.

Yo supe que mentir no serviría de nada. Thomas ya tenía que haberse dado cuenta de lo extraña que era la situación.

−Mi marido acaba de marcharse a un viaje de cuatro meses por la India.

−¿Y no te pidió que lo acompañaras?

−Preferiría hablar de tu pintura, Thomas. ¿Has traído lo necesario? ¿Has traído tu caballete?

Yo me puse en pie y dejé la taza sobre la bandeja. Thomas dejó la suya junto a la mía. Al notar su cercanía, comencé a recordar imágenes de la pasión que compartimos una vez, antes de que Edward y yo nos casáramos. ¿Edward me quería de verdad, o yo solo era un trofeo que arrebatarle a Thomas?

—Estoy seguro de que solo ha pensado en tu bienestar, Sara. Y, ahora, si me enseñas dónde está, puedo montar mi estudio. Estoy ansioso por bautizar esta casa con el olor a trementina y linaza.

—Por supuesto. Edward pensó que lo mejor sería una habitación orientada al sur, para que tuviera mucha luz.

Mientras hablaba, él se agachó a recoger sus maletas, y mis ojos se fijaron en sus hombros anchos y sus caderas delgadas.

Debió de darse cuenta de que lo miraba, porque sonrió ligeramente.

—Por aquí —dije, y lo guie apresuradamente a través del salón y el comedor hasta un arco que había al otro lado de la casa. Tres de las paredes eran ventanales, y más allá estaba mi precioso jardín, en el que yo pasaba mucho tiempo.

—Me temo que el techo tiene menos altura de lo que tú estás acostumbrado, pero creo que esta habitación será adecuada para tus necesidades.

Él no había dicho nada. Me giré para mirarlo.

—¿Te sirve, Thomas?

Él me estaba observando fijamente con los ojos brillantes. ¿Eran lágrimas? Yo nunca lo había visto llorar.

—¿Thomas? ¿Qué te ocurre?

Él cerró los ojos y respiró profundamente, como si estuviera absorbiendo su entorno.

—Os estaré eternamente agradecido a los dos. No sé cómo voy a poder pagaros.

Yo me quedé asombrada. Aquel era un Thomas Rodin diferente. Era vulnerable. No era el hombre desenvuelto, insensato y sumamente encantador al que yo estaba acostumbrada.

—Thomas, somos Edward y yo quienes deberíamos darte las gracias por tu generosidad. Queremos ayudarte en todo lo posible.

Lo abracé. Él posó la cabeza en mi hombro como un niño y sollozó en voz baja.

Después de un rato, susurró contra mi cuello:
—Gracias.

Me besó la mejilla y me tomó la cara con las manos. Me dio otro beso en la frente.

—No tienes por qué temerme, Sara. Solo he venido aquí para recuperar mi alegría con la pintura y para cuidarte en ausencia de mi querido amigo.

Yo asentí con la mirada baja. No me atrevía a mirarlo. No me atrevía a mirar aquella boca.

—Thomas...

Él me alzó la barbilla y me miró a los ojos.

—Me crees, ¿verdad? Yo no haría nada que pusiera en peligro tu matrimonio.

Mis ojos se posaron en sus labios, los mismos que había besado tantas veces. ¿Cómo iba a poder resistirme a él bajo el mismo techo? Sabía que estaba mal pensar así, pero mi propio marido había plantado aquellas semillas en mi cabeza.

—Tengo que ocuparme de la cena, Thomas. Por favor, ponte cómodo.

Me marché, antes de que aquel sencillo acto de amistad se convirtiera en algo más.

Capítulo 10

Tres semanas y media. Yo estaba empezando a angustiarme porque no había tenido noticias de mi marido, y cada vez me sentía más tentada por la forma en que me miraba Thomas cada vez que pensaba que yo no me daba cuenta. Su aspecto mejoraba día a día, y había recuperado el fuego de los ojos. Mi traicionera memoria no podía olvidar la pasión de sus caricias, su atención ávida a todo lo carnal, ni la forma en que me había hecho sentir viva.

Evitaba su presencia todo lo posible. Me mantenía ocupada cosiendo y leyendo, y me sentía aliviada por que no me hubiera pedido que posara para él.

—¿Se sabe algo de Edward?

Entró en la biblioteca con el pelo húmedo y revuelto, después de su baño matinal. Llevaba una camisa abierta y unos pantalones, e iba descalzo.

—No, todavía no. No crees que habrá ocurrido algo, ¿no?

Lo miré mientras iba hacia la ventana. Me retorcí las manos. No entendía por qué no había sabido nada de Edward. ¿Pensaba en mí? ¿Me echaba de menos?

Thomas debió de notar mi inquietud.

—No es fácil enviar correo desde esas zonas tan remotas —dijo—. Intenta no preocuparte.

Agité la cabeza.

—Estoy segura de que es capaz de cuidarse, Thomas. Es solo que...

—¿Qué, Sara?

Vi su reflejo en el cristal de la ventana cuando se acercó a mí.

—No debería cargarte con mis problemas.

—Tonterías, Sara. Si hay alguien que es una carga aquí, ese soy yo.

Él me puso las manos en los hombros, y yo apoyé una mejilla en el dorso de su mano.

—Confieso que me alegro de que estés aquí, Thomas.

—¿Qué puedo hacer, Sara? —me preguntó, suavemente, mientras me acariciaba la nuca con los dedos.

Yo cerré los ojos y dejé que mis hombros se relajaran. Thomas siempre había tenido el don de calmar mis nervios.

—Edward y yo... bueno, no nos despedimos en buenos términos.

—Todo se va a arreglar, ya lo verás. La ausencia es un maravilloso afrodisíaco —dijo él. Me acarició el cuello y prosiguió—: Las mujeres sois criaturas perfectas de la pasión. No hay necesidad de que te mientas con respecto a eso, ni que me lo ocultes. Edward es un buen hombre, pero cuando me pidió que viniera, noté que tenía un peso sobre los hombros, y que solo él iba a poder resolver sus problemas. Por desgracia, en su intento de enfrentarse a sus demonios, ha ignorado tus necesidades, ¿no es así?

Mientras me masajeaba los hombros, noté que me relajaba. No podía negar lo que él acababa de decir. Yo había hecho esfuerzos para intentar recuperar la pasión en el dormitorio, pero Edward se había mostrado apático y frustrado, y eso me había provocado una gran ansiedad. Yo había disfrutado de la pasión de Edward, y el hecho de perderla sin ninguna explicación me había dejado sin esperanzas, pero llena de deseo. Fuera inteligente o no, la compañía de Thomas había llenado aquel vacío, y yo tenía la sensación de que mi marido sabía que iba a ocurrir eso cuando le había pedido que se quedara en nuestra casa. ¿Me atrevería yo a aceptar su desafío y averiguar si todavía era capaz de sentir pasión?

–Tienes un don, Thomas. Me pregunto si te das cuenta de lo que les haces a las mujeres.

Él se rio en voz baja y me rodeó la cintura con los brazos.

–Y yo que pensaba que había perdido mi encanto.

Posé la mano en su cadera musculosa. Recordé la fuerza de sus piernas y su orgulloso miembro viril.

Me dije que debía parar, que, fueran cuales fueran los problemas que teníamos Edward y yo, aquello no iba a resolverlos.

«Tal vez Thomas pueda ofrecerte, en este momento, lo que yo no puedo darte».

Las palabras de Edward reverberaron por mi mente, como si él me estuviera dando su aprobación. Tal vez tuviera razón.

–Oh, Thomas, sigues siendo un granuja –dije con una sonrisa–, pero eso es lo que siempre me ha gustado de ti.

–Puedo darte pasión, Sara, si eso es lo que quieres –dijo él, y yo sentí su respiración cálida contra la sien.

Me rodeó la cintura con las manos, muy pocos centímetros por debajo de mis pechos. Me acarició el cuello con la cara. Aquello era una simple infracción de la fidelidad, un momento de evasión compartido por dos amantes. O lo sería, si yo no lo detenía en aquel momento. Sin embargo, las sensaciones eran deliciosas y seductoras. Me di cuenta de que me desabotonaba la blusa y la dejaba caer al suelo, y noté el frescor del aire en la piel.

—Eres tan exquisita, Sara. ¿Cómo he pensado que iba a ser capaz de no tocarte?

Tomó mis pechos en las manos y los elevó hasta que mis pezones rosados asomaron por el borde del corsé. Entonces, comenzó a acariciármelos y a pellizcármelos hasta que yo tuve la imperiosa necesidad de liberarme de la prenda.

Me giré hacia él, y nos besamos ferozmente. Él comenzó a desatarme las cintas del corsé, y se rio suavemente cuando los nudos se deshicieron. Por fin, me despojó de la prenda y liberó mis pechos. Entre besos, me quitó la camisa y siguió acariciándome.

Yo apoyé las palmas de las manos en el cristal, mientras él succionaba mis pechos y jugueteaba con ellos. Sus suaves gemidos, se entremezclaban con el placer embriagador que me estaba proporcionando. Hacía mucho tiempo que no sentía algo así, que no deseaba algo así.

—Thomas —suspiré. Sabía perfectamente cómo debía moldearme, cómo debía acariciarme, para que las cosas no tuvieran vuelta atrás.

—Dios, Sara, quiero estar dentro de tu cuerpo. ¿Te acuerdas de lo felices que éramos juntos?

Yo asentí y me mordí el labio, mientras intentaba apartarme de la cabeza el sentimiento de culpabilidad.

—Quiero hacerte el amor, Sara. Lentamente, relajadamente, como solía ser. Pero tú tienes que desearlo tanto como yo —me susurró contra la mejilla.

—Thomas —dije yo con suavidad, y le pasé la mano por el pelo—. Ha pasado tanto tiempo...

Él me quitó las bragas y me presionó la espalda contra la ventana, y deslizó la mano por mis rizos húmedos y entre mis piernas. A mí se me escapó un gemido glorioso de placer.

—Eso es, mi musa —susurró él, mientras apretaba la palma de la mano contra mi pecho.

—No, no puedo —dije yo, entre suspiros, agitando la cabeza—. ¿Y Edward?

Thomas me tomó de la mano y me llevó hasta el sofá.

—Ven aquí, Sara. Siéntate —dijo.

Me hizo una seña para que me sentara en su regazo, y yo me senté de espaldas a él. Noté su erección a través del pantalón contra mis nalgas desnudas.

—Si Edward estuviera aquí, te encontraría tan irresistible como yo. Él querría verte feliz, como yo —susurró, besándome la nuca. Separó las rodillas y, con aquel movimiento, separó también mis piernas, y comenzó a acariciarme el interior de los muslos.

—Relájate, Sara. Yo me encargaré de que obtengas placer. Haré que tengas un orgasmo como creo que hace mucho tiempo que no tienes. Eres demasiado bella y demasiado encantadora como para vivir sin pasión.

Yo sucumbí a la magia de sus caricias, recostándome hacia atrás y cerrando los ojos, y puse una de sus manos sobre mi pecho. Mi cuerpo estaba despertando después de un sueño muy largo.

«Ojalá Edward me quisiera así...».

—Sara.

Reconocí su olor antes de que su boca cubriera la mía. A través de los párpados entrecerrados, vi que mi marido me besaba, y noté que su lengua jugueteaba con la mía. Eran sus dedos los que me estaban acariciando los pechos, y su boca la que tomaba mis pezones, suavemente, entre los dientes. Durante todo el tiempo, Thomas siguió acariciándome, atrapando mi mente en la euforia.

—Thomas...

Un beso sensual interrumpió mis palabras. ¿Estaba soñando? ¿Había vuelto Edward de verdad? ¿Había vuelto porque me echaba de menos?

—Eres tan preciosa... —susurró Edward, entre besos intermitentes–. Solo quiero verte feliz, Sara. Haría cualquier cosa por ti.

Su boca capturó la mía y borró todos mis miedos, todos mis pensamientos. Metí los dedos entre el pelo de mi marido para verificar que era él. Sus labios se movieron por mi cuerpo, arrastraron mis caderas hacia delante. Él comenzó a mordisquear la unión de mis muslos.

–Así, mi musa... Tu placer es lo único que deseamos –me susurró Thomas al oído.

Thomas deslizó sus manos cálidas por mis pechos. Yo me dejé envolver en aquella necesidad ávida y sensual, y acepté todo lo que me ofrecían. Era muy excitante, muy asombroso que mi marido, hasta hace poco tan apático, participara en semejante aventura. Yo alcé los brazos por encima de la cabeza y permití que continuaran adorando mi cuerpo de aquella manera tan exquisita. No pensé en lo que estaba bien o mal, ni en lo que iba a suceder después.

Se me cortaba la respiración cada vez que Edward jugueteaba con la lengua sobre mi clítoris. Mi cuerpo se fue contrayendo, y oí mis suspiros resonar por toda la habitación. La luz y el calor de la mañana entraban por los ventanales, y arrancaban brillos del pelo de Edward contra mi carne pálida.

Llegué a un clímax intenso, y grité el nombre de mi marido.

–Oh, Edward... Mi querido Edward...

Él se levantó y atrapó mi boca en un beso fiero, y prolongó las vibraciones de mi placer hasta que yo me quedé extenuada. Mi cuerpo se desplomó contra el hombro de Edward, y él me abrazó y me acarició el pelo.

Abrí los ojos. La realidad de lo que había ocurrido comenzó a tomar forma en mi mente.

–Te quiero –susurré contra la curva del cuello de Edward.

Él me apartó de sí con cuidado y me miró a la cara.

Tragó saliva, como si él también acabara de darse cuenta de lo que había sucedido.

—Necesito pensar, Sara... si yo soy lo mejor para ti.

Yo lo agarré de la mano mientras él se daba la vuelta para marcharse.

—Claro que lo eres, Edward.

Él miró a Thomas y, después, me besó la mano.

Yo me levanté de un salto del regazo de mi amante y corrí hacia la ventana. Mi marido subió al carruaje que todavía no había despedido.

Me giré a mirar a Thomas.

—Tú lo quieres —dijo, y cerró los ojos con una sonrisa—. Y él te quiere a ti, Sara. Solo necesita aclarar las cosas —añadió. Se levantó y me tendió la ropa—. Si me disculpas, voy a hacer las maletas. Por una vez, no voy a pensar en lo que es mejor para mí.

Se inclinó y me besó la coronilla.

—Sea feliz, señora Rhys.

Era tarde. Yo no había cenado; no tenía apetito. Me había dado un largo baño caliente y me estaba peinando ante el espejo de mi tocador, a la luz de la lámpara de queroseno. Me sentía muy sola.

¿Iba a volver Edward? Dios, ojalá volviera. Teníamos mucho de lo que hablar; nos quedaban por vivir muchas cosas en nuestro matrimonio, y con la misma pasión que él me había demostrado aquella tarde, si lo deseaba.

Incluso en aquel momento, yo sentía un cosquilleo en el cuerpo al recordar el calor de su mirada cuando se había arrodillado ante mí. Pero, en realidad, había sido el hecho de saber que Edward se sentía excitado por mí, que estaba dispuesto a hacer cualquier cosa por agradarme, lo que me había llevado al clímax.

El sonido de la puerta hizo que alzara la vista. Edward me miró a los ojos en el espejo. Yo esperé a que hablara.

—Te he echado de menos con desesperación —susurró, quitándome el cepillo de la mano y dejándolo caer al suelo.

Yo me puse en pie y me agaché para recogerlo, pero noté que él me rodeaba la cintura con los brazos. Deslizó las manos dentro de mi bata y me acarició los muslos. Yo me apoyé en el tocador y lo acogí en mi cuerpo. Él me llenó por completo, y yo me puse de puntillas.

—Abre los ojos, Sara —dijo con suavidad—. Mírame.

Me agarré con fuerza al borde de la mesa mientras alzaba los ojos hacia los suyos. Mis pechos, que asomaban por la abertura de la bata, se mecían con cada acometida lenta y metódica, y mi sexo se contraía en una espirar furiosa. Yo me mantuve al borde del clímax, mirándolo para asegurarme de que no estaba soñando. Aquel era Edward, que me necesitaba, que me deseaba. Mi cuerpo se contrajo a su alrededor en un glorioso orgasmo, y él me siguió con un sonido gutural, con un suspiro de placer.

Me abrazó, protegiéndome la espalda con el calor de su cuerpo, mientras nos mirábamos en el espejo.

—No quiero vivir la vida sin ti, Sara. No sé cómo compensarte por todo lo que te he hecho pasar.

Me giré entre sus brazos y apreté la mejilla contra su pecho.

—Solo quería recuperar al hombre que me sedujo aquel día, en el estudio —dije yo—. Necesito sentir que todavía me deseas, Edward.

—Más de lo que te imaginas, mi amor. Durante toda mi ausencia, todas las noches, tú invadías mis sueños. Todo lo que veía, todo lo que experimentaba... Solo podía preguntarme qué pensarías tú. Anhelaba tenerte a mi lado y compartir todos los momentos contigo. Por eso he vuelto, para decirte lo desgraciado que soy sin ti.

Entonces se alejó de mí unos pasos.

—Pero quiero que seas feliz, Sara. En algunas culturas, está permitido tener más de un amante. Yo puedo aprender a vivir con eso, si es lo que tú quieres, pero creo que una parte de mí necesitaba saber si eras completamente mía, o si todavía sentías algo por Thomas. Hasta que me marché, no me di cuenta de que ese era uno de los principales motivos por los que lo invité a quedarse aquí. Sabía que había un riesgo, pero tenía que marcharme para que tú pudieras decidir por ti misma lo que necesitabas y lo que querías.

Yo le posé una mano en la mejilla.

—Siempre sentiré afecto por Thomas, Edward. Sin embargo, no es lo mismo que siento por ti. Thomas solo me quiso con su cuerpo. Por ahora, eso es todo lo que él sabe hacer. Pero espero que, un día, él consiga sentir por alguien lo que yo siento por ti: algo duradero, que es capaz de superar baches y obstáculos. Edward, tú tienes mi corazón, mi alma y mi cuerpo, si lo deseas.

—Te he echado tanto de menos... —susurró, y me deslizó la bata por los hombros, hasta que cayó a mis pies—. Eres tan suave... tan bella...

Me acarició la oreja con la nariz, y me besó el cuello. Yo comencé a sentir el deseo de nuevo. Le desabotoné la camisa y le acaricié la cálida piel. Le besé el cuello mientras le desabrochaba el pantalón con impaciencia.

—Mi dulce Sara —dijo él.

Me tomó en brazos y me llevó hasta la cama. Allí me depositó, y yo lo observé mientras terminaba de desnudarse. La visión de su magnífico cuerpo hizo que me hirviera la sangre. Se tendió a mi lado, y yo lo estreché contra mí. Me sentía feliz de que mi marido hubiera vuelto por fin a casa, de que estuviera en mi cama, que era su lugar.

—He echado de menos que me miraras así —susurré, y le metí un rizo detrás de la oreja.

Él me besó lentamente, y yo me rendí a su maestría y separé las piernas para acogerlo. Nuestros cuerpos se fundieron en uno.

Mientras nos movíamos, él sostuvo mi mirada. A mí se me llenaron los ojos de lágrimas y le rodeé la cintura con las piernas, y me agarré a sus hombros, y noté sus músculos bajo los dedos.

—Vamos, Sara, córrete conmigo —dijo, con la respiración entrecortada, entre sus fervientes acometidas.

Yo elevé el cuerpo para seguir su ritmo perfecto. Thomas tenía razón... la gente perdía de vista la belleza de unión de un hombre y una mujer. Perdí el control de mi mundo y sentí un clímax deslumbrante. Me aferré a Edward, que me siguió con un gruñido primitivo, reclamando todo lo suyo, todo lo nuestro.

Sin aliento, se tendió boca arriba y me miró. No había necesidad de hablar. Mientras me quedaba dormida, sentí que se inclinaba sobre mí y me besaba la sien.

—Que duermas bien, mi amor. Acabamos de empezar a recuperar el tiempo perdido.

Me despertó el sonido de los cascos de unos caballos. Con cuidado de no hacer ruido, me levanté de la cama y me envolví en una sábana. Estaba a punto de amanecer y, por la ventana, vi a Thomas, que le entregaba su equipaje a un cochero. Yo ya no sentía que mi cuerpo y mi alma estuvieran desconectados, como antes. Ambas cosas estaban totalmente dedicadas a Edward, y yo sabía que él estaba igualmente dedicado a mí.

Thomas abrió la puerta del carruaje, y yo vi a una mujer muy bien vestida. Grace. Me pregunté si, alguna vez, ella admitiría lo enamorada que estaba de él.

—¿Sara? —dijo mi marido en tono somnoliento.

—Estoy aquí —respondí, y lo vi acercarse rápidamente por la habitación helada.

Me quitó la sábana, se colocó a mi espalda y nos envolvió a los dos en su calor.

—¿Por qué te has levantado? Deberías estar metida en la cama, en una mañana tan fría —dijo, y me besó la mejilla.

—Se marcha —dije.

Edward posó la barbilla en mi cabeza y me estrechó contra su cuerpo.

—Volvamos a la cama, mi amor —me susurró al oído—. Tengo que compartir contigo muchas cosas que he aprendido cuando estaba en la India.

Me acarició la oreja con la nariz, y yo me giré entre sus brazos. Allí encontré todas las aventuras que siempre había necesitado.

Libro 3
GRACE

Capítulo 1

Cremorne Gardens, 1858

Era una agradable noche de verano en el Cremorne. La mayoría de mis clientes habituales estaban en la ópera con sus esposas, exhibiéndose en la alta sociedad de Londres. Es algo bien sabido, por supuesto, que la mayoría de ellos tiene, por lo menos, una amante. Creo que, en algunos casos, sus esposas lo aceptan tan solo por no tener que acostarse con ellos. Así que supongo que puede decirse que yo he mantenido unidos a muchos matrimonios.

Aquella noche, sin embargo, era libre de pasar la noche disfrutando de la música, las luces y la alegría de los jardines. Allí podía perderme, podía olvidar la pequeña habitación en la que vivía, encima del pub, desde que había escapado del infierno diez años antes.

Al verme ahora, nadie se daría cuenta, a no ser que fuera muy astuto, del horror que yo había vivido. Solo tenía doce años cuando los matones de la madame de un burdel me arrancaron de la mano de mi madre en un mercado. Algunas veces, todavía puedo oírla gritando mi nombre a través del saco que me pusieron en la cabeza. Me dijeron que iban a venderme al mejor postor en una subasta privada, que no montara un escándalo, porque nadie iba a ir a buscarme. Sería muy fácil acabar con la vida de alguien cuyo paradero nadie conocía.

Así pues, me pusieron en un estrado con otras niñas de mi edad, en un edificio oscuro. Yo no veía nada, salvo las lámparas que rodeaban la plataforma. Oía la voz de un subastador, y las voces intermitentes de barítono de los hombres que hacían sus pujas. Yo nunca llegué a ver la cara del hombre que me compró. Me metió en una habitación pequeña, sin ventanas. Me dio de comer y me vistió, me dio libros para que leyera y, cuando me necesitaba, para propósitos medicinales, como solía decir, me ponía una bolsa en la cabeza. Yo nunca sabía si era de noche o de día. Estaba demasiado asustada por las amenazas que me habían hecho a mí y a mi familia, así que nunca pensé en el tiempo que me mantuvieron prisionera.

Poco a poco, comencé a pensar en cualquier oportunidad de escapar. Esa oportunidad llegó un día, después de la visita de rutina de mi carcelero. Él cerró mal la puerta, y yo aproveché la oportunidad y me escabullí.

Fui una de las pocas afortunadas. Meses después de escapar, comencé a oír noticias sobre otras niñas como yo. Veía a madres y padres por las calles, buscando a sus hijos, pidiendo respuestas desesperadamente. Yo solo podía cabecear. No quería revelar lo que sabía por miedo a que mis secuestradores volvieran a encontrarme. Pensé mucho en mi familia. Me pregunté si se acordarían de mí, pero yo ya no era su niñita. Había cambiado mucho, y no para mejor. Así pues, tuve que sobrevivir en la calle.

Llamadme insensible; puede que mi corazón se haya vuelto duro como una piedra, curtido como el cuero, pero aquí estoy, diez años después, viva y coleando. Eso es lo que importa.

Saludé a Deidre, que estaba bailando con un caballero muy guapo a quien yo nunca había visto en los jardines.

Deidre y yo nos habíamos conocido allí. Junto a ella y a otro pequeño círculo de mujeres que trabajaban en Cremorne, habíamos formado un grupo unido, y cuidábamos las unas de las otras.

Moví el pie al ritmo de la música, mientras observaba a las parejas que bailaban. Entonces, sentí un escalofrío, y miré a mi alrededor. Alguien me estaba observando; era un joven que estaba sentado al otro lado de la plataforma. Iba vestido de una manera anticuada. Llevaba una levita de brocado de seda verde, con preciosos bordados de abalorios en el cuello y los puños, una camisa de encaje y un pañuelo blanco al cuello. Tenía las manos apoyadas en un bastón.

No lo había visto nunca, porque lo recordaría. Tenía la cara de un poeta y llevaba el pelo largo, ondulado, como alguien que no se preocupaba de las modas y sí de lo que le quedaba bien.

Él estaba observando a la multitud. Quizá estuviera buscando un tema para su próximo poema, y sus ojos verdes estudiaban con atención a la gente. Yo seguí mirándolo, con curiosidad, y, por fin, su mirada se clavó en mí.

Se me cortó la respiración. Fue como si pudiera leerme el alma. Me sentí desnuda ante él.

–¿Grace?

Me giré, y me encontré con Jack Adams, uno de los actores del grupo de teatro de Cremorne.

–Estás distraída. ¿No me has oído?

Sonreí mientras pestañeaba. Me sentía rara, como si acabara de ver los ojos de la Providencia.

–Te he preguntado si me harías el honor de concederme el siguiente baile –dijo, inclinándose ligeramente ante mí.

Yo sonreí de nuevo.

–Por supuesto, querido. Perdóname.

Le tomé de la mano, y él me guio hasta la pista de baile. Allí, mientras girábamos entre las otras parejas, yo no podía olvidar los ojos del extraño. Lo busqué con la mirada, pero el banco en el que estaba sentado se había quedado vacío.

—¿Te encuentras bien, Grace? Estás pálida, como si hubieras visto a un fantasma —me dijo Jack—. ¿Necesitas sentarte? ¿Te traigo un refresco?

Asentí.

—Sí, tal vez sea lo mejor.

Fuimos a una de las mesas y, mientras Jack iba por una bebida, yo me apreté las manos contra las mejillas para comprobar si tenía fiebre. No la tenía, pero no conseguía librarme del efecto que aquel hombre había tenido en mí.

—Aquí tienes, Grace. No hay nada que una buena pinta de cerveza no pueda solucionar.

Jack bebió de su jarra, y miró a las jóvenes que estaban junto a la plataforma, esperando a que alguien las sacara a bailar.

—Ve, Jack —le dije, dándole una palmadita en el brazo—. Yo solo necesito descansar un poco. Creo que me ha mareado el mal olor del río. Aunque ya debería estar acostumbrada —me incliné hacia él y señalé con la cabeza a una joven solitaria—. Mira, esa chica tan guapa de tirabuzones. Te estaba mirando.

—¿De verdad? —me preguntó, y miró a la muchacha en cuestión.

—¡Sí, ve! No vaya a ser que te la quiten. Es muy guapa.

—Si estás segura... —me dijo él, observando de reojo a la chica.

—Sí, vete —insistí.

Entonces, él me sonrió y se levantó de un salto.

—Espero que diga que sí —murmuré. No quería que el bondadoso Jack se llevara un chasco.

Observé la escena por encima del borde de mi jarra, y suspiré de alivio al ver que la muchacha sonreía y asentía.

Jack me miró y arqueó las cejas con una sonrisa de entusiasmo, y yo alcé mi cerveza y le deseé que lo pasara bien. Me sentí un poco mejor, y comencé a buscar al guapo extraño por entre la gente. Estaba a punto de rendirme, cuando lo vi caminando junto al río.

La curiosidad hizo que me levantara de la silla y que caminara entre las mesas.

Cuando salí de entre la multitud, sentí pánico, porque lo había perdido de nuevo. Al pensar en su extraño atuendo y en lo escurridizo que era, me pregunté si no sería un espectro. Aunque yo no creía enteramente en aquellas cosas, sabía que había gente que juraba que se había encontrado con espíritus agitados que habían dejado algo sin terminar en la tierra. Sin embargo, teniendo en cuenta la reacción de mi cuerpo cuando nuestras miradas se habían cruzado, aquel hombre tenía que ser de carne y hueso.

Busqué entre las sombras del camino que conducía al embarcadero, y vi al hombre del bastón.

–Eres tonta, Grace –me dije, pero me agarré la falda y salí corriendo tras él.

A medida que me alejaba del gentío, comencé a preocuparme por mi seguridad. Recogí unas cuantas piedrecitas y comencé a tirárselas de una en una a la espalda, pero él no se dio la vuelta. Poco después, por fin, el hombre se detuvo a poca distancia de mí. Lo mejor habría sido, probablemente, esconderme entre las sombras y alejarme, pero me sentía atraída hacia él de un modo inexplicable.

Entonces, él dio un paso hacia delante, y yo tiré la última piedrecita que me quedaba. Oí que acertaba en su sombrero.

Él se detuvo de golpe, y se giró.

Yo casi no le veía la cara en la oscuridad, pero recordaba la intensidad de sus ojos. Caminé hacia él y me detuve a pocos pasos. Carraspeé.

—¿Por qué me estaba mirando de ese modo, antes?

—Le aseguro, *mademoiselle*, que no tengo la costumbre de mirar a las señoritas —dijo él, con las cejas arqueadas, defendiéndose.

—¿Me está llamando mentirosa, señor?

Él sonrió, como si le hubiera gustado mi desafío.

—Yo nunca pensaría semejante cosa, *mademoiselle*.

—Me llamo Grace, aunque, seguramente, no debería decírselo con tanta soltura a un hombre que se dedica a devorar a las jóvenes con los ojos.

Él se rio en voz baja y me hizo una reverencia.

—Está bien, me rindo. Me llamo Thomas Rodin, *mademoiselle*.

—Deje de llamarme «*mademoiselle*», señor. Claramente, soy tan francesa como usted.

Él se puso la mano sobre el corazón.

—Ha herido usted mi orgullo, señorita Grace. Pero, una dama tan encantadora como usted, será capaz de perdonar un gesto tan anticuado.

Yo lo miré con los ojos entrecerrados.

—¿Y por qué, señor Rodin, ha practicado usted el anticuado arte de devorarme con los ojos? Se habrá dado cuenta de que en este parque hay muchas señoritas sin acompañante.

Él apartó la vista y sonrió irónicamente.

—Sí, me he dado cuenta.

—Así pues, ¿estaba mirando algo que le gustaba?

—No exactamente, no. O, al menos, no por los motivos que usted piensa.

—Deje que se lo pregunte con claridad, porque la noche pasa muy rápido. ¿Busca compañía para la velada?

Él se quedó sorprendido.

—¿Me está haciendo una proposición, Grace?

Yo apoyé el codo en la cadera.

—¿Acaso no ha hecho ya algo parecido a esto, señor Rodin? ¿Quiere, o no quiere, mojar su silbato esta noche?

Él carraspeó.

—Eh... no. No necesito mojar mi silbato —dijo él—. Aunque admito que suena curioso.

—Entonces, ¿prefiere mirar? —le pregunté yo—. Pues me temo que eso no será posible, porque esta noche no tengo clientes...

—Umm... No, creo que ha llegado a una conclusión equivocada.

—¿De veras? —pregunté yo con una sonrisa—. ¿Y por qué iba a venir un caballero tan guapo como usted, a solas, al parque?

—De veras, me siento halagado. Sin embargo, he venido por una cuestión de curiosidad profesional, señorita Grace.

—Farmer. Grace Farmer. Me alegro de conocerlo, señor Rodin.

Él intentó estrecharme la mano, pero yo retrocedí. Por costumbre, supongo.

—No voy a hacerle ningún daño —dijo él, en tono de sinceridad.

Entonces, yo le ofrecí la mano, y él me la besó.

—Tal vez debiéramos empezar de nuevo —dijo—. Soy pintor y poeta.

Yo me di una palmada en el muslo.

—¡Lo sabía! En cuanto lo vi, con esa ropa tan remilgada, supe que era poeta.

Él arqueó una ceja.

—¿Remilgada? Vaya, yo habría pensado que una mujer de su... profesión no juzgaría a los demás, tan rápidamente, por su apariencia.

—Digo lo que veo, señor Rodin, y tengo la sensación de que usted también. Adelante, dígame lo que piensa de mí.

Él sonrió.

—Solo que su pelo es maravilloso, y que su boca es de una frescura deliciosa —dijo, y metió la mano en el bolsillo interior de su levita—. Me gustaría mucho que posara para mí. Tengo un proyecto en el que usted encaja a la perfección.

—¿Yo? ¿Modelo de un pintor? ¿Para qué, señor Rodin? Si es un truco para conseguir tenerme a solas...

—Mis intenciones, Grace, son completamente honorables.

—¿Acaso sus cuadros están en la Royal Gallery? —pregunté. Una o dos veces, un cliente rico me había llevado allí, el domingo por la tarde.

—¿Está familiarizada con la Royal Academy?

—Bueno, no demasiado. Pero sé que cualquier artista respetable tiene algún cuadro allí expuesto.

Lo observé; su expresión se endureció, y uno de los músculos de su mandíbula vibró.

—Tiene razón. Muchos de mis colegas tienen obras suyas allí colgadas, y yo tengo uno o dos, creo. De hecho, tengo la esperanza de que este proyecto sea aceptado en la exposición de la próxima primavera.

—¿Dónde está su estudio, señor Rodin? —le pregunté. Era un tipo extraño, pero me caía bien, aunque no supiera por qué.

—Ah, sí —dijo él, y me entregó la tarjeta que se había sacado del bolsillo—. Aquí está la dirección. Venga mañana. ¿Le parecería bien a las nueve en punto?

Yo sonreí y tomé la tarjeta de su mano. Me encantaban su forma de hablar y su forma de vestir. Por su cara, la espesura de su pelo y su porte, deduje que debía de tener unos treinta y dos años. Sin embargo, sus modales indicaban una madurez mayor, algo sacado de la época de la caballería. O yo me estaba dejando engañar por el mejor actor del mundo.

–Muy bien, señor Rodin. Iré a su estudio mañana, y hablaremos más de su propuesta.
–Espléndido. Estoy impaciente –dijo.
Me miró la frente y, casi por instinto, alzó una mano para apartarme un mechón de pelo de los ojos.
Sin embargo, pestañeó, y apartó la mano al pensar, quizá, que estaba siendo demasiado atrevido.
–¿Hasta mañana, entonces?
Yo asentí.
–Hasta mañana.
Lo vi descender por la colina hasta el embarcadero.
–Oh, señor Rodin, ¿qué llevo? –le grité.
Él se giró y titubeó un instante. Después, alzó los brazos.
–Buena señora, ¡puede ir vestida como quiera, o desnuda! Dejo la elección en sus manos.
Yo me eché a reír. Era un granuja muy guapo y muy fresco.

Capítulo 2

Miré el señorial edificio de piedra y comprobé que aquella era la dirección. Estaba situado en un barrio habitado por poetas y varios artistas, y no muy lejos de los jardines de Cremorne.

—Señorita Farmer —dijo alguien, desde arriba, y yo alcé la cabeza. Vi al señor Rodin, que me saludaba con una mano—. Ahora mismo bajo.

Yo no sabía cuántas veces había tenido que esperar a un hombre. Sin embargo, tenía el presentimiento de que aquel encuentro iba a cambiar mi vida.

La puerta se abrió, y él apareció con una camisa parecida a la que llevaba el día anterior, y un chaleco más o menos a la moda actual.

—Señorita Farmer —dijo con una sonrisa.

—Señor Rodin —entré al vestíbulo y me detuve un instante, para acostumbrarme a la penumbra.

—Me alegro de que haya decidido venir a verme. Pase, pase. El estudio está en el piso de arriba.

Yo subí tras él los dos tramos de escalera.

—Por aquí —dijo, y me guio hacia una sala.

Era una habitación muy grande, que parecía un mundo en sí misma. El señor Rodin sonrió.

—Está un poco desordenado, lo siento —dijo, y se agachó para recoger algunos papeles del suelo—. Cuando estoy en mitad de un proyecto, a menudo se me olvida todo lo demás. Supongo que es uno de los peligros de ser artista.

Sonrió. Su humildad me pareció encantadora.

—No se disculpe por mí, señor Rodin. He aprendido que, en general, son las mujeres las que llevan el orden en una casa. Los hombres están ahí para proporcionar los medios de manutención.

Se detuvo y me miró.

—Qué visión más triste tiene del romanticismo, señorita Farmer.

—Casi nunca veo el romanticismo en mi trabajo, señor Rodin.

—Ah... sí, bueno, supongo que eso es cierto —dijo. Después, miró a su alrededor como si estuviera buscando algo—. Puede curiosear todo lo que quiera. Si tiene alguna pregunta, intentaré responder lo mejor que pueda.

—¿Me permite?

Dejé el sombrero y el bolso en una silla. Había llevado mi mejor vestido. Me lo había regalado Deidre cuando se había cansado de él, y era de color gris claro. Con mi piel blanca y mi pelo, tan rubio, me favorecía. Normalmente, yo no me pintaba la cara. No podía permitirme comprar cosméticos, así que me ponía un poco de zumo de granada en los labios.

—Si me permite que se lo diga, señorita Farmer, es usted excepcionalmente bella a la luz del día —dijo, mientras amontonaba una pila de bocetos en una esquina del escritorio.

—Gracias, señor Rodin —respondí yo.

Me acerqué a su caballete y observé los pequeños papeles que tenía enganchados en el marco. Eran hojas y flores dibujadas intrincadamente con palabras garabateadas a los lados.

—La naturaleza tiene un lugar destacado en casi todas mis obras. Creo que tenemos que aprender mucho de los colores y los diseños, ¿no le parece? —me preguntó, desde el otro lado de la habitación.

Yo intenté imaginarme el proceso que sería necesario para crear obras de tanta belleza. Me costó saber por dónde empezaría.

—Tiene usted mucho talento, señor Rodin, si puede mirar este lienzo en blanco e imaginar una obra de arte.

—Supongo que es necesario que una persona tenga cierta predisposición a ver las posibilidades.

—¿Y cómo elige los temas, señor Rodin? ¿O son los temas quienes lo eligen a usted?

—Algunas veces los encuentro yo, y otras veces me encuentran ellos a mí. Creo en el destino, ¿y usted?

—Yo creo en lo que puedo ver y tocar.

—Eso es interesante. Me daba la sensación de que tiene usted una faceta más espiritual.

Me crucé de brazos y lo miré con fijeza.

—¿Y por qué se ha hecho semejante idea, señor Rodin?

Allí estaba de nuevo. La mirada que yo había visto la noche anterior, la que podía ir quitando capas y ver mi alma.

—Ya basta —le dije. La intensidad de sus ojos me había inquietado.

—No quiero que se sienta incómoda, Grace. Quiero que esté como en su casa. De hecho, después de pensarlo bien, he decidido que, si acepta el trabajo, me gustaría que viniera a vivir aquí.

—¡Señor Rodin! —exclamé yo; pasé por delante de él y recogí mi sombrero y mi bolso—. No tengo la costumbre de irme a vivir con caballeros a los que apenas conozco.

Él se quedó estupefacto.

—¿Y, sin embargo, se entrega a cualquier extraño por una noche de pasión a cambio de dinero?

–Sexo, señor Rodin. Seamos claros. Los hombres a quienes acompaño no me pagan a cambio de pasión –le dije con frialdad, mientras me disponía a salir.

Por lo espartano de aquel estudio, me había dado cuenta de que no iba a ganar demasiado dinero si aceptaba el trabajo. Estaba dispuesta a trabajar por unos ingresos menores, pero no para un hombre que no me respetaba.

–Le pido disculpas, señorita Farmer. Por favor, no se marche. Permítame que repare mi equivocación –dijo él.

Me detuve en la puerta. Me había herido el orgullo, y eso era todo lo que tenía en el mundo.

–¿Y cómo piensa que lo va a conseguir, señor Rodin?

–Permítame que la invite a salir esta noche. La llevaré a tomar una buena cena y podremos hablar con tranquilidad.

–No, lo siento. Tengo otros planes. Tal vez en otra ocasión –dije yo.

Bajé las escaleras corriendo y no aminoré la velocidad hasta que me hube alejado de él.

No sé por qué me angustió tanto su oferta. Tal vez fuera la facilidad con la que él asumió que yo iba a aceptar. Era evidente que el señor Rodin entendía tan poco de mi mundo como yo del suyo. Solo eso era motivo suficiente para no continuar con aquella idea tan absurda.

¿Era, simplemente, que yo tenía miedo de que me escrutaran tan minuciosamente como los dibujos de hojas que había visto?

Me había acostumbrado a ser un fantasma, a proporcionar un servicio y desaparecer. Sin embargo, Thomas Rodin era el tipo de hombre que podría romperme el corazón si me acercaba demasiado a él.

Demonios. No podía sacármelo de la cabeza.
–Vamos, Grace.

El señor Willoughby era uno de mis clientes habituales. Olía a caramelos de menta y a tabaco. Tenía las manos ásperas y exigentes. Se bajó los pantalones entre las sombras del callejón, me subió la falda y se colocó una de mis piernas en la cintura.

—¿Le gusta el arte, señor Willoughby? —le pregunté.

Noté sus jadeos calientes en la oreja mientras movía sus caderas contra las mías.

—¿De qué demonios estás hablando ahora, Grace? ¿De arte? ¡Demonios, me importa un bledo! ¡Te pareces a mi primera esposa!

¿Por qué no me había dado cuenta antes? Aquel hombre era un bestia, y me enojé. ¿Su primera esposa? ¿Cuántas tenía?

—Lo siento, señor Willoughby —dije, mientras lo empujaba para apartarlo de mí—, pero no puedo volver a verlo.

Él se quedó boquiabierto. Su salchicha asomaba por debajo de su barriga prominente.

—Pero... ¡No puede ser! Te lo prohíbo, Grace. Te he pagado un buen dinero por tus servicios esta noche.

Yo le devolví el dinero.

—Señor Willoughby, será mejor que se suba los pantalones y me escuche. No vuelva a molestarme, o le haré una visita a su esposa. ¿Cuál es, la tercera?

—La quinta —murmuró él, mientras se subía los pantalones con rabia.

—La quinta, muy bien —respondí, colocándome la falda del vestido—. Señor Willoughby, si muestra usted tanto fervor con su mujer, tal vez no tenga que casarse por sexta vez.

Él frunció el ceño.

—¿De verdad lo crees? —me preguntó, mientras se calaba el sombrero—. Yo siempre he tenido miedo de parecerle un pervertido. Ya sabes, un poco... travieso.

El señor Rodin me había ofrecido que posara para él, y aquella oferta de trabajo cada vez me parecía más tentadora, porque podría sacarme de las calles.

—A mí me parece que debe intentarlo. Tal vez la señora Willoughby disfrute siendo un poco... traviesa.

Estaba claro que a él no se le había pasado por la cabeza aquella posibilidad.

—Dios Santo, tal vez tengas razón.

El señor Willoughby me estrechó la mano con entusiasmo y se marchó. Él no era el único hombre de Londres que tenía a su esposa en un pedestal, cuando debería llevársela a la cama para darse un buen revolcón. Tal vez, si todos mis clientes escucharan mis consejos, el negocio de la prostitución no sería tan próspero.

Respiré profundamente, y suspiré. Estaba cansada, y quería algo mejor. Tal vez la oferta del señor Rodin lo fuera.

Volví al día siguiente, sin anunciarme. Aquella mañana estaba nublado, y tuve suerte de que comenzara a llover justo cuando llegué al estudio.

—¡Ya voy! —dijo una voz masculina desde el interior.

Se abrió la puerta, y apareció un caballero muy parecido al señor Rodin, que me miró con ojos de cansancio, intentando dilucidar quién lo había despertado un sábado por la mañana.

—Disculpe. Quería hablar con el señor Rodin.

El hombre se frotó los ojos con los puños y volvió a mirarme. Oh, sí, por el color verde azulado de aquellos ojos, tenía parentesco con Thomas, sin duda.

—¿La estaba esperando? —me preguntó.

—No, hoy no. Me preguntaba si sería tan amable de dejarme pasar, señor. Me estoy mojando.

Él miró al cielo, y se dio cuenta de que estaba lloviendo.

—Disculpe, señorita. Pase, por favor.

Yo entré en el pequeño vestíbulo, y él cerró la puerta. Casi no había sitio para los dos, y yo sacudí mi chal intentando no mojarlo.

—Soy William Rodin, el increíblemente guapo hermano pequeño de Thomas —me dijo con una sonrisa. Parecía que el encanto era cosa de familia. William me estrechó la mano y preguntó—: ¿Y quién es usted?

—Grace. Grace Farmer.

—Ah, sí, Grace. Thomas mencionó algo sobre usted la otra noche.

—¿De verdad? Espero que fuera favorable.

La puerta volvió a abrirse, y el pomo golpeó a William en el estómago antes de que él pudiera moverse.

—Demonios, Will. Lo siento —dijo Thomas Rodin, que apareció, empapado, en el umbral.

—¿Has encontrado los bollos? —preguntó William.

Yo apoyé la espalda contra la pared e intenté hacerme lo más pequeña posible.

—Demonios, Will, ¿podrías apartarte? Es imposible...

Al toparse con mi cuerpo, alzó la vista.

—¿Señorita Farmer? —dijo con una espléndida sonrisa—. Qué sorpresa más agradable.

Pues sí, como la sensación de tener su cuerpo tan cerca del mío. Me imaginaba lo bien que nos adaptaríamos el uno al otro.

«Has venido a conseguir un trabajo de verdad, Grace».

—La puerta... Si puedes moverte un poco hacia la derecha...

William empujó la puerta con una mano e intentó quitarle la bolsa a Thomas con la otra.

—¿Están calentitos? —preguntó.

Thomas reaccionó, como lo hubiera hecho cualquier hermano, apartándole la mano a William de un manotazo y, accidentalmente, me rozó el pecho.

—Perdóneme, señorita Farmer, pero como puede ver, mi hermano es un tirano sin modales. Lo dejamos salir del establo algunos fines de semana. Esta semana me ha tocado tenerlo a mí —dijo con una sonrisa.

—Señor Rodin...

—Por favor, llámeme Thomas.

Su cara estaba a pocos centímetros de la mía. Mis ojos se fijaron en su boca tentadora, y tracé mentalmente aquel labio inferior que daban ganas de mordisquear.

—Casi lo he conseguido.

William cerró la puerta de golpe detrás de su hermano, y lo empujó hacia delante. Por suerte, mi cuerpo impidió que se golpeara con la pared. Yo giré la cabeza y noté la cálida respiración de Thomas en la mejilla.

—Señor Rodin, he estado pensando en su proposición.

Respiré profundamente cuando Thomas pasó por delante de mí. Mantuvo la bolsa en alto, fuera del alcance de su hermano.

—¿Té y bollitos? —preguntó con una sonrisa—. Venga, señorita Farmer —me dijo, mientras comenzaba a subir las escaleras—. Nuestras vidas corren peligro hasta que mi hermano haya desayunado.

Fue la primera vez que sentí que un hombre podía ser también mi amigo.

Seis meses. Algunas veces, fueron como seis años. Thomas Rodin podía llegar a ser el hombre más fastidioso de la faz de la tierra. Hosco, meticuloso en el trabajo, a menudo pasaba horas sin decir nada y, entonces, de repente, empezaba a hablar sin parar.

Nunca volvió a mencionarse la posibilidad de que yo me alojara en el estudio. Llegaba pronto por la mañana, y me marchaba a última hora de la tarde, a menos que algún miembro de la hermandad hubiera vendido alguna obra y se hiciera una fiesta para celebrarlo. A menudo, me invitaban a aquellas celebraciones improvisadas, y me dijeron que era la modelo más bella que hubiera tenido la fraternidad, pero sospecho que aquellos halagos tenían más que ver con mis habilidades en la cocina. Sin embargo, a Thomas le gustaba pasearme por la ciudad, exhibirme como si fuera a convertirme en la cara más famosa del arte mundial.

–La Mona Lisa –decía– ha encontrado su rival.

Admito que la atención era halagadora, pero, por experiencia previa, sabía que aquella fama no podía durar, y el encaprichamiento de Thomas tampoco. No me engañaba diciéndome que había sido su primera modelo, ni que sería la última.

Una noche de septiembre, descubrí que Thomas tenía más facetas de las que le permitía ver a la gente.

Yo estaba recogiendo los platos de la mesa después de una fiesta, y William me estaba ayudando.

–La comida ha sido deliciosa, Grace. Gracias. Como siempre, no sé si recibes suficientes alabanzas por estas exquisiteces que nos preparas.

Me sentí azorada por su comentario; hice un gesto para que se apartara y le quité los platos de las manos.

–Disfruto de la compañía. Es bueno ver a los hombres con un apetito tan sano.

William sonrió, de una forma muy parecida a su hermano, y se inclinó para darme un beso en la mejilla.

–Buenas noches, Gracie.

–Buenas noches –respondí yo, y me quedé mirando hacia la puerta.

Oí que le daba las buenas noches a su hermano y me posé una mano en la mejilla. Nadie había vuelto a llamarme «Gracie» desde que era niña. Era raro pensar en aquello después de tantos años, y sentir tanta añoranza de mi familia. Tuve que tragar saliva, porque se me había formado un nudo en el estómago. Moví la cabeza para aclararme la mente y salí de la cocina para asegurarme de que la mesa del estudio estaba recogida. Thomas estaba en su escritorio, con una botella en la mano, sirviéndose una copa de vino.

—Ah, Grace, todavía estás aquí. Este es un oporto muy bueno. ¿Quieres tomar una copita?

—No, gracias. ¿No crees que ya has bebido suficiente por hoy? —le pregunté con ligereza, puesto que esperaba que me ignorara. Recogí los últimos platos que se habían quedado allí.

—Deja eso y ven aquí. Necesito hablar contigo —me dijo.

Por su tono de voz, pensé que había bebido más de lo que yo creía.

—Espera un momento. No quiero dejar restos aquí, porque se llenaría de moscas —le dije con una sonrisa.

Se estaba comportando de un modo extraño, y me di cuenta de que debería haberme marchado con los demás, o haberle pedido a William que me ayudara a llevarlo a la cama. Rápidamente, metí los platos en el agua jabonosa, los lavé y los sequé.

—¡Grace! —gritó Thomas.

Me sequé las manos y salí de la cocina.

—Thomas, es tarde. No tienes por qué gritar, ya te he dicho que iba a venir.

—Tú no eres mi esposa, mujer, eres mi musa.

—Puede que sea tu musa, pero no soy una esclava a la que puedas dar órdenes.

Él me miró con los ojos entrecerrados.

—Quiero hacer unos bocetos —dijo, y posó la copa, con

fuerza, en el escritorio. El vino salpicó la preciosa madera oscura.

A mí me molestó su falta de cuidado. Tomé uno de los trapos de pintar y sequé el líquido antes de que pudiera estropear la madera. Thomas estaba ocupado buscando el papel y el carboncillo.

—¿No sería mejor esperar hasta que fuera de día y tuvieras luz?

Él negó con la cabeza.

—No, ahora. Para eso te pago, ¿no?

—Estás muy cerca de insultarme, Thomas. Me dan ganas de dejarte aquí y ver si te caes por el balcón.

Él se echó a reír. Yo adoraba aquel sonido, aunque él estuviera tan borracho. Demonios, habría sido mucho mejor que se tratara de un borracho feo. Él nunca me había puesto en un compromiso, aunque había habido un par de veces en que yo lo hubiera deseado. Por eso, dije:

—Debería irme.

—Oh, Grace, no seas así —dijo, y se acercó a mí. Me tomó por los hombros y me preguntó—: ¿Acaso te da miedo que te convenza para hacer algo que no quieres hacer?

Lo miré fijamente, y le advertí:

—Yo no intentaría nada.

Su hoyuelo, una de mis debilidades, apareció en su mejilla.

—Y, sin embargo, veo en tus ojos que no puedes resistirte a mí.

—¿Quieres hacer bocetos, o flirtear, Thomas? ¿Para qué me pagas?

—Ummm... Tal vez sea más inofensivo hacer bocetos.

—¿Y dónde quieres que me ponga? —le pregunté, mientras tomaba sus papeles.

—Oh, Dios Santo, vigila esa lengua, porque lo he pensado más de una vez esta noche.

—¿Has pensado en mi lengua? —le pregunté yo, mientras él se dirigía hacia un rincón con sus cosas—. ¿En qué sentido, Thomas? —insistí con una sonrisa.

Oí un gruñido suyo. Me di la vuelta, y comprobé que tenía los ojos puestos en mi trasero.

—Has bebido demasiado —le dije—. Voy a llevarte a la cama.

Él lanzó los papeles por el aire.

—¡Ahí es precisamente donde he querido llevarte durante todos estos meses, mi musa! ¡Qué maravilla que te ofrezcas!

Yo miré al cielo.

—Vamos, Casanova.

Le pasé el brazo por la cintura y lo guie por el pasillo. Cuando lo acosté, decidí que iba a quedarme a dormir en la habitación de invitados.

—Eres tan buena conmigo, Grace... —dijo, y apoyó las manos en mis hombros.

—Thomas...

Posó los labios en mi nuca, y me acarició el cuello con los labios.

—Podría ser tu amante, Grace, si tú lo permitieras —me susurró.

Pasó la lengua por un lugar secreto, debajo de mi oreja. Solo uno o dos hombres en el mundo sabían de la existencia de aquel lugar dulce, y era porque yo se lo había dicho. Thomas lo acarició como si ya lo supiera. Apenas me di cuenta de que deslizaba las manos por mi corpiño y comenzaba a desabotonarme el vestido. Pasó la mano por debajo del escote y me acarició la piel.

—Thomas, no deberías...

—Pero, mi musa, parece que tú disfrutas con mis atenciones... Noto cómo te late el corazón en la palma de mi mano...

Extendió los dedos y me acarició el pezón hasta que se me endureció. Me hizo girar entre sus brazos, y yo no protesté cuando me elevó la barbilla y me besó despacio, con ternura.

—Sí, mi musa, deja que te satisfaga —susurró, llenándome la cara de besos suaves—. Deja que adore tu exquisito encanto.

Continuó besándome y desabotonándome el vestido. Sus besos eran más potentes que el opio, y yo me abandoné a su magia. Sin embargo, me di cuenta de que, a la mañana siguiente, él no recordaría casi nada de lo que sucediera en aquel momento. Me dije que aquel no era el motivo por el que yo estaba allí, y me prometí que iba a pararlo todo. Después de un beso más.

—Grace, debes decirme si quieres... Yo nunca forzaría a una mujer...

Pasó los dedos por mi garganta y bajó el escote de mi vestido...

Yo estaba perdida en sus besos. ¿Había sido aquel el último? Sí, debía de serlo...

—Si supieras lo que quiero hacerte... —me dijo suavemente, acariciándome la sien con la mejilla—. Quiero tenderte en mi cama y, con lentitud, quitarte toda la ropa. Quiero besarte desde la cabeza a los pies, dedicando una gran cantidad de tiempo a las partes más interesantes que halle por el camino.

—¿Serías mi amante, Thomas? —le pregunté—. ¿Harías todo lo que yo te pidiera?

—Oh, sí, sería tu esclavo, me dedicaría solo a tu placer —suspiró él, mientras seguía besándome.

—¿Me amarías profundamente?

—Oh, sí, tan profundamente que me suplicarías más.

—¿Y tú me darías más?

—Sí, oh, mi musa, una y otra vez, más y más.

—Mi querido amante, antes de entregarte mi cuerpo para que lo adores, hay una última cosa que tengo que saber.

El beso apasionado que siguió después estuvo a punto de hacerme olvidar que iba a poner punto final a aquel juego.

—Deja que sea tu oráculo, mi amor. Te ofrezco libremente mi cuerpo para que tú obtengas tu placer —dijo, mientras seguía acariciándome—. Te ofrezco mi poste de mayo para celebrar el rito de la primavera —murmuró.

¿Poste de mayo? Yo contuve la sonrisa.

—Estamos en septiembre, borrachín. Solo tienes que responderme a esta pregunta, y nuestra felicidad no tendrá límites —le dije, y lo tomé por la barbilla para que me mirara. Sus ojos empañados, tan maravillosos en su estado de embriaguez como cuando estaba sobrio, brillaban de puro deseo—. ¿Te vas a acordar de algo de esto por la mañana?

Él pestañeó.

—No lo entiendo —dijo, e intentó besarme de nuevo.

Yo le puse una mano sobre la boca. Aquello era mucho más difícil de lo que hubiera pensado.

—Acuéstate, Thomas. Nos veremos por la mañana.

Intentó abrazarme, pero yo me zafé.

—Grace, piensa en lo que estás haciendo.

Me detuve en la puerta, mientras me colocaba la ropa.

—Lo estoy pensando, Thomas. Lo estoy pensando. Buenas noches.

Y cerré la puerta, haciendo caso omiso de su cara de súplica.

Capítulo 3

Me quedé en vela hasta que amaneció. No podía olvidar lo cerca que había estado de rendirme a la seducción de Thomas. Habría sido muy fácil sucumbir. Era lógico que un hombre como Thomas Rodin, tan romántico cuando estaba sereno, fuera el doble de atractivo cuando su faceta más pícara estaba desinhibida por el vino. Era un hombre complejo y, seguramente, por eso me resultaba tan atrayente.

Me levanté mientras los demás estaban dormidos, me bañé y me lavé el pelo. Después me preparé una taza de té y fui al estudio a encender el fuego de la chimenea. Peinarme era una tarea agotadora, pero merecía la pena, puesto que al trenzarme el pelo con la humedad justa, se me formaban unas ondulaciones que Thomas adoraba pintar cuando posaba para él.

Oí un suspiro masculino y me giré hacia la entrada del estudio. Thomas Rodin estaba allí, desaliñado y con cara de sueño.

–¿Crees que es posible que a uno le duelan los folículos del pelo? –me preguntó, y, con un gesto de dolor, se tocó la frente con la palma de la mano.

Sonreí.

–Voy a traerte una cosa que te va a ayudar mucho.

Le llevé un dedo de whiskey y una taza de té.

–Primero el whiskey –le dije; él me miró con incertidumbre.

–¿Estás segura?

–Confía en mí. Vamos.

Cerró los ojos y se tragó el whiskey de una vez. Después, tomó un largo trago de té y apretó los párpados. Yo casi podía ver cómo le estaba quemando por dentro, e hice un gesto de dolor al ver que se le congestionaba la cara.

Tomó una bocanada de aire y soltó un gran gruñido cuando el alcohol empezó a expandírsele por el organismo.

–¿Y se supone que esto me va a ayudar?

Yo me encogí de hombros.

–No lo he probado personalmente, pero el dueño del pub en el que trabajaba me dijo que funcionaba muy bien.

–¿Y era bebedor? –me preguntó Thomas con lágrimas en los ojos.

–Nunca le vi tocar una gota de alcohol, pero estoy segura de que ha arreglado a unos cuantos como tú.

Él agitó la cabeza.

–Bueno, si perdiste la oportunidad de matarme anoche, por mi comportamiento, esta mañana has empezado muy bien.

–¿Recuerdas algo de lo que pasó anoche? –le pregunté yo mientras ocupaba mi sitio ante el fuego. Él se levantó y se colocó detrás de mí.

–Bastante, Grace. ¿Me perdonas?

Asentí y lo miré por encima de mi hombro. Él sonrió y se sentó a mi lado, observando cómo me trenzaba el pelo.

–¿Puedes enseñarme a hacer eso?

Yo sonreí. Aquel hombre era una caja de sorpresas.

–¿Quieres aprender a hacer trenzas?

—Quiero aprender a hacerte una trenza a ti.

Me quedé sin habla. Ningún hombre me había pedido algo así.

—¿De verdad?

—Por el amor de Dios, Grace, tu pelo es algo glorioso. Me encanta tocarlo, ¿o es que no te habías dado cuenta?

Yo no respondí. Moví el cuerpo para poder mostrarle cómo se entrelazaban los tres mechones de pelo.

—Arriba y abajo, arriba y abajo —dije—. Empiezas aquí arriba, en la nuca, y vas bajando.

Él se echó a reír.

—No tienes ni idea de lo tentador que suena eso, ¿verdad, Grace?

—Y tú no tienes ni idea de lo granuja que eres, ¿verdad, Thomas? —respondí yo, sonriendo.

Mientras iba entrelazando los mechones, tenía una expresión intensa. Mi cuerpo sentía agudamente sus dedos, y cada uno de sus suaves tirones me recordaba la sensación que me habían producido aquellas manos en la piel la noche anterior.

Estuvimos en silencio durante el tiempo que le tomó hacerme la trenza. Yo había compartido muchas veces mi cuerpo con los hombres, pero nunca había sentido aquella intimidad con ninguno. Era algo muy personal, y aquel confort me impulsó a preguntarle por su familia, algo que llevaba un tiempo causándome curiosidad.

—¿Tienes hermanas, Thomas?

Permaneció en silencio.

—¿Por qué me dejaste anoche? —respondió, cambiando radicalmente de tema.

—Porque tengo como norma no acostarme con borrachines.

—¿Nunca? —preguntó con incredulidad.

—Hasta el momento no, Thomas.

Continuó trenzándome el pelo mientras yo miraba silenciosamente a la chimenea. Me pregunté si se le había pasado por la cabeza qué habría podido ocurrir si él no hubiera estado borracho. Yo sí lo había pensado.

—Dime cómo elegiste tu profesión —me preguntó en voz baja.

Yo me reí.

—Lo preguntas como si de verdad hubiera podido elegir. ¿Es que la vida parece perfecta detrás de esas gafas de color rosa que llevas?

—Supongo que es una de las desventajas de ser un romántico incurable.

Sonreí.

—Estoy segura de que mi profesión no es algo que se elija. Más bien, te elige a ti.

—¿Puedes explicármelo, Grace? De veras, quiero entenderlo.

Yo miré de nuevo al fuego, buscando las mejores palabras.

—Supongo que la idea puede ser desconcertante para un hombre. Verás, Thomas, hay muchos tipos de mujeres diferentes en la calle, pero la mayoría no lo han elegido. Algunas lo hacen para sobrevivir, otras para encontrar una huida de un matrimonio espantoso, otras para poder dar de comer a sus hijos. Algunas, una minoría, lo hacen porque buscan compañía.

—No lo sabía.

Me acarició la nuca. Yo cerré los ojos, y me contuve para no ofrecerle un beso.

—Yo pensaba que la mayoría habían tenido mala suerte —dijo—. ¿Qué te pasó a ti, entonces? ¿Has tenido... tienes... hijos? —me preguntó con delicadeza.

—Yo no puedo tener hijos.

—Grace, ¿qué te pasó?

Apreté los labios y me reproché haber sido tan abierta con él.

—Fue hace mucho tiempo.

—¿Quieres hablar de ello?

Me tomó suavemente por los hombros y me obligó a volverme hacia él. No vi lástima en sus ojos, como esperaba; vi ira y un sentimiento de protección.

—Creo que será mejor dejar en paz el pasado.

—Ojalá hubiera podido ahorrarte el dolor que ha puesto esa mirada tan reservada en tus ojos —me dijo él.

—Nadie podía salvarme, Thomas. Nadie puede salvar a todas las niñas a las que roban de sus familias.

—Por Dios, Grace, no tenía ni idea. ¿Has intentado buscarlos alguna vez? ¿A tus padres?

Negué con la cabeza.

—No, yo ya había cambiado demasiado. No me habrían querido. Ya no era su niñita inocente. Pensé que era mejor librarlos de tener que vivir con ese dolor cada vez que me miraran.

—Una vez conocí a una mujer como tú. Era inteligente, fuerte y bella.

—¿También posó para ti?

—Se llamaba Cozette. Fue mi modelo y mi estudiante, pero, mirando atrás, me parece que su estudiante fui yo.

—¿Es la mujer que aparece en tus bocetos? —le pregunté.

Asintió, y abrió los brazos.

—Ven, siéntate conmigo.

—No necesito tu compasión, Thomas.

—Y no vas a tenerla. Considéralo un abrazo entre amigos. Entre buenos amigos.

Yo me coloqué entre sus piernas y entre sus brazos. Cerré los ojos; allí me sentí segura por primera vez desde hacía muchos años. Él apoyó la mejilla en mi cabeza, y estuvimos un buen rato así, contentos en aquel silencio, hasta que Thomas volvió a hablar.

—¿Qué podía haber sucedido anoche, Grace, si yo no hubiera estado borracho?

Pasó la mano por mi trenza, suavemente, hasta que me tocó el hombro.

—Me gustas, Thomas —dije. Sin embargo, temía que me estaba acercando demasiado y que me exponía a un buen desengaño.

Él se rio suavemente.

—No me imagino qué es lo que ve una mujer como tú en un tipo como yo.

—¿Es una broma? Por favor, no te burles de mí, Thomas. No podría soportarlo.

—Grace, no es ninguna broma. Con todo lo que has vivido, con todos los horrores que has superado, mi carácter palidece en comparación con el tuyo.

Mi corazón se detuvo al contemplar muchas posibilidades, la esperanza y los sueños de tener una vida normal.

—Querida Grace... quiero besarte —me dijo en voz baja—. Con tu permiso, y con mucho menos alcohol en mi organismo —añadió con una sonrisa.

—¿Thomas? —dije yo, perdida en su preciosa mirada.

—¿Sí?

—Quiero que me beses.

Aquel fue el beso más respetuoso y casto que me hubieran dado nunca, y el más poderoso. Todo mi cuerpo sintió la caricia de su mano en mi brazo, y su palma sobre mi pecho. Me habían acariciado muchos hombres, pero ninguno había conseguido que me sintiera tan bella como en aquel momento.

A través del vestido, él frotó la punta de mi pecho, y me endureció el pezón. Yo separé los labios al suspirar, y su lengua entró en mi boca. Antes de que pudiera darme cuenta, estaba tumbada en el sofá, con Thomas arrodillado sobre mí, sacándose la camisa por la cabeza.

—¿Por qué yo, Grace? —me preguntó, mientras se inclinaba hacia mi abrazo.

—¿Acaso tiene que haber una razón, Thomas?

Me llenó el cuello de besos cálidos, y provocó un deseo feroz en mí.

—¿Y William? —le pregunté en voz baja.

Thomas se echó hacia atrás y me miró.

—¿William y tú...?

—No... solo quería decir que... ¿y si se despierta?

—Ah —dijo él—. Para despertar a mi hermano hace falta un cañón, sobre todo después de una fiesta.

—Entonces, ¿no tenemos que preocuparnos por ninguna interrupción?

—No, en absoluto —dijo él—. Pero solo quiero hacer esto si tú lo deseas también, Grace.

—Thomas... —dije, y le acaricié la mejilla—. Me lo he imaginado una docena de veces esta noche.

—Estoy perdido ante ti, Grace. Debes de saberlo.

Su mirada me recorrió, me devoró, y aumentó mi deseo. Yo me subí el vestido por las caderas para revelarme ante él.

—Dios Santo... —susurró.

Me agarró por la rodilla y dejó un rastro de besos tiernos por mi muslo. A mí se me escapó un jadeo, y lo agarré del pelo, al sentir que pasaba la lengua por mi sexo, con movimientos tan artísticos como los de su pincel sobre el lienzo.

Mi cuerpo flotó en la dicha de sus caricias.

—Thomas —suspiré.

Tenía el corazón acelerado por la intensidad de mi excitación. Todo aquello era nuevo para mí. Para mí, el sexo no era una cuestión de emociones, y me sentía casi como una virgen en mis sentimientos.

Él me besó la rodilla mientras se desabrochaba el pantalón.

–Grace, estoy ardiendo por hundirme en tu cuerpo...

Aquella afirmación me excitó aún más. Él se apoyó en ambos brazos y, lentamente, se deslizó dentro de mi cuerpo. Me llenó y se retiró, y volvió a llenarme, más profundamente. Yo me rendí al éxtasis de aquellos movimientos, y agarré con fuerza la tela de mi vestido, sin apartar mis ojos de los suyos. El ritmo de sus acometidas fue en aumento, y me tapé la cara con los brazos al sentir un clímax explosivo que se apoderó de todo mi cuerpo.

–Grace –susurró él, y después de dos embestidas más, llegó al éxtasis. Se retiró de mi cuerpo y dijo, sin aliento–: No has contestado a mi pregunta.

Cuidadosamente, me colocó el vestido, y se abrochó los pantalones.

–¿Qué pregunta?

Él me abrazó, y permanecimos así, mirando el fuego.

–Estás temblando –me dijo él, acariciándome el brazo.

–¿De veras? –pregunté. Obligué a mi mente a no dejarse atrapar por unos sentimientos que, después, iba a lamentar.

–Te he preguntado qué es lo que te gusta de mí, Grace. Creo que hay muy poca gente a la que yo le caiga bien de verdad. Está claro que aceptan mi liderazgo...

–Y tu obstinación... –broméé yo en voz baja.

Él se rio y me besó la cabeza. Sin embargo, yo no sabía qué responder. A mí nunca me habían preguntado qué pensaba ni qué quería; en mi vida, todo trataba de proporcionarles placer a los demás. El hecho de que a él le importara lo suficiente como para preguntármelo hizo que se me formara un nudo en la garganta.

–Tú eres capaz de ver quién soy, Thomas. No solo lo que soy.

Lo miré. Me sentía más expuesta que nunca en toda mi vida. Aunque mi conocimiento sobre los hombres era muy vasto, Thomas era la excepción. No sabía cómo iba a aceptar mi sinceridad, pero tampoco iba a negar que corría un gran riesgo al ser tan franca.

—La academia ha rechazado mi solicitud de ingreso, Grace. Dicen que me he burlado públicamente de la escuela y de sus enseñanzas. ¿Te lo imaginas? Esos bufones, culpándome a mí por su incompetencia...

—¿Por eso bebiste tanto ayer?

—Es tan buen motivo como cualquier otro —respondió él.

—¿Puedo preguntarte una cosa?

—Por supuesto.

—¿Tu único objetivo es participar en una de sus exposiciones? Quiero decir... ¿Tú pintarías aunque no tuvieras ningún lugar en el que exponer tu obra?

Respiró profundamente y, después, exhaló un suspiro.

—Tienes razón. Tal vez me haya empeñado en complacer a los demás, en vez de confiar en mí mismo —dijo—. Supongo que es un viejo complejo de culpa, que sin duda me creó mi piadosa madre. Yo nunca fui lo suficientemente bueno para ellos. Para mis padres —dijo con una mirada de melancolía.

—Haz aquello que amas, Thomas, y, un día, el mundo te tendrá en cuenta.

—Qué sabia eres —dijo él y me besó la frente—. Me has ayudado a ver las cosas de un modo diferente.

De repente, sentí un hambre voraz.

—Voy a preparar un buen desayuno —dije, rápidamente.

Aquella intimidad tan nueva me ponía nerviosa. No me atrevía a pensar en el riesgo que corría mi corazón. Lo que Thomas no sabía, y lo que no le dije, era que yo también estaba empezando a verme a mí misma de un modo distinto. Él había despertado un montón de emociones nuevas en mí, incluida la que más temía... El amor.

No se trataba de que los esfuerzos románticos de Thomas fueran en vano. Él fue más que un amigo durante los siguientes meses. Manteníamos largas conversaciones. Yo le enseñé chistes verdes, y él me habló del arte. En la cama, éramos igualmente apasionados. Él toleraba llevarme a mi habitación del pub cada noche, porque yo me negaba a quedarme en el estudio. No estaba lista para un compromiso así. Y fue, precisamente, el lugar donde yo vivía lo que nos causó un desencuentro.

Había pasado casi un año desde que había empezado a posar para Thomas. Una tarde de verano, cuando llegué al estudio, vi un precioso coche negro aparcado abajo. Supuse que tenía un invitado, así que subí de puntillas y miré hacia el interior del estudio.
Estaba vacío.
–¿Thomas?
–Ah, Grace, ya has llegado. Ven, tengo que enseñarte una cosa –dijo él, y salió de la habitación de invitados.
Yo arqueé las cejas.
–Vaya, Thomas, ese truco ya está un poco manido –comenté con una sonrisa.
–No me das descanso –dijo él y me hizo una seña para que me acercara.
–¿Has visto el coche que hay abajo? –le pregunté con curiosidad, mientras lo seguía al interior de la habitación–. Pensé que tenías un invitado de la realeza –dije.
Entonces, vi un precioso vestido azul oscuro que había sobre la cama. Los bordados de abalorios resplandecían

bajo la luz de la lámpara. A su lado había una estola de piel, un bolso y un sombrero de plumas.

—Es precioso —dije.

—¿Te gusta? —me preguntó con una expresión de orgullo.

—¿Sabes qué día es hoy?

—Creo que es jueves. ¿Esto es para tu nuevo proyecto?

Él me acarició el pelo.

—Qué idea más fascinante. Pero, no. Quiero que te lo pruebes. Quiero ver cómo te queda.

—¿Qué vas a pintar? —le pregunté yo con curiosidad.

—Parece que te va a quedar bien.

Estaba evitando mis preguntas. Yo tomé el vestido de la cama, me lo coloqué sobre el cuerpo y me giré para mirarme al espejo.

—Deja que te ayude.

—Si se trata de un truco para que me quite la ropa...

—Grace, el vestido. Por favor...

Me desabrochó todos los botones y me ayudó a cambiarme de vestido. Yo lo miré a través del espejo.

—¿Qué día es hoy?

Él sonrió.

—Es el aniversario del día, Grace Farmer, que tú entraste en mi vida. Una muchacha empapada, con la boca de un marinero, y con una pasión parecida a la mía por los bollitos y el oporto.

Fue algo tan inesperado, tan considerado, que se me llenaron los ojos de lágrimas. Me tapé la cara con las manos. Él me abrazó, y yo me di la vuelta y apreté la cara contra su pecho.

—¿No te está bien el vestido? Podemos encontrar otra cosa.

—Me has hecho llorar —dije entre los pliegues de su camisa—. Demonios, Thomas, no me acuerdo de la última vez que lloré.

—Vaya, Grace. Este no es el momento de ponerte al día. Se trata de un vestido, no de una proposición de matrimonio.

Se irguió y me apartó de sí.

—Vamos, lávate la cara y vístete. Tengo otra sorpresa. Hay uno de esos... artilugios. Un miriñaque ¿Necesitas que te ayude?

Yo agité la cabeza.

—Puedo arreglármelas.

—Si estás segura... Yo tengo que terminar de vestirme. Nos vemos abajo.

Me senté al borde de la cama.

—No es una proposición de matrimonio, Grace —murmuré yo, enjugándome las mejillas.

Los hombres como Thomas y las mujeres como yo no se casaban, al menos hasta que no estuvieran completamente preparados. Me puse en pie y me coloqué el vestido. William pasó por la puerta de la habitación y silbó.

—Parece que lo han hecho expresamente para ti —dijo con una sonrisa—. ¿Necesitas que te ayude con los botones?

Asentí, y él me ayudó, mientras yo lo miraba a través del espejo.

—William, ¿tienes idea de dónde...?

Él me besó la coronilla.

—Ni idea, pero, seguramente, Thomas está abajo, molestando al cochero. Si te da pena ese pobre hombre, apresúrate.

Thomas me llevó a cenar a un lujoso hotel y, después, a la ópera. Me cautivó la grandeza y el romance del teatro y de la alta sociedad.

Durante el descanso, la gente se entremezcló. Thomas me entregó una copa de champán. Siempre y cuando él estuviera a mi lado, yo podía fingir que era más de lo que era.

—Lord Hoffemeyer, me alegro de verlo —dijo Thomas, dirigiéndose a un hombre muy grande y a su esposa, que se nos acercaban. Los dos se estrecharon la mano amablemente—. Me quedé con Lord y lady Hoffemeyer —me explicó— hace unos años, cuando estaba viajando por Alemania.

—Thomas Rodin, no esperaba volver a verlo, y menos en un lugar como este. No sabía que le interesara la ópera —dijo lord Hoffemeyer en un tono extraño.

—Hay muchas cosas que no sabemos sobre el señor Rodin, querido —dijo su esposa, que era muy bella. Miró a Thomas de pies a cabeza y prosiguió—: ¿Cómo está, Thomas? Ya no es el mismo jovencito delgado que el barón trajo a casa de una partida de cartas, ¿verdad? —dijo, y le dio unos golpecitos con el abanico en el hombro.

Thomas me miró con timidez, y estrechó la mano de la dama.

—Lady Hoffemeyer, es un placer volver a verla —comentó Thomas, besándole la mano enguantada.

Yo me di cuenta de que al caballero le vibraba el músculo de la mandíbula, y me pregunté si Thomas habría tenido una aventura con su esposa.

—Prometió que volvería a visitarnos —dijo lady Hoffemeyer con un mohín—. Tal vez debiéramos vernos mientras estamos aquí, en Londres.

Su marido me observó con interés.

—Perdónenme —dijo Thomas, que recordó de repente mi presencia—. Les presento a Grace Farmer. Grace, el barón y la baronesa Hoffemeyer de Pomerania. Lord Hoffemeyer hizo una gran aportación para expandir la red de ferrocarriles en esa parte del mundo.

Sonreí al darle la mano a aquel caballero de aspecto austero.

—«Barón» es solo un título político, querida. Prefiero

lord Hoffemeyer. ¿Comparte usted con el señor Rodin la pasión por el arte, señorita Farmer? –me preguntó.

Thomas respondió antes de que yo pudiera hacerlo.

–Grace es una de las modelos de la Hermandad Prerrafaelista, milord.

Él me miró con gran interés.

–Ah, sí, debería haberlo imaginado. Es usted una criatura bellísima –dijo, y se volvió hacia su esposa–. Mírala, querida, ¿no te parece exquisita? ¿Dónde la encontró Thomas, querida?

–Nos conocimos en los jardines de Cremorne, milord –dije yo con una sonrisa. Me di cuenta, entonces, de cómo miraba el caballero a Thomas y, después, a su esposa.

Lady Helen me observó atentamente y se humedeció los labios. Después miró a Thomas.

–¿Cuándo podemos vernos, Thomas? Como bien sabe, estamos impacientes por... vernos con usted. Haremos que merezca la pena la velada. Y, ¿por qué no trae a su encantadora amiga? Podríamos conocernos mejor –dijo, y enarcó las oscuras cejas.

Thomas me posó una mano en la espalda.

–Si nos disculpan, acabo de recordar que le prometí a alguien una visita.

Thomas me alejó de la pareja y se dirigió hacia la puerta. Recogió el sombrero y el abrigo en el guardarropa.

–Thomas, ¿y el resto de la ópera?

Él no dijo nada, sino que continuó bajando las escaleras hacia la salida, casi arrastrándome. Yo me detuve de golpe.

–¿Qué demonios estás haciendo, Thomas?

–Creía que ya había dicho que tengo que hablar con alguien –dijo, y se puso a mirar la larga fila de carruajes, buscando el nuestro. Me hizo una seña con la mano–. Vamos, el nuestro está ahí. Date prisa.

–No, hasta que no me expliques qué ocurre.

—Este no es el momento ni el lugar, Grace.

—No me voy a marchar hasta que... —entonces lo comprendí todo—. Te avergüenzas de mí, ¿no? ¿Es eso?

—No digas tonterías —respondió, y siguió bajando los escalones hasta la acera—. Me gustaría que nos marcháramos ya... Grace, por favor...

De mala gana, yo lo seguí hasta el carruaje, y él me ayudó a subir. Cuando estuvimos sentados uno frente al otro, dio un golpe con el bastón en el techo, y yo esperé a que recorriéramos algunas calles. Thomas iba mirando por la ventana con los labios apretados.

—¿Qué sucede, Thomas?

—Prefiero no hablar de ello ahora.

—¿Es que no piensas decirme lo que ha pasado ahí dentro?

—¿Por qué has tenido que decirles que nos conocimos en el Cremorne?

Yo me quedé atónita.

—Porque es la verdad.

Él no respondió. Siguió mirando por la ventana.

—Thomas, si no me explicas tu comportamiento irracional, voy a tener que sacar mis propias conclusiones.

Él cabeceó y me miró de reojo.

—No es asunto tuyo. Ojalá no hubieras mencionado el parque.

—¿Por qué? —pregunté, temiéndome que la respuesta tuviera algo que ver con mi profesión.

—Porque ahora se han llevado una impresión equivocada.

—¿Qué impresión? ¿Y tú, precisamente, te preocupas por eso?

—Tengo una carrera artística, Grace, una carrera que estoy intentando construir con gran oposición.

—Bien, Thomas, entonces supongo que debería agradecerte que te hayas molestado por mostrarme las cosas buenas de la vida, aunque no sé que querías conseguir con este acto de caridad.

Me miró con el ceño fruncido.

—No te entiendo, Grace. ¿Es que tú no deseas ser mejor de lo que eres? ¿No quieres llegar a ser algo más? Ahora, tu cara aparece en retratos por toda Europa. ¿No crees que ya es hora de que te comportes como una dama?

Fue como si me pusiera una pistola en el corazón. Di un golpe con el puño en el techo del carruaje, y nos detuvimos de golpe. Con una rápida mirada, reconocí la calle en la que estábamos; cerca del pub donde yo vivía.

—Iré caminando desde aquí, Thomas.

—Ni lo pienses —dijo él, malhumoradamente, tomándome del brazo cuando traté de abrir la portezuela—. No voy a permitir que vayas sola por Whitechapel con ese vestido. Deja que te lleve al estudio.

—¿Estás preocupado por el maldito vestido? Muy bien, Thomas —dije yo, y le puse la estola de piel en el regazo—. Siempre me has parecido un poco arrogante, pero te perdonaba porque me gustabas. Sin embargo, hasta este momento nunca me había dado cuenta de que eres un enob.

Me quité el sombrero y los guantes, y los puse en el asiento, a su lado. Después con un movimiento rápido de la falda, conseguí desatarme el miriñaque y me agité para que cayera a mis pies.

—Qué demonios... Grace, ¿qué estás haciendo?

—Te estoy devolviendo tu caridad, Thomas. No la necesito.

—Oh, demonios. Para ahora mismo.

Seguí quitándome la ropa, y le puse el vestido en el regazo.

—Ahí tienes, Thomas. No tienes por qué preocuparte. Tal vez encuentres a otra modelo que merezca que la exhibas a tu lado —dije.

Entonces, abrí la portezuela del coche y bajé a la calle, vestida solo con la camisa, el corsé, las bragas y los zapatos.

−Por el amor de Dios, Grace, sé razonable.

Yo empecé a caminar a toda prisa por la calle, ignorando las llamadas y los silbidos de los borrachos que salían de los pubs. El coche se situó a mi lado, y Thomas sacó la cabeza por la ventanilla.

−Grace, no sé cómo decirte lo infantil que es todo esto. Voy a decírtelo solo una vez más: sube al coche y vamos a hablar como personas razonables.

−Eres un imbécil, Thomas Rodin −dije.

−Que se entere todo el mundo, guapa −dijo un borracho, blandiendo una botella en una esquina.

−Deja que te lleve a casa.

Entonces, me detuve y me volví hacia él con los brazos en jarras.

−Por si se te había olvidado, Thomas, ¡esta es mi casa!

Él entrecerró los ojos. Estaba furioso conmigo, pero no me importaba, porque yo también estaba furiosa con él.

−Muy bien. Compórtate como una terca −me dijo.

−Muchas gracias, señor. Por lo menos, yo sé lo que soy −respondí yo. Oí más vítores a mis espaldas.

−¡Testaruda! −me dijo, mientras le hacía una seña al cochero para que siguiera.

−¡Sapo mentiroso! −le grité yo, al coche, mientras se alejaba.

Le había demostrado que no podía tratarme como a una mascota a la que exhibir ante sus amigos. Conteniendo las lágrimas, recorrí las calles hasta que llegué a la seguridad de mi pequeña habitación. Entonces, empecé a sollozar hasta que me agoté por completo y me quedé dormida.

Capítulo 4

Cuatro meses se convirtieron en seis, y seis, en un año. Yo seguía sin tener noticias de Thomas. No me sorprendió del todo; yo había herido su orgullo, como él había herido el mío. Lo que había ahorrado de mi salario de modelo me mantuvo en buenos términos con el dueño del pub, y me ofreció que le ayudara a servir mesas y a charlar con los parroquianos una o dos noches a la semana. De vez en cuando iba al Cremorne. Sin embargo, mis antiguos clientes, que habían visto ni nombre asociado con el de la hermandad, no acudían a verme con la misma frecuencia de antes. Yo no echaba de menos el sexo, pero me sentía sola. Una noche encontré a Deidre dormida en uno de los bancos del parque. Llevaba días sin comer y no tenía adónde ir, así que la invité a cenar en el pub.

—Gracias, Grace. No sabes lo mucho que esto significa para mí —me dijo, mientras engullía otro pedazo de pescado y bebía otro trago de cerveza.

—Lo entiendo, Deidre. Yo también he estado en tu situación. Tenemos que cuidarnos las unas a las otras, ¿no? Somos la única familia que tenemos.

Me miró. Sus ojos verdes estaban llenos de un conocimiento que no debería tener, siendo tan joven.

—¿Qué pasó con tu artista? ¿Se salió con la suya y después te dejó?

—Posé para unos cuantos proyectos. Después, no necesitó más mis servicios.

Ella emitió un sonido de disgusto.

—¿Y no es siempre lo mismo?

—Supongo que sí —dije yo con una punzada de dolor en el corazón.

—Disculpe, ¿es usted la señorita Farmer?

Miré al hombre que había sentado en la mesa de al lado. Era muy alto y tenía un acento extranjero que me resultó vagamente familiar. Iba bien vestido y tenía un poblado bigote. Sonreía amablemente.

Me tendió la mano.

—Soy lord Hoffemeyer. Supongo que no me recuerda. Nos conocimos hace un año en la ópera. Usted estaba con el señor Rodin.

—Por supuesto, lord Hoffemeyer. No le había reconocido. Hay algo distinto...

Él se echó a reír.

—¿Tal vez la ausencia de lady Hoffemeyer?

—Tal vez. La recuerdo como una dama especialmente elegante —dije y retiré la mano—. ¿Cómo está lady Hoffemeyer? —pregunté, y miré a Deidre, que se había quedado hipnotizada mirando al barón.

La alegría del hombre se apagó.

—Me pregunto si sería demasiado atrevido por mi parte pedirle que venga a dar un paseo conmigo, señorita Farmer. Me gustaría hablar con usted de un asunto importante.

Yo miré a Deidre, y me di cuenta de que todavía no la había presentado. Ella arqueó una ceja.

—Lord Hoffemeyer, le presento a Deidre... —titubeé, al darme cuenta de que no conocía su apellido.

—Solo Deidre, señor —dijo ella, y le tendió la mano, que estaba muy sucia.

Para mi sorpresa, él se la besó, y la pobre Deidre se puso muy colorada.

—¿Te importaría que fuera a dar un paseo con lord Hoffemeyer? —le pregunté.

—No, claro que no. Nos vemos después.

—Un placer —dijo lord Hoffemeyer y se inclinó hacia Deidre.

Yo tuve ganas de darle un beso.

—Ha sido muy amable con mi amiga, milord. Ha de ser una persona especial para ser tan bueno.

Él me sonrió ligeramente y seguimos caminando durante unos minutos. Era un hombre guapo para su edad. Tenía algunas canas en el mostacho y arrugas alrededor de los ojos castaños.

—Tengo entendido que ya no posa para la hermandad. Más específicamente, para el señor Rodin.

Yo lo miré inquisitivamente.

—Si Thomas lo ha enviado aquí...

—No, no he vuelto a hablar con él desde aquella noche. Ustedes dos se marcharon muy rápidamente.

—Debo disculparme, milord. No sé qué le ocurrió a Thomas aquella noche.

—¿Él no le ha dicho nada?

—No. Me temo que esa misma noche tuvimos una discusión, y no he vuelto a verlo desde entonces.

—Es una lástima —dijo él, metiéndose las manos en los bolsillos—. He oído decir que tiene una nueva modelo, una bellísima muchacha pelirroja. Al menos, eso me dijo un conocido de la hermandad.

Yo intenté disimular el dolor que sentí al enterarme. Con el tiempo, me había convencido de que Thomas y yo no estábamos destinados el uno al otro.

—A él siempre le pareció exótico el pelo pelirrojo —respondí con una sonrisa forzada.

Él me puso una mano sobre el brazo para detenerme.

—Si es receptiva a la idea de volver a posar, Grace, me gustaría contratarla como modelo para un cuadro.

Yo no estaba segura de si quería volver a posar, pero si el sueldo era mejor que el del pub, estaba dispuesta a escuchar.

—¿Ha pensado en algún artista?

—He contratado a uno de los pintores de la hermandad para que haga un retrato muy especial.

—¿Qué tipo de retrato, lord Hoffemeyer?

Él respiró profundamente.

—Es para mi despacho, Grace. Tengo una colección privada de cuadros de algunos de los artistas más renombrados de nuestro tiempo.

—¿Y quiere incluir un retrato mío?

—Sí. Grace, desde que nos conocimos aquella noche, no he podido olvidarla con aquel vestido azul.

Yo me sonrojé.

—Lord Hoffemeyer, perdóneme, pero es usted un hombre muy excéntrico.

Él se encogió de hombros y me tomó la mano para besármela.

—Me han llamado cosas peores. Sin embargo, cuando deseo algo, no paro hasta conseguirlo —dijo con una sonrisa.

—¿Y qué es lo que quiere de mí, exactamente?

—Un retrato, Grace. Un retrato muy específico.

—¿Y no hay nada más incluido en este trato?

—Por supuesto que no, Grace. Nada más que lo que le haga sentir cómoda a usted —dijo y se tocó ligeramente el ala del sombrero.

—¿Y qué tipo de retrato es?

—Un desnudo, Grace —dijo él con una sonrisa tímida.
—¿Un desnudo?
—Sí, sé que parece extraño, tal vez, pero mi colección...
Yo lo interrumpí.
—No tiene por qué darme explicaciones, lord Hoffemeyer —respondí. Necesitaba el dinero, si quería encontrar un sitio lo suficientemente grande como para que Deidre y yo pudiéramos vivir aquel invierno—. ¿Un desnudo? ¿Eso es todo?

—Eso es todo, querida —dijo él—. Ah, y he acordado con el artista que la suma se dividirá a partes iguales entre ustedes.

Yo abrí mucho los ojos.

—¿La mitad para el pintor y la mitad para mí? ¿Y el pintor aceptó?

Lord Hoffemeyer se encogió de hombros nuevamente.

—Creo que le pareció bien.
—Usted debe de querer ese retrato de verdad.
—No sabe lo que significa para mí, Grace. Además, mientras se realiza la obra, no quiero que tenga que trasladarse desde su casa al estudio todos los días. Así que me gustaría pedirle que se instalara en un pequeño piso que he alquilado junto al estudio.

—¿El artista no tiene su propio estudio?
—Quería disponer de un sitio donde el pintor no fuera molestado por nadie.

Era evidente que aquel hombre tenía tanto dinero que podía hacer posar a la mujer que quisiera para él. ¿Por qué yo?

—Parece que lo tiene todo bien pensado, lord Hoffemeyer. Perdone mi curiosidad, pero, ¿qué saca usted de todo esto?

Él sonrió y se le iluminaron los ojos.

—De vez en cuando vengo a la ciudad por negocios, así que me gustaría que me permitiera llevarla a cenar, o, tal vez, a algún espectáculo. Algunas veces, un hombre se conforma con disfrutar de la compañía de una dama.

—¿Y lady Hoffemeyer no se ofendería?

—Mi esposa y yo tenemos un trato, Grace.

Asentí. Sabía que las mujeres, a veces, toleraban que sus maridos tuvieran amantes. Lo miré con atención, y él debió de notar mi inquietud.

—Solo sería compañía, Grace. Amigos, únicamente, a no ser que usted decidiera algo más.

Aunque no quería aceptar su proposición, la verdad era que Deidre tendría un lugar caliente para vivir, y comida, si estaba dispuesta a ocupar mi lugar en el pub durante unas noches a la semana. Y yo necesitaba el dinero. Si la situación se volvía problemática, siempre podría marcharme.

—Lo tomé del brazo.

—¿Un desnudo, entonces?

—Un desnudo artístico, se lo aseguro.

—Nunca lo he dudado, lord Hoffemeyer —respondí.

—¿Puedo invitarla a una copa para celebrar nuestro trato, Grace?

—Encantada.

Deidre se alegró mucho de tener una cama caliente, y yo le presenté a Barnaby, el dueño del pub. Inmediatamente, la puso a servir mesas.

—Llámame si necesitas algo —le dije, mientras la abrazaba.

—No te preocupes por mí, Grace. Me las arreglaré —aseguró.

Se despidió agitando la mano mientras el carruaje que

había enviado lord Hoffemeyer a buscarme se alejaba por la calle.

Lord Hoffemeyer se empeñó en que yo estuviera instalada en el apartamento el día antes de comenzar el trabajo. Era un piso de dos habitaciones, un baño, un salón, una pequeña cocina y una despensa. Estaba amueblado con sencillez y elegancia, y me pregunté para qué lo utilizaría normalmente lord Hoffemeyer.

–¿Se queda usted aquí cuando está en Londres, milord? –pregunté.

Él sonrió.

–Llevo tiempo sin utilizarlo. A lady Hoffemeyer siempre le gustó quedarse aquí –comentó, y observó algunos recuerdos que había sobre las estanterías y en las paredes–. Pero quiero que tú te sientas como en casa. Y ahora, Grace, tu pelo... Quiero que lo tengas alrededor de la cabeza.

Se levantó de la silla y se colocó detrás de mí, y me arregló el pelo a su gusto.

–Quiero que lo lleves exactamente como aquella noche, alrededor de la cabeza, como un halo –dijo y posó las manos en mis hombros.

–Oh, barón, se ha equivocado usted de mujer –dije, riéndome.

Él también se rio, y me apretó los hombros.

–Oh, no, Grace. He encontrado a la única mujer que puede darme lo que quiero.

Yo me giré para mirarlo.

–¿Está seguro de que no nos hemos conocido nunca, antes de aquella noche en la ópera?

–Estoy seguro de que recordarías a un bruto tan grande como yo.

—Usted no es un bruto, milord —dije—. A mí me parece más un osito —bromeé.

Sería bueno tener de mi lado a un hombre de su riqueza y su poder y, además, la baronesa y él eran amigos de Thomas.

Él alzó su copa y sonrió.

—Me halagas, Grace. Me gusta que pienses en mí de un modo tan amable. Quiero que seamos amigos —dijo, y me observó durante un instante—. Espero que tengas todo lo que necesitas. Si no, pídeselo a la cocinera o al cochero. Ellos se encargarán de todo.

—¿No va a venir mañana al estudio? —le pregunté.

—Por desgracia, tengo que encargarme de unos negocios fuera de la ciudad. Sin embargo, te avisaré cuando haya vuelto a Londres.

Se levantó de la silla y me dio un beso en la mejilla. Después, llamó a su cochero para que lo llevara a su barco. Admito que era un arreglo extraño, pero, hasta el momento, él había mantenido su palabra y no había provocado ninguna situación incómoda. Miré la habitación y respiré profundamente. Tenía que dormir bien, para tener buen aspecto en mi primer día de trabajo.

Yo disponía de un carruaje y de un cochero. Ambos me estaban esperando a la mañana siguiente cuando salí del piso. Pretendía caminar, pero el cochero me dijo que iba a llover.

—Gracias. ¿Cómo debo llamarlo? —le pregunté, estrechándole la mano.

—Me llamo Dobbs, señorita. La esperaré hasta que haya terminado en el estudio, tal y como ha indicado lorf Hoffemeyer.

Se inclinó. Yo me quedé mirándolo un momento, preguntándome cuándo me iba a despertar de aquel sueño.

Cuando llegué a la habitación de hotel que iba a usarse como estudio, no había nadie. Encontré una nota de lord Hoffemeyer en un sofá. Me senté y la abrí.

Querida Grace:

Soy muy afortunado. El destino me sonrió aquella noche en la ópera. Después de que hayamos vuelto a encontrarnos, espero que disfrutemos de una larga y satisfactoria relación, mientras seamos socios en esta excitante empresa.

Tengo una fe ciega en el artista al que he contratado. Es una buena persona, aunque un poco arrogante, pero creo que eso va en consonancia con el genio creativo. Él no sabe quién va a ser su modelo, pero estoy seguro de te comportarás del modo más profesional durante las sesiones de pintura con él. Sin embargo, si tuvieras el más mínimo problema, ponte en contacto conmigo inmediatamente a través de Dobbs. De todos modos, no creo que sea necesario, no te alarmes. Lo que ocurre es que, estando yo fuera de la ciudad, deseo preservar tu felicidad y tu seguridad por encima de todo.

En mi próxima visita a Londres comprobaré cómo progresa la obra. Me he tomado la libertad de abrir algunas cuentas a mi nombre para ti en los establecimientos de la lista adjunta, para que tengas todo lo que necesites durante mi ausencia. Hasta que volvamos a vernos, mi querida y bella Grace.

Lord H.

Comencé a desnudarme detrás del biombo que había en una esquina de la habitación. Al oír que alguien abría la puerta y entraba, alcé la cabeza.

–¿Hola? –dije. Hubo un silencio y continué–: ¿Lo ha

enviado lord Hoffemeyer? ¿Es usted el pintor de la hermandad a quien ha contratado?

—Umm... Sí, señorita. Solo estaba observando la luz del estudio. Me ha indicado que este es un proyecto muy especial, y me ha dejado instrucciones muy específicas. Supongo que usted también habrá recibido instrucciones al respecto.

Aquella voz grave y ligeramente ronca me resultaba familiar. Me envolví en la tela de satén azul oscura, siguiendo las indicaciones de lord Hoffemeyer, y salí del biombo. La tela se me cayó de las manos al ver un par de ojos azul verdoso.

—¿Thomas?

—Demonios... ¿Grace? ¿Qué...?

Yo aproveché para volver a taparme y meterme detrás del biombo. Era absurdo sentirme desnuda delante de mi antiguo amante, pero me sentía extraña.

—Tiene que haber un error, Thomas. ¿Te ha contratado lord Hoffemeyer a ti para que pintes un desnudo mío?

—Claramente, Hoffemeyer no estaba en sus cabales cuando organizó este proyecto.

Yo fruncí el ceño.

—Es uno de los señores más cabales y amables que conozco —le dije, por encima del biombo.

—Ah, así que ahora tenéis una amistad íntima, ¿eh? —me preguntó.

Yo salí a la habitación.

—Eso no es asunto tuyo.

—Entonces, ¿eso es un «sí»?

Me miró con atención, lentamente, y yo me ceñí la tela alrededor del cuerpo.

Aquel hombre era exasperante, y más arrogante de lo que yo recordaba.

—Es un amigo, Thomas... un buen amigo.

Yo también lo miré con atención. Llevaba una chaqueta del estilo anticuado que tanto le gustaba y una camisa con puños de encaje.

—Ya veo que te has comprado una chaqueta nueva. La última estaba muy raída.

Él arqueó las cejas.

—No es cierto –dijo él. Entonces, su expresión se oscureció y dejó escapar un largo suspiro–. Bien, Grace, parece que vamos a tener que aguantarnos. Estoy seguro de que entiendes que es una cantidad demasiado bonita como para rechazarla. ¿Te ha hablado del trato?

—El cincuenta por ciento para cada uno –dije yo.

—Sí, una cantidad absurda –dijo él–. No te ofendas.

—No, no me ofendo. Merecerá la pena cada chelín que gane a cambio de cada momento que tenga que pasar aquí.

Él arqueó una ceja y comenzó a preparar su mesa.

—Sospecho que te ha mencionado que tengo otra modelo trabajando para mí.

—Sí, he oído que tiene una maravillosa melena pelirroja. Así pues, una nueva musa para que excite tus sentidos, ¿no, Thomas?

Él dejó su caja de pinturas en la mesa, junto al caballete.

—Lo dices como si tuviera una mala reputación con las mujeres.

A mí se me escapó un resoplido.

—Oh, no, no mala, pero sí tienes una reputación. Bueno, entonces, ¿es una belleza pelirroja? –pregunté, mientras me sentaba en el sofá.

Thomas me miró.

—Es inocente. En realidad, perfecta para mi nuevo proyecto. Tiene una cara fresca y una mirada de inexperiencia.

—Veo que no has perdido tu habilidad con las palabras, Thomas.

Él ignoró la pulla, y yo también.

—¿Qué tal está William?

Thomas se quitó la chaqueta y la puso en el respaldo de la silla.

—Él fue quien encontró a Helen, en realidad. Sabía que yo estaba buscando una pelirroja.

—¿Una inocente? ¿Cuántos años tiene?

—No es menor, Grace. Es mayor de edad, si eso es lo que quieres decir.

—Qué contraste tan agradable, el de una cara angelical con un pelo del color del fuego. Estoy segura de que lo que has ideado tiene algo que ver con crear controversia con la academia —comenté, secamente.

—No lo voy a negar —dijo él. Después de un momento, añadió—: Mi horario, últimamente, es un poco errático. Tal vez tenga que trabajar por las noches, porque estoy a punto de acabar otro proyecto. ¿Será un inconveniente para ti, Grace?

Yo sonreí.

—No tienes por qué ser cruel, Thomas. Vamos a poner las cartas sobre la mesa, ¿te parece? Tú has seguido adelante con tu vida y yo con la mía. A mí me viene bien trabajar por la noche y, también, durante el día, si lo prefieres.

—Entonces, ¿te has convertido en una dama independiente?

—Una dama en proceso de aprendizaje.

Sus ojos brillaron de curiosidad.

—¿Así que él cuida bien de ti?

—Vamos a dejar algo bien claro, Thomas. Yo estoy haciendo esto por lord Hoffemeyer.

Me tendí en el sofá, boca abajo, y me coloqué la tela sobre el trasero.

—Vaya, y yo que pensaba que lo estabas haciendo por el dinero.

—Imbécil —murmuré, mientras posaba la barbilla sobre mis brazos cruzados.

Él se rio en voz baja.

—¿Así está bien? Es lo que me imaginé cuando leí las instrucciones de lord Hoffemeyer.

Él se acercó a mí, con una expresión indescifrable, y yo noté que tiraba de la tela para dejar a la vista una de mis piernas. Después, tal vez con demasiado cuidado, alisó el resto de la tela por la parte interior de mi muslo.

—¿Has terminado?

Él dio un paso atrás para inspeccionar su obra.

—Vuélvete un poco hacia mí. Creo que necesitamos que se te vea un poco más el pecho... para lord Hoffemeyer, por supuesto.

Yo sonreí brevemente y me giré un poco.

Él estudió el efecto.

—Solo un pellizco... —alargó la mano y, con el dedo pulgar y el índice, me pellizcó el pezón. Al instante, se me endureció.

—Eso es. Quería una imagen de excitación.

—Claro, claro —murmuré yo.

—Escúchame. Ponte una mano debajo del cuerpo. Ya sabes, como si te estuvieras acariciando a ti misma.

—No recuerdo que eso estuviera en las instrucciones, Thomas.

Él sonrió irónicamente.

—Lord Hoffemeyer y yo hablamos con todo detalle, créeme.

Entonces, yo deslicé una mano entre el sofá y mi cuerpo.

—Necesito que parezca que estás excitada, Grace. Y, teniendo en cuenta la situación, me parece agobiante ayudarte a que lo consigas.

—Qué caballeroso. Se me había olvidado.

Él suspiró y mordió la punta del pincel, pensativamente.

—Ni se te ocurra tocarme, Thomas —le advertí.

—Bien, bien —dijo. Se encogió de hombros y volvió a su caballete—. Entonces, tendrás que conseguirlo como puedas. Necesito ver en tus ojos la mirada de haber sido satisfecha por tu amante. Tú haz tu trabajo y yo haré el mío.

Con un suspiro de frustración, me tumbé boca arriba y comencé a masajearme furiosamente entre los muslos, aunque no conseguí ningún placer.

—No te está funcionando, Grace —dijo él.

—Cállate —dije, mirándolo con frustración.

Entonces, tomé aire y miré al techo. Me concentré y emití un suspiro que habría llamado la atención de cualquier miembro viril. Comencé a acariciarme con suavidad, creando una sensación familiar en mi sexo. Me pasé la palma de la mano por un pecho y capturé un pezón endurecido entre los dedos. Con cada roce, mis preocupaciones iban desapareciendo, y en mi cabeza apareció la imagen de Thomas, acariciándome con la lengua aquella lejana mañana lluviosa. Oí el sonido de mis suspiros en el silencio, y recordé cómo había controlado mi cuerpo, cómo me había llevado al éxtasis una y otra vez.

Se me escapó un gemido al imaginármelo de rodillas, embistiéndome con lentitud y determinación. Recordé el brillo de emoción de sus ojos mientras él me miraba.

Se me movieron las caderas con aquellas imágenes sensuales de mi mente. Se me entrecortó la respiración, me agarré al brazo del sofá y arqueé la espalda, metiéndome dos dedos en el cuerpo.

Me humedecí los labios y miré a Thomas. Él tenía el pincel suspendido en el aire y los ojos llenos de deseo. Me pregunté si él también estaría recordando aquel día. Seguí moviendo las caderas hasta que llegué al clímax. Tragué saliva y le mostré la mano.

–¿Supongo que esto es lo suficientemente vívido para ti? –le pregunté. Miré el bulto que había en sus pantalones, y añadí–: Sí, creo que sí.

Entonces, me moví para recuperar la pose.

Capítulo 5

Había días en los que quería gritar. Quería preguntarle qué veía en Helen que no pudiera ver en mí. Sin embargo, me contenía, porque sabía cuál iba a ser la respuesta. La diferencia estaba muy clara: Helen representaba la inocencia, y todavía no estaba marcada a fuego por la vida. Yo era exactamente lo contrario. Cuando conocí a Thomas, con su comportamiento excéntrico, su gran apetito sexual y su punto de vista moderno sobre las cosas, nunca esperé que fuera de los que encasillaba a la gente. Antes de aquella noche en la ópera, nunca me había juzgado por mi pasado, pero, al final, había dejado bien claro lo que pensaba de mí.

Llevaba varios meses posando de vez en cuando para Thomas, y me preguntaba si me habría mencionado a su nueva musa. En realidad, me preguntaba muchas cosas sobre ellos. ¿Se reían y hablaban como habíamos hecho nosotros? ¿Iban a pasear juntos por el parque? ¿Eran amantes, como habíamos sido Thomas y yo? Tal vez fuera una boba por pensar en aquellas cosas. Solo servían para que me sintiera más y más frustrada.

Sin embargo, no todo debía de ser un paraíso para Thomas. Estaba malhumorado e inquieto. Un día estaba lleno de vida y, al siguiente, estaba reservado y pensativo. Lo que pasara en su estudio le afectaba como un barómetro. Por suerte, ya no me usaba como vehículo para sus necesidades sexuales reprimidas. Eso hizo que me diera cuenta de que se estaba acostando con su nueva musa, y de que sus cambios de humor eran resultado de la conformidad de la muchacha, o de su falta de conformidad.

Era un día de verano asfixiante. El aire estaba lleno de humedad y se aproximaba una tormenta. El cielo estaba gris y lluvioso. Thomas estaba de mal humor, con la cara avinagrada, cansado y sin afeitar. Parecía que acababa de levantarse de la cama... solo. O eso, o se estaba poniendo enfermo. Yo intenté no chocar con él.

Me picaba mucho la nariz, así que tuve que rascarme con la punta del dedo.

—Grace, no te muevas —me espetó.

Nos habíamos convertido en actores de una obra silenciosa. Cada uno representaba su papel, sin tocarse, sin conectar el uno con el otro. Era extraño ver a Thomas tan desprovisto de pasión. Y, a pesar de cómo nos hubiéramos separado hacia tantos meses, yo no podía sentir despreocupación por su bienestar. Simplemente, el corazón no me lo permitía. En el fondo, todavía lo quería.

Frunció el ceño, con una concentración absoluta, mientras movía el pincel por la paleta.

—¿Thomas? ¿Hay algo que te esté angustiando?

—No preguntes —dijo él.

—Si necesitas hablar, Thomas, yo puedo escucharte. Si es algo de la academia...

—No necesito hablar de nada con nadie. No quiero hablar de nada. ¿No lo entiendes, Grace?

—Está bien, Thomas. ¿Estás en un punto en el que pueda moverme? —le pregunté—. Si quieres, enciendo las lámparas.

Él alzó la vista brevemente.

–Hazlo rápido.

Me dio cierto consuelo el hecho de que él confiara en que yo supiera lo que había que hacer. Ojalá confiara en las demás cosas, también.

No me molesté en vestirme, y encendí las lámparas de queroseno, situándolas donde la luz podía beneficiar más al ambiente. Sabía que Thomas las cambiaría si quería.

Volvía rápidamente al sofá, cuando él me agarró de la muñeca. Yo miré primero mi brazo y, después, a Thomas. Él tenía la mirada perdida, fija en el lienzo.

–Le he pedido a Helen que se case conmigo, Grace.

Aunque nunca había esperado que pudiera recuperar la relación con Thomas, se me formó un nudo frío en el estómago al pensar en que iba a casarse. ¿Por qué había supuesto que íbamos a seguir siempre tal y como estábamos? Yo miré sus manos. Eran capaces, fuertes. Eran una de las primeras cosas que me habían llamado la atención de él.

–Entonces, supongo que debo darte la enhorabuena –dije en voz baja.

–Grace –murmuró él y me miró.

Yo aparté rápidamente la vista.

–Estoy segura de que vas a tener un buen matrimonio y de que vas a ser muy feliz –dije, forzadamente.

–Hay algo más, Grace. He tenido que pedírselo porque... porque era lo correcto.

Yo me zafé de sus dedos.

–¿Lo correcto? ¿Qué quieres decir?

–Va a tener un hijo mío, Grace.

Yo me agarré al borde del lienzo, que se cayó del caballete al suelo. A ciegas, vi que él lo recogía y volvía a colocarlo en el caballete. Yo no podía respirar, apenas podía ver el suelo mientras buscaba la bata. Al recogerla, me temblaban las manos, y tuve que luchar con la tela de seda para poder meter el brazo por la manga. Por fin conseguí envolverme en ella y atarme el cinturón. Aunque seguía sintiéndome expuesta, al menos pude volverme a mirarlo.

–Creo que deberías irte, Thomas. Deberías ir a atender tus asuntos, a tu futura esposa y a tu... hijo. Te deseo todo lo mejor, de veras –dije, tratando de que no me fallaran las rodillas.

–Has dicho que ibas a escucharme.

–Es cierto. Pero pensé que estabas lloriqueando por culpa de algún crítico de arte asesino, o porque no habías conseguido bollitos recién hechos esta mañana. ¡Por el amor de Dios, no tenía ni idea de que se trataba de esto!

Él dejó la paleta sobre la mesa y se acercó a mí. Me di cuenta de que sus ojeras eran muy oscuras, muy pronunciadas. Me tomó por los brazos y me zarandeó una vez. Yo me puse rígida bajo su mirada severa.

–¿Crees que quiero esto? Dios Santo, Grace. ¿Yo? ¿Padre? Me conoces mejor que nadie. ¿De veras crees que voy a poder educar a un hijo? Pero ¿qué puedo hacer? ¿Qué otra elección tengo?

–¿Estás seguro de que es tuyo? –le pregunté.

–Bastante seguro –dijo él, mirándome, como si tal vez hubiera encontrado la huida de su dilema. Después, negó con la cabeza–. No, no es cierto. Estoy completamente seguro.

–¿La quieres? –le pregunté. El calor de sus manos sobre mis brazos solo servía para aumentar el dolor de mi corazón.

–Dios mío, Grace, ni siquiera sé si soy capaz de sentir el amor que ella se merece.

Aquellas palabras, aunque él no se diera cuenta, demostraban que sentía algo muy profundo por ella. Sentí un terrible pinchazo en el corazón.

–¿Y ella ha aceptado casarse contigo?

Asintió.

Me mordí el labio.

—Veo que... te importa mucho.

—Pero ¿es eso suficiente, Grace? Tenemos tan poco en común... Ella me exige tanto... La pobrecilla es tan frágil... Ella me necesita.

Cerré los ojos al oír la suavidad de su voz cuando hablaba de ella.

—Ya lo has decidido. Vais a tener un hijo, y ese niño necesitará a su padre y a su madre.

Palideció. Parecía que iba a ponerse enfermo.

—No soy fiable en asuntos del corazón, Grace —dijo, mirándome de manera suplicante.

—En eso estamos de acuerdo.

—Tenías razón, ¿sabes? Soy un esnob. O lo era. Me he estado pateando el trasero todas las noches desde que te bajaste de aquel carruaje.

—Qué raro —respondí yo—. Yo he hecho exactamente lo mismo. Debes de tener unos graves hematomas, a estas alturas —dije con una ceja enarcada.

Él esbozó una sonrisa de cansancio.

—¿Podrás perdonarme alguna vez, Grace? —me preguntó, tomándome de la mano.

¿Cómo iba a perdonarle que su nueva musa estuviera viviendo mi sueño? Claro que debía preguntarme si su comportamiento habría sido distinto en caso de que yo estuviera embarazada de él. Thomas era quien era, y yo no podía cambiar eso.

Tomé su cara entre las manos. Yo no tenía por qué ser el juez de nadie. Con todos sus defectos, Thomas era, en el fondo, un hombre bueno.

—Ya lo he hecho, Thomas. Te he perdonado muchas veces. Pero he echado de menos nuestra amistad.

Él me abrazó y escondió la cara en mi hombro.

—Querida Grace, tu amistad lo es todo para mí. Es mi constante.

Me besó la mejilla. A mí se me cortó la respiración, y se me cerraron los ojos.

—Tú me conoces bien, Grace. Me has visto en mis peores momentos...

—Sí —dije.

—Y en los mejores —respondió él, y se retiró para poder mirarme. Tenía los ojos empañados.

—Sí, es cierto.

—Sé mía esta noche, Grace. Deja que comparta esta noche con la mujer que mejor me conoce y que, a pesar de todo, me quiere.

Debería haberle dicho que no, pero tenía razón.

Me desaté el cinturón de la bata y dejé que la prenda cayera a mis pies.

—Ven conmigo, Thomas.

Lo llevé hasta la cama, que los empleados del hotel habían colocado en un rincón, y me tendí sobre ella. Observé a Thomas mientras se desnudaba, y vi su cuerpo firme.

Se tumbó a mi lado, y yo recibí sus besos, mientras nos consolábamos por todo aquello que no podíamos arreglar, por un pasado que no podíamos recuperar. Solo teníamos aquel momento, nuestras caricias, nuestros cuerpos.

—Eres mi corazón, Grace —susurró él, contra mi espalda. Me acarició con las manos entre los muslos, hasta que estuve húmeda y me retorcí por él.

Me puse de rodillas, apretando la espalda contra su pecho, y él me acarició los pechos.

—No digas esas cosas, Thomas. Lo que quiero esta noche es pasión —dije, y alcé las caderas para hacerle una silenciosa invitación.

Noté su aliento cálido en la espalda, y jadeé cuando él separó mis pliegues y se hundió, lentamente, en mi cuerpo, moviendo las caderas con calma, hasta que nuestros cuerpos estuvieron fundidos el uno en el otro.

—No quiero perderte nunca —me susurró, apartándome el pelo de la nuca para besarme el cuello.

Yo me agarré a la sábana con los puños y me mordí el labio, y noté su sabor en la lengua.

Él movió las caderas con maestría, y yo me rendí entre suspiros, grabándome todos aquellos momentos en la mente.

Nunca habíamos usado ningún tipo de funda. Yo no la necesitaba, porque no podía tener hijos. Antes, eso era algo que me preocupaba, pero ya no. Él iba a tener sus propios hijos y su propia familia.

Thomas y yo llegamos al éxtasis al mismo tiempo y, agotados, caímos sobre el colchón. Él me besó el hombro y me estrechó contra su pecho. Durante un rato, estuvimos en silencio. Yo no quería hablar; solo quería estar entre sus brazos y notar las suaves caricias de sus dedos.

—Déjame que te haga una trenza.

Me apartó el pelo hacia un lado, y apoyó la mejilla en mi hombro.

Yo sonreí, y me giré entre sus brazos.

—Después, Thomas. Esta vez, quiero estar mirándote todo el tiempo.

Me hizo el amor de nuevo. Después, nos sentamos en la cama, y él trenzó mi pelo. Yo no sabía si volver a mencionar a su hijo, pero pensé que, si lo hacía, todo se volvería más real.

—¿Has pensado en algún nombre, Thomas? —le pregunté, finalmente.

—No puedo hacerlo, Grace. Le he dejado la elección a Helen —dijo él, a mi espalda.

Había empezado a llover con fuerza y los truenos resplandecían a través de las ventanas.

—Tal vez la llame Grace —susurró.

Me giré rápidamente.

—Ni se te ocurra. Prométemelo, Thomas. Prométeme que no le vas a poner ese nombre a esta niña, ni a otras que puedas tener.

—Lo siento. No quería disgustarte —dijo, y me besó suavemente.

Yo agité la cabeza.

—No... es solo que... hay muchos nombres preciosos para una niña.

Él me besó el hombro.

—Puede ser, pero ninguno es tan bonito como el tuyo.

—Oh, por el amor de Dios, Thomas. Ya basta.

—¿El qué?

—Deja de intentar convencerme de que me quieres más de lo que me quieres. Nos conocemos desde hace mucho tiempo y, en realidad, solo nos hemos usado cuando nos sentíamos solos. ¿No ha sido así?

—Grace, ¿es que no me has oído? ¿No me estabas escuchando cuando te he dicho que...?

—Ya lo sé —dije y me apreté la mano contra la boca—. Ya lo sé. No tienes por qué andar de puntillas a mi alrededor, Thomas. Yo siempre te tendré afecto.

No hubo respuesta, y me giré hacia él. Thomas me estaba mirando con asombro.

—¿Es eso lo que crees? ¿De verdad piensas que le he dicho estas cosas a otra mujer? Sí, nosotros dos hemos tenido muchos amantes... No apartes la vista, Grace.

Entonces, se levantó de la cama y se arrodilló ante mí.

—Te juro que nunca he tenido lo que tenemos nosotros, más allá de la cama, este vínculo que nos une, con ninguna otra mujer. Me has estropeado, Grace, pero no puedo cambiar las cosas. Y, tal vez, si las cosas fueran distintas, nunca nos hubiéramos conocido.

—Puede ser, pero nunca lo sabremos, ¿no? —dije. Me incliné hacia él y le metí el pelo detrás de la oreja—. Yo no seré más que un recuerdo querido durante tu vejez.

Él negó con la cabeza y me tomó de la mano.

—No, Grace. Tú eres la única mujer a la que he querido.

—¿Que me has querido? Oh, por Dios —dije, y alcé una mano—. Si te importo lo más mínimo, Thomas, no digas nada más. Vete ya.

—Pero... Grace...

—Te lo ruego, Thomas. Vete.

—Pero ¿y el cuadro? Tienes que entender que...

Lo aparté de mí y me levanté.

—Hablaré con el barón acerca de la pintura. Tal vez otro pueda...

—Es mi obra —bramó él—. Yo soy el único que puede terminarla.

—Puede que más adelante, Thomas, pero no ahora. Te lo ruego, márchate.

Él se vistió lentamente, observándome mientras yo apagaba todas las lámparas de queroseno, salvo una. Recogió sus pinturas y sus pinceles, e hizo ademán de tomar el cuadro.

—Por favor, déjalo aquí. No está seco, y la lluvia lo estropearía.

—¿Cuándo voy a volver a verte, Grace? —me preguntó él mientras se ponía el abrigo—. Necesito terminar la pintura para que los dos podamos cobrar.

—Te mandaré aviso cuando esté lista. Adiós, Thomas —dije en voz baja—. Por favor, dile al recepcionista que voy a dormir aquí esta noche.

Él se inclinó para besarme, pero yo volví la cabeza. Si no se marchaba pronto, yo no podría contener la tormenta de lágrimas que estaba a punto de desencadenarse.

—Buenas noches, Grace —me dijo.

Yo cerré la puerta y me apoyé contra ella. Apreté los puños e intenté tomar aire para poder sollozar. Nunca había odiado mi vida más que en aquel momento. Odiaba mi pasado, odiaba lo que había hecho, odiaba las decisiones que había tomado.

Me acerqué a la ventana y la abrí. El torrente de aire y viento me empapó la bata y piel, y ahogó el sonido de mis gritos de angustia.

Habían pasado cuatro semanas desde que Thomas se había marchado. Yo estaba viviendo en el apartamento por la bondad de lord Hoffemeyer; me había convencido de que, finalmente, podría reunir el valor necesario para volver a ver a Thomas.

Hasta ese momento, aproveché las cuentas de lord Hoffemeyer y me compré ropa que nunca pensé que llevaría. Además, me había enterado por Watts de que Thomas estaba vendiendo algunos de sus cuadros en subastas públicas. Le pedí que me informara de cuáles eran aquellas subastas, pero le hice prometer que no se lo contaría. Me sentía culpable de que Thomas hubiera perdido su encargo, porque no me había puesto en contacto con él para terminar el desnudo. Lo tenía guardado entre el resto de las pinturas de Thomas, que había comprado anónimamente en las subastas por mediación de Dobbs, con el dinero de lord Hoffemeyer.

–Dobbs te ha traído otra, Grace.

Lord Hoffemeyer, que iba a estar en la ciudad tan solo unas horas, apoyó la pintura contra su pequeño escritorio. Yo la observé y me di cuenta de que la calidad del trabajo de Thomas disminuía a cada proyecto.

–Gracias –dije, y le di un beso en la mejilla a lord Hoffemeyer.

–¿Cuándo crees que verás a Thomas una vez más…

para terminar mi retrato? ¿No crees que el pobre hombre ya ha sufrido demasiado?

—No sé qué quiere decir, lord Hoffemeyer.

—Vi cómo te miraba aquella noche en la ópera, Grace. Me di cuenta de lo que sentía por ti.

Me eché a reír.

—Lord Hoffemeyer, parece que no se ha enterado de las últimas noticias. Va a casarse con una joven llamada Helen, y van a tener un hijo. Bueno, me imagino que ya estarán casados.

—Lo que sí tengo muy claro —replicó él— es que tú también sientes algo por él.

—Pero eso ya no importa —dije.

—Si deseas algo, querida mía, debes tratar de conseguirlo, por mucho que cueste, por mucho que tardes —dijo lord Hoffemeyer, mirándome a los ojos.

Yo me pregunté si estaba hablando sobre mí, o sobre sí mismo. Me alejé de él y sujeté en el aire el nuevo cuadro, buscando algún sitio para colgarlo.

—Enviaré a Dobbs para que lo cuelgue —dijo lord Hoffemeyer, y miró a su alrededor por la habitación—. Aunque no estoy seguro de que quede sitio suficiente.

—Entonces, los recolocaré un poco —dije yo, alegremente—. ¿Cómo fueron las pujas esta vez? ¿Se lo ha contado Dobbs? —pregunté, observando aquel óleo borroso. Era otro desnudo sentado en una silla. La mujer estaba mirando hacia atrás, por encima de su hombro. Sin embargo, el rostro era oscuro, al igual que el fondo—. Tal vez pudiera usted llevarse alguno de estos a su casa —dije, señalando las numerosas pinturas de la pared.

—Me gustaría que os reconciliarais. Su trabajo ha empeorado. Sé que tú lo percibes igual que yo, Grace. Su reputación entre los círculos de la alta sociedad se está resintiendo.

—Se niegan a ver su talento —dije yo, observando la pintura.

—Sí, bueno, y él tampoco está contribuyendo a mejorar la situación. Se dedica a escribir críticas mordaces contra la sociedad londinense, y unos poemas escandalosos que denomina «arte» en un periódico radical que acaba de comenzar. ¿Cómo se llama? ¿*The Germ*? Incluso el nombre denigra el intento.

—Tienen celos —dije yo, en defensa de Thomas.

Había oído los rumores y había visto una copia de aquel periódico. Además de perder la brillantez de su pintura, parecía que estaba haciendo todo lo posible por hundirse.

—No tengo que decirte que su reputación de problemático ya es del dominio público. La gente se niega a comprar sus obras.

—Ese es un pequeño obstáculo. La gente es voluble, milord. Solo necesita encontrar un buen tema, y recuperará el favor de la crítica.

—Nunca lo ha tenido, querida —dijo lord Hoffemeyer.

Yo dejé el cuadro en el suelo.

—¿Cuándo debe regresar a Pomerania, barón?

—Dentro de unos cuantos días. Oh, casi lo olvido. Cuando llegué, había un mensajero en la puerta. Espero que no te importe que haya tomado el mensaje.

Sacó un pedazo de papel lacrado, con el sello de Thomas.

Lo abrí y leí la carta que me había enviado:

Querida Grace:

Estoy en una situación desesperada. La hermandad se está inquietando con los feroces ataques de la crítica hacia mi obra. Necesito que los calmes con tu influencia,

Grace. Ellos te escuchan. No puedo tolerar las peleas constantes entre ellos.

Y hay una cosa más. Sé que esto va a ser tan difícil de leer para ti como es para mí escribirlo. Helen está cada vez más próxima al parto, y tiene una constitución tan delicada que le han pedido que no haga esfuerzos. Me preguntaba si podría rogar que nos ayudaras. Ya sabes que yo apenas tengo relación con mi familia, y con la de Helen no tenemos ninguna. Necesito alguien que pueda cocinar y limpiar el estudio y, francamente, Grace, preferiría que Helen no tocara mis útiles. Ella no los conoce tan bien como tú. No tienes que preocuparte, yo no voy a estar presente. Me marcharé los días que tú estés aquí, ya que sé lo que sientes por mí.

Por supuesto, puedes romper esta carta y fingir que nunca la has recibido, pero apelo a nuestra amistad. No tengo a nadie más a quien acudir. Espero tu respuesta. Mis viajes comienzan dentro de tres días. Espero que tu contestación sea favorable.

Siempre tuyo en la amistad (¡espero!) y en el arte,

Thomas.

Capítulo 6

Tres días más tarde, me encontré en la puerta del estudio de Thomas, advirtiéndome a mí misma que estaba jugando a un juego que nunca iba a poder ganar. Sin embargo, si no podía tener a Thomas cerca de otro modo que no fuera siendo su ama de llaves, lo sería. Hacía mucho tiempo que le había permitido entrar en mi corazón una mañana lluviosa. Además, por muy patético que pudiera parecerles a algunos de mis conocidos, creo que la mayoría sabía lo que sentía por él, y lo entendía.

William fue quien abrió la puerta. Yo no tuve tiempo de disimular mi sorpresa.

–No esperaba verte aquí, William. ¿Cómo estás?

Él me cedió el paso.

–Me alegro de verte, Grace. Estoy muy bien, pero preocupado por Helen. Estoy muy contento de que haya otra mujer en la casa.

Sonreí, me quité el sombrero y lo colgué de la percha del vestíbulo.

–Las mujeres tienden a encontrarse mal a medida que se acerca el momento. Me sorprende que no lo sepas.

William miró hacia atrás, hacia mí, mientras subíamos las escaleras.

—Estoy familiarizado con los embarazos, pero pensaba que las mujeres embarazadas engordaban, y Helen está más delgada cada día que pasa. Se cansa mucho y no come adecuadamente. Espero que con tu cocina, tan excelente como la recuerdo, consiga ganar algo de peso.

La señora Rodin era joven, y me impresionó, tal y como yo había imaginado. Tenía un aspecto frágil y era muy reservada. Permanecía en su habitación o leyendo en la biblioteca del piso bajo. Parecía inteligente, pero estaba muy perdida. Yo lo atribuí a su embarazo, pero después me di cuenta de que se comportaba de forma distinta, más independiente, cuando Thomas no estaba en casa.

También me di cuenta de que los hermanos no pasaban por allí con la misma frecuencia que antes, y de que, cuando lo hacían, Helen decía que estaba indispuesta. Tal vez lo más desconcertante de todo fuera la tensión que había entre Helen y William; cuando yo estaba en el estudio, iban de puntillas uno alrededor del otro.

Sin embargo, hice mi trabajo tal y como me habían pedido, y le dejé a Thomas el drama de su casa. Como siempre que empezaba a dedicarse a alguna obra, estaba totalmente absorto en su nueva investigación. Se marchaba pronto los días en que yo llegaba por la mañana, y no volvía hasta que yo me había marchado del estudio. En muchas cosas, entre ellos tres, yo me sentía como si estuviera limpiando la casa de un grupo de fantasmas.

Intenté conversar con Helen acerca de su salud. Intenté preguntarle, de una forma amable, cómo iban las cosas, y asegurarle que, cuando Thomas terminara su investigación, se concentraría de nuevo. Sin embargo, a ella no debió de gustarle que me entrometiera, porque, cuando llegué al día siguiente, me pidió prestado el coche y se marchó sin decir adónde iba.

Varias horas más tarde, William entró en la cocina, y yo

me incliné sobre los fuegos e inhalé el aroma del estofado de cordero que estaba haciendo.

—Huele deliciosamente bien, Grace. ¿Está listo?

—Sí, ya está. ¿Ha vuelto Helen? Me pidió el carruaje prestado esta mañana.

William se quedó sorprendido.

—¿No ha dicho adónde iba?

—No, y yo no se lo he preguntado. Después de todo, es una mujer adulta.

—Puede que sí, pero a mí no me gusta la idea de que se vaya por ahí sola, en su estado.

—William —dije yo, con una sonrisa, mientras le servía una generosa ración de estofado en el plato—. Las mujeres son más fuertes de lo que piensan los hombres. He conocido a mujeres que trabajaban en el campo, tenían un hijo y volvían al campo a la mañana siguiente.

—Continúa —dijo él, mirándome con incredulidad mientras tomaba el plato de mis manos.

—Es cierto —le dije, y me serví a mí misma—. Seguramente, ella necesita aire fresco. Parece que ha sido muy sedentaria por petición de Thomas. Tal vez haya decidido salir a buscar algo para la habitación infantil —dije, y me senté a la mesa de la cocina. William se sentó frente a mí.

Era casi imposible mirarlo y no ver una versión más joven de Thomas. Me parecía casi irreal estar en la cocina de Thomas, hablando sobre su hijo con su hermano, y me di cuenta de que mi corazón todavía no se había curado. Me pregunté si se curaría alguna vez. Tomé un poco de estofado y cambié de tema de conversación.

—Cuéntame que estás haciendo últimamente, William.

—Acabo de volver de Florencia. He ido a estudiar la arquitectura y a visitar la Galería Ufizzi. Es increíble. Las construcciones antiguas y los parques han sido una gran inspiración. Deberías ir algún día, Grace. Creo que te encantaría.

Yo me eché a reír.

—Tal vez, pero por ahora, mi inspiración debe ser asegurarme de que a Thomas no se le acabe el azul de Prusia.

William se rio también.

—Mi hermano es muy particular con muchas cosas.

Tuve la sensación de que él quería decirme algo más.

—No deseo quejarme de él, Grace. Ha sido más que generoso pagándome los estudios, animándome en mis diseños, hablando de todas las formas en las que puedo utilizar mis capacidades. Ha tenido una gran paciencia conmigo.

—Tu hermano es un buen hombre —dije.

Él asintió.

—Lo que desapruebo es su forma de tratar a Helen —dijo, y cabeceó—. Yo no tengo derecho a decir nada en su contra, pero si ella fuera mi esposa, no la dejaría sola todos los días para irme al bosque a buscar un fondo —le dio un golpe a la mesa y añadió—: Por fin me lo he sacado de dentro. Y te agradecería que quedara entre nosotros, Grace.

—No te preocupes, Grace, tu secreto está a salvo conmigo. Sin embargo, en defensa de Thomas, ¿no tiene también que ganarse la vida para mantener a su familia? Tú mismo sabes que esas investigaciones para un cuadro son laboriosas. Mira tu propia situación. Tú todavía estás recabando información para tus proyectos.

Él suspiró, y asintió.

—Tú eres amiga de mi hermano desde hace tiempo, ¿no?

—Sí, desde hace unos cuantos años.

—Entonces, ¿puedes decir que lo conoces bien?

Me encogí de hombros.

—Tú eres su hermano. Supongo que lo conoces mejor que yo.

—No, no creo. No estoy seguro de eso. Él piensa de una

manera muy distinta a mí. Algunas veces no estoy de acuerdo con sus decisiones, ni con sus actos.

Lo miré fijamente, y me pregunté si seguía hablando de generalidades o si estaba refiriéndose a algo específico. No insistí más en el tema y, cuando terminó de comer, me dio las gracias por el estofado y se fue a su habitación.

Más tarde, cuando yo había terminado de hacer la colada, William se asomó a la puerta del estudio, recién bañado y afeitado, y muy guapo.

—Voy a salir a cenar con una gente, Grace. ¿Puedo hacer algo por ti antes de marcharme?

Miré hacia el balcón y me di cuenta de que estaba atardeciendo. Helen todavía no había vuelto con mi carruaje.

—Iba a pedirte que me llevaras a casa, pero me pregunto si uno de los dos debería quedarse hasta que vuelva Helen.

—Tenía esta reunión desde hace varias semanas. Son clientes potenciales que tienen un negocio de tapicería y están interesados en mis diseños. Tal vez debiera cancelarla y pasarla a otro día —dijo él, rascándose la barbilla.

—No, William. Yo me quedaré un poco más. Tiene que llegar pronto a casa.

Me escribió el nombre del hotel donde iba a tener la reunión.

—Por si me necesitas. Es imposible encontrar a mi hermano.

Le deseé buena suerte, me metí la nota en el bolsillo y terminé mis tareas. Un rato después, me senté en la mesa con una taza de té y, sin darme cuenta, me quedé dormida.

Me desperté al anochecer. Me asomé al balcón y vi mi carruaje en la calle. Fui al dormitorio, y encontré a Helen profundamente dormida. No quería molestarla, así que cerré silenciosamente y me fui a casa.

Estaba agotada por la vigorosa limpieza que había hecho aquel día. Me había preguntado, más de una vez, por qué seguía en el estudio. La pura verdad era que allí me sentía como en casa. La hermandad, Thomas e incluso William, confiaban en mí y me demostraban que agradecían mis esfuerzos. Antes, me encantaba cuando celebraban una cena o una fiesta improvisada para celebrar los logros, grandes o pequeños. El vino fluía con libertad, comían y hablaban de temas que yo no entendía. Se referían a Thomas como «el viejo», porque tenía treinta y cinco años, y él se echaba a reír. Sin embargo, ya no había vuelto a producirse ninguna reunión como aquellas. Pensé en lo que había dicho William, sobre que Thomas estaba ausente demasiado tiempo cuando su frágil esposa agradecería su compañía. Yo no iba a decírselo a Thomas, puesto que le había prometido a William que le guardaría el secreto. Sin embargo, tenía la sensación de que se estaba fraguando una tormenta y de que la joven señora Rodin estaba en el ojo del huracán.

A la mañana siguiente, dormí hasta tarde. No tenía que ir al estudio aquel día, así que me di un largo baño y me lavé el pelo. Llevaba bastante tiempo sin ir al parque de Cremorne, y quería ver qué tal estaba Deidre. Acababa de terminar una ligera comida cuando alguien llamó con urgencia a la puerta. Yo sabía que no era lord Hoffemeyer, porque él iba a estar de negocios en Alemania hasta el sábado.

—Ya voy —dije.

La única persona que sabía dónde vivía yo, aparte de Thomas, era Deidre.

Al abrir, Thomas entró en el apartamento de dos zancadas.

—¿Está aquí? —me preguntó, desde el salón.

—¿Quién? ¿Lord Hoffemeyer? No, él no vive aquí, Thomas. Nuestra relación no es así.

Lo seguí por el pasillo hasta las habitaciones, y vi que estaba a punto de abrir las puertas de la biblioteca.

—Te pido, por favor, que termines con esta tontería y me digas qué ocurre.

Él bajó las manos.

—Pensé que ayer quizá tuvieras mucha prisa por volver con tu rico benefactor.

—¿Has venido por algo en concreto, Thomas, o solo para insultarme?

Él se pasó las manos por el pelo y se agarró la cabeza con un gesto de pura frustración.

—¿Tienes algo fuerte para beber?

—Vamos, ven a sentarte al salón —le dije, y tomé el decantador de oporto y un par de copas—. ¿Qué es lo que te angustia? —le pregunté, mientras comenzaba a servir el vino—. ¿Has pasado toda la noche en vela?

Él asintió y se pasó una mano por la cara. Me miró, y yo me di cuenta de que estaba muy pálido, y de que tenía los ojos enrojecidos por el llanto.

—Thomas, ¿dónde has estado? ¿Qué ha pasado?

—Helen... ha perdido... —se atragantó con las palabras, y bajó la cabeza—. Grace, el bebé se ha muerto —dijo, y apuró la copa de oporto de un trago.

—Oh, Dios. No, Thomas...

Me senté a su lado, en el sofá de flores. Todo lo que nos rodeaba era perfecto y ordenado, y nada nos pertenecía a ninguno de los dos. Nosotros éramos lo único familiar, el uno para el otro, en aquella habitación.

Se frotó los ojos y me miró con su rostro demacrado, que parecía mucho mayor de lo que era en realidad.

—William encontró a Helen en el pasillo, en el suelo,

cuando llegó a casa de su reunión. Ya había perdido mucha sangre.

—¿Y Helen? ¿Está bien?

Él asintió.

—Sí. Se va a recuperar.

Yo agité la cabeza y recordé lo que había sucedido el día anterior.

—Me pidió prestado el carruaje y, por supuesto, se lo dejé. No me dijo adónde iba ni cuánto tiempo iba a tardar en volver. No se lo pregunté, Thomas. Le dije a William que se marchara a la reunión, que yo la esperaría. Me quedé dormida mientras esperaba en la cocina y, cuando desperté, ella estaba en casa, profundamente dormida en su habitación. No había ninguna señal de que ocurriera algo malo.

Él se miró las manos.

—Nadie hubiera podido evitarlo, Grace. Solo Helen, tal vez.

—¿Qué quieres decir, Thomas?

—Se cayó cuando estaba de visita en casa de su madre, y rehusó la ayuda médica.

Me miró con cara de agotamiento, pero yo no tenía ninguna respuesta que darle.

—¿Es mi castigo, por no haber sido lo suficientemente bueno con ella? ¿Por no estar ahí cuando me necesitaba?

—Thomas, tú mismo has dicho que nadie hubiera podido evitarlo. Helen es joven, y podrá tener más hijos.

—Me dijeron que era una niña... Nació muerta. No permitieron que Helen la viera, pero yo tenía que verla, y se lo pedí a los médicos. Era una niña, Grace.

Se desplomó contra mí, me rodeó la cintura con los brazos y posó la cara en mi regazo. Sollozó con desconsuelo, pero yo no sabía cómo consolarlo, así que apoyé mi cabeza en la suya y lloré con él. Le temblaban los hombros, y yo le acaricié la espalda hasta que, por fin, se calmó.

—No puedo volver al estudio esta noche, Grace. William está enfadado conmigo. Me siento perdido. ¿Puedo quedarme aquí?

Se incorporó y se sonó la nariz con su pañuelo.

—Puedo dormir en el sofá.

—Hay una habitación de invitados al final del pasillo. Vamos, ven. Voy a enseñarte dónde puedes lavarte la cara, y después te daré un té.

Él asintió, y se detuvo en la puerta de la pequeña habitación, en la que había una camita. Yo nunca la había usado, pero me pregunté si lord y lady Hoffemeyer tenían una hija. Thomas me abrazó y escondió la cara en mi cuello.

—Gracias.

Me desperté en algún momento de la noche, y vi que Thomas estaba dormido en la butaca de mi habitación, con una manta por los hombros y las piernas estiradas. Volví a quedarme dormida y, cuando amaneció, vi que la manta estaba doblada en la butaca y que Thomas se había ido.

Me envió una nota dos días después, preguntándome si podía ir al estudio a ayudar hasta que Helen estuviera completamente recuperada. Yo le dije que me parecía que necesitaba privacidad en aquellos momentos. Después, no volví a tener noticias.

Lord Hoffemeyer no iba a regresar hasta tres semanas más tarde, debido a sus negocios, pero me había dicho que tenía planes especiales para cuando volviera a Londres. En mi carta de respuesta, le contaba las noticias sobre Thomas, y le decía que él estaba recuperando lentamente el control de su vida, pero que no se sentía con ánimos de retomar el retrato. Lord Hoffemeyer me respondió que iba a asegurarse de que Thomas recibiera una invitación para la fiesta a la que iba a llevarme a mí. A aquella fiesta asistiría gente muy importante, y sería beneficioso para Thomas salir y relacionarse de nuevo. Yo no sabía qué había hecho para merecerme tanta bondad por parte de lord Hoffemeyer, pero siempre estaría en deuda con él por lo bien que me estaba tratando y por lo mucho que apoyaba a Thomas.

Lord Hoffemeyer me encargó un precioso vestido. Tímidamente, admitió que había tomado prestado uno de mis trajes para llevarlo a la modista, y se aseguró de que estuviera acabado y listo para aquella noche. Era azul oscuro, con lentejuelas, satén y lazos.

–Es la última moda de París –me dijo con los ojos brillantes.

–Es maravilloso –dije yo.

Me lo coloqué sobre el cuerpo y me giré hacia él. La cocinera lo miró con admiración, mientras sostenía el sombrero y el abrigo de lord Hoffemeyer.

–Vamos, adelante, pruébatelo y enséñame cómo te queda –dijo.

Entonces, se sentó en el sofá del salón a esperar.

La cocinera me ayudó tirando de los lazos del corsé para que mi busto encajara a la perfección en el escote del vestido. Me puse el miriñaque y, después, el vestido. La cocinera me cerró los broches, y yo me miré al espejo, convertida en una criatura elegante. Me sujeté el pelo con unas horquillas y me pellizqué las mejillas para conseguir un poco de rubor. Después, respiré profundamente y fui al salón.

–Oh, querida, qué maravillosa estás.

Lord Hoffemeyer se puso en pie y se acercó a mí. Me hizo una reverencia, me tomó de la mano y me hizo girar sobre mí misma, y me observó con cara de satisfacción.

–Estás para comerte –dijo, y me dio un beso en la mejilla–. Sí, este traje te favorece, Grace. Esta noche vas a ser la envidia de la buena sociedad de Londres.

Capítulo 7

Londres, 1863

Lord Hoffemeyer se aseguró de que yo me sintiera bien en la fiesta. Me presentó a sus conocidos y halagó ante ellos mi buen gusto por el arte y mi destreza en el baile. Todo era una cortesía, puesto que yo no era más que su acompañante ocasional. Sabía poco de él, y él sabía poco de mí. Sin embargo, con Thomas como denominador común, era un arreglo muy conveniente.

Cuando vi a Thomas entrar en el salón de baile, vestido con un elegante frac negro, una camisa y un pañuelo blancos, me excusé.

−Ahora mismo vuelvo −le dije a lord Hoffemeyer al oído.

Él me apretó la mano.

−No tardes mucho. Está a punto de empezar el baile siguiente.

Yo me acerqué a Thomas por entre la gente. Le di un golpecito en la espalda con el abanico, y él se volvió hacia mí. Al principio, no me reconoció, y me sonrió con apatía. Sin embargo, después abrió mucho los ojos.

−¿Grace?

—Estás muy guapo esta noche, Thomas —le dije—. No sabía que tuvieras un traje de etiqueta en buen estado.

Él se inclinó hacia mí, y percibí su olor a jabón y a sándalo.

—Es de William —susurró—. Un poco acartonado.

—Eso es porque tú solo tienes dos levitas que fueron diseñadas hace más de setenta años.

Él sonrió y se encogió de hombros.

—Yo también me alegro de verte, Grace. A propósito, quería darte las gracias por tu ayuda en el estudio.

Me alegré de que pudiéramos conversar con tanta naturalidad.

—¿Cómo está Helen? ¿Ha venido?

Él tomó dos copas de champán de la bandeja de un camarero.

—Está visitando a su familia —me dijo. Me ofreció una de ellas, y la tocó delicadamente con la suya—. Bueno, ¿y tú? ¿Has venido con Hoffemeyer?

—Pues claro. ¿Por qué, si no, iba a estar aquí?

—¿Te ha dicho algo sobre el retrato?

—No, no lo ha mencionado —dije—. Yo no creía que estuvieras listo para continuarlo.

—¿O es que tú no estabas lista, Grace?

Sonrió y asintió para saludar a una joven que pasaba al lado nuestro, y que lo miró recatadamente con la cabeza agachada.

—Tal vez sí estés listo —murmuré yo, tomándome un buen sorbo de champán.

Entonces, él volvió a fijarse en mí.

—Estás maravillosa, Grace.

—Gracias. Es todo un detalle que te hayas dado cuenta.

—En cuanto al retrato...

En aquel momento, lord Hoffemeyer apareció a mi lado y lo interrumpió.

—Aquí estás, traviesa. Me prometiste el siguiente baile –dijo. Miró a Thomas y sonrió con entusiasmo–. ¡Y has encontrado a Thomas! Me alegro de que haya decidido venir esta noche, señor Rodin. Quiero hablar de algo con ustedes, pero tendrá que ser más tarde. Ahora, debo robarle a esta mujer.

A Thomas se le borró la sonrisa de la cara.

—Ven, Grace, quiero presentarte a un par de personas más –dijo lord Hoffemeyer, y me tomó del brazo. Yo miré a Thomas mientras me alejaba de él.

—Milord, por favor –le dije a lord Hoffemeyer, sin perder la sonrisa. Estaba empezando a cansarme de su comportamiento dominante.

—Discúlpame, Grace. Hacía más de un mes que no te veía, y quería tenerte para mí solo esta noche.

—¿Para usted?

Él sonrió y se ruborizó.

—Sé indulgente con un viejo, Grace. Quiero dar una buena imagen entre esta gente. Aquí hay varios socios míos, socios muy ricos.

—Por supuesto –dije yo–. Lo entiendo.

Era lo menos que podía hacer para agradecerle todo lo que él había hecho por mí. Bailamos la pieza siguiente, cosa que le agradó, pero después se sentó en la primera silla libre y se enjugó la frente con el pañuelo.

—¿Se encuentra bien? –le pregunté, y le di un vaso de ponche de una mesa cercana. Me di cuenta de que el joven camarero se quedaba mirando mi escote, y sonreí amablemente.

—¿Estaba flirteando contigo ese chico, Grace? Haré que lo despidan.

Yo me quedé asombrada.

—No va a hacer nada por el estilo, o tendría que cantarles las cuarenta a más de la mitad de los hombres que me ha presentado esta noche. Si no quería que nadie se fijara, debería haber elegido un escote más cerrado para el vestido.

—Tienes razón —dijo, mirándome—. Y eso habría sido una pena. Estás radiante, querida. ¿Me harías el honor de acompañarme a dar un paseo por el jardín?

—Solo si me promete que se va a portar bien.

Lo tomé del brazo y salimos a la terraza. Bajamos al jardín por los escalones de piedra, que conducían a un laberinto perfectamente tallado y adornado con postes y farolillos. Olía a rosas y a hierba mojada.

—¿Nos sentamos un momento, Grace? —me preguntó, señalándome un banco de piedra. Yo asentí, y él se acomodó a mi lado.

—¿Cómo está lady Hoffemeyer? —le pregunté, moviéndome ligeramente para que nuestros cuerpos no estuvieran tan cerca.

—Precisamente, quería hablar de ella.

—Por supuesto, milord. Espero que se encuentre bien.

—Sí, sí, perfectamente. Grace, yo he sido bueno contigo, ¿verdad? —me preguntó, y me puso una mano sobre la rodilla.

Yo aparté la pierna.

—Verdaderamente bueno. Thomas y yo estábamos comentando que ya estamos listos para retomar el cuadro.

—No, esto no tiene nada que ver con el cuadro —dijo él, y me tomó por los hombros—. Necesito que hagas una cosa por mí.

Yo fruncí el ceño.

—Necesito que vuelvas a ser la amante de Thomas.

—Lord Hoffemeyer, ¿qué está diciendo?

—No me niegues que fuisteis amantes. Os miráis de una manera que lo deja bien claro.

Me apretó los hombros con las manos, y yo me quejé.

—Lord Hoffemeyer, me está haciendo daño.

Él relajó los dedos y suspiró.

—Eres tan bella, Grace, y tu corazón...

Posó la mano sobre mi pecho.

—¿Estás dispuesta a ayudarme, verdad, querida?

Me pellizcó el pecho, y yo me eché hacia atrás con tanta fuerza que estuve a punto de caerme del banco. Entonces, él me agarró del brazo y me sujetó. Yo me enderecé y me puse de pie para alejarme de él.

—No sé qué le ocurre, milord. ¿Acaso su bondad solo era un truco para meterse en mis bragas? Si ya sabe lo que soy, ¿por qué se ha tomado tantas molestias?

Él me miró a los ojos.

—¿Habría sido suficiente con pedírtelo? —preguntó con asombro.

—Un momento... Entonces, el asunto de contratar a Thomas para que pintara un desnudo mío... ¿Qué propósito tenía eso, si usted solo quiere acostarse conmigo?

—¿Es que no lo entiendes? Me temo que os necesito a Thomas y a ti juntos.

—¿Qué es lo que me está proponiendo? Thomas y yo llevamos más de un año sin estar juntos. Él está casado.

—Sí, me doy cuenta de que eso puede ser un problema.

Entonces, él se puso de pie, se acercó a mí y me rodeó la cintura con los brazos.

—Pero tengo la esperanza de poder convencerlo, Grace. He visto cómo te desea.

—¿Y si me niego? —le pregunté yo, intentando zafarme de él.

—Escúchame, Grace —dijo, agarrándome con fuerza—. Mi esposa tiene gustos muy concretos. Desde aquella noche, en la ópera, solo ha deseado una cosa, y lleva un año persiguiéndome para que la consiga. Mi esposa puede ser muy exigente.

—¿Y qué es lo que quiere su esposa, lord Hoffemeyer? —pregunté yo, mientras pensaba en cómo podía liberarme y huir.

—Ella solo quiere un fin de semana de placer, Grace, en nuestra finca de Pomerania. Sería todo muy discreto, de buen gusto. Tendrías todo lo que desearas.

—¿Quiere que me acueste con su esposa? ¿Eso es todo?

Él gruñó.

—Ella os quiere a los dos, a Thomas y a ti. Creo que mi encantadora esposa te parecería muy complaciente.

Se me había pasado por alto su intención, pero acababa de enterarme de que lord y lady Hoffemeyer pertenecían a aquel grupo de la alta sociedad que practicaba juegos sexuales. Lo que hacían conseguía que las prostitutas de la calle parecieran ángeles.

—Me temo, lord Hoffemeyer, que no puedo...

—Oh, no... no.

Él me puso un dedo sobre los labios, y yo contuve la respiración. Estaba viendo una faceta que desconocía de aquel hombre y me di cuenta de que, si lo contrariaba, correría peligro.

—No debes decir que no puedes... No, no, no debes decirlo. Verás, lady Hoffemeyer ha estado esperando pacientemente, y debo confesar que yo también he estado esperando para poder verte a ti, y a ella, con Thomas —dijo, y se echó a reír—. Bueno, en realidad, Thomas ya sabe como es mi esposa por propia experiencia.

—¿Se refiere a que es una loca y una sádica? —preguntó Thomas, que apareció por detrás de un seto—. Tenía el presentimiento de que toda su generosidad escondía algo, Hoffemeyer. Ese desnudo solo era un aperitivo para estimularnos, ¿verdad?

Yo me quedé mirando a Thomas. Me sentía como una estúpida por no haber entendido la situación mucho antes.

—Admito que tiene unos gustos excéntricos —dijo lord Hoffemeyer, encogiéndose de hombros—, pero creo que tú disfrutaste la última vez, Thomas.

—El único recuerdo que tengo de aquella noche es este —dijo, y se tocó una cicatriz que tenía en una ceja—. Me lo hizo su esposa con un látigo —añadió. A mí me había dicho que aquello no era más que el resultado de una pelea infantil con William—. Suéltela, Hoffemeyer.

—Seamos razonables, Thomas. Sé que a Grace y a ti os vendrá bien el dinero. Tú tienes que pagar a los médicos, estoy seguro. En cuanto a Grace, bueno, ella acabaría en las calles de nuevo. ¿Por qué no te llevas ese retrato y lo acabas allí?

—Ya veo que su esposa lo tiene atado en corto —dijo Thomas.

Me dio la mano y tiró de mí hasta que me soltó, lentamente, de abrazo de lord Hoffemeyer.

Lord Hoffemeyer se metió el dedo en el cuello de la camisa y sonrió.

—Los críticos desprecian tu obra, Thomas. Tu preciosa hermandad se va a cansar muy pronto de todo eso. Yo puedo ofrecerte dinero suficiente como para que no tengas que volver a vender otra pintura más, si no quieres. Piénsalo. Un fin de semana. Y os prometo que llegaréis a las cimas más altas del placer.

—No nos interesa su proposición. Si nos disculpa...

Lord Hoffemeyer me agarró del brazo y tiró de mí. Me aprisionó contra su pecho.

—He invertido demasiado en esto como para volver a casa con las manos vacías. Y, sin Grace, no tendrás a nadie que compre tus cuadros.

—Thomas, no le hagas caso —dije yo, forcejeando contra él.

—Ella es el único motivo por el que todavía tienes un techo bajo el que refugiarte. O, más bien, yo. ¿Quién crees que ha estado dándole los fondos necesarios para que aumentara su colección de *rodin*?

Thomas me miró.

—¿Es eso cierto, Grace? —me preguntó.

Intenté zafarme de lord Hoffemeyer, pero él me estaba sujetando con demasiada fuerza.

—Sí, pero...

El puño de Thomas pasó por delante de mi cara y chocó contra la nariz de lord Hoffemeyer. El impacto empujó al barón hacia atrás y lo hizo aterrizar sobre el trasero.

—Te vas a arrepentir de esto, Thomas. Los dos os vais a arrepentir. Haré que tu apellido sea el hazmerreír en el mundo del arte.

—Parece que no está al día, Hoffemeyer. Yo ya me las he arreglado para conseguirlo.

—Thomas —dije yo, sin dejar de mirar a lord Hoffemeyer, que se estaba palpando la nariz, y corrí a sus brazos.

Thomas sonrió, se quitó la chaqueta del frac y me la puso sobre los hombros.

—Se te ha roto el vestido —dijo él, acariciándome la mejilla—. ¿Estás bien?

Asentí, pero no podía dejar de temblar.

—Acerca de esos cuadros... Yo los adoro todos, todos y cada uno de ellos, y tal vez un día puedas tener tu propia galería...

—Esos cuadros son míos. Fui yo quien los compró, y voy a destruirlos todos a menos que cambiéis de opinión —gritó lord Hoffemeyer, mientras se levantaba del suelo.

—¿De verdad convenciste a este animal para que comprara mis cuadros por encima del precio de mercado, para que yo pudiera seguir con mi trabajo?

—Lo siento, Thomas. Sé que esto es un golpe para tu ego.

Él me agarró la cara y me besó con fuerza.

—Eres condenadamente lista, Grace —dijo con una sonrisa, y se echó a reír.

Yo sentí un tirón y, de nuevo, Hoffemeyer me apartó de Thomas.

Thomas suspiró.

—Es usted muy terco, Hoffemeyer.

Entonces, se agachó y agarró una gruesa rama.

—No, Thomas, no lo hagas —dije yo—. No quiero que te metan en la cárcel por esto. No merece la pena.

—Escucha a tu moza, Thomas. Es muy sabia, para ser una mujer de su profesión.

Thomas me miró.

Yo apreté el puño y le aplasté la nariz a Hoffemeyer una vez más. La sangre me salpicó el guante y el vestido. Entonces, me acerqué a Thomas con la cabeza muy alta, mientras lord Hoffemeyer se tapaba la nariz con la palma de la mano. Probablemente, estaba rota.

—¡Te denunciaré por esto, Thomas, y tu prostituta irá a la calle, donde seguro que la encontraré, a menos que acceda a venir conmigo ahora mismo!

Supe que hablaba en serio. ¿Sería suficiente una noche para satisfacer su petición y no ver a Thomas en la cárcel?

—Si voy con él, no tendremos ningún problema, Thomas.

Thomas se puso a mi lado.

—No, Grace, no lo permitiré. He estado a merced de su mujer, y no es nada agradable.

—No tenemos otro remedio, Thomas.

—¿Tú crees? —dijo él, y miró hacia la terraza. Había un descanso en el baile, y varios de los invitados habían salido a tomar un poco el aire. Thomas alzó la voz lo suficiente como para que pudieran oírlo—. Lord Hoffemeyer, me temo que primero tendrá que explicar por qué se le ha roto el vestido a Grace.

Yo sonreí.

−¿Crees que tu patético testimonio servirá de algo en contra de mi palabra? La verdad es que, en realidad, a ella nunca la he deseado −dijo y, señalando a Thomas con el dedo, añadió−: ¡Es a ti a quien quería tenerte otra vez en mi cama!

Desde la terraza se oyeron exclamaciones de asombro.

Lord Hoffemeyer se giró sorprendido, y vio a varios hombres, que bajaron los escalones y lo agarraron de los brazos.

−¡Quiero que salgáis de mi propiedad ahora mismo! ¡Desgraciados! −gritó mientras se lo llevaban.

Thomas me llevó al estudio aquella noche, y me ofreció una de sus viejas camisas para dormir.

Mientras nos servía una copa de oporto a cada uno, me miró.

−¿Viste la cara de Hoffemeyer? Creo que le rompiste la nariz −dijo. Me tendió la copa y se sentó frente a mí. Yo subí los pies al asiento y me los tapé con la manta−. Tenemos suerte de que hubiera testigos en la terraza.

−¿No crees que yo habría podido despacharlo? −me preguntó con una sonrisa.

Yo quería preguntarle por su relación con los Hoffemeyer, pero sospechaba que era una experiencia vital que él prefería olvidar.

−Tú eres un artista, Thomas, no un luchador −dije. Después, levanté mi copa−. Sin embargo, te saludo, mi valiente caballero.

Él se tocó el pecho con una mano y asintió. Su sonrisa era juguetona, y tuve la tentación de ir a sentarme a su regazo. Cambié de tema.

−¿Qué será de él?

Thomas suspiró.

–Si descubren que ha tenido relaciones con otro hombre, aquí en Londres, lo meterán en la cárcel. Sin embargo, estoy seguro de que un hombre tan rico como Hoffemeyer tiene muchos contactos.

–¿Pueden arrestarte a ti, por lo que dijo Hoffemeyer?

Thomas negó con la cabeza.

–No, no hay pruebas, y eso ocurrió hace mucho tiempo, en otro país. Yo era joven y no tenía miedo. Quería experimentar. A Hoffemeyer le espera una noche muy larga. Nuestros hombres de azul no son los más rápidos del mundo, pero sí los más minuciosos.

Yo tenía muy pocas cosas en el apartamento de Hoffemeyer, pero él había amenazado con destruir todos los cuadros de Thomas, así que me pregunté si no debía ir a buscarlos en aquel mismo instante.

–Tal vez deba ir a recoger mis cosas del apartamento –sugerí.

Thomas cabeceó.

–Eso puede esperar hasta mañana. Preferiría que esta noche te quedaras aquí, para poder protegerte.

–No sabía que la pena por homosexualidad fuera tan severa. ¿Y Frank Woolner? ¿No conoce nadie sus preferencias sexuales? –le pregunté.

–Yo conozco a Frank desde hace mucho tiempo, Grace. Él siempre ha sido muy cuidadoso con sus relaciones. En la hermandad, nos cuidamos los unos a los otros. Ninguno le ha dado importancia a la sexualidad de Frank. Esa es, precisamente, la belleza de la hermandad: la edad, el género, la inclinación sexual... no tienen importancia. La hermandad solo está interesada en la pasión artística de sus miembros.

Yo pensé que era cierto; los miembros de la hermandad siempre se arropaban los unos a los otros cuando era necesario. Entonces, me pregunté si a mí también me protegerían. Sabía que no podía quedarme para siempre en el estudio, pero no se me había ocurrido pensar si tendría ayuda de los hermanos.

Thomas me estaba mirando con intensidad.

—¿En qué piensas? —le pregunté.

Él sonrió.

—Se me había olvidado lo bella que eres, y que, si las circunstancias fueran distintas, haría todo lo posible por acostarme contigo —dijo, y apuró la copa de oporto de un trago.

Yo no podía permitir que sucediera aquello, por mucho que lo deseara.

—Siempre serás un granuja, Thomas —le dije, por fin—. No puedes pasar ni una hora sin hacer derretirse a alguna mujer, ¿eh?

Él me lanzó una sonrisa llena de picardía.

—¿Conseguí que te derritieras aquel día, Grace? ¿Aquí mismo? ¿Te acuerdas?

Yo me moví en la silla, al recordar su lengua y su cabeza entre mis piernas. Suspiré y aparté la mirada.

—¿Lo conseguí, Grace? —me preguntó en voz baja.

Dejó la copa en la mesa, bajó al suelo y se acercó a mí de rodillas. Suavemente, me agarró por el cuello de la camisa y tiró de mí, y me acercó tanto a su cara que percibí el olor del vino en su aliento.

—¿Por qué estás haciendo esto, Thomas?

—Solo quiero que recuerdes cuando estuvimos juntos. Quiero que recuerdes lo bueno que era.

—¿Por qué, Thomas? ¿Por qué quieres que lo recuerde?

Su mirada se clavó en mis labios y, después, una vez más, en mis ojos.

—Porque yo no puedo olvidarlo —dijo suavemente.

—¿Thomas?

Él se puso en pie de un salto y se giró hacia la entrada.

—¿Helen?

–Sorpresa –dijo ella con una sonrisa firme.

Yo me levanté de la silla y dejé la copa en la repisa de la chimenea. Había llegado la hora de que me fuera.

–Oh, por favor, no te marches por mi culpa.

Helen estaba mirando fijamente a Thomas, pero me hablaba a mí.

El sonido de la puerta al cerrarse la distrajo por un instante.

–Thomas, hay una maleta abajo, y he pensado que tal vez fuera Helen...

–Hola, William –dijo ella, amablemente.

–Helen –respondió William. Entonces, miró a Thomas, y me miró a mí, que apenas llevaba ropa.

–William, sé bueno y ve a decirle al cochero que no se vaya –le pedí, y miré a Helen–. Tu marido ha tenido que rescatarme hoy, Helen. No seas demasiado dura con él –le dije y miré a Thomas–. Voy a buscar mi ropa.

–Grace –dijo Thomas–, no tienes por qué marcharte, y menos después de lo que ha pasado hoy.

–Estoy bien, Thomas. Seguro que Helen y tú tenéis que hablar de muchas cosas.

Helen me siguió por el pasillo, y yo estuve a punto de chocarme con William, que subía por las escaleras con su equipaje. Ella esperó a que yo recogiera mis cosas de su dormitorio, y yo me apresuré, porque sabía que estaba contando cada minuto que yo pasaba en su casa. Sin embargo, para su consternación, Thomas me acompañó al carruaje.

–¿Vas a estar bien? –me preguntó.

Yo le di un beso en la mejilla.

–Gracias, Thomas. Creo que estás a punto de enfrentarte a alguien mucho más duro que lord Hoffemeyer.

Él se quedó junto al carruaje, y tuve la sensación de que quería decir algo. Sin embargo, cerró la portezuela, y los caballos comenzaron a cabalgar.

Capítulo 8

Yo había esperado, deliberadamente, un par de días antes de volver a limpiar el estudio, para que las cosas se calmaran entre Helen y Thomas.

Cuando llegué, me encontré a Thomas saliendo por la puerta con mucha prisa.

–¿Thomas?

–No me hables ahora, Grace. Ahora no –dijo. Subió a su coche y no miró atrás.

Yo vi unas maletas en lo alto de las escaleras, y me di cuenta de que Helen se marchaba. La encontré en el estudio, con un boceto de sí misma en la mano.

–No creo que vaya a echarlo de menos. Yo tengo varios que él ni siquiera recuerda –le dije.

–Creo que ha sido demasiada responsabilidad para mí... ser su musa –murmuró ella, mientras enrollaba el pequeño papel–. ¿Puedo preguntarte una cosa?

Me encogí de hombros.

–Conoces a Thomas desde hace tiempo...

–Algunas veces me parece toda una vida, y, otras, no sé si lo conozco en absoluto.

–¿Y en qué momento te diste cuenta de que lo querías? –me preguntó.

La miré, y me eché a reír. ¿Amor? ¿Cómo podía entender ella lo que yo sentía? Me quité el sombrero y lo dejé en la mesa del vestíbulo.

−Te equivocas, Helen.

−¿De veras?

−Un hombre como Thomas tiene muchas modelos, mujeres a las que llama «musa». Yo nunca fui tu rival, ni ninguna otra de las mujeres que han posado para él. Su amante es la relación exigente y cambiante que tiene con el arte, con su obra.

Por su mirada, me di cuenta de que no me creía.

−Me he pasado la vida en compañía de los hombres. Veo el mismo problema una y otra vez. Las mujeres compiten por la pasión de un hombre, en vez de permitirle que explore con libertad a su amante. El secreto está en seguir disponible cuando él se cansa de ella y vuelve a fijarse en ti.

−¿Y eso es suficiente para ti, Grace? ¿No quieres algo más de una persona? −me preguntó.

−Ser adorada, tratada como una diosa durante unos momentos, sin ataduras ni promesas falsas. ¿Quién puede querer más que eso?

Lo que yo no podía explicarle era cómo me sentía al ver a alguien que me importaba tanto tan sumamente obsesionado por su idea de «la musa». «Mis musas», las llamaba Thomas. Ellas lo inspiraban; él las adoraba completamente y creía que la pasión mutua que compartían podía transmitirse al lienzo. Podría haber intentado explicárselo, pero Helen no lo habría entendido.

William entró y besó a Helen en la frente. A mí me sorprendió el hecho de haber tardado tanto en darme cuenta de lo que sentía por ella, y también me di cuenta de la división y el sufrimiento que debía de haber provocado esto entre los dos hermanos. Sentía la tensión en la casa, y esperaba que el tiempo los ayudara a cerrar las heridas y a unirse de nuevo.

—El carruaje está esperando. ¿Y tú? —dijo él.

—Sí, ya estoy lista. Adiós, Grace.

Él la acompañó al coche, y volvió a subir para echar un último vistazo al estudio.

—He venido a despedirme, Grace.

—Entonces, ¿ya os marcháis?

—Sí, dile adiós a Thomas de mi parte.

Sonreí.

—Sí, lo haré.

Me observó por un instante.

—Lo sabías, ¿no? ¿Sabías lo que yo sentía por Helen?

—Lo sospeché durante un tiempo, pero te guardé el secreto, William. ¿Vais a estar bien?

—Sí, Grace. He querido a Helen desde el primer día en que la vi, pero no sabía qué hacer con Thomas. Soy su hermano pequeño, pero parece que me he pasado la vida cuidando de él.

—Me refería a que vais a estar bien Thomas y tú. No tengo ninguna duda de que Helen será una buena esposa para ti. Lo único que quiero es que no olvides que tu hermano también es…

—Sí, es un buen hombre. Ya lo sé —dijo William, y sonrió. Me dio un abrazo y dijo—: ¿Cuándo crees que va a despertar y a darse cuenta de lo buena que eres tú?

Yo sonreí, y me miré las manos.

—Gracias por decirme eso, William.

Después de que se marchara, yo saqué una pequeña alfombra al balcón y comencé a sacudirla. Vi que el carruaje de Helen y William ya se alejaba. Al final de la calle estaba Thomas, vestido con su mejor chaqueta y su sombrero de copa, hablando con una mujer de pelo oscuro en un carruaje negro. Una nueva musa.

—¿Cuándo, William? ¿Cuándo? —me pregunté yo, suavemente.

Era hora de seguir adelante. Ya debería estar acostumbrada, pero, tal vez, lo ocurrido en aquellos últimos días me había hecho desear, más que nunca, poder establecerme en un sitio, con alguien. Sin embargo, tal vez Thomas me hubiera estropeado para todos los hombres. Por una parte, pensaba que nunca iba a encontrar a otro como él y, por otra, sabía que estar con un hombre como Thomas sería una fuente constante de sufrimiento. Ya me estaba haciendo vieja para esas cosas.

Mi cuerpo, que ya no era tan joven, anhelaba la seguridad de los brazos del mismo hombre cada noche, de un hombre que entendiera y aceptara los cambios sutiles que provocaba la edad y que, de todos modos, encontrara bella a su compañera.

Sin embargo, yo sabía que Thomas no tardaría mucho en tener otra musa en el estudio, a una más bella que la anterior, a una que inspirara su pasión, y que se dejara seducir por sus atenciones.

No iba a engañarme pensando que él y yo podríamos construir una relación duradera. Disfrutábamos de nuestra compañía, precisamente, porque no había lazos.

Yo había pasado la noche en el apartamento, recogiendo mis cosas. Al amanecer, la cocinera se acercó a darme una nota que le habían entregado en la puerta.

Querida Grace:

He oído decir que estás buscando empleo. No puedo decir que sienta lástima por ese bestia del que te hacías acompañar últimamente. Tenía mi opinión, pero me la guardaba.

Quiero decir que, si yo no pude ver ninguna cualidad verdadera en él, Grace, es que no las tenía, hazme caso.

Casualmente, necesito un ama de llaves. ¡La tercera de este mes se ha marchado sin previo aviso! ¡Es muy difícil encontrar una buena ayudante hoy día! ¿Serviría de algo que te dijera que soy limpio hasta la perversión, y que solo te pediré que sacudas alguna alfombra de vez en cuando? No voy a decirte que es fácil convivir conmigo, querida, pero creo que podemos pasarlo muy bien poniéndonos nerviosos el uno al otro.

¿Qué dices, Grace? ¿Ponemos verde de envidia a Thomas haciendo que crea que, quizá, me has cambiado?

Espero tu respuesta.

Frank.

Yo respiré profundamente y exhalé un suspiro de alivio.

—Tengo que pedirle a Dobbs que entregue una nota de mi parte —le dije a la cocinera.

Ella se retorció las manos.

—¿Tiene algo que decirme? —le pregunté.

—¿Me permite que hable con libertad?

Asentí.

—El señor Dobbs me ha dicho que van a soltar a lord Hoffemeyer mañana por la mañana, señorita. Ha pedido que Dobbs vaya a buscarlo a la estación, porque quiere venir aquí antes de salir para Alemania.

—¿Se ha marchado ya el mensajero? —le pregunté.

—No, señorita, está esperando su respuesta.

Le entregué mi nota al chico y, una hora después, Frank había ido a buscarme en un coche. Recé por que el aviso de la cocinera hubiera sido una señal de amistad, pero, de todos modos, pasé la primera semana en casa de Frank con mucha inquietud. No volví a tener noticias de Hoffemeyer, y esperaba que Thomas tampoco las tuviera.

Frank y yo iniciamos una vida cotidiana muy cómoda, y una amistad basada en la compañía. Frank hacía casi toda la comida, aunque me permitía cocinar una o dos cosas. Solo había un tema del que no hablábamos, y era de Thomas. Aunque nunca hablaba de ello abiertamente, creo que sabía lo que sentía por su amigo.

Después de varios días de retiro en el piso de Frank, me sentía como si no pudiera respirar. Necesitaba salir, así que fui a los jardines de Cremorne a ver a Deidre.

Me sentí bien paseando por allí de nuevo, aunque había algunos cambios. Ya no veía tantas caras familiares. El grupo de teatro que actuaba diariamente se había deshecho. La pobreza y la enfermedad estaban empezando a pasarle factura a la población.

Aquella noche soplaba un viento frío por la orilla del río, preludio del invierno. Hombres, mujeres y niños se acurrucaban alrededor de las hogueras, y había tiendas hechas con mantas, que servían de refugio temporal hasta que las autoridades se llevaran a los sin techo a otro lugar. Pensé en que Deidre podría estar entre ellos, y yo misma podría estar entre ellos, si Frank no me hubiera acogido en su casa. Sabía que a Deidre no le habría importado darme alojamiento si yo no hubiera tenido adónde ir, pero también sabía que su trabajo en el pub era su sustento, y no iba a quitárselo.

Me arrebujé en mi chal y miré hacia el río. Al final del terraplén vi a un hombre sentado junto a un árbol. Tenía un pequeño caballete y parecía absorto en lo que estaba pintando.

Yo me acerqué y me coloqué tras él para estudiar su trabajo.

—No hago retratos esta semana —dijo sin alzar la vista.

—Solo estaba admirando su paisaje –respondí yo–. ¿Pinta para ganarse la vida?

—¿A usted qué le parece? –me preguntó secamente.

—Vaya, parece que tiene carácter.

Él no respondió.

—Debería pensar en poner un poco de rojo justo ahí –le sugerí, señalándole un punto.

Entonces, me miró. Tenía los ojos de color verde claro, y una barba desarreglada que le conferían el aspecto de un guerrero feroz y primitivo. Yo no conseguía situar su dialecto.

—¿Es usted artista?

—¿Yo? No, por el amor de Dios. Pero he posado muchas veces. Si quiere, puedo presentarle a varios artistas que conozco. Estaría encantada de hacerlo.

—¿Dice que ha posado? –preguntó él, y continuó pintando sin mirarme.

—Su trabajo es bueno. Tal vez, si consiguiera aplacar ese carácter suyo y aprender de un buen mentor, llegaría a ser excepcional.

—Entonces, ¿es crítica?

—No, pero reconozco el talento. Creo que usted es lo suficientemente bueno como para ser incluido en la Exposición alguna vez.

Él soltó un resoplido.

—¿En la Exposición de la Academia? –preguntó. Su acento era muy marcado. Tal vez escocés…

—¿De dónde es usted? –pregunté.

—De Pembroke, Gales.

Se puso en pie, se limpió la mano en la camisa y me tendió la mano.

—Entonces, ¿lleva mucho tiempo en Londres?

—No, solo unas semanas –dijo–. Hago retratos por aquí y por allá. Gano suficiente como para pagarme una pensión cerca de aquí.

−¿Ha comido?
−Sí, señorita, pero es muy amable por preguntarlo.
−Lo siento, pero creo que no me ha dicho su nombre.
−Me llamo Edward Rhys. Me alegro de conocerla.
−¿Tiene alguna dirección que pueda darle a mi amigo, para que vaya a buscarlo?

Él miró a su alrededor, y se caló la gorra, de nuevo, sobre el pelo rubio y revuelto.

−Cuando hace bueno, siempre estoy en los jardines −dijo.
−Bien, señor Rhys. Entonces, le diré que lo busque aquí.

Sonreí, me despedí y me di la vuelta para volver al pub, con la esperanza de poder cenar con Deidre si no estaba demasiado ocupada.

−¡Espere, señorita! No me ha dicho su nombre.

Tenía una maravillosa sonrisa, y tal vez tuviera tanta facilidad como Thomas para tratar con sus jóvenes modelos.

−Me llamo Grace.
−Muy bien, Grace. Buenos días, hasta que volvamos a vernos.

Las palabras que se le deslizaban por la lengua me calentaron como un buen brandy en una noche fría.

−¡Grace!

De un respingo, me di la vuelta hacia la colina y vi a Harriet, una de las camareras del pub, corriendo hacia mí. Tenía una expresión de miedo, y a mí se me formó un nudo en el estómago.

−Es Deidre... Está en el laberinto, y no se despierta.

Yo la tomé de la mano.

−Llévame −le dije. Me di la vuelta hacia el señor Rhys−. ¡Puede que necesite su ayuda! ¡Venga rápidamente!

Deidre tenía la cara muy blanca y los ojos rodeados de manchas de color púrpura. Yo me arrodillé a su lado y la sacudí por los hombros, pero ella estaba fláccida como una muñeca de trapo.

—Grace —me dijo el señor Rhys, e intentó apartarme. Yo forcejeé con él.

—¡Deidre! ¿Me oyes?

—Grace —repitió el señor Rhys, en voz baja y calmada. Harriet estaba tras él, sollozando.

El señor Rhys se agachó junto a Deidre y le apartó el cuello del vestido para tomarle el pulso. Entonces fue cuando vi las marcas de irritación que tenía en el cuello. El señor Rhys le puso la mano sobre los ojos y se los cerró. Después se quitó la chaqueta y la tapó con ella.

—Voy a buscar a la policía, Grace. Tengo que pedirle que no la toquen.

Pasaron horas antes de que nos permitieran salir del parque. Cuando las autoridades quedaron convencidas con nuestras declaraciones, dijeron que la enterrarían cristianamente en el cementerio de los pobres, a menos que nosotras pudiéramos permitirnos otra cosa. No teníamos dinero, así que vimos como se la llevaban en un carro.

El señor Rhys se ofreció a acompañarnos a Harriet y a mí al pub, pero yo rehusé su ofrecimiento porque necesitaba estar sola. Harriet volvió a su trabajo, y yo subí los escalones hasta mi vieja habitación, como si me hubieran puesto una roca sobre los hombros.

El hedor del callejón de abajo no había cambiado. Abrí la puerta y encendí una vela con las cerillas. Me quedé en el centro del pequeño cuarto. No había cambiado, pero a mí me parecía diferente. Al ver el chal de Deidre sobre la cama, me eché a llorar. Debía de haber salido sin él. Lo recogí y lo abracé contra mi pecho, sin dejar de sollozar, hasta que me quedé dormida.

Al día siguiente volví al piso de Woolner y le conté lo que había ocurrido. Después, le pedí a Frank que le dijera a

Thomas dónde podía encontrar al señor Edward Rhys. Saqué el retrato que me estaba haciendo Thomas, con la esperanza de poder quitarme de la mente la imagen de la cara de Deidre al morir, y sustituirla con otra. Frank se mantuvo en silencio durante unos momentos. Después, apartó el cuadro.

–¿Qué estás haciendo? –le pregunté.

–Ven a cenar al estudio esta noche, Grace. Los chicos quieren verte. Ha pasado mucho tiempo. Además, Thomas dice que quiere que nos reunamos todos. Tiene una sorpresa. Me pidió que fueras tú, en concreto.

–¿Preguntó por mí? –dije yo, con una pequeña chispa de esperanza en el corazón.

–Bueno, sabe que estás viviendo aquí. Le hablé de tu amiga, y él pensó que te vendría bien que estuviéramos todos juntos.

Frank inspeccionó mi escaso guardarropa.

–Es una pena que no te quedaras con ninguno de esos maravillosos vestidos, Grace. Estos están muy desgastados –dijo Frank, chasqueando la lengua.

–No quería recuerdos de Hoffemeyer, Frank.

–Por supuesto, querida. Es solo que parecías una reina con ellos. Toma –dijo, y me dio mi mejor traje–. Ponte este. A Thomas le encantas con él.

–Frank, Thomas tiene una nueva musa. ¿Cómo has dicho que se llamaba?

–¿La zorra? Es decir, Sara. Es una muchacha preciosa, con el pelo negro y el corazón también. Hazme caso, se habrá ido antes de primavera –dijo Frank, y sonrió al cerrar el armario–. El carruaje llega dentro de una hora. Date prisa, querida.

Me sentí bien entre los miembros de la hermandad. Eran amigos míos desde que Thomas y yo nos habíamos conocido. Cuando se reunían, la conversación era muy animada y yo me sentía como si la vida tuviera sentido, aunque solo fuera en nuestro mundo.

Dispusimos las sillas en círculo para poder vernos los unos a los otros cuando hablábamos. Hacía mucho tiempo que no me reía tanto. La mayoría de aquellos hombres tenían casi diez años menos, pero cuando nos reuníamos, éramos amigos, sin edad, sin género, sin estatus social. Todos queríamos adivinar cuál era la sorpresa que nos tenía preparada Thomas; yo esperaba que se tratara de que iba a invitar al señor Rhys y a convertirlo en su protegido.

Frank había descrito a Sara como una belleza perfecta, y lo era; sin embargo, yo todavía tenía que formarme una opinión en cuanto a su personalidad. El verdadero examen comenzaría por cómo se comportaba cuando estaba con Thomas. Había que admitir, sin embargo, que tenía un don para transformar una tranquila reunión de amigos en una fiesta inolvidable.

No quedaba ninguna copa de vino vacía sin que nadie la rellenara. Ella había preparado ostras, pequeños sándwiches cortados en triángulos perfectos y porciones de bizcocho cubierto con un dulce rígido llamado *fondant*. Fue lo único que impresionó a Frank. Por algún motivo, le tenía manía a aquella musa, más, incluso, que a Helen.

Mi primera impresión, más allá de su pelo negro y de sus cristalinos ojos azules, fue la misma que la de Frank:

—Es ambiciosa —dijo—. Veamos si es tan digna como parece.

Watts y él comenzaron a hacer apuestas sobre si podían sonsacarle su interés en hacerse un *piercing* en los pezones, moda que estaba en pleno apogeo en los clubs que frecuentaban los ricos aquellos días. Yo tenía mis dudas de que accediera pero, para mi sorpresa, dijo que lo haría si era seguro.

En aquel momento, yo la desafié y me ofrecí a hacerme un *piercing*, también, si era ella quien manejaba la aguja. Tal vez me sintiera celosa, porque ella estaba muy cómoda en el estudio de Thomas. Yo sabía que vivía allí, y sospechaba que Thomas y ella eran amantes. Él nunca había tenido una musa que no fuera su amante. Aquella era una relación que Thomas entendía perfectamente, pero que las pobres mujeres con las que se acostaba no entendían tan bien. Yo pensaba que Sara no era diferente. Solo el tiempo diría si tenía razón, o no.

Thomas entró en el estudio y puso fin a nuestra diversión, diciéndome que los críticos no necesitaban otra excusa para abalanzarse sobre la hermandad. Me puso la mano en la mejilla y sonrió. Después, se volvió hacia el resto del grupo.

—Y, ahora, si mis dos mujeres favoritas han terminado con esta tontería, os sugiero que si permitís que os toque algo, encantadoras criaturas, ese algo sea yo.

Nos sonrió encantadoramente y se acercó rápidamente a Sara, abrazándola y susurrándole algo al oído. Ella me miró por encima de su hombro, con los ojos azules llenos de desafío.

—Me gustaría presentaros a todos al señor Edward Rhys, el nuevo miembro de nuestra pequeña isla de creatividad —dijo Thomas, en voz alta.

Yo aparté mis ojos de los de Sara, y sentí un secreto orgullo por el hecho de que Thomas hubiera valorado mi opinión sobre el señor Rhys. Yo no estaba viviendo allí, pero mi presencia sí tenía valor.

Capítulo 9

Varias semanas más tarde, Frank y yo estábamos cenando, y yo le estaba contando mis experiencias con lord Hoffemeyer. Él no conocía la historia completa de lo que había pasado en el jardín.

—Pero, eso no te habrá hecho renunciar para siempre a los hombres, ¿verdad, Grace?

—¿Me lo preguntas para ti, o para un amigo? —bromeé yo.

Él se ruborizó y me miró con los ojos entrecerrados.

—Ya sabes a qué me refiero, querida.

—Si es sobre Thomas otra vez... No creo que entiendas la relación que tenemos Thomas y yo. Tenemos un trato.

—Eso lo dices tú —replicó secamente Frank—. Pero yo conozco a Thomas. Sé paciente, Grace. Entrará en razón.

Sonreí, y seguí cenando, para no comenzar una discusión sobre quién de los dos conocía mejor a Thomas.

Frank se animó de repente.

—¡Ya lo tengo! Tú... Bueno, una versión de ficción, por supuesto, serás la protagonista de mi nueva entrega para la hermandad. Si Thomas quiere poner de relieve los riesgos de nuestra sociedad, tu historia del intento de chantaje de ese monstruo de Hoffemeyer es perfecta.

–Estoy segura, Frank, de que Thomas preferiría que olvidáramos ese incidente.

–Puedes ayudarme, Grace. Vamos a darle una buena lección a ese Hoffemeyer –dijo, moviendo las cejas, con una gran sonrisa.

–¿Yo? ¿Ayudarte yo con tus escritos?

–Piénsalo, Grace. Estarías advirtiendo a otras mujeres de que tuvieran cuidado con un lobo con piel de cordero.

Yo lo pensé por un momento, y asentí.

–¿Cuándo empezamos?

Thomas no tardó mucho tiempo en aparecer en casa de Woolner y, cuando lo hizo, estaba furioso.

–¿Qué demonios habéis hecho? –preguntó, lanzando el manuscrito que le habíamos enviado a la mesa.

Me miró con los ojos, tan azules como una turquesa, echando chispas.

Yo estaba poniendo la mesa para Frank y para mí.

–Yo también me alegro de verte, Thomas –le dije y, antes de que él pudiera responder, Frank salió de la cocina con una fuente llena de estofado de jamón con patatas.

–¡Thomas! Veo que por fin has aceptado mi invitación y has venido a verme –dijo, y puso la fuente en la mesa. Observó los papeles, y añadió–. Y veo, también, que has recibido lo que te envié. ¿Puedes quedarte a cenar?

Yo miré a Frank, preguntándole con la mirada qué demonios hacía. Frank se encogió de hombros y sonrió.

–Tiene que comer.

Thomas sacó una silla y se sentó. Entonces, me miró, y volvió a levantarse de un salto, a la espera de que yo me sentara también. Contuve una sonrisa; el hecho de que, aunque estuviera tan furioso, tuviera aquel gesto de caballerosidad, me causó un deleite absurdo. Traté de no darle demasiada importancia a su agitación, pero el hecho de que estuviera allí y se quedara a cenar, en vez de estar en casa con su musa, hizo que me preguntara si tenía problemas en el ámbito doméstico.

—Este artículo, Frank, es sobre lo que le ocurrió a Grace.

Frank frunció el ceño.

—Ya lo sé Thomas, y creo que es uno de mis mejores trabajos, ¿no te parece?

Thomas recogió los papeles y pasó la mirada por ellos. Cabeceó.

—Es demasiado peligroso. Si Hoffemeyer lo ve, o lo ve uno de sus socios, nos lo harían pagar muy caro, y Grace estaría en medio.

—Yo le di permiso para que lo escribiera, Thomas. Así, por lo menos, muchas se salvarán de caer en la misma trampa que yo.

—No es inteligente —dijo Thomas, lentamente, con más calma.

Yo entendía su punto de vista, pero con lo que le había ocurrido a Deidre, y con lo que me había ocurrido a mí, quería que alguien supiera que las mujeres de la calle eran un blanco muy fácil para los criminales.

—Es un problema cada vez mayor, Thomas, y si nadie intenta solucionarlo, algún día ocurrirá una tragedia mucho mayor.

—Tal vez, tú podrías escribir también sobre tus propios problemas, Thomas —dijo Frank—. Sería una lectura muy interesante —dijo. Se levantó de la silla con un resoplido y se fue a la cocina.

—¿Es que tenías que contárselo todo? —preguntó Thomas, tamborileando con los dedos en la mesa.

—Le he contado la verdad, Thomas. ¿No es eso lo que siempre has pregonado a la hermandad? ¿No es el motivo por el que empezaste tu periódico?

Él se pasó una mano por el pelo, y yo noté que tenía un mechón de canas cerca de la sien.

–Supongo que tienes razón. Lo pensaré –dijo, y me miró con una expresión sincera–: Es que no quiero que sufras más.

Le di una palmadita en la mano. Sentía agradecimiento por su preocupación.

–Y yo no quiero que ninguna mujer sufra más. ¿Y tú?

Frunció el ceño y, aunque no estaba de acuerdo con nuestro método, asintió. Yo cambié de tema para conseguir que sonriera.

–¿Trabaja bien la nueva musa?

–¿Te estás acostando con Woolner? –replicó él.

Yo me quedé muy sorprendida por aquella pregunta, y se me cayó la cuchara al plato.

–Eso es ridículo. Además, no es asunto tuyo, y tú ya sabes que yo no soy del tipo de Frank. ¿Te estás acostando tú con Sara? –le pregunté, mirándolo con firmeza.

Él vaciló.

–Eso es asunto mío, y no es el tema del que estamos hablando –respondió, cruzándose de brazos.

Me eché a reír, tomé la cuchara y volví a comer. Estábamos en punto muerto. Yo no estaba segura de si había sido yo la que había cambiado, o Thomas, pero había ocurrido algo. Estaba cansada de ser su amante a tiempo parcial, y ya no estaba contenta con mi vida. Quería tener más voz. Quería tener los mismos derechos que otros hombres y mujeres.

Él se levantó de la silla y comenzó a pasearse por el comedor.

–Las cosas no van bien en el estudio –dijo–. Tengo problemas con Sara.

Yo no lo miré y continué comiendo en silencio. Ser su tabla de salvación también estaba empezando a cansarme.

–¿Y bien? ¿No tienes nada que decir? –me preguntó.

–¿Es que no acabas de decirme tú que no es asunto mío? –respondí yo y tomé un sorbito de vino.

–Eso era antes –dijo.

–¿Antes de qué, exactamente, Thomas?

–Antes de que te pidiera ayuda, Grace. Por Dios, ¿es que tengo que explicártelo todo? Te estoy pidiendo opinión sobre cómo solucionar esto.

–¿Y por qué quieres saber mi opinión, Thomas?

–Grace, además de William, tú eres la persona que mejor me conoce, y puedes ver qué he hecho mal esta vez.

–Entonces, ¿estás intentando no estropear esto? ¿Es lo que me estás diciendo?

–No. Creo que Sara se ha hecho la idea equivocada de que me voy a casar con ella.

–¿Porque te has acostado con ella?

Él alzó las manos y se encogió de hombros.

–Qué noble por tu parte –dije secamente.

–Lo dices como si no te importara.

Le clavé una mirada severa.

–Tal vez porque no me importa.

Me estudió con atención.

–¿De verdad no te importa nada con quién me acueste?

–¿Qué quieres de mí, Thomas? ¿Por qué necesitas mi bendición para cada mujer con la que te acuestas?

Él se sentó en su silla y me observó.

–Esa es una buena pregunta, Grace, y pensaré en ella mientras esté en Roma de vacaciones. Es otro de los motivos por los que he venido. Me marcho mañana, y quería pedirte si podías pasar, de vez en cuando, por el estudio. Edward y Sara van a quedarse allí estos días. Edward está preparando un nuevo proyecto para la exposición.

–Thomas Rodin, ¿qué estás haciendo? Los estás dejando solos a propósito, ¿verdad?

Él sonrió.

−Grace, me está presionando. Ya sabes cómo soy. No soy de los que se casan. Edward, por otro lado... ese sí es un hombre hecho para el matrimonio.

−Thomas, no se puede jugar con el corazón de la gente.

Miró hacia la mesa. Se inclinó hacia delante y me acarició la mano.

−Confía en mí, Sara. Mi locura tiene un método.

−¿De veras? −pregunté y aparté la mano−. No creía que necesitaras ningún método.

−¡Woolner! −gritó, sin apartar sus ojos azules de los míos.

−¿Qué? −respondió Frank desde la cocina−. Estoy terminando el postre.

−¿Nos necesitas durante un rato? −preguntó Thomas, sonriendo.

−Maldita sea, el puñetero se ha desinflado. ¿Qué decías, Thomas?

−Haz otro, Woolner, te esperamos.

Thomas se puso en pie y me arrastró consigo. Yo intenté resistirme, pero, en realidad, lo necesitaba aquella noche.

Me lanzó por encima de su hombro y me dio un azote en el trasero.

−¿Se te ha ocurrido pensar que no quiero acostarme contigo?

−No, lo he visto en tus ojos. Sé lo que pasa, Grace, cuando te enfadas conmigo. Es solo una tapadera para disimular tu excitación.

−Eres un arrogante −dije yo, retorciéndome sobre su hombro.

−¿Acaso lo niegas? −me preguntó, acariciándome la pantorrilla por debajo de la falda.

−Eres incorregible −murmuré y cerré los ojos.

—Me encanta que te enfades conmigo, Grace.

—Ve al dormitorio, Thomas —dije con la respiración entrecortada.

—¿Qué ocurre? —preguntó Frank, que apareció en la puerta del comedor—. ¿Estáis...? Oh, por el amor de Dios —dijo y se dio la vuelta—. Estoy en la cocina.

Todos mis elevados pensamientos sobre cambiar mi vida, sobre conseguir más estabilidad, salieron por la ventana cuando Thomas me puso en el suelo y cerró la puerta con el pie. Se quitó la chaqueta y la corbata, y comenzó a desabotonarse la camisa.

Sabía que iba a arrepentirme, pero hacía mucho tiempo que no estaba con él.

—Entonces, ¿tu divorcio con Helen es definitivo?

Él me miró.

—Sí, Grace.

Se marchaba al día siguiente y, con toda seguridad, volvería de Roma con otra musa. Oh, Dios, ¿qué me pasaba? Como siempre, nos vimos conectando a través de la pasión, durante unos pocos momentos, antes de que el destino volviera a separarnos. ¿Cuánto tiempo podía seguir haciéndome algo así?

Me levanté el pelo para que él me desabrochara el vestido y me lo deslizara por los hombros. A cada movimiento, me rozaba la espalda con los nudillos y aumentaba mi impaciencia. Me besó la piel suavemente y, sin prisas, me dio la vuelta entre sus brazos y jugueteó con mis labios. Sus besos eran lentos, y su lengua, exigente. Yo me rendí desde el primer momento y me entregué a él libremente.

Desde la noche que me había dicho que iba a casarse con Helen, yo me había prometido que no le daría a Thomas nada más que mi cuerpo. Después, llegó Sara, y parecía que ella también era un capricho. ¿Y qué era yo? La mujer a la que siempre volvía.

Thomas me sentó en su regazo y me abrazó, ofreciéndome la pasión que conocía tan bien. Yo me sentí contenta y segura entre sus brazos, con mi cuerpo unido al suyo, con nuestras bocas llenas de ternura en un instante, y de frenesí al siguiente.

–Grace...

Me acarició la cintura y atrajo mi cuerpo hacia el suyo. Yo apoyé la frente en la suya, con un delicioso sentimiento de posesión que no quería estropear.

–No digas nada, Thomas –respondí, moviendo las caderas para recordarle dónde estaba. Me agarré a su cuello y me arqueé hacia atrás. Él me acarició los pechos con reverencia.

–Dios Santo, Grace –murmuró–. ¿Siempre va a ser así para nosotros?

–Sin arrepentimientos, Thomas, ¿no te acuerdas? –dije yo, y me enderecé de nuevo para mirarlo. Le pasé la yema del dedo por la tentadora boca–. Es usted increíblemente guapo, señor Rodin. ¿Lo sabe? –le susurré.

Él me pasó la mano por la nuca y me besó apasionadamente.

–Ven conmigo a Roma, Grace. Podríamos explorar la ciudad, hacer el amor todas las noches, beber buen vino. Sería glorioso.

–Estarás muy ocupado con los chicos –dije yo con la respiración entrecortada por sus caricias.

–No voy a pedírtelo más veces, Grace.

Me besó el cuello y el hombro, y deslizó la mano entre nuestros cuerpos para acariciar el punto en el que estaban unidos. Yo temblé. Estaba a punto de llegar al clímax.

–No me lo pidas, Thomas –dije–, y no me obligues a negártelo.

Tomé su cara entre las manos y lo besé, notando su frustración. Él se tendió de espaldas sobre la cama y me cubrió los pechos con las manos, mientras yo me movía furiosamente sobre él.

–Sí, Grace –susurró, embistiendo hacia arriba con las caderas–. Sí, mi amor.

Yo no permití que aquellas palabras permanecieran en el cerebro. El clímax me recorrió con una fuerza cegadora, y me hizo gritar su nombre. Sus ojos brillantes de lujuria no se apartaron de los míos durante su orgasmo.

Me tendió a su lado y me abrazó.

–Quédate conmigo esta noche, Grace.

–Estás en mi cama –respondí, sonriendo, pasando la mano por su estómago firme.

–Entonces, pídeme que me quede.

Yo tuve que contenerme para no preguntarle por qué quería que fuera con él ahora, en el último momento, y no me lo había pedido cuando estaba planeando el viaje.

–No creo que sea buena idea. Esta noche no.

Él me miró con sorpresa.

–¿Es que no vas a echarme de menos?

–¿He dicho yo eso? –le tiré del vello del pecho.

–¡Ay! –gimió. Frunció el ceño, pero tenía los ojos muy brillantes.

–Granuja malhumorado.

–Yo no tengo mal humor.

–Oh, por favor. En muchas ocasiones, Thomas, tienes un mal humor insoportable.

–Bueno, supongo que es uno de los riesgos de la creatividad.

–Que tú has elevado a una forma artística –dije yo, en broma, con una sonrisa.

Se tendió de costado.

Yo hubiera querido captar aquella expresión suya para siempre. En sus ojos azul verdoso vi una alegría que no había visto desde hacía mucho tiempo. A mí se me hinchó el corazón de orgullo, al pensar que tal vez tuviera algo que ver con ello.

—Ven conmigo a Roma —volvió a decirme con un beso.

—Thomas, has dicho que ibas a pedírmelo dos veces.

—He mentido —respondió—. Por favor, Grace, piensa en lo mucho que nos divertiríamos.

Yo temía que, si iba con él, lo que habíamos creado podía terminar para siempre. Tenía que dejar que él deseara volver a casa... conmigo.

—Lo siento, Thomas. No puedo.

Él se agitó.

—¿Por qué no? ¿Qué te lo impide?

«Tú. Nosotros».

—No puedo ir.

Él bajó los pies al suelo y se sentó de espaldas a mí. Yo le acaricié la espina dorsal. Él se puso de pie.

—No lo entiendo.

—No sé cómo explicártelo —respondí. Yo también me levanté y lo abracé—. Pero estaré aquí cuando vuelvas.

Noté que la tensión de su cuerpo desaparecía. Estuvimos así, abrazados, hasta que Frank llamó a la puerta.

—El pastel ya está —gritó.

La risa de Thomas vibró contra mi mejilla.

—Feliz Navidad, Thomas —dije en voz baja, apretando la oreja contra su pecho para memorizar los latidos de su corazón.

—Feliz Navidad, Grace.

Capítulo 10

Frank se fue al norte para visitar a su familia durante las fiestas, y me invitó a que fuera con él. No quería que pasara sola las vacaciones, cuidando de su casa y del estudio.

Él me besó la frente y me miró con atención.

—¿Estás segura de que no quieres venir a conocer a mi familia? Dios sabe que mi madre se sentiría feliz si llevara a una mujer a casa.

—Gracias, Frank, pero le he dicho a Thomas que iba a cuidar del estudio.

—¿Y qué vas a hacer estos días?

—Bueno, no voy a quedarme suspirando por él, si es lo que piensas.

—Buena chica. Es un pillo, Grace. Sinceramente, no sé qué ves en él.

—Creía que me habías dicho que tuviera paciencia con él.

—Eso fue antes de que te dejara y se marchara a Roma —respondió Frank.

Yo no le había contado a mi amigo que Thomas me había pedido que lo acompañara. Tenía mis motivos, y era mejor dejar que las cosas encajaran según los dictados del destino.

—Déjalo, Frank. Es Navidad —dije.

—Tienes razón, querida. Volveré dentro de una semana, a no ser que la cosa se vuelva demasiado aburrida. Feliz Navidad, Grace —respondió él, y me abrazó.

Al final, Frank volvió antes de lo previsto, y celebramos juntos la Nochevieja en la ciudad. En más de una ocasión, yo había pasado por el estudio y me lo había encontrado vacío. Tal vez el plan de Thomas hubiera funcionado y Sara y Edward estuvieran pasando tiempo juntos, lejos de allí. O, tal vez, ella hubiera cambiado de opinión y hubiera vuelto a casa.

Pasaron las semanas. Pronto estuvimos a finales de enero. Frank y yo solo habíamos recibido una carta de Thomas. Mis viajes al estudio se volvieron menos frecuentes, y comencé a pasar más tiempo estudiando y analizando el desnudo que había quedado inacabado, para ver cómo podía completarlo. Le pedí ayuda a Frank al respecto.

—Tienes muy buen ojo —afirmó Frank mirando el cuadro por encima de mi hombro.

—¿Crees que él me agradecerá que haya tratado de terminarlo? —le pregunté yo.

—Oh, cielos, le va a dar un ataque. Pero cuando lo haya mirado bien, no creo que tenga ningún motivo para enfadarse —me dijo y me besó la coronilla—. ¿Qué vas a hacer con él?

—No lo he pensado mucho. Solo enseñárselo a Thomas y ver qué le parece.

—Ummm —murmuró Frank y me dio unas palmaditas en el hombro—. Voy a hacernos un té.

Watts apareció de visita mientras Frank y yo tomábamos el té, y unas galletas cuya receta había conseguido de la cocinera de su casa familiar. A Watts le brillaban los ojos de interés mientras extendía la mermelada de naranja sobre una de las galletas.

−Bueno, supongo que os habréis enterado de lo de Edward y Sara.

Yo apuré mi té.

−Eh... no. No hemos visto a nadie de la hermandad recientemente. ¿Qué ha ocurrido?

−Parece que se casaron en Gales, en Navidad.

−¿Que se casaron? Vaya, eso es muy repentino, ¿no?

Watts movió su galleta hacia mí.

−Para mí, no tanto. Vi cómo lo miró esa mujer la primera noche que Thomas lo llevó al estudio.

−¿Y Thomas? −pregunté yo−. ¿Lo sabe?

Watts negó con la cabeza.

−Yo no he tenido ocasión de ir a verlo todavía. Me pidió que me ocupara de que saliera el siguiente número de *The Germ*.

−¿Quieres decir que ya ha vuelto de Roma?

Aquella noticia me dejó asombrada. Miré a Frank, que estaba observando atentamente su taza de té.

Watts también lo miró.

−Volvió hace una semana. Creía que lo sabías, Grace. Cuando vi a Frank, el otro día, se lo dije...

Entonces, cerró la boca, al darse cuenta de la tensión que había creado involuntariamente.

−¿Frank? −pregunté yo−. ¿Tú sabías que había vuelto? ¿Por qué no me lo dijiste?

Frank fulminó a Watts con la mirada. Después, suspiró y me miró.

−Pensé... Bueno, esperaba que él se pusiera en contacto contigo, querida.

Yo me apoyé en el respaldo de la silla y dejé la galleta en mi plato. Ya no tenía apetito. ¿Por qué iban a ser distintas las cosas?

—Bueno, ya conocéis a nuestro Thomas. Seguramente, estará inmerso en algún proyecto.

«O tiene una nueva musa».

—Pero ¿qué ha pasado con Edward y Sara? ¿Se han quedado en Gales?

Watts se animó.

—Eso es lo más raro de todo. Están viviendo en la granja de Thomas. La que él estaba reservando para uso comunal de la hermandad, algún día. Supongo que ya no va a ser así –dijo. Se metió el último trozo de galleta en la boca. Se lamió los dedos y se levantó, tomándose un trago de té para pasar la comida–. Bueno, tengo que irme. Solo había venido para recoger tu artículo, Frank.

Frank fue a su escritorio, sacó su manuscrito y se lo entregó a Watts.

—Avisadme cuando sepáis algo de Thomas –dijo Watts.

Frank lo acompañó a la puerta y, cuando volvió, me miró con timidez.

—Lo siento, querida.

—¿La granja de Thomas? ¿Por qué iba a regalarla…?

Frank se encogió de hombros.

—El estudio era el sueño de Thomas y de William. Supongo que, después de lo que ocurrió entre Will y él, ya no lo veía del mismo modo. Edward era su protegido y no tiene nada. Tal vez decidiera dársela por caridad o, simplemente, porque ya no le importaba nada. Yo no sé por qué Thomas hace las cosas que hace.

—Seguramente tienes razón, Frank, y yo no debería meterme en algo que no es asunto mío. Sin embargo, me preocupa que haya vuelto de Roma y no se haya puesto en contacto con ninguno de sus conocidos.

Frank reflexionó sobre mis palabras.

—Ya sabes cómo lo están maltratando los críticos. Thomas no responde bien a las críticas.

—Quiero ir a verlo. ¿Me acompañas?
—Deja que recoja esto, e iremos al estudio.

Cuando abrí la puerta, Frank y yo percibimos el olor a alcohol.
—¿Thomas? —dije, abriendo de par en par.
La puerta se topó con una botella vacía y la hizo rodar por el suelo.
—Oh, Dios Santo —murmuró Frank.
Encontramos a Thomas sentado en su escritorio. Había cientos de papeles arrugados por la habitación. El armario en el que atesoraba su oporto estaba abierto y vacío, y las botellas estaban por el suelo, junto a algunos vasos usados.
—¡Ah, aquí estáis! Los dos últimos amigos que me quedan en Londres y, posiblemente, en todo el mundo.
Thomas intentó ponerse en pie, pero se le enganchó la bota en la pata de la mesa y volvió a caer sobre la silla.
—¿No es un poco pronto para tomar oporto? —le pregunté, y comencé a recoger las botellas del suelo. Frank tomó una papelera y, en silencio, empezó a tirar la basura que había por la habitación.
—No empieces, Grace. Dios sabe que lo último que necesito es que otra mujer me machaque diciéndome lo que debo y lo que no debo hacer.
Yo seguí llevando platos usados a la cocina, y me detuve un instante para poner el hervidor de agua al fuego.
—Me has confundido con tus críticos, Thomas —dije.
—Oh, no, Grace. Los críticos son otra cosa completamente distinta. Estoy hablando de mis musas, Grace.
Miré a Frank, que cabeceó.
—Todas son iguales. Me atraen como sirenas seductoras con sus preciosas sonrisas, sus caras de porcelana, sus cuellos de cisne... me atrapan hasta que me rindo a su pasión.

—Por Dios —murmuró Frank, tirando papeles a la papelera.

—Y, entonces, ¡zas! —continuó Thomas, y dio un puñetazo en la mesa—. De repente, ya no estoy en casa lo suficiente, o no estoy haciendo esto o aquello lo suficiente. «Llévame a tal sitio, Thomas». «Vamos a quedarnos en casa, Thomas». «¿No es un poco pronto para tomar oporto, Thomas?» —gritó, mirándome, con la cara hinchada.

—Te pones muy desagradable cuando estás borracho —le dije, calmadamente.

Él miró a Frank.

—¿Lo ves? No soy capaz de agradarlas. ¿Qué tiene que hacer un hombre, Woolner?

—Ayúdame a llevarle a la cocina —dije yo, tomando a Thomas del brazo.

Frank y yo lo llevamos, entre protestas, a la cocina, y conseguimos sujetarlo mientras le poníamos la cabeza bajo la bomba de agua fría. Al final, él golpeó el fregadero con las palmas de las manos.

—¡Ya basta!

Entonces, lo llevamos hasta una butaca, delante de la chimenea. Mientras yo lo ayudaba a quitarse la ropa mojada, Frank encendió el fuego. Yo tomé una manta del respaldo de la butaca y se la eché por los hombros desnudos.

—Bébete esto —le dije, y le di una taza de té bien fuerte—. ¿Quieres hablar de lo que ha pasado para que te hayas hecho esto a ti mismo, Thomas? —le pregunté, sentándome frente a él.

—Voy a ver si puedo encontrar algo para que coma —dijo Frank.

Thomas se me quedó mirando fijamente.

—Mi padre murió mientras yo estaba en Roma. No me enteré hasta que volví a casa.

—Lo siento, Thomas.

—Yo no he tenido relación con mis padres desde hace años. William era el que nos mantenía en contacto, pero, bueno, ahora... Hace mucho tiempo que tampoco sé nada de él —dijo y miró su taza de té—. Cuando llegué a casa, encontré una nota de Sara, en la que me decía que Edward y ella se habían casado. Vinieron al estudio pocos días después a recoger sus cosas. Edward no sabía dónde iban a quedarse, y yo entendí que no querían quedarse aquí, así que, en un momento de debilidad... tal vez de orgullo, les dije que se quedaran con la granja. Y creo que es lo mejor. ¿De qué iba a servirme a mí?

Yo asentí. No quería hacerle la pregunta que me estaba oprimiendo el corazón, pero reuní valor, porque necesitaba saberlo.

—Todo esto era más de lo que te esperabas, ¿verdad?

—No lo sé, Grace. Pensé que sabía lo que estaba haciendo. La verdad es que no sé vivir sin mi musa —dijo él, y se rio en silencio.

«¿Cuál de ellas, Thomas?», me pregunté yo, mirando ciegamente hacia el fuego.

Entonces, me di cuenta de que, hasta aquel día, él nunca me había llamado «mi musa». ¿Acaso nuestra relación había ido más allá de la que tenía un artista con su musa? ¿Me consideraba más una confidente, una amiga, o solo un par de brazos en los que podía encontrar consuelo cuando no lo encontraba con sus musas?

—Conseguirás otra musa, Thomas, y empezarás a pintar otra vez —le dije.

No pasó mucho tiempo antes de que yo volviera a vivir al estudio de Thomas, y a cuidarlo como había hecho siempre. Él entraba y salía de sus depresiones; bebía menos, pero seguía bebiendo para superarlas. Había empezado a escribir poesía bajo la tutela de Frank, y probó suerte con unas cuantas historias cortas. Sin embargo, los críticos fueron implacables con él y describieron su estilo como «lascivo y de principiante». En un intento desesperado de demostrarle a la Academia que su obra seguía teniendo valor, terminó un cuadro sobre el que el comité dictaminó que era «los desvaríos desesperados de un hombre que nunca ha conseguido el nivel de sus colegas que se graduaron en la Academia».

Él estaba cada día más desanimado, y yo también.

Un día llegué al estudio, después de vender dos cuadros antiguos de Thomas en la calle, con dinero suficiente para comprar comida. Lo encontré metiendo la ropa en una bolsa.

—¿Adónde vas?

Él alzó la vista.

—Ah, Grace, me alegro de que hayas venido ya. Edward me ha invitado a que vaya a pasar una temporada al campo. Dice que las colinas están llenas de colores, y que ellos tienen un jardín en flor. Piensa que será bueno para mí, que tal vez recupere la inspiración.

Se volvió hacia mí y me tomó por los hombros.

—Sé que es muy repentino, pero Edward me necesita. Se marcha a la India en un proyecto de investigación, y se sentiría mejor si yo cuidara de Sara mientras él está fuera.

—¿Y por qué no viene ella aquí? —pregunté yo.

—Porque el campo y el aire fresco no están aquí, Grace —dijo él mientras cerraba la bolsa—. Están allí.

—¿Y yo? —pregunté.

—Tú no estás sola. Tienes a Woolner, y al resto de los chicos. Sé que estás en buenas manos.

En aquel momento me di cuenta, como debía de haberle sucedido a William, de que iba a tener que alejarme de Thomas. Iba a tener que dejar de cuidarlo, hasta que él cayera de bruces contra el suelo o me encontrara una sustituta.

—Voy a decirte una cosa, Thomas. Tal vez cambie nuestra amistad para siempre, pero necesito decirlo de todos modos.

Él me miró, con la bolsa en la mano.

—No se trata de si tienes o no tienes una musa, Thomas.

Él cabeceó.

—Grace, por favor, ve directa al grano. El coche me está esperando.

—Creo que es la emoción de la caza. A ti no te inspira la musa; te inspira el reto de lo que crees que no puedes conseguir y, durante ese proceso, Thomas, pierdes de vista lo que ya tienes.

—Si es por Sara, Grace, te diré que está felizmente casada. Voy a hacerle un favor a un amigo mientras está de viaje de investigación. Nada más —dijo. Me dio un beso en la mejilla y me miró con confusión—. No sé de dónde sacas esas ideas. Espero que pasar unas semanas en el campo me sirva de inspiración para poder pintar de nuevo. No dejes a Frank que se acerque a la cocina. ¡No quiero que me queme la casa!

Unas semanas después, salí de la cocina con una taza de té y me encontré a Edward en el estudio, de espaldas a mí, mirando un retrato de Sara.

—¿Edward?

—Hola, Grace —dijo él, sin darse la vuelta.

—Thomas sigue en la granja —dije, mientras ponía la bandeja del té sobre el escritorio de Thomas.

—Sí, ya lo sé. Vengo de allí —dijo.

Por fin, se giró. Estaba muy pálido y demacrado.

Yo le ofrecí un té, pero él negó con la cabeza.

—He venido a pedirte consejo, Grace.

—¿Qué ha pasado? —le pregunté.

Me preparé, emocionalmente, para lo que era mi mayor temor: que Thomas y Sara hubieran recuperado su relación amorosa y quisieran estar juntos permanentemente.

—Yo quiero a mi esposa, Grace —dijo Edward—. Estoy dispuesto a lo que sea necesario con tal de hacerla feliz.

—Eres un buen hombre —dije yo. «Pero no tienes nada que hacer contra los trucos de Thomas Rodin»—. Si no te importa que te lo pregunte, ¿por qué te marchaste e invitaste a Thomas a que se quedara en tu casa?

—Supongo que por varias razones. Sabía que tenían un pasado en común. Quería que ella fuera feliz, y tal vez, en parte, necesitaba saber que había superado lo de Thomas.

Asentí. Comprendía su lógica.

—Llegué a casa antes de tiempo, para decirle lo mucho que la había echado de menos, lo mucho que la quería, y me los encontré a los dos en la biblioteca —prosiguió y me miró a los ojos—. Ella estaba completamente desnuda.

—¿Y Thomas?

—Completamente vestido.

Yo suspiré de alivio.

—¿Y qué ocurrió? ¿Te peleaste con Sara?

Edward negó con la cabeza.

—No, Grace. Tienes que entenderlo: las cosas no habían ido bien entre nosotros. Yo no soy exactamente el tipo de hombre que haría una cosa así, pero, por ella... Dios, Grace, hacía mucho tiempo que no veía aquella preciosa expresión en su cara. Me quedé hipnotizado mirándolos un segundo, antes de que supieran que estaba allí. Estaba tan perdida en su placer...

—Lo entiendo —interrumpí. No quería que me hiciera una descripción detallada—. ¿Y qué pasó después?

—Le proporcioné placer con la lengua —dijo.

La imagen de ellos tres se me apareció en la mente y, en aquel momento, sentí envidia de aquella mujer.

—Así que... vosotros tres... —dije, y tosí.

—No, no continuamos. No hice más que arrancarle un orgasmo glorioso —dijo sin tapujos.

Yo me quedé mirándolo en silencio. ¿Qué debería decir? ¿Bien hecho?

—He venido a verte porque parece que tú conoces a Thomas.

Me eché a reír al oír aquello.

—Parece que todo el mundo piensa eso, pero yo no lo creo, Edward. No sé si puedo ayudarte.

—He venido a preguntarte si Thomas es el tipo de hombre que estaría dispuesto a compartir a una mujer con otro.

—¿Quieres decir que estás pensando en pedirle que viva con vosotros?

—Sí, si es lo que quiere Sara. Yo lo soportaré —dijo él.

—¿Y qué es lo que quieres tú, Edward?

—Yo... quiero conseguir que Sara tenga una buena vida. Quiero tener una familia con muchos niños. Quiero que ella sea feliz y, entonces, yo seré feliz.

—¿Y ella sabe todo esto?

—No he podido decírselo todavía.

—¿Y ella? ¿Te ha dicho si siente algo por Thomas?

—No, últimamente no, aunque sé que fueron amantes cuando ella vivía aquí —respondió Edward.

—Pues creo, Edward, que tú y yo tenemos un problema parecido. Tú quieres recuperar a tu esposa, y yo quiero recuperar a Thomas.

—¿Thomas y tú? No tenía ni idea. Lo siento, Grace, debe de haber sido difícil para ti escuchar todo esto.

—Bah, no te preocupes. He pasado por cosas mucho peores y, francamente, Edward, creo que lo que siento por Thomas es unilateral.

–Pues lo siento por él, si es incapaz de ver lo que está dejando escapar.

A mí se me empañaron los ojos, y se me formó un nudo en la garganta.

–Te agradezco que digas eso, Edward, pero tú has venido aquí a pedirme un consejo. Te aconsejaría que fueras a ver a tu esposa y le dijeras lo que sientes por ella. Y no solo eso; demuéstraselo todos los días. Inclúyela en todo, y construye junto a ella la vida que tanto deseas.

–¿Y qué pasa con Thomas?

–Ya es hora de que él entienda la situación por sí mismo.

Entonces, Edward se acercó a mí y me dio un abrazo, levantándome del suelo.

–Te lo agradezco, Grace –dijo.

Después de besarme la mano, saludó a Frank con un asentimiento mientras salía del estudio.

Yo me asomé al balcón y vi a Edward subir a un carruaje. Tenía la sensación de que Sara no iba a poder resistirse a la decisión y la adoración de su marido, y de que Thomas volvería pronto al estudio. La voz de Frank me sacó de mi ensimismamiento.

–Espero que me expliques todos los sórdidos detalles de lo que acaba de ocurrir.

Había metido mis escasas pertenencias en una bolsa de viaje. Con ayuda de Frank, había enviado el cuadro a la academia para que determinaran si lo incluían en la próxima Exposición de Primavera. Frank me había animado a que firmara con mi nombre, pero yo me había empeñado en que apareciera el de Thomas. Al final, Frank me quitó el pincel y firmó: *HPR-G&T*.

–Ya está –dijo–. Hermandad Prerrafaelista, Grace y Thomas. ¡No creo que el viejo pueda enfadarse con esto!

También le había pedido que me sacara un pasaje para el siguiente barco a América.

Frank me entregó una carpeta con el billete dentro.

—¿Estás segura, Grace?

Yo sonreí temblorosamente.

—Espero no necesitarlo, Frank. Pero también espero que entiendas por qué lo hago. Te devolveré el dinero en cuanto tenga empleo.

—Espero que Thomas tenga cerebro en esa cabezota suya —dijo Frank, y me abrazó.

Pocos días después, un mensajero me llevó dos sobres al estudio. Abrí, nerviosamente, el que estaba escrito con la letra de Thomas.

Querida Grace:

Te agradecería eternamente que me enviaras un carruaje a la casa de campo. Te lo explicaré cuando nos veamos.

Abrazos,

Thomas.

La otra nota tenía el sello de la Royal Academy. Me la metí al bolsillo.

Me abrigué bien y llamé a un carruaje cerrado, por si acaso caía un chaparrón.

El coche iba dejando atrás el hedor del Támesis y de la ciudad, y adentrándose en el campo. Yo miré ciegamente por la ventanilla, preguntándome qué iba a ser de Sara y de Edward, y preguntándome también si, al ver su determinación por conseguir que su matrimonio funcionara, no se encendería algo dentro de Thomas. Después de todo, era la segunda vez que una de sus musas lo dejaba por otro hombre.

Sin embargo, tenía que ser realista. Era muy fácil que Thomas respondiera como siempre, que esperara que yo siguiera cuidándolo hasta que encontrara otra musa.

Por muy difícil que fuera mi decisión, no tendría más remedio que dejarlo. O eso, o seguir siendo, para siempre, un fantasma en su vida. Él me había preguntado, una vez, si no me merecía algo mejor. Por fin, yo me había dado cuenta de que era cierto.

Thomas estaba esperando en el camino circular que había delante de la casa de campo. Una neblina blanca cubría la pradera verde que se extendía más allá. Era un lugar idílico para que una pareja joven como Edward y Sara criara a sus hijos. Sin embargo, sentí pena por Thomas. Él iba a echar de menos los paseos por el campo.

El carruaje se detuvo, y yo abrí la puerta y me hice a un lado para dejarle espacio a Thomas. Dejé mi bolsa sobre el asiento, a mi lado.

—Buenos días, Grace —dijo él, y se sentó frente a mí, sonriendo como si el hecho de que hubiera ido a recogerlo después de aquellos sucesos fuera lo más normal del mundo.

—Buenos días, Thomas. Espero que tu estancia en el campo haya sido agradable.

Se inclinó hacia mí y me dio un beso en la mejilla.

—Por supuesto. El aire fresco del campo siempre es muy tonificante.

A mí se me escapó una carcajada.

—¿Cómo están Edward y Sara?

Él abrió la ventanilla, sacó una mano y dio unas palmaditas a un lado del carruaje.

—Bien —dijo—. Van a estar bien.

Entonces, se giró hacia mí.

—Muchas gracias por venir, Grace. No tenías por qué hacerlo.

—Ya lo sé, Thomas, pero quería hacerlo –dije. Pasaron unos segundos de silencio, y lo oí suspirar–. ¿Qué sucede?

Él se encogió de hombros.

—Solo estaba pensando.

—¿En qué?

—En nosotros. Aquí estamos, juntos otra vez. No parece que podamos tener una relación estable durante mucho tiempo.

—Habla por ti –dije yo, suavemente–. Además, creía que habías decidido que tú no eres de los que sientan la cabeza.

—¿Crees que la gente como nosotros encuentra alguna vez la verdadera felicidad?

—Supongo que depende de lo que entiendas por «la verdadera felicidad». ¿Qué es la felicidad, después de todo, sino poder estar con tus amigos y dedicarte a tu pasión?

Él me miró fijamente.

—Me conoces bien.

—No lo sé, Thomas. Algunos días, no sé quién eres en absoluto.

Miré por la ventanilla y pensé en el pasaje que tenía en el bolso. No podía imaginarme dejando Londres, dejándolo a él. Le agradecía los amigos que habíamos compartido, por haberme dejado ver fructificar la pasión por su arte. Sin embargo, ¿cuál era mi pasión?

—¿Grace?

—Perdona, me he distraído.

Lo miré. Aunque notaba que estaba envejeciendo, seguía siendo tan guapo como el día que nos conocimos. Aquello había sido hacía una eternidad. La pregunta sobre mi pasión seguía rondándome por la cabeza.

—¿Qué sucede, Thomas? Tienes los ojos brillantes, como siempre que quieres desnudarme.

Él sonrió lentamente, con aquella sonrisa que hacía vibrar mi cuerpo, y arqueó una ceja. Fue un gesto pequeño, pero me encogió el corazón.

—Quiero algo más esta vez, Thomas. Me he hecho demasiado vieja como para seguir jugando a estos juegos.

Él me apartó un mechón de pelo de la frente. Aquella caricia suave continuó por mi mejilla, y descendió hasta los botones de la pechera de mi vestido.

—Sigues siendo tan bella como el día que nos conocimos, Grace.

—Y tú sigues siendo tan granuja —respondí yo—. Tan guapo y tan encantador como siempre —añadí, y posé mi mano sobre la suya, que se había detenido en mi regazo. Reuní valor, y lo miré a los ojos—. Pero no deseo seguir así, Thomas. Me temo que disfruto demasiado de tu pasión.

—Quieres decir que no tienes espacio para encontrar tu propia pasión. ¿Es eso lo que estás intentando decirme? —me preguntó con una sonrisa.

A mí se me llenaron los ojos de lágrimas. Volví la cara hacia la ventanilla.

—Realmente, no te he tratado como debería, ¿verdad? He sido negligente contigo.

Yo lo miré.

—No seas condescendiente conmigo, Thomas. No soy una de tus nuevas chicas, a las que puedes hechizar fácilmente.

—¿De veras? —bromeó él, y me besó el interior de la muñeca—. He notado que se te aceleraba el pulso justo en este momento.

Lo fulminé con la mirada. Me ponía furiosa que él pudiera manipular mi deseo con tan poco esfuerzo. Toda mi vida había girado siempre en torno a los hombres, en torno a lo que ellos necesitaban. Yo acababa de entender cuáles eran mis necesidades. Me solté de su mano.

–Grace, yo no sé si sirvo para las relaciones. Para las aventuras, sí, pero...

Yo lo miré fijamente.

–Tengo una reputación, sí, lo sé.

Bajó la cabeza y miró al suelo, con las manos agarradas entre las rodillas.

–¿No te atrae la idea de conformarte con una sola mujer en tu cama? ¿Lo que te gusta es la variedad? ¿Es eso lo que quieres decir?

Giré la cara hacia la ventanilla, pero él me agarró la barbilla e hizo que me volviera de nuevo. Se inclinó hacia mí y me besó suavemente. Yo cerré los ojos y asimilé lo que él no había dicho: que, seguramente, habría más musas, y que yo podía decidir si quería ser su amante, o no.

–Me equivoqué, Grace, con mi idea de lo que es la pasión. He sido un idiota.

Asentí y abrí los ojos.

–Sí, también tienes reputación de eso.

Thomas frunció el ceño y suspiró.

–Siempre he pensado que la pasión ha de alcanzarse. Grace, voy a ser sincero: no me arrepiento de mi pasado.

–Ni yo te juzgo por él, más de lo que tú me juzgas a mí.

Me tapó la boca con los dedos.

–Por favor, déjame terminar.

Yo asentí.

–No me arrepiento de mi pasado, salvo por no haber estado más tiempo contigo.

Me mordí los labios, con los ojos llenos de lágrimas.

–Vi cómo miraba Sara a Edward, cómo el deseo se encendía entre ellos. Sin embargo, es el amor lo que mantiene encendido ese fuego. Eso era lo que tratabas de decirme el día que vine aquí, ¿verdad? Me estabas pidiendo que viera que tenía el amor delante de mí. Yo estaba demasiado ciego para verlo.

—Eres un poco corto de luces en ese sentido —dije yo, con una sonrisa, mientras las lágrimas se me derramaban por las mejillas.

—Es cierto. Tal vez me habría ayudado un buen golpe en la cabeza.

—No creo que hubiera sido suficiente.

—Todo lo que he hecho en la vida ha estado alimentado por mi pasión. ¿Qué otra cosa conozco, Grace? He pasado la vida buscando un elemento perfecto de mi obra que pudiera satisfacer a los críticos. En algún momento, esa búsqueda se convirtió en mi obsesión. Sin embargo, cuando Edward volvió y me dijo que haría cualquier cosa con tal de que Sara fuera feliz, vi lo mucho que la quería.

Asentí.

—Lo sé. Edward vino a contármelo todo, y me dijo que haría lo que ella quisiera, aunque fuera compartirla contigo.

—Ella no me deseaba a mí, Grace. Solo necesitaba atención. Cuando Edward se dio cuenta de eso, él se convirtió en el único deseo de Sara.

—¿Y tú, Thomas? ¿Qué es lo que quieres tú?

Él se inclinó hacia delante y me enjugó las lágrimas con los dedos, antes de besarme en la frente, en la mejilla y en los labios.

—Lo que más deseo es pasar el resto de mi vida contigo —me dijo—. Aunque sé que no te merezco.

Posó su mejilla contra la mía, y yo me incliné hacia él, rezando para que aquello no fuera un sueño.

—Hay algo que tienes que saber antes, Thomas, si vamos a compartir nuestra vida —le dije, y saqué la nota que llevaba en el bolsillo.

Él pestañeó al ver que era un sobre de la academia.

—No lo entiendo.

—Ábrelo.

Él apartó mi bolsa y se sentó a mi lado. Abrió la nota y la leyó. Entonces, me miró con desconcierto.

—Dice que el desnudo ha sido aceptado para la Exposición de Primavera. Pero... si no estaba terminado...

—Tal vez algo de tu habilidad se le haya pegado a la estudiante menos pensada... —dije yo, encogiéndome de hombros.

Se echó a reír suavemente, de una forma que yo llevaba mucho tiempo sin oír.

—No estás enfadado porque hayan aceptado el cuadro, ¿verdad?

Él dobló la nota y se la guardó en el bolsillo.

—En absoluto, pero ahora parece que soy tu protegido, Grace. En la vida, en el amor y en el arte, también.

—Sí, parece que te vendrían bien unas lecciones —dije yo.

—Entonces, enséñame, Grace. Sé mi mentora, mi amante, mi compañera.

—¿Solo eso? —le pregunté. Estaba decidida a tenerlo todo.

Thomas me besó suavemente.

—Y cásate conmigo.

Yo saboreé sus labios.

—Tal vez debiera bajar la cortinilla, señor Rodin. El trayecto hasta casa es largo.

Él sonrió, y se estiró para bajar las persianas de las ventanillas.

—¿Y ahora? —me preguntó con los ojos brillantes de deseo.

—Desnúdame, Thomas —le dije, tomándolo de la mano—. Y haz que dure toda una vida.

Agradecimientos

Me gustaría darle las gracias a mi editora, Lara Hyde, y al resto del equipo de Spice de Harlequin, que me han animado para que explorara nuevos campos en mi escritura. Con su ayuda he crecido inmensamente como escritora. También me gustaría darle las gracias a Renee Bernard por su amistad, por su ayuda con la cultura victoriana y por compartir sus recursos. A Amy y a Genella, por las lecturas, cambios y sugerencias. ¡Gracias, chicas! A Jo C., mi refugio en la tormenta, que es genial con los asuntos de la perspectiva. Y, finalmente, a Dante Gabriel Rossetti, a la Hermandad Prerrafaelista y a sus musas que, con su falta de convencionalismo, inspiraron este libro y mi forma de creer en la propia pasión.

ÚLTIMOS TÍTULOS PUBLICADOS EN HQN

Perseguida de Brenda Novak

El anhelo más oscuro de Gena Showalter

Provócame de Victoria Dalh

Falsas cartas de amor de Nicola Cornick

Aquel verano de Susan Mallery

Cuatro días en Londres de Erika Fiorucci

Sin salida de Brenda Novak

La misteriosa dama de Julia Justiss

Solo un chico más de Kristan Higgins

Difícil perdón de Mercedes Santos

Promesas a medianoche de Sherryl Woods

Noches perversas de Gena Showalter

La caricia de un beso de Susan Mallery

Una sonata para ti de Erica Fiorucci

Después de la tormenta de Brenda Novak

Noche de amor furtivo de Nicola Cornick